노생거 사원

Northanger Abbey

세계문학전집 363

노생거 사원

Northanger Abbey

제인 오스틴

윤지관 옮김

민음사

차례

제1부

1

어릴 적의 캐서린 몰런드를 한 번이라도 본 사람이라면 그녀가 타고난 여주인공감이라고는 도저히 생각하지 못했을 것이다. 신분과 양친의 면모로나 본인의 용모와 성품으로나 무엇 하나 그럴 만한 데가 없었다. 아버지는 목사로서, 무시를 당하거나 가난하지는 않았으며, 꽤 대접을 받는 편이었다. 그러나 하필이면 이름이 리처드인 데다가 인물이 워낙 시원찮았다. 그에게는 두 개의 종신 목사 자리 외에도 따로 상당한 재산이 있었다. 또 딸들을 집 안에 꼭 가두어 놓고 키워야 한다는 생각에 사로잡혀 있지도 않았다. 어머니는 꽤 양식을 가진 여성으로 성격도 좋았지만 더 두드러진 것은 건강한 체질이었다. 아들을 셋이나 두고도 넷째로 캐서린을 낳게 되자 사람들은 뭔가 변고가 있지 않을까 예상했다. 그러나 주변의 예상을 비웃기라도 하듯이 그녀는 계속해서 살아남았을 뿐만 아니라 그 후로도 자식을 여섯이나 더 낳아서 이들이 자라는 것을 지켜보았고 건강한 삶도 마음껏 누렸다. 멀쩡하게 사지가 다 붙어 있는 자식이 열이나 되는 가족이라면 늘 유복한 가족이라고 불리기 마련일 터. 그러나 몰런드가가 내세울 것은 그것이 전부였다. 그들은 하나같이 인물이 없었는데 캐서린도 어린 시절 내내 그 점에서는 누구에게도 뒤지지 않았다. 그녀는 비쩍 마른 몸매에다 핏기 없는 누리끼리한 피부에 머리카락조차 새까만 직상모였고 이목구비도 드셌다. 정신도 외모에 걸맞은 정도여서 주인공으로서는 도무지 어울리지 않았다. 그녀는 남자아이의 놀이라면 무엇이든 다 좋아했다. 인형보다, 아니 그뿐 아니라 그보다 더 여주인공다운 어린 시절의 오락, 즉 동면 쥐를 보살피거나 카나리아를 키우거나 장미 덤불에 물을 주는 것보다 크리켓을 훨씬 더 좋아했다. 사실 그녀는 정원에는 전혀 관심이 없었다. 꽃이라도 따온다면 그건 주로 심술을 부리기 위해서였다. 못하게 하면 더 하는 청개구리 성품인지라 그리 여겨도 무방할 터였다. 유별나기로는 지적 능력도 성향 못지 않았다. 가르쳐 주기 전에는 어떤 것도 배우거나 이해하지 못했다. 때로는 가르쳐 주는 것조차 이해하지 못했는데 워낙 주의가 산만한 데다 가끔씩 멍청하기도 했기 때문이다. 그녀의 어머니가 「거지의 읍소」를 외우게 하는 데만 삼 개월이 걸려서 결국 동생인 샐리가 언니보다 빨리 배웠다. 그렇다고 캐서린이 늘 멍청했던 것은 아니다. 절대 그렇지 않은 것이 「토끼와 많은 친구들」이라는 우화는 잉글랜드의 어떤 여자아이 못지않게 빨리 익혔던 것이다.[1] 어머니는

---

1) 「거지의 읍소」는 당시 아이들을 위한 독본으로 목사가 쓴 시이다. 「토끼와

딸이 음악을 배웠으면 했다. 캐서린도 아무도 돌보지 않는 낡은 스피넷²⁾의 건반을 즐겨 땡땡거리곤 했기 때문에 음악이라면 좋아할 것으로 믿어 마지않았다. 그래서 여덟 살에 배우기 시작했으나, 그것도 일 년을 채우지 못했다. 몰런드 부인도 딸들이 능력이나 취향이 없는데도 그런 교양을 쌓으라고 다그칠 사람이 아닌지라 그냥 그만두게 내버려 두었다. 음악 선생을 내보낸 날이 캐서린의 인생에서 가장 행복한 날 중 하나였다. 그림 그리는 취향도 그리 특출나지 않았다. 어머니에게서 편지의 겉표지를 얻거나 여분의 종이라도 손에 넣으면 집과 나무, 암탉과 병아리를 그려 그 방면의 솜씨를 선보이긴 했다. 모두 그게 그것 같긴 했지만 말이다. 글쓰기와 셈법은 아버지에게서 배웠고, 프랑스어는 어머니에게서 배웠다. 그러나 어느 쪽에서도 두각을 나타내지 못했고 그저 슬슬 수업을 빠지려고만 했다. 참 이상하고 설명하기 힘든 성격이라고나 할까! 열 살 때 이미 이 모든 품행 불량의 징후를 가지고 있으면서도 그녀는 마음씨가 나쁘지도 않았고 성질이 고약하지도 않았으며, 고집을 피운 적도 거의 없고 누구하고 싸운 적도 별로 없거니와 동생들에게는 윽박지르는 일 없이 곰살궂게 굴었다. 더구나 그녀는 시끄럽고 왈가닥이어서, 집 안에 처박혀서 깔끔하게 굴기보다는 집 뒤의 경사진 풀밭을 굴러 내려오는 것을 세상 무엇보다 좋아했다.

많은 친구들」은 쉽게 쓴 우화집에 실린 우화이다.
2) 옛날 피아노.

이상이 열 살 때의 캐서린 몰런드였다. 열다섯이 되자 외모가 조금씩 나아졌다. 그녀는 머리카락에 컬을 하고 무도회에 가고 싶어 했다. 안색이 밝아졌으며, 살이 붙고 홍조가 생기면서 인상도 부드러워졌다. 눈은 생기를 얻었으며 몸매도 한층 실해졌다. 흙을 그렇게 좋아하더니 이제 옷이나 보석 쪽으로 취향이 돌아섰고 점점 똑똑해지면서 아울러 깨끗해져 갔다. 이제는 저 애가 나아지고 있다는 부모님의 말에 귀를 솔깃해하기도 했다. "캐서린의 얼굴이 점점 피고 있어. 오늘은 거의 예쁘기까지 한걸." 하는 말들이 가끔씩 그녀의 귀에 들렸다. 얼마나 반가운 소리인지! 거의 예쁘기까지 하다는 말이 십오 년 인생을 못생긴 모습으로 살아온 여자아이에게 준 기쁨이 얼마나 컸는지는 요람에서부터 예뻤던 아이는 절대 알 수 없을 것이다.

몰런드 부인은 후덕한 여인으로 아이들이 모든 면에서 반듯하게 자라기를 바랐다. 그러나 계속해서 동생들을 낳고 거두는 데 온통 시간을 쏟다 보니 먼저 낳은 딸들은 어쩔 수 없이 뒷전이 되었다. 그러니 타고나기를 여주인공다운 면모가 전혀 없던 캐서린이 열넷의 나이에 책보다 크리켓, 야구, 말 타기, 동네 뜀박질 따위를 더 좋아하게 된 것도 딱히 놀랄 일은 아니었다. 아니, 책도 나름이긴 했다. 유용한 지식 같은 것과는 무관한, 사색 따위는 전혀 없이 온통 이야기뿐인 책은 마다하지 않았으니까. 그러나 열다섯에서 열일곱 사이에 그녀는 여주인공이 될 훈련을 받았다. 여주인공이라면 변화무쌍하고 다사다난한 인생에서 도움과 위안이 되는 그런 인용구들을 마땅히 외워 두어야 하는데, 그런 작품들을 모두 읽었던 것이다.

포프로부터는

　슬픔의 조롱을 견디는

사람들을 비난하는 법을 배웠고, 그레이로부터는

　수많은 꽃들이 보는 사람 없이 피고,
　황량한 대기에 부질없이 향기를 뿌린다.

는 것을, 톰슨으로부터는

　젊은 생각이 어떻게 싹을 틔우는지
　가르치는 일은 즐겁다.

는 것을 배웠다.
　그리고 셰익스피어로부터 그녀는 많은 양의 지식을 얻었으
니, 그중에서도

　공기처럼 가볍고 사소한 것도
　질투하는 이에게는
　마치 성서만큼이나 확실한 증거

라거나

우리가 밟고 지나가는 가련한 딱정벌레도

거인이 죽을 때와 마찬가지로

몸을 저미는 큰 아픔을 느끼는 법

또 사랑에 빠진 젊은 여자는 늘

기념비에 새겨진 인내처럼

슬픔을 향해 미소를 짓는다.

는 것을 배웠다.[3]

　이만하면 그녀의 발전은 충분했다. 그리고 이것 말고도 아주 잘 해낸 일들이 많았으니, 비록 소네트를 쓸 능력은 없었지만 읽는 데에는 문제가 없었고, 피아노로 자신이 작곡한 서곡을 보란 듯이 연주하여 모인 사람 모두를 열광의 도가니로 몰아넣을 기회는 없어 보였지만 다른 사람들의 연주를 피곤한 기색 없이 들을 수는 있었다.

　그렇지만 연필로 뭘 그리는 데는 젬병이었다. 도대체 소묘가 뭔지도 몰라서 좋아하는 사람의 옆모습을 스케치할 엄두조차 내지 못할 정도였다. 그래야 속마음을 들킬 수 있을 텐데 말이다. 그러니 그녀는 진정한 주인공의 격에는 한심할 만큼 미달했다. 지금으로서는 한번 그려 볼 만한 애인도 없었기 때

---

3) 알렉산더 포프, 토머스 그레이, 제임스 톰슨은 18세기 영국의 시인이다. 셰익스피어의 문장은 「오셀로」, 「자에는 자로」, 「십이야」에서 인용되었다.

문에 부족하다는 사실조차 알지 못했지만. 사실 그녀는 열일곱의 나이에 이르기까지 마음이 끌리는 괜찮은 청년을 한 명도 보지 못했다. 진정한 사랑의 감정은 고사하고 고만고만 그러다가 마는 정도 외에는 사모하는 마음조차 일어난 적이 없었다. 정말이지 이상한 일이었다! 그러나 이상한 일들도 그 원인을 찾자고만 들면 설명이 안 되는 것은 아닐 터. 이웃에 귀족이 단 한 명도 없었던 것이다. 아니 준남작조차 없었다. 친지들 가운데는 우연히 문 앞에서 발견된 남자아이를 키워 준 가족도 하나 없었다. 어디 출신인지 알 수 없는 그런 청년이라곤 도통 만날 수 없었던 것이다. 그녀의 부친이 후견을 맡은 아이도 없었고 그 교구의 대지주에게도 자식이 없었다.

그러나 젊은 숙녀가 여주인공이 꼭 되어야 하는 운명이라면, 마흔에 달하는 주변 집안들의 여건이 이렇게 꼬일 대로 꼬여 있다 해도 어찌 막을 것인가. 그녀 앞에 남자 주인공을 대령시킬 사건이 일어나야 하고, 또 일어나기 마련인 것을.

몰런드가가 사는 윌트셔의 마을 풀러턴의 주변 토지 대부분을 소유한 앨런 씨가 고질적인 통풍 치료를 위해 요양차 바스4)에 가라는 의사의 권고를 받았다. 사람 좋은 그의 부인이 워낙 몰런드 양을 예뻐하는 데다, 마을에서 젊은 여성이 모험을 경험할 수 없다면 바깥에서 찾으리란 걸 알았던지 그녀에게 같이 가자고 초대를 했다. 몰런드 씨 부부는 군말 없이 따랐고 캐서린은 마냥 행복했다.

---

4) 잉글랜드 남부의 유명한 휴양지.

2

바야흐로 바스에서 육 주간 머물며 온갖 어려움과 위험을 겪을 참이니, 캐서린 몰런드가 신체적, 정신적으로 가진 바가 무엇인지 앞서 한 말에 보태어 몇 마디 더 해 두는 것이 좋겠다. 이런 정보를 덧붙이는 것은, 독자 여러분이 다음 페이지를 읽어도 그녀의 성격을 도무지 파악하지 못할 우려가 있는 까닭이다. 사실인즉 그녀는 다정한 마음씨에 쾌활하고 개방적인 기질을 갖고 있었고, 자만이라거나 가식 같은 것은 찾아볼 수 없었다. 매너로 말하면 이제 막 소녀 시절의 어색함과 수줍음을 벗어났고 외모는 보기 좋을 정도라 차리고 나서면 예뻐 보였다. 그리고 열일곱 살 여자아이들이 대개 그렇듯 머리에 든 것은 별로 없었다.

출발 시간이 가까워지면서 어머니로서 몰런드 부인의 걱정이 극에 달하리라는 것은 누구나 자연스럽게 짐작할 수 있는 일이다. 이렇게 떨어져 지내게 되다니, 사랑하는 캐서린에게 나쁜 일들이 닥칠지 모른다는 불길한 예감에 슬픔이 물밀듯이 밀려와 마지막 하루 이틀을 눈물로 적셔야 마땅했다. 그리고 그녀의 작은 방에서 이별식을 치르면서는 가장 중요하고 유용한 충고가 현명한 입술에서 흘러나와야 했다. 틈만 나면 젊은 아가씨들을 어디 먼 농장으로 억지로 끌고 가려 하는 귀족과 준남작을 조심하라고 주의를 주면서 걱정으로 가득 찬 마음을 진정할 것이 틀림없는 일. 누군들 그런 생각을 하지 않겠는가? 그러나 몰런드 부인은 귀족과 준남작에 대해 아는 게 거의 없었다. 그러니 그들이 대체로 늑대 심보를 가지고 있는 줄도 몰랐고 그들의 계략으로 딸이 위험에 빠질 수도 있다는 의심 따위는 추호도 해 본 일이 없었다. 그저 이런 주의를 주는 것이 고작이었다. "캐서린, 밤에 무도회장에서 나올 때는 늘 목을 따뜻하게 감싸도록 해라. 또 쓰는 돈에 대해서도 정리해 보도록 하고. 작은 장부를 줄 테니 그렇게 한번 해 봐."

정황상 샐리, 아니 세라(뭐 대개의 양가집 규수치고 열여섯이 되도록 이름을 바꾸지 않는 경우가 어디 있겠는가?)가 이 시기면 언니와 속내를 털어놓는 사이일 것이 틀림없다. 그러나 뜻밖에도 여동생은 언니더러 가는 곳마다 편지를 쓰라고 요구하지 않았고, 새로 어떤 사람을 만나는지 그리고 바스에서 있을 어떤 재미있는 대화든 모두 세세히 전하겠다는 약속을 받아 내지도 않았다. 사실 이 중요한 여행을 앞두고도 몰런드 가족이 수선을 떨거나 들뜬 기색은 없었다. 여주인공이 처음으로 가족과 헤어질 때면 감수성이 예민해지고 뜨거운 감정이 솟구쳐야 하거늘 이들의 태도는 차라리 일상 속의 평범한 감정과 더 일치하는 듯했다. 아버지는 마음대로 쓸 수 있는 은행 계좌는커녕 100파운드짜리 지폐 하나 손에 쥐어 주지 않았으며, 달랑 10기니를 주면서 필요하면 더 주마고 했다.

이런 신통찮은 후원을 받으며 작별이 이루어졌고 여행이 시작되었다. 여행은 그럭저럭 조용하고 아무 사건 없이 안전하게 진행되었다. 강도나 폭풍우가 들이닥친 적도 없고 뜻밖의 행운으로 남자 주인공을 소개받는 반전도 없었다. 그나마 놀랄 일이라고 해 봐야 앨런 부인이 여인숙에 자기의 나막신을 두고 온 것이 아닌가 걱정을 한 정도인데, 그것도 다행히 근거가 없는 것으로 확인되었다.

그들은 바스에 도착했다. 캐서린은 기쁜 마음을 누를 수 없었다. 이 도시의 멋지고 놀라운 정경이 눈앞에 펼쳐지고, 이어 마차가 호텔로 가는 길 내내, 그녀의 눈길은 이곳저곳 모든 곳에 미쳤다. 행복하자고 온 곳에서 그녀는 이미 행복을 느끼고 있었다.

그들은 곧 풀트니가에 있는 안락한 숙소에 여장을 풀었다.

이쯤 해서 앨런 부인에 대해 설명을 좀 하는 것이 좋을 듯하다. 그래야 독자들이 그녀가 앞으로 이 작품을 온통 슬픔으로 물들이는 데 어떤 식으로 일조할 것이며, 마지막에 가서 캐서린이 절망적이고 비참한 상황으로 내몰리는 데 어떤 식으로 기여할지를 판단할 수 있겠기 때문이다. 경솔함, 천박함, 혹은 질투심을 발휘할 건지 캐서린의 편지를 가로챈다거나 평판을 망친다거나 집 밖으로 쫓아낸다거나 하는 식일지 말이다.

앨런 부인은 세상의 하고많은 여자들과 마찬가지로, 이 여자를 결혼할 만큼 좋아하는 남자가 이 세상에 있다는 것이 그저 놀라울 뿐인 그런 부류였다. 미모도 재주도 교양도 매너도 없었다. 양갓집 여인다운 풍모, 나대지 않는 다소곳한 성품, 그리고 그리 높지 않은 정신 능력이 앨런 씨 같은 지각 있고 총명한 남자의 선택을 받은 이유를 설명할 수 있는 전부였다. 한 가지 면에서 그녀는 젊은 아가씨를 대중에게 소개하는 일에 더할 나위 없이 어울렸으니, 여느 아가씨 못지않게 그녀 자신도 모든 곳을 가고 모든 것을 보고 싶어 했기 때문이다. 그녀는 옷 치장에 공을 들였다. 멋지게 차려입는 것을 마냥 좋아라 했다. 우리의 여주인공이 인생의 첫걸음을 떼는 것도, 무슨 옷이 유행인지 알아보고 샤프롱인 자기가 입을 최신 유행 드레스를 준비하는 데 사나흘을 쏟은 후에야 가능했다. 캐서린도 옷을 몇 벌 구입했고, 이 모든 문제들이 정리되고 나자 그녀를 '상부 무도회장'5)으로 안내할 대망의 저녁이 왔다. 솜씨가 최고라는 미용사가 머리를 다듬고, 옷을 입히는 데도 정성을 기울였다. 앨런 부인과 그녀의 하녀는 그만하면 제대로 멋을 냈다고 입을 모았다. 이런 고무를 받고서 캐서린은 사람들 사이를 지날 때 적어도 큰 비난을 받지는 않겠구나 기대하였다. 찬사라면 언제든 환영이었지만 그것까지 바라지는 않았다.

---

5) 당시 기존의 무도회장은 '하부 무도회장(Lower Rooms)'으로, 새로 생긴 무도회장은 '상부 무도회장(Upper Rooms)'으로 불렀다.

앨런 부인이 옷을 차려입는 데 너무 시간을 들이는 바람에 그들은 늦게야 무도회장에 들어섰다. 바야흐로 무도회 시즌이라 방은 사람들로 미어졌고 두 숙녀는 안간힘을 써서 그 사이를 비집고 들어갔다. 앨런 씨로 말하면 바로 카드놀이 방으로 직행하여 여자들끼리 군중을 상대하도록 내버려 두었다. 챙겨야 할 아가씨의 안녕보다 자신의 새 드레스의 안전에 더 많은 신경을 쓰면서 앨런 부인은 꼭 필요한 주의만 기울이며 문 주변에 늘어선 남자들을 헤치고 나아갔다. 캐서린이 그녀 곁에 꼭 달라붙어서 팔을 꽉 끼고 있어서 엔간히 부대끼는 정도로는 두 사람이 갈라지지는 않았다. 그러나 그야말로 놀라운 일은, 아무리 방을 헤치고 가도 군중에게서 벗어날 수가 없었다는 것이다. 오히려 앞으로 나아갈수록 사람은 더 많아지는 것 같았다. 일단 문 안으로 한참 들어가면 쉽게 자리를 찾아서 편하게 춤을 지켜볼 수 있겠다 생각했는데 그 예상은 완전히 빗나갔다. 한사코 부지런을 떨어서 방의 맨 꼭대기까지 도달했음에도, 그들의 상황은 그대로였다. 춤추는 사람들은 하나도 안 보이고 몇몇 숙녀들의 높은 깃털만 보이는 것이었다. 그들은 더 나아갔다. 뭔가 전망이 더 트이겠지 하면서. 이렇게 계속 용도 쓰고 재주도 발휘한 결과 마침내 가장 높은 벤치 뒤의 통로에 이르게 되었다. 여기는 그래도 아래보다 사람이 적었다. 이제야 몰런드 양은 아래에 모인 사람들을 한꺼번에 볼 수 있었고 저기를 어떻게 뚫고 왔나 싶은 생각이 들었다. 그 굉장한 광경을 보니, 그날 저녁 처음으로 무도회에 온 것이 실감났다. 그녀는 춤을 추고 싶었으나 방에는 아는 사람이 없었다. 이런 상황에서 앨런 부인은 이따금 태평스럽게 이런 말을 던지는 것이 고작이었다. "애야, 네가 춤출 수 있으면 좋겠다. 파트너를 얻을 수 있으면 좋겠어." 한동안 그녀의 젊은 친구는 이 말에 감사를 표했으나, 너무 자주 되풀이되고 또 실현 가망성이 전혀 보이지 않자, 마침내 피곤해져서 더 이상 고맙다는 말도 나오지 않았다.

그렇지만 그렇게 어렵사리 얻어 낸 높은 곳에서의 휴식도 오래 즐길 수 없었다. 얼마 지나지 않아 사람들이 모두 차를 마시기 위해 움직였고, 그들도 다른 사람들과 같이 빠져나가야 했다. 캐서린은 왠지 실망스러운 기분이 들었다. 끝도 없이 사람들에게 떠밀리는 것도 지겨웠다. 다들 비슷비슷해서 별흥미도 안 가고, 또 아는 얼굴도 없어서 감옥도 아니고 이게 뭐냐며 같이 짜증을 부릴 친구 하나 없었던 것이다. 마침내 차방에 도달했을 때도 같이 어울릴 무리도 없고 한번 기대어 볼 만큼 아는 이도 없고 도와줄 신사도 하나 없어 어색함만 더했다. 앨런 씨는 그림자도 보이지 않았다. 주위를 돌아보았지만 달리 자리도 없어서 그들은 어느 테이블 끄트머리에 앉았다. 그 테이블에는 이미 한 무리의 사람들이 자리를 잡고 있었다. 거기서는 할 일도 전혀 없었거니와 따로 말을 건넬 사람도 없었다.

앨런 부인은 자리에 앉자마자 드레스를 손상 없이 유지했다는 사실을 자축했다. "찢어졌다면 정말 상심했을 거야." 하고 그녀가 말했다. "그렇지 않니? 모슬린이 아주 섬세해서 말이야. 이 방을 다 둘러봐도 이만한 건 없는 것 같아, 아무렴."

"아는 사람이 한 사람도 없다니 너무 불편하네요." 캐서린이 속삭였다.

"그래, 애야." 하고 앨런 부인이 아주 평온한 어조로 대답했다. "그럼 불편하지."

"이제 어떡하죠? 여기 신사 숙녀분들이 우리가 왜 이 테이블에 앉아 있나 하는 표정으로 쳐다보네요. 우리가 억지로 끼어든 것처럼 보일 텐데요."

"그래, 그런 꼴이구나. 정말 유쾌하지 않은 일이야. 아는 사람이 많으면 얼마나 좋을까."

"한 사람이라도 있으면 좋겠어요. 그럼 가서 말이라도 붙이지요."

"그러게 말이다, 애야. 누구라도 아는 사람이 있으면 바로 합석할 텐데. 작년엔 스키너네가 왔는데……. 지금 있으면 좋으련만."

"그냥 가야 하는 것 아닐까요? 차 마실 도구도 없고요."

"없지 없어. 정말 짜증 나는 일이야! 그렇지만 아직은 앉아 있는 게 나을 것 같다. 이렇게 사람이 많은 데서는 넘어질 수도 있어! 애야, 내 머리 어떠니? 떠밀리는 동안 흐트러지지 않았나 걱정이야."

"아뇨, 아주 괜찮아요. 그런데 아주머니, 이 많은 사람 중에 정말 아는 이가 한 사람도 없으세요? 틀림없이 있을 것 같은데요."

"맹세코 없단다. 나도 있었으면 싶지만. 아는 이가 많아서 너한테 파트너를 구해 주고 싶은 게 나의 진심이야. 네가 춤을 춘다면 얼마나 좋겠니! 이상하게 생긴 여자가 있네! 걸치고 있는 드레스도 정말 이상하고! 정말 구식이야! 저 등 좀 봐."

잠시 후 그들은 옆자리에 있는 사람에게서 차 제안을 받았다. 제안은 감사의 말과 함께 받아들여졌고 이를 계기로 차를 권한 그 신사와 가벼운 대화를 나누었는데 그날 저녁 누군가가 그들에게 말을 건 것은 이때가 유일했다. 춤이 끝나자 그들을 찾아낸 앨런 씨가 동석하게 될 때까지는 말이다.

"에, 몰런드 양." 하고 그가 앉자마자 말했다. "어때, 무도회가 마음에 드는지 모르겠네."

"아주 마음에 들어요." 대답은 그렇게 했지만 하품이 나오는 것까지는 어쩌지 못했다.

"캐서린이 춤출 수 있으면 좋겠어요." 그의 아내가 말했다. "우리가 파트너를 데려다줄 수 있으면 좋겠는데. 스키너네가 작년 말고 올해 왔으면 좋았을걸 그랬어요. 아니면 패리네라도. 언젠가 그런 말을 한 적이 있거든요. 그랬다면 얘가 조지 패리하고 춤을 추었을 텐데. 얘가 파트너를 못 만나서 참 아쉽네요."

"다음번 저녁에는 나아지기를 기대해야지." 하는 것이 앨런 씨의 위로였다.

춤이 끝나자 사람들이 흩어지기 시작했다. 남은 사람들이 좀 편하게 걸어 나올 만한 공간이 생겼다. 그리고 이제야말로 이번 저녁 행사에서 별로 두드러진 역할을 하지 못한 여주인공이라면 주목받고 찬양을 받아 낼 수 있는 시간이었다. 오 분마다 군중의 일부가 자리를 뜸으로써 그녀의 매력을 뽐낼 여지가 조금씩 넓어졌다. 조금 전만 해도 가까이 없던 많은 젊은 남자들이 이제 그녀를 보게 되었다. 그렇지만 그녀를 보자마자 놀라고 황홀한 얼굴로 말을 거는 사람도 없었고, 저 여인이 누구지 하는 열의 어린 속삭임이 방 안에 퍼지지도 않았으며, 누군가에 의해서건 한 번이라도 여신이라고 불리지도 않았다. 그렇지만 캐서린의 모습은 매우 훌륭해서, 삼 년 전의 그녀를 본 사람이라면 정말 놀랄 만큼 예뻐졌다고 생각했을 터였다.

실제로도 캐서린은 눈길을 끌었고 약간의 찬사도 받았다. 신사 둘이 그녀를 두고 예쁜 여자라고 말하는 것을 자기 귀로 들었던 것이다. 이런 말은 제대로 효과를 발휘했다. 그녀는 즉각 그날 저녁이 이전 그 어느 때보다 즐거운 시간이었다고 생각하게 되었다. 그녀의 알량한 허영심이 만족된 것이다. 주인공다운 주인공이라면 자신의 매력을 기리는 소네트 열다섯 편은 받아야 느낄 법한 감사보다 더 큰 감사를 이 한마디 칭찬을 던진 두 청년에게 드리고 싶을 지경이었다. 이 정도로 사람들의 관심을 받았다는 사실에 완전히 만족하며, 그녀는 대단히 흔쾌한 기분으로 경마차에 올랐다.

3

이제 매일 아침 규칙적으로 해야 할 일이 생겼다. 가게들을 들르고, 도시의 새 구역도 구경해야 했다. 또 펌프 룸[6]도 들러야 했는데 거기서 한 시간을 오르락내리락하면서 거기 있는 사람들을 모두 봤지만 아무에게도 말을 걸지 못했다. 앨런 부인에게는 여전히 바스에 지인이 많았으면 하는 것이 최고의 소망이었으니, 매일 아침 아무도 아는 사람이 없다는 것을 확인하고는 이 소망을 되풀이하는 것이었다.

그들은 '하부 무도회장'도 진출했다. 여기서는 우리의 여주인공에게 전보다 행운이 따랐다. 그 무도회의 주인이 매우 신사다운 청년을 파트너로 소개한 것이다. 그의 이름은 틸니였다. 나이는 스물네댓쯤 되어 보였고 키는 좀 큰 편이었으며 보

---

6) 광천수를 마실 수 있고 연주도 들을 수 있는 유명한 휴양 시설.

기 좋은 용모에 생기 있는 눈은 총명해 보였고, 딱히 미남이라고 하기는 뭣해도 그런 축에 속하는 편이었다. 말솜씨도 좋아서 캐서린은 정말 운이 좋다고 느꼈다. 춤을 추는 동안에는 대화를 나눌 여유가 없었지만, 차를 마시기 위해 자리에 앉았을 때 그녀는 짐작했던 대로 그가 상냥한 사람이라는 것을 알게되었다. 그는 막힘없이 즐겁게 이야기를 이어 갔고, 그의 매너에는 짓궂지만 쾌활한 장난기가 묻어 있어서 잘 이해되지는 않아도 재미가 있었다. 주변의 이런저런 것에 대해 자연스럽게 몇 마디 주고받은 후, 그가 불쑥 이렇게 말했다. "아가씨, 제가 미적거리느라 파트너 되는 분을 제대로 챙겨 드리지 못했네요. 바스에 오신 지 얼마나 되셨는지 묻지도 못했어요. 전에도 오신 적이 있는지, '상부 무도회장', 극장, 음악회에는 가신적이 있는지, 이곳이 마음에 드시는지 등등에 대해서도요. 정말 소홀했습니다. 그렇지만 이제 이런 궁금증을 풀어 주실 시간이 되시는지요? 그러시다면 바로 시작하겠습니다."

"굳이 그런 수고를 하실 것까지야 있나요."

"수고라고 할 것도 없습니다, 아가씨." 그런 다음 눈과 입은 짐짓 미소를 지은 채 목소리는 더 부드럽게 하고 웃음을 흘리면서 이렇게 덧붙였다. "바스에 오래 계셨나요, 아가씨?"

"일주일 정도 됐어요." 웃지 않으려고 애쓰며 캐서린이 답했다.

"정말인가요?" 짐짓 놀란 표정을 지으며 그가 말했다.

"왜 그렇게 놀라시죠, 선생님?"

"왜냐고요? 그렇군요." 그가 자연스러운 어조로 돌아와서 말했다. "당신의 답변에 무언가 반응을 해야 할 것 같은데, 놀라는 게 가장 쉬웠거든요. 그 정도면 무난하지 않았나 싶습니다만. 자, 그럼 계속해 보지요. 전에도 이곳에 오신 적이 없습니까, 아가씨?"

"전혀 없어요."

"역시! '상부 무도회장'에는 발걸음을 하셨던가요?"

"네, 선생님, 지난 월요일에 다녀왔어요."

"극장에는 가 보셨나요?"

"네, 선생님, 화요일에 연극에 갔어요."

"연주회에는요?"

"네, 선생님, 수요일에요."

"그러면 전체적으로 바스에 만족하시나요?"

"네, 아주 좋아요."

"자, 이제 제가 한번 능글맞게 웃어 드려야겠고, 그런 다음 우리 다시 이성을 찾으면 되겠습니다."

캐서린은 대놓고 웃어도 좋을지 몰라서 고개를 돌렸다.

"저에 대해 어떻게 생각하시는지 압니다." 그가 진지하게 말했다. "내일 당신 일기에 저는 한심한 인물로 등장하겠지요."

"제 일기라고요!"

"네. 당신이 뭐라고 할지 정확하게 알아요. 금요일. '하부 무도회장'에 감. 푸른 장식이 달린 잔가지 무늬의 모슬린 옷을 입고, 수수한 검은 신을 신음. 괜찮은 차림새. 그러나 괴상하고 덜떨어진 사람한테 이상하게 괴롭힘을 당함. 자기와 춤을 추게 하더니 말도 안 되는 소리로 나를 성가시게 함."

"저야 그런 소리를 할 리가 없지요."

"당신이 해야 할 말을 해 드릴까요?"

"원하신다면."

"킹 씨한테 소개를 받아 매우 싹싹한 청년과 춤을 추었다. 그와 많은 대화를 나누었다. 아주 특별한 재능을 가진 사람인 듯하다. 그에 대해 더 알고 싶다. 아가씨, 당신이 이런 말을 해 주시기를 저는 바란답니다."

"그러나 아마도 저는 일기를 쓰지 않을걸요."

"아마도 당신은 이 방에 앉아 있지 않고, 저도 당신 곁에 앉아 있지 않을걸요. 도무지 믿을 말을 하셔야지요. 일기를 쓰지 않으신다! 그게 없으면 이 자리에 없는 당신의 친척들은 당신이 바스에서 어떤 생활을 하는지 어떻게 알죠? 매일 저녁 일기에 적지 않으면 그날그날 받았던 정중한 대접과 찬사들을 어떻게 전할 수 있죠? 꼭 전해야 하는데 말입니다. 규칙적인 일기에 의존하지 않고서야 어떻게 당신의 다양한 옷들이 기억되고, 곱슬거리는 머리카락의 온갖 다양한 모습이 묘사되나요? 아가씨, 제가 보기와는 달리 젊은 여성들이 어떻게 사는지 꽤 잘 안답니다. 여성들은 평이한 문체로 글 쓰는 솜씨가 있다고들 하는데, 그런 솜씨를 길러 주는 것이 바로 일기를 쓰는 이런 즐거운 습관이지요. 기분 좋은 편지를 쓰는 재주가 여성 특유의 것이라는 점은 누구나 인정하는 바고요. 타고난 재능도 있겠지만, 저는 그 재능도 근본적으로 일기 쓰는 습관 덕분이라고 확신합니다."

"저도 가끔은 생각했어요." 하고 캐서린이 긴가민가하면서 말했다. "여성이 남성보다 편지를 훨씬 잘 쓴다고 말이지요! 그런데 그게…… 전 우리 여성 쪽이 항상 우월하다고는 생각하지 않거든요."

"지금까지의 제 판단으로는 여성들끼리 주고받는 편지의 통상적인 스타일은 세 가지 점만 빼면 완벽해요."

"그게 뭔데요?"

"일반적으로 주제가 없다는 점, 마침표를 찍을 줄 모른다는 점, 문법을 자주 틀린다는 점."

"세상에! 찬사를 어떻게 되돌려 드려야 하나 하는 걱정은 안 해도 되겠네요. 우리 여성들을 높이 봐서 그런 말씀을 한 건 아니실 테지요."

"여성이 남성보다 편지를 잘 쓴다는 것이 무슨 일반 원칙이라는 건 아닙니다. 이중창을 더 잘한다거나 풍경화를 더 잘 그린다거나 하는 것이 그렇듯이 말입니다. 취향이 바탕을 이루는 능력이라면 아주 공평하게 나누어져 있죠. 남성이 우월할 수도 있고 여성이 우월할 수도 있고 말이지요."

이때 앨런 부인이 끼어들어 이렇게 말했다. "캐서린, 내 소매에서 이 핀 좀 빼 주렴. 벌써 구멍이 나지 않았나 싶구나. 내가 제일 좋아하는 드레스인데, 그렇다면 정말 속상하네. 야드당 9실링밖에 안 들었지만."

"제가 짐작하기로도 그렇습니다, 부인." 틸니 씨가 모슬린을 바라보며 말했다.

"모슬린에 대해서 잘 아시나 봐요?"

"아주 잘 압니다. 전 늘 넥타이를 직접 사고 판단력도 훌륭하다고 자부합니다. 제 여동생도 드레스를 선택할 때 제 안목을 대단히 신뢰하고요. 전날 여동생한테 하나 사 주었는데 그걸 본 여성들이 모두 기가 막히게 잘 샀다고 입을 모았답니다. 야드당 5실링을 주고 샀는데, 진짜 인도 모슬린이었지요."

앨런 부인은 그의 뛰어난 재주에 놀라움을 감추지 못했다. "남자들은 대개 그런 데는 문외한인데." 하고 그녀가 말했다. "앨런 씨는 옷을 바꿔 입어도 구별도 하지 못한다니까. 여동생은 참 좋겠어요."

"저도 그러기를 바랍니다, 부인."

"몰런드 양의 드레스에 대해서는 어떻게 생각해요?"

"아주 예쁩니다, 부인." 진지하게 살펴보면서 그가 말했다. "그렇지만 세탁이 잘될지는 모르겠군요. 올이 풀리지 않을까 싶네요."

"어떻게 그렇게……." 캐서린이 웃으면서 말했다. 그녀는 '이상하신가요.'라고 말할 뻔했다.

"나도 같은 생각이에요." 앨런 부인이 대꾸했다. "그래서 몰런드 양이 옷을 살 때 그렇게 말했어요."

"그렇지만 부인, 아시다시피 모슬린은 늘 뭔가 다른 걸로 변신하는 법이지요. 몰런드 양은 거기서 손수건이나 모자나 망토 같은 것을 얼마든지 뽑아낼 수 있을 겁니다. 모슬린은 정말 버릴 게 하나도 없어요. 여동생이 한 사십 번은 그렇게 말했을 겁니다. 필요 이상으로 펑펑 옷을 사거나 생각 없이 천을 잘라 대거나 했을 때 말입니다."

"바스는 매력적인 곳이에요. 좋은 가게가 즐비하잖아요.

우리야 시골 구석에 박혀 있으니 안타까운 노릇이긴 해요. 물론 솔즈베리에 좋은 가게가 많지만 거기까지 가려면 너무 멀거든요. 8마일이면 먼 길이지요. 앨런 씨는 9마일이라고, 정확히 그렇다지만, 난 8마일은 안 넘는다고 확신해요. 하여간 참 피곤한 일이라…… 죽을 지경으로 지쳐서 돌아오지요. 그런데 여기서는 문밖에 나서서 오 분 후면 물건을 구할 수 있으니까."

틸니 씨는 예의 바르게 앨런 부인의 말에 관심을 기울여 주었고, 그녀는 춤이 다시 시작될 때까지 그를 붙잡고 모슬린 이야기를 계속했다. 캐서린은 그들의 대화를 들으면서 그가 다른 사람들의 어리석은 소리를 좀 지나치게 받아 주는 게 아닌가 생각했다. "뭘 그렇게 골똘히 생각해요?" 무도회장으로 돌아오면서 그가 말했다. "당신의 파트너 생각은 아니기를 바랍니다. 그렇게 머리를 흔드는 걸로 봐서는 만족스러운 쪽은 아닌 듯해서요."

캐서린은 얼굴을 붉히며 말했다. "아무 생각도 안 했어요."

"교묘하게 속내를 감추는 답변으로 들립니다. 말씀드리지 않겠다고 하는 말을 지금으로서는 듣고 싶었는데요."

"그러시다면, 전 말하지 않겠어요."

"고맙소이다. 이제 곧 우린 친해질 테고 난 만날 때마다 이 문제로 당신을 놀려 댈 권리를 얻은 셈이죠. 세상에서 이런 권리만큼 사람을 친하게 해 주는 것은 없으니까."

두 사람은 다시 춤을 추었다. 그리고 무도회가 끝나고 헤어질 때 적어도 여자 쪽에서는 이 친분을 계속 이어 가고 싶은 마음이 크게 일었다. 그녀가 따뜻한 포도주와 물을 마시고 잠자리에 들 준비를 할 때, 꿈에서 볼 정도로 그의 생각을 많이 했는지는 확인할 수 없지만 말이다. 그러나 그것이 선잠 상태였거나, 기껏해야 아침 잠결 이상이 아니었기를 바란다. 왜냐하면 어느 유명한 작가가 주장했듯이 남자 쪽이 사랑을 명백히 선언하기 전까지는 어떤 젊은 여자도 먼저 사랑에 빠질 권리가 없는 것이 사실이라면, 남자 쪽에서 여자 꿈을 꾸었다는 것이 먼저 알려지기도 전에 젊은 여자가 남자 꿈을 꾼다는 것은 매우 부적절한 일이기 때문이다. 앨런 씨가 머릿속으로 과연 틸니 씨가 꿈꾸는 자 혹은 사랑하는 자로서 적합할까 하는 생각까지야 아직 하지 않았을 테지만, 주변에 문의해 본 결과 만족스럽게도 자기가 보살피는 젊은 처녀를 위해 알고 지내기에는 전혀 하자가 없다는 답변이 들려왔다. 그날 저녁 일찌감치 그녀의 파트너가 어떤 사람인지 알아보고자 수고를 기울인 끝에 틸니 씨가 목사이며 글로스터셔의 명문대가 출신이라는 점을 확인했던 것이다.

4

다음 날 캐서린은 평소보다 열의 있게 서둘러 펌프 룸으로 갔다. 오전 시간이 끝나기 전에 거기서 틸니 씨를 보면 미소를 지으며 맞으리라 마음먹고 있었다. 그러나 미소를 지을 필요도 없었으니 틸니 씨는 나타나지 않았다. 인기 시간대인지라 정작 그는 없는데 바스에 있는 모든 인간이 조금씩 시차를 두고 모습을 드러냈다. 수많은 사람들이 무리를 지어서 매 순간 들락날락, 계단을 오르락내리락했다. 관심이 가는 사람도, 보고 싶은 사람도 없었다. 오직 그만이 그곳에 없었다. "바스는 정말 즐거운 곳이야." 피곤해질 때까지 이리저리 방을 돌아다닌 후 큰 시계 아래 앉았을 때 앨런 부인이 말했다. "그런데 여기에 아는 사람까지 있다면 얼마나 기쁠까."

지금까지 이런 심정을 입버릇처럼 토로했지만 아무런 진전이 없던 터라 앨런 부인으로서도 딱히 이번이라고 뭔가 좋은 결과가 있을 것이라고 희망할 근거는 없었다. 그러나 우리는 "지치지 않고 부지런을 떨면 원하는 것을 얻"듯이, "무엇에도 절망하지 않고 버티면 소득이 있을 것"이라는 말을 익히 들어 왔다. 그녀가 매일 똑같은 말을 지치지도 않고 부지런히 해댄 덕인지 마침내 정당한 보상이 돌아왔다. 그녀가 자리에 앉은 지 십 분쯤 지났을 때 그녀 옆에 앉아 있던 같은 연배의 여성 하나가 수분 동안 그녀를 주의 깊게 바라보다가 무척 사근사근한 말투로 이렇게 말을 건넸다. "부인, 잘못 본 것이 아닌 듯한데, 워낙 못 본 지가 오래되기는 했지만, 혹 성함이 앨런 아니신가요?" 이 질문에 바로 긍정하는 답변이 이어지자 그 사람은 자기 이름을 소프라고 밝혔다. 앨런 부인은 각자 결혼한 이후 대단히 오래전에 꼭 한 번 본 게 전부인, 옛날에 친하게 지내던 학교 친구의 얼굴을 바로 알아보았다. 둘은 서로 반색을 했는데, 당연히 그렇기도 할 것이 지난 십오 년 동안 서로에 대해서 전혀 모르고 살아왔던 것이다. 우선 어쩜 그렇게 변한 데가 없느냐는 칭찬이 오고 갔다. 그리고 마지막으로 본 이후로 시간이 쏜살같이 지나갔고, 바스에서 만나리라고는 꿈에도 생각하지 못했으며, 옛 친구를 본다는 게 얼마나 기쁜 일인지 한마디씩 한 연후에, 그들은 서로의 가족, 자매, 친척에 대해서 질문하고 정보를 주고받기 시작했다. 둘 다 한꺼번에 말하기도 하면서 정보를 얻기보다는 주는 데 급급하여 상대가 하는 말은 거의 듣지 않았다. 그러나 대화로 치자면 소프 부인에겐 앨런 부인보다 한 가지 큰 이점이 있었으니 바로 자식 자랑이었다. 그녀는 자기 아들들의 재능과 딸들의 미모에 대해 시시콜콜 늘어놓았는데, 자식들이 처한 상황이나 전망이 각기 달라서 존은 옥스퍼드에 다니고 에드워드는 머천트 테일러 학교에 다니고 윌리엄은 해군에 있으나, 이 삼 형제가 모두 자기 자리에서 어느 누구보다 사랑받고 존경받고 있다는 것이다. 앨런 부인은 그와 비슷한 이야깃거리도 없거니와 솔직히 듣고 싶어 하지도 믿고 싶어 하지도 않는 친구의 귀가 솔깃해질 만한 자랑거리도 없는지라, 어쩔 수 없이 이 모든 어머니다운 장광설에 귀를 기울이는 척할 수밖에 없었다. 그렇지만 그녀의 날카로운 눈은 곧 찾아내고 말았으니 소프 부인의 펠리스에 달린 레이스가 자기 것에 비해 반도 예쁘지 않다는 점을 위안으로 삼았다.

"저기 우리 딸들이 오네." 소프 부인이 소리를 치면서 서로 팔짱을 끼고 그녀 쪽으로 오는 세 명의 깔끔하게 차려입은 여성들을 가리켰다. "앨런 부인, 얘들을 소개하고 싶어. 널 보면 정말 기뻐할 거야. 키가 가장 큰 아이가 이저벨라인데 맏딸이지. 정말 멋진 처녀지? 다른 아이들도 칭찬을 많이 받지만, 이저벨라가 가장 아름다워."

소프네 딸들이 소개되었고 잠시 동안 잊혔던 몰런드 양도 이제 소개되었다. 모두들 그 이름을 듣고 놀라는 듯했다. 그리고 맏언니가 아주 정중하게 그녀에게 말을 건넨 후 동생들에게 이렇게 큰 소리로 말했다. "몰런드 양은 정말 자기 오빠를 꼭 닮았네!"

"그래, 빼다 박았구나!" 그녀의 어머니가 소리쳤다. 그리고 "어디서 봐도 그분 여동생인 걸 알겠는걸!" 다들 이 말을 두세 번 되풀이했다. 캐서린은 잠시 놀랐다. 그러나 소프 부인과 딸들이 제임스 몰런드 씨와 알게 된 사연을 이야기했고, 그러자 캐서린도 곧 큰오빠가 최근 대학에서 소프라는 이름의 청년과 친해졌고 크리스마스 방학의 마지막 주를 런던 근처에 사는 그의 가족과 보냈다는 것을 기억해 냈다.

모든 일이 설명되었고, 소프네 딸들 입에서 그녀와 더 잘 알고 싶다는 둥, 오빠끼리 친구 사이이니 이미 친구 아니냐는 둥 자상하고 친절한 말들이 쏟아져 나왔다. 이 말을 들은 캐서린은 너무도 기뻐 자기가 구사할 수 있는 온갖 예쁜 표현으로 응답했다. 그리고 우정의 첫 증거로서 그녀는 곧 맏이인 소프 양이 건네는 팔을 끼고 방 안을 한 바퀴 같이 돌았다. 캐서린은 바스에서 친구를 사귀게 된 것이 기뻤고 소프 양과 대화하는 동안에는 틸니 씨를 거의 잊기까지 했다. 실연의 고통을 잊는 데는 역시 우정이 가장 훌륭한 방향제였다.

그들은 드레스, 무도회, 남녀 사이의 집적거림, 이상한 사람이나 물건 같은 것에 대해 대화를 나누었는데, 이런 주제는 대개 부담 없이 이야기하다 보면 갑자기 친해진 젊은 숙녀들을 더 가깝게 해 주는 법이다. 그런데 소프 양은 몰런드 양보다 나이가 네 살 더 많아서 적어도 사 년 치 식견은 더 있었기 때문에, 이런 이야기를 하는 데 있어서도 확실히 유리했다. 그녀는 바스의 무도회를 턴브리지의 무도회와 비교할 수 있었고, 바스의 옷차림을 런던의 그것과 비교할 수 있었다. 요즘 유행하는 옷차림에 대한 새 친구의 생각을 시정해 줄 수 있었고, 서로 미소만 주고받은 신사와 숙녀 사이에 밀고당김이 벌어지고 있음을 발견할 수 있었고, 빽빽한 군중 가운데서 이상한 사람을 집어낼 수 있었다. 캐서린으로서는 생전 처음 접하는 능력이라 경탄하지 않을 수 없었다. 자연스럽게 존경심이 일어서 오히려 친해지기가 어려울 지경이었다. 소프 양이 서슴없이 쾌활하게 이렇게 그녀와 알게 된 기쁨을 자주 표현하여 경외의 감정은 누그러뜨리고 부드러운 애정만 남겨 놓지 않았더라면 말이다. 호감이 점점 커지다 보니 펌프 룸에서 여섯 바퀴를 도는 것으로는 부족했다. 모두 그 방을 함께 떠나게 되자 소프 양은 몰런드 양을 앨런 씨의 집 문 앞까지 바래다주었고, 밤에 극장에서 건너다볼 수 있고 다음 날 아침 같은 예배당에서 기도를 드린다는 사실을 알고 난 이후에야 서로 안도하면서 애정을 담뿍 담은 긴 악수를 끝으로 헤어질 수 있었다. 그리고 나서 캐서린은 바로 2층으로 올라가 거실 창문에서 소프 양이 거리를 따라 내려가는 모습을 지켜보았다. 우아한 걸음걸이며 아름다운 자태며 멋진 드레스에 경탄하면서 그런 친구를 얻게 된 것을 매우 감사하게 여겼다.

소프 부인은 미망인으로, 그리 부유하지는 않았다. 여성으로서는 성격 좋고 심성이 착했으며, 어머니로서는 너그러웠다. 맏딸은 미모가 뛰어났다. 동생들은 언니처럼 예쁜 척하느라고 언니의 태도를 흉내 내고 옷도 같은 스타일로 차려입고 하면서 제법 잘들 해냈다.

이 가족에 대해서 이렇게 짧게나마 설명을 한 것은 소프 부인 자신의 입을 빌지 않기 위해서다. 부인이 직접 과거에 겪은 이런저런 고생담을 길고 상세하게 말하다가는 다음 서너 장을 잡아먹을지도 모를 일이다. 귀족들과 변호사들이 얼마나 형편없는지가 줄줄이 언급되고 이십 년 전에 주고받았던 대화들이 시시콜콜 되풀이될 게 뻔했다.

5

캐서린은 그날 저녁 극장에서 소프 양의 고갯짓과 미소에 답하느라 꽤나 짬이 없는 와중에도 눈길이 닿는 박스마다 틸니 씨가 와 있는지 찾는 걸 잊지 않았다. 그러나 헛일이었다. 틸니 씨는 연극도 펌프 룸처럼 좋아하지 않는 모양이었다. 그녀는 다음 날에는 더 운이 좋기를 희망했다. 날씨가 좋았으면 하는 바람에 부응하듯이 쾌청한 아침이 오자, 그녀는 잘되리라는 확신이 생겼다. 바스에서는 화창한 일요일이면 집 안에 있던 사람들이 일제히 밖으로 나온다. 온 세상 사람들이 산책도 하고 친지들과 날씨 이야기를 주고받는 것이다.

예배가 끝나자마자 소프네와 앨런네는 기다렸다는 듯이 함께했다. 성수기에는 일요일이면 사람들이 너무 많이 몰려서 참을 수 없을 지경이 된다는 것 정도는 누구나 아는 사실이다. 그들도 펌프 룸에 가서 점잖은 사람이 한 명도 보이지 않을 때까지만 머물다가 좀 더 나은 사람들과 어울려 기분 전환을 하려고 서둘러 크레센트[7]로 갔다. 여기서 캐서린과 이저벨라는 함께 팔짱을 끼고 격의 없는 대화를 나누며 다시 한번 우정의 달콤함을 맛보았다. 그들은 많은 이야기를 나누며 매우 즐거운 시간을 보냈다. 그러나 또다시 캐서린은 자신의 파트너를 보리라는 희망을 접었다. 어디에 가도 그를 만날 수 없었다. 아침의 라운지에서건 저녁의 무도회에서건 아무리 찾아도 헛일이었다. 상부 무도회장에서도 하부 무도회장에서도, 정장 무도회에서도 평복 무도회에서도 그는 눈에 띄지 않았다. 걷는 사람들 가운데서도, 말을 탄 사람들 가운데서도, 아침에 쌍두 이륜마차를 모는 사람들 가운데서도 마찬가지였다. 그의 이름은 펌프 룸 방명록에도 없었으니 더 이상 찾아볼 곳도 없었다. 바스를 떠난 것이 분명했다. 그러나 자신의 체류가 그렇게 짧으리라는 언질은 일체 없지 않았던가! 이렇듯 무언가 비밀스러움을 거느리고 다니는 것이야말로 소설의 주인공에게 더없이 어울리는 일이다. 도대체 그가 어떤 사람인지 그 무언가 비밀스러움은 캐서린의 상상력에 싱싱하고 아름다운 빛을 던졌고 그에 대해서 더 알고 싶은 마음을 키워 주었다. 소프네로부터는 아무것도 얻을 것이 없었으니 그들도 바스에 온 지 겨우 이틀 만에 앨런 부인을 만났던 것이다. 그렇지만 그녀는 이저벨라에게 틸니 씨 이야기를 많이 했고 친구는 계속 마음에 두고 있으라고 부추겼다. 그리하여 그녀의 상상 속에서 그

---

7) 초승달 모양으로 고급 빌라가 늘어서 있는 곳.

의 인상은 조금도 약화되지 않았다. 이저벨라는 그가 매력적인 청년이 분명하며, 또 사랑스러운 캐서린을 좋아했던 게 틀림없으니 곧 돌아올 것이라고 장담했다. 그녀는 그가 목사이기 때문에 더더욱 좋다고 했다. "그 직업이 특히 마음에 든다는 것을 고백해야겠다."라면서 그녀는 작게 한숨을 내쉬었다. 어쩌면 친구의 감정이 가볍게 흔들리는 것을 눈치채고 그 이유를 물어보지 않은 것이 캐서린의 잘못이었는지도 모른다. 그러나 그녀는 사랑의 책략이나 우정의 의무에 대한 경험이 충분치 않아서 언제 적당히 농담을 하고 넘어가야 하는지, 혹은 언제 속내를 털어놓으라고 추궁해야 하는지를 몰랐다.

앨런 부인은 더할 나위 없이 행복했다. 바스가 완전히 마음에 들었다. 아는 사람들이 생겼을 뿐만 아니라, 그들이 아주 소중한 옛 친구의 가족이라는 것 또한 행운이었다. 게다가 이 친구들이 자기만큼 비싼 옷을 입고 있지 않다는 것도 알게 되었으니 금상첨화였다. 이제 그녀의 일상적인 표현은 "바스에 아는 사람이 있으면 좋겠다!"가 아니라, "소프 부인을 만나서 얼마나 좋은지!"였다. 그녀는 자기가 보살피는 젊은 아가씨와 이저벨라가 그렇듯이, 두 가족의 관계를 발전시키는 일에 대단히 열의를 보였다. 하루의 대부분을 소프 부인 곁에서 소위 대화라는 것으로 소비하지 않고는 만족하지 못했다. 그러나 그 대화란 것이 도대체 의견의 교환이란 찾기 힘들고, 주제가 같은 적도 별로 없었으니, 소프 부인은 주로 자기 아이들 이야기를 하고 앨런 부인은 자기 드레스에 대해서 말했기 때문이다.

캐서린과 이저벨라의 우정은 시작이 뜨거웠던 만큼이나 빠르게 진전되었고, 점점 밀도를 더해 가는 우정의 매 단계를 너무 빨리 통과하다 보니 주변 친구들에게나 스스로에게 그것을 입증할 증거를 새로이 내놓을 필요조차 없었다. 그들은 서로 성을 뺀 채 이름만 불렀고 걸을 때는 늘 팔짱을 꼈고 춤을 추기 위해 서로의 옷꼬리를 핀으로 고정해 주었으며 춤추는 동안에도 마냥 같이 있으려 했다. 그리고 오전 중에 비가 와서 다른 소일거리가 없어도, 질척한 날씨에 저항이라도 하듯 한사코 만나 꼭 붙어 앉아 함께 소설을 읽었다. 그렇다. 소설 말이다. 나는 소설 작가들에게 너무도 흔히 보이는 저 옹졸하고 졸렬한 관습을 택하지 않을 생각이다. 자기들도 가담하고 있는 소설 쓰는 작업을 경멸 섞인 비난으로 모욕하고, 소설 작품에 가장 가혹한 형용사를 붙여 자신들의 가장 큰 적과 한편이 되는가 하면, 그들 자신의 여주인공에게는 소설을 절대 읽히려 들지 않는 그런 관습을 말이다. 그리고 우연히라도 여주인공이 소설을 집어 들면 그 따분한 페이지들을 넌더리를 내며 넘기지 않던가. 이 얼마나 슬픈 일인가! 한 소설의 여주인공이 다른 소설의 여주인공에게 후원을 받지 못한다면 대체 누구에게서 보호와 존경을 기대할 수 있겠는가? 나는 그것을 인정할 수 없다. 상상력의 범람이니 하며 비난하는 일은 평론가들의 한가한 일거리로 남겨 두자. 새로 나오는 소설마다 쓰레기 같으니 어쩌니 하면서 신문에다 대고 케케묵은 곡조로 왈왈거리게 내버려 두자. 우리끼리는 서로를 저버리지 말자. 우리는 상처 입은 몸이다. 우리의 작품들은 세상의 어떤 다른 문학 기관이 내놓은 작품보다 광범위하고 가식 없는 즐거움을 주어 왔음에도, 어떤 종류의 글보다 폄하되었다. 자존심 탓이든 무지 탓이든 유행 탓이든, 우리의 적들은 우리의 독자만큼이나 많다. 그들은 『영국의 역사』를 900번째로 요약한 사람의 능력이나 밀턴, 포프, 프라이어의 열두어 행을 《스펙테이터》[8]의 논문 한 편과 스턴의 한 장(章)과 묶어서 출판하는 사람의 능력에는 벌 떼같이 달려들어 미화하면서, 소설가의 역량은 폄하하고 그 노고를 절하하려고 든다. 오직 천재, 위트, 감식력으로만 승부하는 그런 작업을 무시하고자 하는 것이 대세를 이룬 듯하다. "전 소설은 읽지 않아요……. 소설은 들여다본 적도 거의 없는걸요……. 제가 종종 소설을 읽으리라는 상상은 하지 마세요……. 소설치고는 꽤 좋네요." 이런 것이 판에 박힌 듯 흔히 들을 수 있는 말이다. "그런데 아가씨, 뭘 읽고 있어요?" "아이! 그냥 소설이에요!" 젊은 숙녀는 대답한다. 일부러 무관심을, 혹은 일시적인 수치심을 엿보이며 책을 내려놓으면서. "별거 아니고 『세실리아』나 『커밀라』나 『벨린다』[9]인걸요." 한마디로 그냥 소설 작품이라는 것인데, 실은 여기서야말로 정신의 가장 위대한 능력이 발휘되고, 인간 본성에 대한 가장 철저한 지식, 그 다양한 면모에 대한 가장 기막힌 묘사, 생생하게 넘쳐흐르는 위트와 유머가 선택된 최상의 언어

---

8) 당시 지식인들이 주로 보던 잡지.
9) 당시 여성 작가들의 소설. 『세실리아』와 『커밀라』는 프랜시스 버니(Frances Burney, 1752~1840), 『벨린다』는 마리아 에지워스(Maria Edgeworth, 1768~1849)의 작품이다.

로 세상에 전달되는 것이다. 자, 바로 그 젊은 숙녀가 그런 소설 작품 대신에 한 권의 《스펙테이터》를 읽고 있었다면 그녀는 얼마나 자랑스럽게 그 책을 내놓으며 제목을 밝혔을까? 그 두꺼운 출판물에서 고상한 취향을 가진 젊은 여성에게 거슬리지 않을 소재나 문체를 담은 대목이 있어서 몰두하게 할 가능성도 거의 없으면서 말이다. 거기에 실린 글들에는 있을 법하지 않은 환경과 자연스럽지 않은 인물이 부지기수고 지금은 누구도 이젠 관심을 두지 않는 대화 주제가 넘쳐 난다. 언어 또한 너무 거칠어서 도대체 그런 말을 용납한 시대 자체가 한심할 지경이다.

6

서로 알게 된 지 팔구 일쯤 지난 어느 날 아침 펌프 룸에서 두 친구 사이에 있었던 다음 대화는 그들의 돈독한 애정을 보여 주는 표본이라고 할 수 있다. 여기에는 세심한 배려, 사고의 독창성, 문학적 취향이 드러나서 그 애정이 그냥 생긴 것이 아님을 말해 준다.

그들은 약속에 따라 만났다. 이저벨라가 친구보다 오 분 정도 먼저 도착했고, 그러다 보니 그녀의 첫 마디는 다음과 같았다. "어머, 왜 이렇게 늦었어? 기다리다가 늙어 죽을 뻔했잖아!"

"저런, 그랬구나! 미안, 미안. 그렇지만 나는 제시간에 왔다고 생각했는데. 봐, 이제 막 1시잖아. 오래 기다린 건 아니지?"

"아! 수만 년은 족히 됐을걸. 반 시간 정도 먼저 와 있었을 거야. 하여간, 우리 저쪽 끝에 가서 좀 앉자. 우리끼리 재미있게 즐기자고. 할 말이 백 가지는 돼. 우선 오늘 아침에 막 출발하려고 하는데 비가 올까 봐 아주 걱정이 되더라고. 소나기가 쏟아질 것 같아서 정말 고민이 되더라니까! 그런데 밀섬가에 있는 가게 윈도에서 지금 막 정말정말 예쁜 모자를 본 거야. 네 것하고 똑같아. 초록색이 아니라 진홍색 리본이 달렸지만. 정말 갖고 싶었어. 그런데 캐서린, 오늘 아침 내내 뭐 했어? 『우돌포』[10]는 좀 읽었어?"

"응, 일어나서부터 계속 읽었어. 검은 베일까지 갔단다."

"정말? 멋져! 오! 검은 베일 뒤에 뭐가 있는지 세상없어도 얘기하지 않을 거야! 너무너무 알고 싶지 않아?"

"아! 그럼, 당연하지. 어떻게 돼? 아니, 말하지 마. 절대 듣지 않을래. 해골이 틀림없다고 생각해. 분명 로렌티나의 해골일 거야. 아이! 이 책 너무 좋아! 이 책 읽으면서 평생을 보내고 싶어. 너하고 만나는 일만 아니었다면 세상을 다 준다 해도 손에서 놓지 않았을 거야, 정말이야."

"아이 참, 정말 고맙다, 얘. 그리고 『우돌포』를 끝내고 나면, 우리 『이탤리언』을 같이 읽자. 너 주려고 같은 종류의 소설 목록을 열두 개쯤 뽑아 놓았어."[11]

"그랬어, 정말? 너무 좋아! 그게 뭔데?"

"제목을 바로 읽어 줄게. 여기 내 수첩에 목록이 있어. 『울

---

10) 당시 인기 있던 앤 래드클리프(Ann Radcliffe, 1764~1823)의 공포 소설 『우돌포의 비밀』을 말한다.
11) 『이탤리언』은 앤 래드클리프의 소설. 뒤에 열거되는 소설들은 당시의 공포 소설들이다.

펜바흐의 성』,『클러몬트』,『비밀의 경고』,『검은 숲의 네크로맨서』,『한밤의 종소리』,『라인강의 고아』,『끔찍한 미스터리』야. 이 정도면 꽤 버티겠지."

"응, 한참 버티겠는걸. 그런데 전부 다 무시무시해? 정말 무시무시한 거 맞아?"

"응, 틀림없어. 앤드루스 양이라고 내 특별한 친구가 있는데, 정말이지 이 세상에서 제일 다정한 사람이야. 그 친구가 이걸 다 읽었거든. 너도 앤드루스 양을 알았으면 좋겠다. 참 좋아할 텐데. 그 친구는 세상에서 제일 예쁜 망토를 뜨고 있어. 그 친구가 천사만큼 아름답다고 생각해. 그 친구를 보고 찬미하지 않는 남자를 보면 화가 날 정도야! 어떻게 그럴 수가 있냐고 막 야단을 치지."

"야단을 친다고? 그분을 보고 찬미하지 않는다고 남자들을 야단친단 말야?"

"응, 그래. 정말 친구를 위해서라면 못할 일이 없어. 사람을 반쯤만 좋아한다는 건 나한텐 있을 수 없는 일이야. 그건 내 본성이 아니거든. 좋아했다 하면 끝을 보는 성격이거든. 이번 겨울 어느 무도회에서 헌트 대위한테 말했지. 밤새 나한테 달라붙을 모양인데, 앤드루스 양이 천사같이 아름답다는 걸 인정하지 않으면 같이 춤추지 않겠다고 말이야. 너도 알다시피 남자들은 우리한테 진정한 우정이 불가능하다고 생각하는데, 뭔가 다르다는 걸 보여 주어야겠다고 결심했던 거지. 자, 누구라도 너를 깔보는 소리를 하면, 당장 불같이 화를 낼 거야. 그러나 그런 일은 없을 것 같은 게, 너는 남자들이 다 좋아할 타입이잖아."

"어머! 얘도." 캐서린이 얼굴을 붉히면서 소리쳤다. "그게 무슨 말이야?"

"난 널 잘 알아. 넌 생기발랄한데 앤드루스 양한테는 딱 그게 없어. 솔직히 말해서 그 친구한테는 어딘가 사람 맥 빠지게 하는 데가 있거든. 참! 이 말은 꼭 해야겠다. 어제 우리가 헤어지자마자 한 청년이 널 지그시 바라보는 걸 보았어. 그 사람, 널 사랑하는 게 분명해." 캐서린은 얼굴을 붉히며 다시 부정했다. 이저벨라는 웃었다. "내 명예를 걸고 말하는데 사실이야. 그렇지만 어떻게 될지는 알겠어. 구태여 이름을 말하지 않겠지만 한 신사의 찬사 말고는 넌 그 어떤 사람의 찬사에도 관심이 없겠지. 아니, 널 탓할 수야 없지." 이저벨라는 더욱 진지하게 말했다. "네 감정은 얼마든지 이해해. 마음이 정말 한곳에 쏠려 있으면 다른 사람의 관심은 별로 달갑지 않은 법이니까. 사랑하는 사람과 관련되지 않은 건 뭐든 맥 빠지고 흥미가 없지! 네 심정은 완벽하게 이해해."

"그렇지만 내가 틸니 씨를 크게 마음에 두고 있다고 몰아가지는 마. 어쩜 다시는 못 볼 수도 있는데 말야."

"다시 못 본다니! 얘, 그런 소리 하지 마. 그렇게 생각한다면 불행해질 테니 말이야."

"아냐, 정말 안 그래. 그를 좋아하지 않는 척하지는 않겠어. 하지만 『우돌포』를 들고 읽는 동안에는 아무도 나를 불행하게 만들 수 없는 것 같은 느낌이 들어. 오! 그 무시무시한 검은 베일! 얘, 이저벨라, 그 뒤에 아무래도 로렌티나의 해골이 있을 것 같아."

"『우돌포』를 지금까지 읽지 않았다니 참 이상해. 몰런드 부인께서 소설책을 안 좋아하시는가 보다."

"아니, 그렇지 않아. 어머니도 『찰스 그랜디슨 경』[12]을 자주 읽으시거든. 하긴, 신간 소설은 우리 손에 떨어지지 않아."

"『찰스 그랜디슨 경』이라고! 그건 놀랄 정도로 끔찍한 책이잖아, 안 그래? 내 기억으로는 앤드루스 양 같으면 첫 권도 못 끝냈을 거야."

"『우돌포』하고야 전혀 다르지. 그렇지만 아주 재미있다고는 생각해."

"그게 정말이니? 놀랍다, 얘. 읽을 수 없는 책이라고 생각했는데. 그런데 캐서린, 오늘 밤에 무슨 모자를 쓸 건지 정했니? 난 누가 뭐래도 너하고 똑같이 차려입기로 마음먹었어. 남자들이 그런 걸 눈치채기도 하더라."

"그렇지만 그런다고 의미가 있는 건 아니잖아." 캐서린이 순진하게 말했다.

"의미라고! 오, 세상에! 난 남자들이 하는 소리는 신경 안 쓰기로 했어. 당차게 상대해서 거리를 두게 만들지 않으면 남자들이란 넘보면서 기어오르려고 하거든."

"그러니? 음, 난 전혀 몰랐네. 나한테는 늘 곰살맞고 반듯하게 굴던걸."

---

12) 당시 대표적인 소설가 새뮤얼 리처드슨(Samuel Richardson, 1689~1761)의 소설.

"그야! 남자들의 태도가 워낙 그래. 남자들이란 세상에서 제일 자만심이 큰 종족이야. 자기들을 대단히 중요한 존재로 여기지. 그건 그렇고…… 내가 물어본다 물어본다 백번은 생각하면서도 자꾸 잊어버렸는데, 넌 남자의 피부색이 짙은 쪽이 좋니, 아니면 뽀얀 쪽이 좋니?"

"잘 모르겠어. 많이 생각해 보지 않아서. 뭐 둘의 중간쯤이랄까. 갈색? 하여간 뽀얀 쪽은 아니고 그렇다고 아주 짙은 쪽도 아니고."

"아주 좋아, 캐서린. 그게 바로 그이로군. 네가 틸니 씨에 대해서 설명한 것을 잊지 않고 있었어. '갈색 피부에, 검은 눈, 그리고 좀 짙은 색 머리카락.' 음, 내 취향은 달라. 난 옅은 색 눈을 좋아하고, 피부색이라면 알다시피 좀 누르스름한 쪽이 좋아. 아는 사람 가운데 그런 묘사에 부응하는 사람을 만난 적이 있다면 나를 속이면 안 돼."

"널 속이다니! 무슨 뜻이니?"

"아니, 날 괴롭히기 없기. 아무래도 너무 많은 말을 했나 보네! 그 주제는 이제 그만."

캐서린은 좀 놀라긴 했지만 그 말에 따랐고, 잠시 침묵을 지키다가 그 순간 세상의 다른 어떤 것보다 흥미를 느끼던 주제, 즉 로렌티나의 해골로 막 돌릴 참이었는데, 그녀의 친구가 이런 말로 막고 나섰다. "세상에나! 방 이쪽 끝에서 옮겨 가야 할까 봐. 밉살스러운 남자 둘이 삼십 분간이나 나를 지켜보고 있는 거 너도 알지? 사람 정말 무안하게. 가서 누가 들어왔는지나 보자. 거기까지는 따라오지 않겠지."

그들은 방명록 쪽으로 걸어갔다. 이저벨라가 이름을 들여다보는 사이에 이 요주의 청년들의 동태를 살피는 것은 캐서린의 몫이었다.

"이쪽으로는 오지 않지? 설마 우리를 따라올 정도로 뻔뻔스럽기야 하겠어? 오면 나한테 알려 줘. 난 절대 올려다보지 않을래."

잠시 후에 캐서린은 꾸밈없이 기뻐하며 그 신사들이 펌프룸을 떠났으니 염려 말라고 전해 주었다.

"그런데 그 사람들 어느 쪽으로 간 거야?" 이저벨라가 서둘러 몸을 돌리며 말했다. "그중 한 사람은 아주 미남이던데."

"교회 묘지 쪽으로 갔어."

"그렇다면 완전히 떼쳐 버린 거네. 정말 좋아! 자, 이제 나하고 에드거 빌딩으로 새 모자를 보러 가는 건 어때? 너도 보고 싶다고 했잖아."

캐서린은 흔쾌히 동의했다. "그런데 우리가 그 두 사람을 따라잡을지도 모르겠다." 하고 덧붙였다.

"아! 그건 걱정하지 마. 서두르면 바로 지나쳐 버릴 테니까. 너한테 얼른 모자를 보여 주고 싶어."

"그렇지만 몇 분만 더 기다리면 마주칠 위험이 없을 텐데."

"그렇게까지 배려하고 싶지는 않아. 남자들한테 그런 대접까지 해 줄 필요는 없잖아. 버릇만 나빠지지."

캐서린은 이런 논리에 딱히 토를 달 말도 없었다. 그래서 소프 양의 독립심과 남성의 콧대를 꺾으려는 결의를 보여 주기 위해, 두 청년의 뒤를 쫓아 걸음을 재촉했다.

7

그들은 금세 펌야드를 지나서 유니언 패시지 반대쪽의 아치 길에 닿았지만, 여기서 걸음을 멈추었다. 바스를 잘 아는 사람이라면 누구라도 이 지점에서 칩가(街)를 건너기가 얼마나 어려운지 기억할 것이다. 워낙에 불쑥 나타나는 길인 데다, 불행히도 런던 대로와 옥스퍼드 대로 및 그 도시의 가장 중요한 여관과 연결되어 있어서 아무리 중차대한 일거리를 가진 여성이라도 ── 과자를 찾든 모자를 찾든 아니면 (지금처럼) 젊은 남자를 찾든 ── 마차나 승마자나 수레에 막혀 못 건너고 기다려야 하지 않는 날이 없었다. 그런 폐해를 이저벨라는 바스에 온 후로 하루에 적어도 세 번은 느끼고 한탄해 오던 참이었다. 그리고 이제 다시 한번 그것을 느끼고 한탄할 지경에 처했으니, 유니언 패시지 바로 건너편으로 가려는 찰나, 두 신사가 군중 사이를 비집으며 그 흥미로운 통행로의 수로를 밟고 지나가는 모습이 눈에 들어온 순간 이륜마차 한 대가 다가오는 바람에 길을 건너지 못하게 된 것이다. 포장 상태가 고르지 못한 도로 위로 자신만만한 표정의 마부 하나가 자기뿐 아니라 옆에 탄 동행과 말의 생명까지 위험에 빠뜨릴 정도로 우악스럽게 이륜마차를 몰아댔기 때문이다.

"이륜마차들은 정말 끔찍해!" 이저벨라가 위를 쳐다보며 말했다. "너무 싫어." 그러나 이 정당한 혐오감의 토로는 짧게 끝났으니, 그녀는 다시 한번 쳐다본 후 이렇게 소리쳤다. "어머 웬일이야! 몰런드 씨와 오빠네!"

"세상에! 제임스 오빠네!" 동시에 캐서린도 외쳤다. 젊은이들과 눈을 마주치자마자 거의 엉덩방아를 찧을 정도로 급히 말이 세워졌고, 하인이 재빨리 달려왔고, 신사들이 뛰어나왔으며, 마차는 하인의 손에 맡겨졌다.

캐서린은 뜻밖에도 오빠를 만난 것이 좋아서 팔짝팔짝 뛰었고 상대도 상냥한 성품인 데다 동생을 진심으로 사랑하는지라 짧은 순간이나마 자기 쪽에서도 그 못지않은 반가움을 표했다. 그사이에 소프 양의 반짝이는 눈은 끊임없이 그의 시선을 끌었다. 그는 곧 그녀에게 예의 바른 인사를 건넸는데 쭈빗거리는 가운데서도 기쁨이 묻어나서, 만약 캐서린이 자신의 감정에만 매몰되지 않고 타인의 감정 변화에 좀 더 민감했더라면 오빠도 자기만큼이나 친구를 예쁘다고 생각하고 있음을 알아챘을 것이다.

존 소프는 그사이에 말들에 대한 지시를 내리고 곧 합류하여 캐서린에게 깍듯한 인사를 건넸다. 그는 이저벨라의 손은 가볍게 대충 잡았던 것과 달리 그녀에게는 발을 뒤로 빼며 격식을 차린 인사를 했다. 뚱뚱한 몸집에 중키의 청년이었고, 얼굴이 못생기고 몸매도 볼품없었다. 말구종 같은 옷차림을 하지 않으면 너무 잘생겨 보일까 봐, 그리고 예의를 차려야 할 때에 편하게 굴지 않거나 편해도 되는 때에 뻔뻔스럽게 굴지 않으면 너무 신사다워 보일까 봐 걱정이라도 하는 품새였다. 그는 시계를 꺼냈다. "테트베리에서부터 우리가 얼마나 달려왔을 거라고 생각하십니까, 몰런드 양?"

"전 거리는 몰라요." 그녀의 오빠가 23마일이라고 말해 주었다.

"23마일이라니!" 소프가 소리쳤다. "정확히는 25마일이야." 몰런드는 그렇지 않다면서 지도책, 여관 주인, 이정표 등을 근거로 들었다. 그러나 그의 친구는 그 모두를 부정했다. 그에겐 보다 확실한 거리 측정법이 있었다. "난 25마일이란 것을 알아." 하고 그가 말했다. "그동안 지난 시간을 보면 알지. 지금이 1시 30분이고, 우리가 테트베리의 여관 마당을 빠져나왔을 때 마을 시계가 11시를 쳤어. 잉글랜드에서 내 말이 마구를 장착하고 한 시간에 10마일 이하를 간다고 할 사람 있으면 나와 보라지. 그러니 꼭 25마일이야."

"자넨 한 시간을 까먹었네." 몰런드가 말했다. "테트베리에서 나온 시간은 10시였어."

"10시라니! 맹세코 11시였어! 종 치는 소리를 다 셌다고. 당신 오빠인 이 친구가 나를 아주 정신 나간 사람으로 모네요, 몰런드 양. 제 말 한번 보세요. 저렇게 잘 달리게 생긴 말 보신

적 있습니까?" 그때 하인이 마차에 올라타서 몰고 가 버렸다. "정말 순수 혈통이죠! 세 시간 반을 달렸는데 겨우 23마일이라니! 저 말을 보세요. 그게 대체 가당키나 한 일인지."

"열이 후끈 올라 있는 것은 확실한 것 같은데요."

"열이 올랐다고요! 월콧 처치에 도착할 때까지 머리터럭 하나 움직이지 않았습니다. 저기 앞머리 부분을 보세요. 허리도 보시고요. 저 걸음걸이 좀 보세요. 저 말이 한 시간에 10마일도 못 간다니. 다리를 묶어도 그 정도는 너끈할 겁니다. 몰런드 양, 제 이륜마차 어떤가요? 아주 깔끔하지 않습니까? 런던에서 제작되었는데 대단히 잘 빠졌죠. 손에 넣은 지 한 달밖에 안 된 겁니다. 크라이스트처치 칼리지에 다니는 친구의 주문으로 제작되었는데, 아주 좋은 친구죠. 몇 주 몰고 다니더니 없애 버리는 게 더 편하겠다고 여겼던가 봅니다. 마침 그때 저도 좀 가벼운 마차를 찾던 중이었죠. 쌍두 이륜마차를 사기로 거의 결심을 굳히고 있었지만 말입니다. 그런데 마지막 학기에 옥스퍼드로 마차를 몰고 가던 그 친구를 매그덜린 브리지에서 딱 마주친 거죠. 그가 말하더군요. '아! 소프, 혹시 이런 작은 마차 필요하지 않아? 아주 최고인데 나는 아주 싫증이 나서 말이야.' 내가 말했죠, '아! 제기…… 그러지 뭐. 얼마면 되겠어?' 그 친구가 얼마를 생각하고 있었을 것 같아요, 몰런드 양?"

"전혀 짐작도 못하겠는데요."

"보시다시피 쌍두 이륜용 부속물이 달려 있어요. 좌석, 트렁크, 칼꽂이, 흙 받침대, 램프, 은테 장식 하며 아주 완벽합니다. 철제 부분은 새것과 다를 바 없어요. 아니, 더 낫지요. 50기니를 부르더군요. 바로 돈을 던져 주고 계산을 끝내고 마차는 제 차지가 되었지요."

"그런데 저야 그런 일에 대해서 잘 모르니, 그게 싼지 비싼지 판단이 안 되네요." 캐서린이 말했다.

"싸지도 비싸지도 않습니다. 아마 그보다 덜 주고 살 수도 있을 겁니다. 그러나 전 흥정을 싫어하고, 가련한 친구 프리먼은 현금이 필요했죠."

"참 좋은 일을 하셨네요." 캐서린이 기분 좋게 말했다.

"이런! 제기…… 친구한테 선심을 쓸 때 쓰는 거지 구질구질해지기는 싫습니다."

이제 아가씨들이 어디로 가려 했느냐는 질문이 나왔고 목적지를 알게 되자 신사들은 에드거 빌딩으로 동행해서 소프 부인께 인사를 드리기로 했다. 제임스와 이저벨라가 앞장섰다. 이저벨라는 이런 상황이 매우 만족스러웠다. 제임스는 오빠의 친구이자 친구의 오빠이기 때문에 두 배로 가깝게 느껴진 까닭에 아주 흡족한 마음으로 즐겁게 걸어가려고 애썼다. 그녀의 이 마음은 교태와는 거리가 먼 아주 순수한 감정이었던지라 밀섬가에서 그 꺼림칙한 두 청년을 따라잡고 지나쳤지만 그들의 주의를 끄는 짓은 일절 하지 않고 세 번 돌아보는 것으로 끝냈다.

존 소프는 당연히 캐서린과 보조를 맞추었다. 몇 분간 아무 말도 없다가 이륜마차 이야기를 다시 꺼냈다. "그렇지만 몰런드 양, 그 정도 값이면 싸다고 할 사람도 있을 겁니다. 그다음 날 10기니를 더 받고 팔 수도 있었으니까요. 오리엘 칼리지의 잭슨이라는 친구가 당장 60기니를 주겠다더군요. 몰런드도 그때 같이 있었지요."

"맞아." 이 말을 들은 몰런드가 말했다. "그렇지만 자넨 말이 포함된 가격이라는 것을 잊었군."

"말이라! 에이, 제기…… 내 말은 100기니를 주어도 안 팔지. 무개 마차 좋아하십니까, 몰런드 양?"

"네, 아주 좋아해요. 타 볼 기회는 별로 없었지만요. 그렇지만 무척 좋아하긴 해요."

"잘됐습니다. 매일 제 마차로 태워 드리겠습니다."

"감사합니다." 이런 제안을 받아들이는 것이 적절한지 미심쩍은 생각에 좀 난처해하면서 그녀가 말했다.

"내일 랜스다운 힐까지 태워 드리지요."

"고맙습니다. 그렇지만 말이 좀 쉬어야 하지 않을까요?"

"쉬다니요! 오늘 23마일 온 게 다인데요. 말도 안 됩니다. 쉬는 것만큼 말을 망치는 것은 없어요. 그렇게 빨리 뻗게 만드는 것은 말이지요. 아니, 아니지요. 전 여기 있는 동안에 하루에 평균 네 시간 말을 운동시킬 겁니다."

"정말 그러시게요?" 캐서린이 심각하게 말했다. "하루에 40마일일 텐데요."

"40마일이라! 네에, 50마일이면 어때요. 아무튼 내일 랜스다운까지 태워 드리겠습니다. 자, 그럼 약속된 겁니다."

"정말 재미있겠다!" 이저벨라가 뒤돌아서며 소리쳤다. "캐서린, 정말 부럽다. 그런데 오빠, 자리 하나는 더 안 되겠지?"

"하나 더라니! 아니, 안 되지. 바스까지 와서 여동생들이나 태우고 다닌다니. 정말 웃기고 있네! 넌 몰런드가 챙겨 주겠지."

이 말에 그 두 사람 사이에 예의를 갖춘 대화가 오갔다. 그러나 캐서린은 그 내용을 세세히 들을 수는 없었다. 지금까지 들뜬 목소리로 말하던 그 상대는 이제 그들이 마주치는 여자들의 얼굴을 짧고 단정적인 말로 칭찬하거나 흉보고 있었다. 캐서린은 어린 여성 특유의 다소곳한 태도를 동원하여 될 수 있는 한 귀를 기울여 듣고 맞장구를 치는 식으로 응대했다. 특히 같은 여성의 미모가 걸린 문제다 보니 이렇게 자신만만하게 구는 남자에 맞서서 자신의 의견을 내놓기가 꺼려지던 차라 마침내 줄곧 마음에 담고 있던 질문을 꺼내서 화제를 돌려 보려고 했다. "『우돌포』를 읽어 보셨어요, 소프 씨?"

"『우돌포』라고요? 원, 세상에! 난 안 읽었어요. 소설은 전혀 읽지 않습니다. 다른 할 일이 많거든요."

캐서린은 무안해져서 자신의 질문을 사과하려고 했으나, 그가 이런 말로 막고 나섰다. "소설이란 말도 안 되는 것으로 가득 차 있지요. 『톰 존스』[13] 이래로는 그럭저럭 괜찮은 것도 나온 적이 없어요. 『수도승』[14] 정도가 예외지요. 『수도승』은 얼마 전에 읽었습니다만, 그 외에 다른 것들은 하나같이 한심하기 짝이 없어요."

"『우돌포』를 한번 읽어 보시면 마음에 드실 거예요. 아주

---

13) 당시의 소설가 헨리 필딩(Henry Fielding, 1707~1754)의 대표작.
14) 당시의 공포 소설.

재미있거든요.”

“맹세코 전 아닙니다. 아니, 뭔가를 읽는다면 그건 래드클리프 부인의 작품일 거예요. 부인의 소설은 정말 재미있어요. 읽을 만한 가치가 있지요. 재미도 있고 박진감도 있고.”

“『우돌포』는 래드클리프 부인이 썼어요.” 캐서린이 망신스러워하면 어쩌나 좀 주저하면서 말했다.

“아니, 그럴 리가. 그랬던가요? 아, 예, 기억나네요. 그렇군요. 사람들이 좋다고 난리를 치는 그 여자[15]가 쓴 엉터리 책으로 착각했습니다. 프랑스 이민자하고 결혼한 여자 말입니다.”

“혹시 『커밀라』 얘기세요?”

“네, 바로 그 책입니다. 참 황당한 이야기더군요! 시소 놀이를 하는 노인이라니! 첫 권을 집어 들고 대충 훑어본 적이 있는데, 바로 아니다 싶더군요. 읽기도 전에 무슨 내용인지 훤히 알겠더라고요. 그 작가가 이민자와 결혼했다는 말을 듣자마자 끝까지 읽을 수 없겠다 싶었습니다.”

“전 읽지 않아서요.”

“장담하건대 안 읽으셔도 손해 될 건 없습니다. 세상에 그런 엉터리는 없을 겁니다. 노인이 시소 놀이를 하고 라틴어를 배운다는 것 말고는 아무 내용도 없습니다. 맹세컨대 그렇다니까요.”

캐서린이 이 비판이 도무지 정당한 것인지 확인할 수가 없어 딱한 처지에 놓인 차에 그들은 소프 부인 거처의 문 앞에

---

15) 프랜시스 버니를 지칭한다.

도달했다. 소프 부인이 위에서 그들을 얼핏 보았다. 분별력 있고 편견 없는 독자로서 『커밀라』를 비판하던 사람이 소프 부인을 보자 순식간에 의무를 다하는 사랑스러운 아들로 변신했다. "아, 어머니! 잘 지내셨어요?" 하면서 그가 손을 마음껏 흔들었다. "어디서 그런 괴상한 모자를 구했어요? 마귀할멈처럼 보이네. 몰런드하고 저는 여기서 어머니와 며칠 묵으려고 왔어요. 그러니 어디 근방에 좋은 침실 두어 개 알아보셔야 할 겁니다." 이 말은 아들을 애지중지하는 어머니의 소망을 한껏 충족시킨 듯했다. 뛸 듯이 기뻐하며 그를 맞아들였던 것이다. 그는 두 여동생에게도 오빠로서의 애정을 흠뻑 선사했으니, 어떻게 지냈느냐고 각자에게 묻고는 둘 다 너무 못생겨 보인다고 쥐어박았다.

캐서린은 그의 태도가 마음에 들지 않았다. 그러나 그는 제임스의 친구이자 이저벨라의 오빠였다. 새 모자를 보러 가느라 물러났을 때 이저벨라가 존이 자기를 세상에서 가장 매력적인 여자라고 하더라는 말을 했다. 또 헤어지기 전에 존과 그날 저녁 춤을 추기로 선약한 것이 떠오르자 캐서린의 판단력은 더 흐려졌다. 그녀가 나이가 더 들었거나 허영심이 더 있었어도 이런 공격이 쉽게 통하지는 않았을 것이다. 그러나 아직 어린 데다 수줍음까지 있었으니 세상에서 제일 매력적인 여자라는 말과 파트너 선약을 진작 한 데서 오는 매력에 넘어가지 않으려면 남달리 강인한 이성이 필요한 법. 그 결과 몰런드 남매가 소프 남매와 한 시간 같이 앉아 있다 앨런 씨 거처로 같이 출발하여 그들 뒤로 문이 닫힌 다음 제임스가 "자, 캐

서린, 내 친구 소프 어때?" 하고 물었을 때, 만약 우정과 공치
사만 아니었어도 십중팔구 "전혀 마음에 안 들어요."라고 대
답했겠지만, 그녀는 바로 이렇게 대답해 버렸다. "정말 마음에
들어요. 아주 좋은 사람 같아요."

"세상에 저런 호인도 없지. 말이 좀 많은 게 탈이지만, 여
자들이 그런 걸 좋아하기도 하니까. 다른 가족은 어떻게 생각
해?"

"아주, 아주 좋아요. 이저벨라가 특히."

"그런 말을 들으니 너무 반갑다. 네가 가까이 지냈으면 하던
유형의 젊은 여자가 바로 그 사람이야. 정말이지 분별력이 대
단하고 또 가식이 하나도 없는 데다가 사랑스럽기까지 하잖
아. 난 늘 네가 그 사람을 알게 되기를 바랐어. 그리고 그 사람
도 널 좋아하는 것 같더라. 너를 한껏 칭찬하던데. 그리고 소프
양 같은 여자의 칭찬을 받는다는 것은⋯⋯." 그는 동생의 손을
다정하게 잡으면서 말했다. "캐서린, 너에게도 자랑스러운 일
이야."

"정말 자랑스러워요." 그녀가 대답했다. "이저벨라를 너무
좋아하고요. 오빠도 좋다니 기뻐요. 이저벨라 얘기는 없었잖
아요. 그곳을 방문하고 나한테 편지를 썼을 때도요."

"그건 네가 곧 직접 얼굴을 보게 될 거라고 생각해서였어.
둘이 바스에 있는 동안에 같이 지낼 일이 많았으면 해. 정말
사랑스러운 여자지. 이해력도 탁월하고! 가족 모두가 얼마나
좋아하는지. 모든 사람들이 좋아하는 그런 사람이야, 암. 그리
고 이곳에서도 인기가 많을 테지⋯⋯. 그렇지 않아?"

"네, 그럼요. 많이들 좋아해요, 정말. 앨런 씨는 바스에서 제일 예쁜 여자라고 해요."

"그렇게 말씀하실 만도 하지. 미모에 대해서라면 앨런 씨보다 잘 보는 분이 없거든. 캐서린, 이곳에서 행복한지 물어볼 필요는 없겠구나. 이저벨라 소프 같은 친구가 있는데 행복하지 않을 순 없을 테니. 그리고 앨런 씨 부부도 너한테 아주 친절하시지?"

"네, 아주 친절하세요. 이렇게 행복한 적이 없어요. 이제 오빠가 왔으니 더욱 즐거울 거예요. 날 보려고 일부러 이렇게 멀리까지 오다니 오빠 너무 좋은 분이야."

제임스는 이 감사의 인사를 그대로 받아들이기가 쑥스러웠던지 아주 진지하게 말했다. "캐서린, 널 정말 소중히 아끼고 사랑해."

둘 사이에 형제자매의 안부를 묻는 대화가 오고 갔다. 몇몇 동생들의 근황이 어떤지, 나머지는 잘 크는지 등등 가족에 대한 대화가 계속되었는데, 제임스 쪽에서 소프 양을 칭찬하느라 옆길로 새기도 했지만, 마침내 풀트니가에 도착했고, 앨런 씨 부부의 친절한 영접을 받았다. 앨런 씨는 두 사람을 정찬에 초대하고 부인은 두 사람을 오라고 해서 새로 산 어깨 망토의 어떤 점이 좋은지 말하고 얼마짜리인지 알아맞혀 보라고 했다. 그러나 제임스는 에드거 빌딩에서의 선약 때문에 앨런 씨의 초대에 응하지 못했고 부인의 요청을 들어주자마자 서둘러 떠나야만 했다. 옥타곤 룸에서 두 일행이 만나는 시간을 정해 두었기 때문에, 캐서린은 그동안 혼자서 『우돌포』의 책장을 넘기며 흥분되고 불안하고 겁나는 상상력의 사치를 마음 껏 누렸다. 소설 읽기에 그야말로 푹 빠져서 옷 차려입기와 정 찬이라는 세속적인 관심사에서 말끔히 벗어나 버린 것이다. 그러다 보니 오기로 한 재단사가 늦어진다며 걱정하는 앨런 부인을 위로해 주지도 못했고, 그날 저녁 미리 잡힌 춤 선약을 떠올리며 행복을 누리는 데조차 육십 분 가운데 채 일 분도 할 애하지 못했다.

8

그러나 『우돌포』와 재단사에도 불구하고 풀트니가에서 출
발한 일행은 시간에 맞춰 상부 무도회장에 도착했다. 소프 가
족과 제임스 몰런드는 그보다 이 분 먼저 와 있었다. 이저벨라
는 보자마자 친구를 만나면 으레 치르는 환영식이라도 하듯
만면에 미소를 띠며 정을 담뿍 담은 얼굴로 드레스가 너무 잘
어울리며 머리카락의 컬은 샘이 난다고 했다. 그들은 샤프롱
을 따라 팔을 끼고 무도회장으로 들어가면서 뭔가 떠오를 때
마다 서로에게 귓속말을 했고 손을 꼭 쥐거나 애정 어린 미소
를 주고받았다.

춤은 그들이 자리에 앉은 후 얼마 안 있어 시작되었다. 그리
고 제임스는 여동생만큼이나 진작 선약을 해 두었던 터라 이
저벨라에게 어서 나가자고 연신 재촉을 했다. 그러나 존이 친
구하고 이야기한다고 카드 룸으로 들어가 버렸기 때문에 그

녀는 사랑하는 캐서린이 같이 출 수 있을 때까지는 누가 뭐래도 이번 춤에는 끼지 않겠다고 잘라 말했다. "전 말이에요." 하고 그녀가 말했다. "동생분이 같이 추지 않으면 무슨 일이 있어도 안 출 거예요. 안 그랬다간 분명히 저녁 내내 떨어져 있어야 할 테니까요." 캐서린은 이 친절한 배려를 고맙게 받아들였다. 그렇게 삼 분이 흐르자 이저벨라가 한쪽 옆에 있는 제임스와 이야기를 나누더니 그의 동생에게로 다시 몸을 돌리고 이렇게 속삭였다. "얘, 난 가 봐야 할 것 같아. 네 오빠가 시작하고 싶어서 정말 안달이시거든. 내가 가도 괜찮겠지. 그리고 존이 금방 돌아올 거고, 그럼 너도 쉽게 날 찾아낼 거야." 캐서린은 조금 실망했지만 워낙 착하다 보니 한마디도 뭐라 하지 않았다. 둘이서 일어서더니 이저벨라가 친구의 손을 지그시 누르며 "잘 있어, 얘." 하며 겨우 인사만 하고는 서둘러 자리를 떠났다. 소프 양의 여동생들도 춤을 추고 있었으므로 캐서린은 소프 부인과 앨런 부인의 손에 맡겨진 채 이제 두 사람 사이에 앉아 있을 수밖에 없었다. 그녀는 소프 씨가 나타나지 않자 화가 났다. 춤도 추고 싶었지만, 자기가 이런 처지에 빠진 이유를 남들에게 알릴 수도 없는 터라 파트너가 없어서 하는 수 없이 앉아 있는 다른 젊은 여자들과 한 묶음이 되어 있었기 때문이다. 세상 사람들의 눈에 불명예스러운 처지에 놓이는 것, 마음은 순결하기 그지없고 행동은 누구보다 순수한데 다른 사람의 불미스러운 처신 때문에 치욕을 감내하고 있어야 하는 것은, 유독 여주인공의 인생에만 일어나는 그런 상황 중 하나였고 그런 때에 보여 주는 꿋꿋함이야말로 특히 주인공에게 품격을 부여할 터였다. 캐서린에게도 꿋꿋함이 있었다. 괴롭긴 했지만 그녀의 입술에서는 어떤 불평의 말도 나오지 않았다.

이런 모욕감을 씹으며 십 분을 견뎠을 무렵, 기분 좋은 일이 일어났다. 그들이 앉아 있는 곳에서 3야드도 안 되는 곳에 소프 씨가 아닌 틸니 씨가 있었던 것이다. 그는 이쪽으로 움직이는 듯했으나 그녀를 보지는 않았다. 따라서 그의 갑작스러운 등장과 함께 그녀의 얼굴에 피어오른 미소와 홍조는 지나가 버렸다. 덕분에 그녀의 주인공다운 비중은 전혀 손상을 입지 않았다. 그는 언제나처럼 잘생겨 보였고 생기에 차 있었다. 그리고 세련된 모습에 호감이 가는 얼굴을 한 젊은 여성에게 열심히 이야기를 건네고 있었다. 그의 팔에 기댄 것으로 보아 캐서린은 그 여성이 누이동생일 것이라고 짐작했다. 그리하여 이미 기혼이어서 그녀에게는 영원히 기회가 오지 않을 수도 있다는 생각 따위는 성급히 접어 버렸다. 이런 식으로 단순하고 그럴듯한 추정에만 따르다 보니 틸니 씨가 결혼했을 수도 있다는 생각은 그녀의 머리에 아예 떠오르지 않았다. 그는 그녀가 흔히 보던 기혼남처럼 처신하지도 말하지도 않았다. 부인에 대해 언급한 적은 없지만 여동생이 있다고는 했다. 이런 정황으로 미루어 지금 옆에 있는 사람은 그의 여동생이라는 결론을 바로 낼 수 있었다. 따라서 얼굴이 납빛으로 창백해져서 발작을 일으키며 앨런 부인의 가슴에 쓰러지는 대신에, 캐서린은 완벽한 분별력을 발휘하고 뺨을 평소보다 약간 더 붉힌 채 꿋꿋이 앉아 있었다.

틸니 씨와 그 동행이 느리게나마 이편으로 다가오는 사이에 소프 부인이 아는 여성 한 분이 끼어들었다. 이 부인은 소프 부인에게 말을 걸려고 걸음을 멈추었는데, 틸니 씨와 여자분도 이 부인과 동행하던 참이라 같이 멈추어 섰고, 캐서린은 틸니 씨와 눈이 마주쳤다. 그러자 그는 바로 미소로 인사를 전했고 그녀도 환한 미소로 답했다. 점점 더 가까워지자 그는 그녀와 앨런 부인에게 말을 걸었고 부인은 정중하게 응대했다. "다시 뵙게 되어서 정말 반갑군요. 사실 바스를 떠났나 하고 걱정했는데." 그는 걱정해 주셔서 감사하다며, 부인을 만난 바로 다음 날 아침에 바스를 떠나 일주일 만에 돌아왔다고 했다.

"그럼 다시 돌아온 것이 유감스럽지는 않으시겠군요. 이곳은 젊은이들을 위한 장소이니 말이에요. 사실 모든 사람을 위한 장소이기도 하지만. 앨런 씨가 여기가 지긋지긋하다고 하면 난 이렇게 말하곤 하지요. 당신은 불평을 하면 안 돼요, 이곳은 정말 기분 좋은 곳이고 일 년 중 이런 지루한 시기에는 집에 있는 것보다 이곳에 있는 것이 훨씬 낫잖아요, 당신 건강을 위해서 이리로 오게 된 것을 정말 행운으로 아세요, 이렇게 말이지요."

"부인, 저도 앨런 씨가 건강에 도움이 되는 것을 알게 되셔서 이곳을 좋아하게 되기를 바랍니다."

"고마워요. 분명히 그러실 거라고 의심치 않아요. 우리 이웃인 스키너 박사도 지난겨울에 건강을 위해서 이곳에 왔다가, 몸이 아주 튼튼해져서 떠났답니다."

"그런 사례가 큰 힘이 되겠습니다."

"그렇지요. 그리고 스키너 박사와 그 가족은 이곳에서 삼 개월 머물렀어요. 그래서 나도 앨런 씨한테 서둘러 떠날 필요가 없다고 하지요."

이때 소프 부인이 끼어들어 휴즈 부인과 틸니 양이 앉으실 수 있도록 앨런 부인에게 조금 자리를 움직여 달라고 청했다. 그들도 이 일행에 같이 합류하기로 했다는 것이다. 그렇게 자리 조정이 이루어졌다. 틸니 씨는 여전히 그들 앞에 서 있었다. 그리고 잠시 생각을 하는 듯하더니 캐서린에게 춤을 신청했다. 춤을 신청받은 것은 더없이 기쁜 일이지만, 여자 쪽은 매우 속이 쓰렸다. 거절할 수밖에 없어 슬프다는 표현을 그야말로 여실하게 해서 바로 나타난 소프가 삼십 초라도 일찍 왔더라면 그녀가 좀 심하게 속상해하지 않나 했을 정도였다. 기다리게 했네요, 하는 소프의 말은 너무 쉽게 나와서 이렇게 일이 꼬여 쓰라린 속을 조금도 풀어 주지 못했다. 그들이 마주서서 춤을 추는 동안 그는 막 떠나온 친구의 말과 개 들에 대해 그리고 서로의 테리어를 교환키로 한 것에 대해 시시콜콜 떠들어 댔지만 그녀는 별로 흥미가 없어서 틸니 씨가 있는, 떠나온 방 쪽으로 연신 시선을 돌렸다. 바로 이 남자분이라고 알려 주고 싶었던 사랑하는 친구 이저벨라는 어디 있는지 그림자도 보이지 않았다. 그들은 다른 춤 그룹에 속해 있었다. 그녀는 자기 일행 모두에게서 떨어져 나왔고 아는 사람 모두로부터 벗어났다. 엎친 데 덮친 격이었다. 이런 일을 겪은 후 그녀는 다음과 같은 유용한 교훈을 얻었다. 무도회에 사전에 선약이 되어 있다고 해서 꼭 젊은 여성의 품격을 높인다거나 즐거움을 키운다는 보장은 없다는 것을 말이다. 그런 뼈아픈 교훈을 되새기던 중 누가 어깨를 건드리는 바람에 그녀는 흠칫 상념에서 깨어났다. 몸을 돌려 보니 휴즈 부인이 바로 뒤에 있었고 틸니 양과 어떤 신사가 같이 있었다. "이렇게 무람하게 대해서 미안하지만, 몰런드 양." 하고 그녀가 말했다. "소프 양을 못 찾아서 그러는데, 소프 부인께서 아가씨라면 기꺼이 이 젊은 숙녀를 춤 대형에 넣어 줄 거라고 해서서." 휴즈 부인은 이 방 안에서 캐서린보다 즐겁게 자신의 청을 들어줄 사람을 구할 수 없었을 것이다. 젊은 여자들은 서로 인사를 나누었고, 틸니 양은 친절에 감사하는 마음을 적절히 표현했으며, 몰런드 양은 그 정도야 부담 없이 얼마든지 해 드릴 수 있다고 받았다. 휴즈 부인은 자기가 맡은 아가씨가 제대로 자리를 잡는 것을 보고 만족하여 일행에게로 돌아갔다.

틸니 양은 보기 좋은 몸매에 예쁜 얼굴 그리고 호감이 가는 용모를 하고 있었다. 그리고 그녀의 태도는 소프 양처럼 태를 부리는 기미도 전혀 없고 확실하게 멋을 내고자 하지도 않았지만, 진정한 우아함은 더했다. 그녀의 매너는 양식과 교양을 보여 주고 있었다. 수줍어하지도 않았거니와 부러 터놓는 척 굴지도 않았다. 얼마든지 젊음의 매력을 보여 줄 능력이 엿보였지만, 무도회에서는 가까이 있는 남자들 모두의 주목을 끌려고 들지도 않고 소소하게 일어나는 작은 일마다 좋아 죽겠다거나 엄청 짜증을 낸다거나 하는 일도 없었다. 캐서린은 그녀의 이런 모습뿐 아니라 틸니 씨와의 관계 때문에 관심이 가서 그녀와 친해지고 싶었고, 따라서 무언가 할 말이 생각날 때마다 바로 말을 걸었으며, 용기를 내서 차분하게 이야기를 이어 갔다. 그러나 생각이 안 나거나 용기가 나지 않는 경우도 잦았던 탓에 급속히 친해지는 데에는 한계가 있었다. 그러다 보니 서로 바스를 얼마나 좋아하는지, 건물들과 주변 시골을 얼마나 찬미하는지, 그림 그리기나 연주나 노래를 하는지, 그리고 승마를 좋아하는지 등 친분을 쌓는 데 필요한 기초적인 주제 이상으로는 나아가지 못했다.

두 번의 춤이 끝나자마자 충실한 친구 이저벨라가 캐서린의 팔을 가볍게 잡았다. 이저벨라는 즐거운 듯 소리쳤다. "마침내 찾았네. 그동안 얼마나 찾았는지 몰라. 내가 다른 춤 팀에 있는 걸 알았을 텐데 무엇 때문에 이쪽으로 와 있니? 네가 없으니까 너무 재미없더라."

"이저벨라, 내가 어떻게 널 찾을 수 있겠니? 어디 있는지 보이지도 않는데."

"나도 네 오빠한테 내내 그렇게 말했어. 그러나 믿지 않으려고 해. '가서 찾아보세요, 몰런드 씨.' 내가 그랬지. 그렇지만 아무 소용이 없었어. 이이가 꿈쩍도 않으시는 거야. 그렇지 않았나요, 몰런드 씨? '당신네 남자들은 모두 너무너무 게을러요!' 내가 얼마나 닦달을 했는지, 얘, 캐서린, 너도 알면 깜짝 놀랄 거야. 너도 알다시피 나 이런 사람들한테 예의를 차리지 않잖아."

"머리에 흰 구슬 장식을 한 저 젊은 숙녀분 좀 봐." 하고 캐서린이 친구를 제임스에게서 떼어 내면서 속삭였다. "틸니 씨의 여동생이야."

"어머! 세상에! 이런 일이! 한번 잘 봐야겠네. 정말 멋진 여성이구나! 저분 미모를 반도 따라가는 사람을 본 적이 없어! 그렇지만 모든 여심을 휘어잡는 그 오빠는 어디 있지? 이 방에 있나? 있다면 당장 가리켜 줘. 보고 싶어 죽겠어. 몰런드 씨, 당신은 들으실 필요 없어요. 당신 이야기가 아니거든요."

"그렇지만 무슨 일인데 이렇게 귓속말을 하십니까? 대체 무슨 일인가요?"

"보세요, 바로 이런 식이라니까요. 당신네 남자들은 지나치게 호기심이 많아요! 여자들의 호기심에 대해 운운들 하시는데! 그 정도는 아무것도 아니죠. 그러나 당신이 몰라도 되는 일이니 이 정도로 만족하세요."

"아니, 그런 말로 제가 만족할 거라 생각해요, 정말?"

"에, 당신 같은 분은 처음이라고 선언하는 바예요. 우리 이야기가 당신한테 무슨 의미가 있지요? 뭐 당신 이야기를 하고 있을 수도 있으니까, 듣지 마시라고 충고하고 싶어요. 안 좋은 소리를 들으실지도 모르니까요."

한동안 이런 시답잖은 잡담이 오고 가다 보니 원래의 주제는 깡그리 잊힌 듯했다. 캐서린은, 잠시 그 주제가 잊힌 것은 오히려 잘된 일이지만 틸니 씨를 하루빨리 보고 싶다던 이저벨라의 희망도 완전히 사라진 것은 아닌지 약간 의심이 됐다. 오케스트라가 새로운 춤곡을 연주하기 시작하자 제임스는 사랑스러운 파트너를 대동하고 가려고 했지만, 그녀가 버텼다. "말해 두겠는데요, 몰런드 씨." 하고 그녀가 소리쳤다. "세상없어도 그러고 싶지는 않아요. 어쩜 그렇게 못살게 구시는 거죠? 캐서린, 너희 오빠가 나한테 뭘 원하는지 아니? 이이는 자기하고 내가 다시 춤추기를 원하고 있어. 그건 부적절한 일이고 규율에 완전히 어긋난다고 하는데도 말이야. 파트너를 바꾸지 않으면 다들 수군댈 거예요."

"맹세코 말인데요." 제임스가 말했다. "이런 공공 무도회에서는 흔한 일입니다."

"말도 안 돼요. 어쩜 그런 말씀을 하시죠? 당신네 남자들은 목표하는 것이 있으면 물불 가리지 않는다니까요. 캐서린, 도와줘. 오빠한테 정말 불가한 일이라고 설득 좀 해 줘. 내가 그런 짓을 하면 네가 충격을 받을 거라고 얘기해 줘. 그렇지 않니?"

"아니, 전혀. 그렇지만 네가 그게 잘못이라고 생각한다면 파트너를 바꾸는 게 낫겠지."

"그것 봐요." 이저벨라가 소리쳤다. "동생이 하는 말을 들으시고도 신경을 안 쓰실 건가요? 그렇담 바스의 모든 노부인들께서 난리법석을 떨어도 제 잘못은 아니라는 것 기억하세요. 캐서린, 제발 내 곁에서 나를 지켜 주렴." 그러고는 이전의 춤자리로 복귀하기 위해 그들은 가 버렸다. 그사이에 존 소프도 가 버렸고 캐서린은 이미 한 번 그녀의 마음을 설레게 했던 그 기분 좋은 요청을 되풀이할 기회를 틸니 씨에게 주고 싶은 마음이 굴뚝같았던지라, 앨런 부인과 소프 부인에게 최대한 빠른 걸음으로 다가갔다. 하지만 그가 아직도 거기 머물러 있었으면 하는 희망은 물거품이 되었다. 그녀는 자기가 얼마나 터무니없는 희망을 품고 있었는지 깨달았다. "자, 아가씨." 아들

자랑을 하고 싶어 안달이 난 소프 부인이 말했다. "파트너가 마음에 들었기를 바란다만."

"아주 마음에 들었어요, 부인."

"그것 참 잘됐구나. 존은 매력이 철철 넘치지, 그렇지 않던가?"

"얘야, 틸니 씨는 만났니?" 앨런 부인이 말했다.

"아니요. 어디 계신데요?"

"지금까지 우리하고 같이 있었어. 그러더니 여기저기 다니기도 지겹다면서 가서 춤을 추겠다고 하더라. 그래서 널 만나면 신청을 하겠거니 생각했지."

"도대체 어디 계신 거죠?" 이렇게 말하며 캐서린은 주변을 돌아보았다. 그러나 돌아본 지 얼마 지나지 않아 그가 한 젊은 숙녀를 춤으로 안내하는 것을 보았다.

"아! 파트너를 구했나 보구나. 나는 너한테 신청했으면 했는데."

앨런 부인이 말했다. 그리고 잠시 침묵했다가 이렇게 덧붙였다. "참 괜찮은 청년이야."

"그렇고 말고지." 하고 득의만면 미소를 띠면서 소프 부인이 말했다. "자식 자랑 팔불출이라지만 이 말은 꼭 해야겠네. 세상에 저만한 청년은 보기 드물지."

이 얼토당토않은 대답에 많은 사람들이 잠시 어리둥절했지만, 앨런 부인은 그렇지 않았다. 잠시 생각해 보더니 캐서린의 귀에 대고 이렇게 속삭였다. "아마 자기 아들 이야기를 한다고 생각한 모양이야."

캐서린은 실망하고 화도 났다. 바로 눈앞에 있는 목표물을 간발의 차이로 놓친 격이었다. 그러다 보니 그 이후 곧바로 존 소프가 나타나 "자, 몰런드 양, 당신과 내가 다시 한번 마주 서서 춤을 춰 볼까요?"라고 하자 그리 곱지 않은 답변이 나갔다.

"어머, 아니에요. 매우 감사합니다만, 두 번 추었잖아요. 게다가 전 피곤해서 더 이상 춤추고 싶지 않아요."

"그래요? 그럼 우리 이리저리 걸어 다니면서 사람들한테 장난이나 칩시다. 나랑 같이 가세요. 이 방의 4대 문제아들을 보여 드릴게요. 내 여동생 둘하고 그 파트너들인데 한 삼십 분 정도 그들을 놀려 먹고 있었지요."

캐서린이 다시 사양하자, 그는 혼자서 여동생들을 놀리려고 가 버렸다. 그날 저녁의 남은 시간은 너무나 따분했다. 틸니 씨는 차를 마시는 자기 일행과 떨어져서 그의 파트너 일행과 같이 있었다. 틸니 양은 자기와 같은 일행이긴 했지만 옆에 앉지 않았고, 제임스와 이저벨라는 둘만의 대화에 빠져 있었다. 그러다 보니 이저벨라도 자기 친구에게 한 번 웃어 주고 한 번 안아 주고 한 번 "사랑하는 캐서린." 하고는 그만이었다.

9

그날 저녁 일로 캐서린은 기분이 바닥까지 내려갔는데 그다음 경과는 이러했다. 처음에는 방에 머무는 동안 주위 사람 모두에게 불만을 느꼈고, 곧 상당한 피로감과 집에 가고 싶은 욕구가 격하게 밀려왔다. 이는 풀트니가에 도착하자마자 심한 허기로 방향을 틀더니 그것이 해소되자 잠자리에 들고 싶은 열의로 바뀌었다. 그것이 그녀가 느낀 비탄의 극점이었다. 왜냐하면 침실에서 그녀는 바로 잠에 빠져들어 아홉 시간을 푹 잤고 상쾌한 기분으로 깨어나 새로운 희망과 계획을 안고 완벽히 부활했던 것이다. 첫 번째 소망은 틸니 양과의 친분을 진전시키고 싶다는 것이었고 이를 위해 정오쯤에 펌프 룸에서 그녀를 찾아보기로 결심했다. 펌프 룸에 가면 바스에 새로 도착한 사람을 만나게 되어 있었다. 또 그 건물은 알아 둘만한 여성들을 발견하고 친해지기에 아주 좋은 곳으로 비밀이 완벽히 보장되는 가운데 대화를 나누기에 안성맞춤이었으므로, 거기에 가면 친구를 만날 수 있으리라는 기대도 무리는 아니었다. 그렇게 그녀의 아침나절 계획이 정해졌으니, 아침을 먹은 후에는 조용히 앉아서 책을 읽고 시계가 1시를 칠 때까지는 같은 장소에서 계속 그러고 있을 작정이었다. 앨런 부인이 가끔 한마디씩 던지고 감탄사를 수시로 발했지만 이제는 습관이 되어 거의 불편을 느끼지 않았다. 정신이 텅 빈 데다 생각할 능력도 아예 없다 보니, 부인은 말을 많이 하지도 않았지만 그렇다고 아예 입을 닫고 있지도 않았다. 따라서 일거리를 가지고 앉아 있는 동안에 바늘을 잃어버리거나 실을 끊어 먹어도, 길에서 마차 소리를 듣거나 드레스에 얼룩이 묻은 것을 보아도, 주위에 말을 받아 줄 사람이 있건 없건 그 사실을 소리 내어 말해야 했다. 12시 30분경에 유난히 뚜걱거리는 소리가 나자 부인은 서둘러 창가로 갔다. 문간에 무개 마차 두 대가 있는데, 첫 번째 마차에는 하인 하나만 타고 있고 두 번째 마차에는 소프 양과 그 오빠가 타고 있더라는 소식을 채 다 전하기도 전에, 존 소프가 층계를 달려 올라오며 외치는 소리가 들려왔다. "자, 몰런드 양, 내가 왔소이다. 오래 기다리셨습니까? 이보다 빨리는 도저히 올 수가 없었어요. 빌어먹을 마차업자가 적당한 마차를 찾느라고 얼마나 꾸물럭거리는지 원. 거리를 벗어나기도 전에 망가져 버릴 게 뻔해요. 앨런 부인, 안녕하신지요? 지난밤은 정말 대단한 무도회였죠, 그렇지 않나요? 어서 와요, 몰런드 양, 빨리 빨리. 다른 사람들도 어서 떠나자고 법석을 떠니까요. 마차 안에서 이리 뒹굴 저리 뒹굴

하고 싶은 거죠."

"무슨 말씀이세요?" 캐서린이 말했다. "모두들 어디를 간다는 거죠?"

"어딜 가냐니요? 아니, 약속을 잊으신 게로군요! 오늘 아침 같이 드라이브하기로 하지 않았나요? 기억력 한번 대단하시네! 우린 클래버튼 다운으로 갈 겁니다."

"그런 말이 있었던 건 이제 기억나네요." 앨런 부인한테 의견을 구하는 눈길을 보내면서 캐서린이 말했다. "그렇지만 정말 이렇게 오실 줄은 몰랐어요."

"올 줄 몰랐다고요? 에이, 그럴 리가! 내가 안 왔다면 난리를 치셨을 거면서."

그사이 캐서린은 부인에게 말없이 눈길을 보냈지만, 하나도 통하지 않았다. 앨런 부인은 시선으로 의견을 표하는 습관이 전혀 없었던지라, 누가 그런 뜻으로 바라본다는 것 자체를 알지 못했던 것이다. 캐서린은 틸니 양을 다시 보고 싶은 생각은 드라이브 때문에 잠시만 접도록 하고 이저벨라도 제임스와 가니 자기가 소프 씨와 가는 것도 그리 문제 되지는 않을 거라 생각하고는, 좀 더 분명하게 물을 수밖에 없었다. "저, 부인, 이러면 어떨까요? 제가 한두 시간 정도 비워도 될까요? 갈까요?"

"좋을 대로 하렴, 애야." 앨런 부인이 아무렇지도 않은 듯 대답했다. 이 말을 따라 캐서린은 외출 준비를 하려고 뛰어나갔다. 그리고 몇 분이 지나 다시 나타났는데, 남아 있던 두 사람은 소프가 앨런 부인에게서 이륜마차가 참 멋지다는 찬사를 끌어낸 후 몇 마디 칭송의 말을 늘어놓던 참이었다. 잘 다녀

오라는 부인의 인사를 받고 그들은 서둘러 계단을 내려갔다. "얘, 얘." 마차에 오르기 전에 꼭 우정을 표해야 직성이 풀리는 이저벨라가 소리쳤다. "외출 준비를 하는 데 적어도 세 시간은 걸린 것 같아. 어디 아픈가 걱정했어. 어젯밤은 참 즐거운 무도회였지. 하고 싶은 말이 천 개는 돼. 그렇지만 얼른 타. 빨리 출발하고 싶어 죽겠어."

캐서린은 그녀가 시키는 대로 마차를 타려고 돌아섰는데, 자기 친구가 제임스에게 큰 소리로 이렇게 말하는 것이 들렸다. "캐서린은 어쩜 저렇게 참해요. 마음에 쏙 들어요."

"겁내지 마세요, 몰런드 양." 손을 내밀어 마차 타는 것을 도우면서 소프 씨가 말했다. "제 말이 처음 출발할 때 춤을 좀 추더라도요. 뭐 한두 번 펄쩍펄쩍 뛰다가 일 분 정도 그렇게 자리를 잡고 나면 곧 주인을 알아볼 겁니다. 기운이 펄펄 넘치고 장난도 심한 녀석이지만 심술 같은 건 없답니다."

캐서린에게는 그리 솔깃한 설명이 아니었으나, 물리기에는 이미 늦었고 겁이 난다고 시인하기에는 너무 젊은 나이였다. 그녀는 운명에 승복하는 심정으로 말이 주인을 알아본다는 자랑을 믿기로 하고 평온하게 앉아서 소프가 옆에 앉는 것을 지켜보았다. 준비가 모두 끝나자 말 머리에 서 있던 하인에게 근엄한 목소리로 "출발시켜."라고 명했고, 그들은 한 번도 펄쩍 뛴다거나 껑충거리는 일 없이 더할 나위 없이 조용하게 출발했다. 이렇게 쉽게 궁지에서 벗어난 것이 기뻤던 캐서린은 감사의 탄성을 올렸다. 동행은 즉각 이 문제를 말끔하게 정리했는데, 그것은 순전히 자기가 아주 적당하게 고삐를 쥐고 채찍을 아주 요령 있고 능숙하게 구사한 덕이라는 것이었다. 캐서린은 그가 완벽하게 말을 다룰 줄 알면서도 말의 버릇을 입에 올림으로써 자기를 놀라게 한 것이 아닐까 의심이 되기도 했지만, 그래도 탁월한 마부의 보호를 받는 것을 다행으로 여겼다. 알고 보니 말은 괜히 요동을 쳐 대는 기미 같은 건 아예 없었으며, (시속 10마일은 되어야 한다는 점을 감안하면)놀라게 할 정도로 빨리 달리는 일도 없이 또박또박 평온하게 걸음을 옮겼다. 안전을 확인한 그녀는 2월의 온화한 날에 기운을 돋게 하고 기분을 상쾌하게 하는 대기를 마음껏 즐겼다. 처음에 짧은 대화를 주고받은 후 그들은 수분간 아무 말도 하지 않았다. 그러다 소프가 불쑥 이런 말로 침묵을 깼다. "앨런 노인은 유대인만큼 부자가 아니신가요?" 캐서린은 그의 말이 이해가 되지 않았다. 그러자 그는 질문을 되풀이하면서 설명을 덧붙였다. "당신이 같이 지내는 그 늙은 영감 말입니다."

"아! 앨런 씨 말씀이군요. 그래요, 부자라고 알고 있어요."

"그런데 자식은 하나도 없고요?"

"네, 없어요."

"상속받을 사람은 팔자가 폈네요. 그 영감이 당신의 대부이지 않습니까?"

"대부라니요! 아니에요."

"그렇지만 늘 같이 지내잖아요."

"그렇긴 해요."

"그렇다니까. 제 말뜻이 바로 그겁니다. 사람 좋은 노친네처럼 보이는데, 한창 때는 잘나갔나 봐요. 통풍이 그냥 생긴 것은 아닐 테니까. 그 영감 지금도 하루에 한 병씩 마십니까?"

"하루에 한 병씩이라니요! 아니요. 왜 그런 생각을 하시죠? 그분은 술을 안 드세요. 설마 어젯밤에 술을 드셨다고 생각하세요?"

"하느님 맙소사! 당신네 여자들은 남자들이 늘 술에 절어 산다고 생각하잖아요. 남자가 술 한 병이면 취한다고는 왜 생각하지 않으시죠? 저는 이거 하나는 확신해요. 모든 사람이 다 하루에 술을 한 병만 마시면 세상의 혼란이 지금의 반으로 줄어들 것이라는 점. 우리 모두한테 기가 막히게 좋은 일이 될 겁니다."

"믿을 수 없는데요."

"오! 주여, 그러면 수천 병은 절약될 거예요. 그 정도는 새 발의 피고 이 나라에서는 그 백배는 마셔야 할 겁니다. 안개가 자주 끼는 날씨니 술의 도움이 필요하죠."

"옥스퍼드에서는 술을 많이 마신다고 하던데요."

"옥스퍼드라고요! 분명히 말씀드리지만 지금 옥스퍼드에선 술을 안 마십니다. 아무도 안 마시죠. 기껏해야 4파인트[16) 넘게 마시는 사람도 만나기 힘들 겁니다. 지금은 말이죠. 예를 들면, 내 방에서는 지난 파티에 평균 잡아 두당 약 5파인트를 비웠는데 대단한 일로 여겨졌으니까요. 통상을 넘어선 양으로 보았던 거죠. 제 파티야 워낙 호가 나 있지요. 옥스퍼드에선 찾아보기 힘든 일이니 그럴 만도 하지요. 그러나 그걸 보면

---

16) 1파인트는 500cc 정도.

그곳에서 어느 정도로 술을 마시는지 개념이 잡힐 겁니다."

"네, 개념이 잡히는군요." 캐서린이 열을 내며 말했다. "그러니까 당신네들은 제가 생각하는 것보다 훨씬 많이 마시는군요. 그렇지만 제임스는 별로 안 마시는 걸로 아는데요."

이 말에 그야말로 왕왕거린다고 할 정도로 큰 목소리의 답변이 돌아왔는데 분명한 내용은 하나도 없고 거의 욕설에 가까운 잦은 감탄사만 이어졌다. 그의 말이 끝나자 캐서린에게는 옥스퍼드에서는 정말 술을 많이들 마시는구나 하는 확신이 더 커졌고 다행히도 오빠는 상대적으로 덜 마시는 편이라 믿게 되었다.

이제 소프의 머리는 자기 장비의 장점을 떠벌리는 쪽으로 완전히 선회했다. 그녀는 그의 말이 얼마나 기운차고 활달하게 움직이는지, 그리고 스프링들이 얼마나 탁월하며, 그가 얼마나 편한 보폭으로 마차를 몰고 있는지를 찬양해야 하는 처지가 되었다. 그녀는 힘자라는 대로 그가 하는 자랑에 모두 맞장구를 쳐 주었다. 그보다 먼저 칭찬하거나 더 많이 칭찬하는 것은 불가능했다. 그 주제에 대한 그의 지식과 그녀의 무지, 그의 빠른 표현력과 그녀의 소심한 소극성 때문에 그럴 수도 없었다. 새로운 칭찬은 하나도 개발하지 못했지만, 그녀는 그가 내세우는 것은 무엇이든 앵무새처럼 되풀이했고, 결국 그들은 그의 장비가 잉글랜드에서 가장 완벽하고 그의 마차가 가장 깔끔하며 그의 말이 가장 잘 달리고 그가 최고로 솜씨 좋은 마부라는 점에 어려움 없이 합의했다. 조금 후에 캐서린은 그 문제가 완전히 결말이 난 것으로 생각하고서 이 주제를 두고 약간은 다른 이야기를 한번 해 보고자 하여 이렇게 말했다. "소프 씨, 제임스 오빠의 이륜마차가 부서질 거라고 생각하시는 건 아니죠?"

"부서지겠느냐고요! 나 원 참! 아니, 저렇게 기우뚱거리는 마차를 또 본 적 있습니까? 쇠붙이 하나 어디 성한 데가 없잖아요. 바퀴는 적어도 한 십 년은 쓴 것 같고 차체는 또 어떤가요! 맹세컨대 툭 건드리면 와장창할 겁니다. 저렇게 곧 쓰러질 것 같은 꼬락서니는 보다 보다 처음입니다. 얼마나 다행이냐 말입니다! 우리 것은 나으니까요. 5만 파운드를 주고 타라고 해도 나라면 2마일도 안 갈 겁니다."

"어머나!" 질겁을 하면서 캐서린이 말했다. "그러면 돌아가자고 해요. 우리가 더 가면 저 둘은 사고를 당할 텐데요. 돌아서요, 소프 씨. 멈춰서 오빠한테 얼마나 안전하지 않은지 말해 주세요."

"안전하지 않다고요! 오, 주님! 그럼 어때요? 부서지면 한번 구르고 말겠지요. 흙이 쫙 깔려 있겠다, 멋있는 추락이 되겠군요. 오, 빌어먹을! 어떻게 모는지만 알면 저 마차는 안전빵입니다. 저런 물건은 솜씨 좋은 사람이 타면 완전히 닳아 빠진 후에도 이십 년 이상 갈 겁니다. 신의 가호가 있기를! 5파운드만 주면 저걸 몰고 요크까지 갔다가 돌아와 보지요, 못 하나 잃지 않고 말입니다."

캐서린은 그의 말을 듣고 경악했다. 같은 마차를 두고 내뱉은 이렇듯 판이한 두 가지 설명을 어떻게 결합시켜야 할지 혼란스러웠다. 그녀가 받은 가정 교육으로는 되든 안 되든 마구

지껄여 대는 사람들, 과도한 허영심에 실없는 확신과 경솔한 거짓말을 떠벌리는 사람들을 이해할 수 없었다. 그녀의 가족은 아주 상식적인 사람들이었고 재담 같은 건 엄두도 내지 않았다. 아버지는 기껏해야 말장난을 구사하고 어머니는 속담을 인용하는 정도였지, 괜히 으스대려고 거짓말을 하거나 앞뒤가 맞지 않는 소리를 하는 법은 없었다. 그녀는 매우 곤혹스러워하며 한동안 이 문제를 생각했고, 한두어 번은 도대체 진짜 생각이 무엇이냐고 소프 씨에게 물어볼까 하기도 했다. 그러나 차마 묻지는 않았다. 그에게는 이전에 애매하게 말했던 것을 좀 더 확실하게 밝혀 줄 그런 능력 자체가 없어 보였다. 여기에다 설마 자기가 쉽게 지켜 줄 수도 있을 위험에 자기 동생과 친구가 빠져 있도록 내버려 두지는 않을 것이라는 생각도 들었다. 결국 그녀 나름대로는 그 마차가 확실히 안전하다는 것을 그가 분명히 알고 있고, 따라서 더 이상 그녀가 놀랄 일은 없을 것이라고 결론지었다. 아니나 다를까 그는 그런 문제는 깡그리 잊은 듯, 나머지 이야기는 온통 자기 자신과 자신의 관심사로 일관했다. 그는 말을 헐값에 사서 믿을 수 없을 만큼 비싼 값에 팔아먹었다는 둥, 경마 시합의 우승마를 어김없이 알아맞혔다는 둥, 사냥 모임에서 자기가 동료들 모두가 잡은 새보다 더 많이 잡았다(제대로 맞은 것이 없었음에도)는 둥 주워섬겨 댔다. 또 어느 유명한 여우 사냥 대회에서 개들의 방향을 지시하는 통찰력과 기술로 가장 숙련된 사냥꾼의 실수조차 바로잡았으며, 그가 과감하게 내달리는 바람에 자신의 목숨은 잠시도 위험하지 않았지만 다른 사람들이 곤경에 처했고 결국 여러 사람 목이 부러졌다는 이야기를 아주 천연덕스럽게 떠벌렸다.

캐서린은 혼자서 판단하는 습관이 거의 없었고 남자라면 이래야 마땅하다는 일반적인 개념이 확립되어 있지 않았지만, 잘난 체하는 그의 장광설을 듣다 보니 그가 정말 괜찮은 남자인지 의구심이 일었다. 이것은 과감한 추정인 것이, 그는 이저벨라의 오빠인 데다 제임스도 그의 매너가 여성들이 모두 좋아할 타입이라고 장담했기 때문이다. 그러나 아무리 그렇더라도 한 시간도 안 되어 그와 같이 있는 것이 말할 수 없이 따분하게 느껴지는 것은 어쩔 수 없었다. 그리고 풀트니가에 다시 멈추어 서기까지 이 느낌이 계속 커지다 보니 아무래도 오빠가 잘못 안 것이 아닌가 하는 생각이 들었고 그가 과연 누구에게나 즐거움을 줄 능력이 있는 사람인지 의심이 들었다.

그들이 앨런 부인의 문 앞에 도착했을 때 이저벨라는 놀라서 거의 말을 하지 못했다. 너무 늦어서 친구와 같이 집 안으로 들어갈 수가 없다는 것을 알게 되었기 때문이다. "3시가 지났다니!" 생각도 할 수 없고 믿기도 힘들고 말도 안 되는 일이었다![17] 그녀는 자신의 시계도 믿지 않고 오빠의 시계도 믿지 않았으며 하인의 시계도 믿으려 하지 않았다. 이성이나 사실에 기반한 어떤 설명도 한사코 믿지 못하겠다는 것이었다. 마침내 몰런드가 자기 시계를 꺼내서 사실을 확인해 주었다. 시

---

17) 당시에는 4시경이면 정찬을 들기 때문에 예고 없이 방문하기에는 늦은 시간이었다.

간이 지난 것을 더 의심하다가는 그야말로 생각도 할 수 없고 믿기 힘들고 말도 안 되는 고집이 될 판이었다. 그래서 이저벨라는 두 시간 반이 그렇게 쏜살같이 지난 적은 없었다고 거듭거듭 볼멘소리를 하면서 캐서린에게도 그렇지 않으냐며 동의를 구했다. 이저벨라를 기쁘게 해 주자고 거짓말을 할 수는 없었던 캐서린은 난처했다. 그러나 이저벨라는 친구의 반응에 아랑곳하지 않았고 대답조차 기다리지 않았다. 완전히 자기 감정에만 사로잡혀 있었다. 바로 집으로 갈 수밖에 없으니 비참해도 그렇게 비참할 수가 없다는 것이었다. 절친인 캐서린과 잠깐이라도 대화를 나눈 지도 한참이 지났고, 할 말이 수천 가지인데 다시는 같이 있지 못할 것 같다는 식이었다. 그리하여 절절한 슬픔이 밴 미소와 완전한 절망에 잠긴 눈웃음을 지으며, 그녀는 친구에게 안녕을 고하고 떠났다.

캐서린은 앨런 부인이 할 일 없이 바쁜 아침나절을 보내고 막 돌아온 것을 알았다. 부인은 즉시 "그래, 얘야, 다녀왔구나." 하며 맞았다. 그녀로서는 토를 달고 싶은 생각도 그럴 기력도 없는 엄연한 사실이긴 했다. "기분 좋게 바람을 쐬고 왔겠지?"

"네, 아주머니. 고맙습니다. 날이 정말 좋았어요."

"소프 부인도 그렇게 말하더라. 너희들이 함께 나들이 가서 기쁘다고 말이다."

"소프 부인을 보셨어요?"

"그래, 네가 나가자마자 펌프 룸으로 갔지. 거기서 부인을 만나서 많은 이야기를 나누었어. 오늘 아침엔 시장에 송아지

고기가 거의 나오지 않았다더구나. 거의 동이 나다시피 했나
봐."

"다른 사람은 못 보셨어요?"

"봤지. 크레센트를 한 바퀴 돌기로 했는데, 거기서 휴즈 부
인을 만났지. 틸니 씨 남매가 같이 걷고 있더라."

"그랬어요, 정말? 아주머니께 말을 걸던가요?"

"그래, 크레센트를 같이 반 시간 동안 산책했지. 참 좋은 사
람들 같더라. 틸니 양은 예쁜 점무늬 모슬린을 입고 있었어.
내 보기엔 그 아가씨는 늘 옷을 멋지게 잘 입는 것 같아. 휴즈
부인이 그 가족에 대해서 많은 이야기를 해 주더라."

"그분들에 대해서 뭐라고 하시던가요?"

"아! 정말 많은 이야기를 했지. 다른 이야기는 거의 하지 않
았으니까."

"글로스터셔의 어느 지역 출신인지 말해 주셨나요?"

"그래, 말해 주었지. 기억은 안 나지만 말이다. 아무튼 집안
이 아주 좋은 데다 대단한 부자래. 틸니 부인은 드러먼드 가문
출신이고 휴즈 부인과는 학교 친구였다는구나. 드러먼드 양
은 워낙 재산이 많았던 데다 결혼할 때 부친께서 2만 파운드
를 주었다는군. 결혼 예복 사는 데만 500파운드였다니까. 휴
즈 부인은 그 옷들이 가게에서 왔을 때 다 보았다네."

"그러면 틸니 씨와 부인께서도 바스에 계신가요?"

"그래, 그런 것 같아. 확신은 못하겠다만. 하기는 곰곰이 생
각해 보니 두 분 다 돌아가신 게 아닌가 싶다. 적어도 어머니
는 돌아가신 게 맞을 거야. 그래 확실해. 휴즈 부인 말로는 드

러먼드 씨가 딸의 결혼식 날 딸에게 아름다운 진주 세트를 주었는데, 그걸 지금은 틸니 양이 가지고 있다니까. 그 어머니가 돌아가실 때 그녀를 위해 남겨 둔 것이지."

"그리고 제 파트너였던 그 틸니 씨는 독자인가요?"

"그에 대해선 딱히 긍정하지 못하겠다, 얘야. 그렇다는 쪽이긴 하다만. 어쨌거나 휴즈 부인도 꽤 멋진 청년이라고 말했고 처신도 잘하는 것 같더라."

캐서린은 더 이상 묻지 않았다. 들어 보니 앨런 부인이 확실한 정보를 가지고 있는 것 같지가 않았기 때문이다. 그리고 남매를 동시에 만날 절호의 기회를 놓치다니 정말 운도 없다는 생각이 들었다. 이럴 줄 알았다면 무슨 일이 있어도 다른 사람들하고 외출을 하지 않았을 텐데. 사태가 이러하니 그녀는 불운을 한탄하면서 자기가 잃어버린 것을 곱씹을 수밖에 없었다. 결국 드라이브는 하나도 즐겁지 않았고 존 소프는 아주 불쾌한 사람이라는 사실을 분명히 깨닫게 되었다.

10

앨런 부부, 소프 가족, 몰런드 남매는 그날 저녁 모두 극장에서 만났다. 캐서린과 이저벨라는 나란히 앉았는데 이저벨라에게는 그들을 갈라놓은, 끝없이 긴 시간 동안 쌓이고 쌓인 수천 가지 사연 가운데 몇 가지를 풀어놓을 기회였다. "아! 세상에! 사랑하는 캐서린, 드디어 만난 거지?" 캐서린이 박스로 들어와 옆자리에 앉자마자 그녀가 건넨 말이었다. "자, 몰런드 씨." 그녀는 다른 편 옆에 앉은 그에게 이렇게 말했다. "저녁 내내 당신한테는 말도 걸지 않을 거예요. 그러니 그런 기대는 접으시길 미리 경고드려요. 캐서린, 긴긴 시간 동안 어떻게 지냈어? 하지만 물어볼 필요도 없겠구나. 얼굴이 확 피었네, 뭐. 정말이지 머리를 기가 막히게 멋지게 했어. 지금까지 본 것 중에 최고야. 이 엉큼한 것, 모든 사람을 다 매혹시킬 요량이야? 일단 우리 오빠가 너한테 완전히 빠진 것은 확실하고, 틸니 씨로 말하면 (뭐, 그것도 확정된 것이나 마찬가지니까.) 네가 아무리 겸손을 떨어도 그분이 너한테 연정을 품은 것은 이제 의심할 수 없지. 바스로 다시 돌아온 것만 봐도 알 수 있잖아. 아휴! 나도 너무너무 보고 싶다! 정말 보고 싶어 미칠 지경이야. 우리 어머닌 그분이 세상에서 제일 멋진 청년이라던데. 너도 알다시피 오늘 아침에 만나셨대. 너 나한테 꼭 그분을 소개해야 한다. 지금 이곳에 와 계실까? 어디 한번 둘러봐! 그분을 보기 전까지는 살아도 산 것이 아닐 것 같아."

"아니." 캐서린이 말했다. "그분은 여기에 없어. 어디서도 찾을 수가 없네."

"아, 망했네! 그분하고 알고 지낼 기회는 이제 없는 거야? 내 드레스 어떠니? 그리 나쁘진 않은 것 같은데. 소매는 완전히 내 생각대로 한 거야. 너 내가 바스에 굉장히 싫증 난 것 아니? 오늘 아침에 네 오빠도 그랬는데, 몇 주일 지내기에는 꽤 괜찮지만 천년만년 살 곳은 아닌 것 같아. 우린 둘 다 시골을 더 좋아하는 취향이더라. 정말이지 의견이 너무 똑같아서 아주 웃겼어. 생각이 다른 데가 하나도 없더라니까. 세상없어도 너한테는 이런 이야기를 하는 게 아닌데. 요 앙큼한 것, 이걸 가지고 분명 놀려 대겠지?"

"아니, 정말 안 그래."

"홍, 아니, 넌 그럴 거야, 정말. 내가 네 속을 다 꿰뚫고 있는걸. 우리가 천생연분이라는 둥 그런 말도 안 되는 소리를 해서 나를 난처하게 만들 거잖아. 내 뺨은 너의 장미처럼 붉어질 테고. 너한텐 절대로 말하는 게 아니었는데."

"정말 나를 잘못 보고 하는 소리야. 어느 때라도 그렇게 경우 없는 말은 하지 않아. 게다가 난 그런 생각을 떠올리지도 못했는걸."

이저벨라는 믿지 못하겠다는 듯 미소를 짓고는 그날 저녁의 나머지 시간 동안은 제임스와 대화를 나누었다.

틸니 양을 꼭 다시 만나야겠다는 캐서린의 결심은 다음 날 아침에도 수그러들지 않았다. 여느 때처럼 펌프 룸으로 출발하는 시간이 될 때까지 또 방해를 받으면 어쩌나 마음을 졸였다. 그러나 그런 일은 일어나지 않았고 그들을 지체시킬 방문객도 나타나지 않았다.

그들 세 가족은 모두 제시간에 펌프 룸으로 출발했다. 거기서는 평소와 같은 순서로 일이 진행되고 대화가 이루어졌다. 앨런 씨는 물 한 잔을 들이켠 후 몇몇 신사들 사이에 합류해서 그날의 정치에 대해 이야기를 나누고 신문의 논평들을 비교했다. 여자들은 이곳저곳을 함께 걸으며 새로운 얼굴을 일일이 찾아내고 방에 있는 거의 모든 새 보닛을 알아냈다. 십오 분도 지나지 않아 소프 집안의 여성들이 제임스 몰런드의 호위를 받으며 사람들 사이에 모습을 드러냈다. 그리고 캐서린은 언제나처럼 친구의 옆에 가서 섰다. 이제 늘 함께하게 된 제임스도 비슷하게 자리를 잡았다.

그들은 나머지 일행과 떨어져 그런 모양으로 한동안 걸었다. 그러다 보니 어느덧 두 사람 중 누구도 캐서린을 상대해주지 않는데 이렇게 친구와 오빠하고만 붙어 있는 것이 과연 좋은 일일까 하는 의심이 들기 시작했다. 두 사람은 늘 감상적인 이야기를 하거나 열띤 논쟁을 벌였지만 속삭이는 소리로 주고받았고 늘 까르르 하는 웃음이 따르는 통에, 둘 중 어느 한쪽이 캐서린의 동의를 구하는 일이 드물지 않았지만 실은 한마디도 들은 내용이 없어 뭐라고 말을 해 줄 수가 없었다. 그렇지만 너무나 기쁘게도 틸니 양이 휴즈 부인과 함께 방 안으로 들어오는 것을 보자 그녀와 이야기를 나눈다는 전부터의 이유를 내세워 캐서린은 친구에게서 벗어날 수 있었다. 그녀는 즉각 틸니 양에게 다가갔다. 그 전날의 실망 때문인지 그녀와 친해지고 싶다는 결심이 더 단단해져 있었던 것이다. 틸니 양은 그녀를 아주 예의 바르게 맞았고 그녀가 먼저 다가온 것에 대해 똑같은 선의로 화답했다. 그들은 두 일행이 그 방에 머물고 있는 동안 같이 이야기를 나누었다. 둘이 나눈 이야기가 바스의 성수기마다 그 지붕 아래에서 수천 번씩 되풀이된 관찰이나 표현이었다 해도, 소박하고 진실되게 자만심 없이 이야기를 나누는 그들의 미덕만은 남달랐을 것이다.

"오빠께서 어찌나 춤을 잘 추시던지요!" 대화 말미에 던진 캐서린의 꾸밈없는 감탄에, 상대는 놀라면서도 흥미를 보였다.

"헨리 말이지요!" 그녀는 미소를 지으며 대답했다. "그래요. 오빠가 춤을 잘 춰요."

"전날 저녁에 제가 춤을 안 추고 앉아 있는 걸 보셨는데, 선약이 있다고 하니 이상하게 생각했을 거예요. 그러나 전 정말로 그날 하루 종일을 소프 씨와 약속이 되어 있었거든요." 틸니 양은 그저 고개를 끄덕였다. 잠시 침묵이 흐른 후 캐서린이 덧붙였다. "그분을 다시 보게 되어서 얼마나 놀랐는지 몰라요.

아주 떠나셨는 줄 알았거든요."

"오빠가 전에 당신을 보았을 때는 바스에 겨우 이틀만 머물렀어요. 우리를 위해 숙소를 잡으려고 왔던 거지요."

"그 생각은 전혀 못했네요. 어디에도 안 보이셔서 당연히 가셨나 했죠. 월요일에 그분과 춤을 춘 젊은 여성이 스미스 양이던가요?"

"네, 휴즈 부인이 아는 분이에요."

"그분은 춤을 추어서 참 좋았겠어요. 그분이 예쁘다고 생각하세요?"

"글쎄, 그렇진 않아요."

"오빠분은 펌프 룸에는 안 오시는 것 같던데요?"

"아니요, 가끔 와요. 그러나 오늘 아침에는 아버지하고 말을 타고 나갔답니다."

휴즈 부인이 다가와서 틸니 양에게 갈 준비가 되었는지 물었다. "곧 다시 뵈었으면 좋겠네요." 캐서린이 말했다. "내일 코티용 무도회[18]에 오실 건가요?"

"아마도 우린…… 네, 분명히 갈 거라고 생각해요."

"잘됐네요. 우리도 모두 거기 있을 거예요." 이 인사에 화답이 있었고 그들은 떠났다. 틸니 양 편에서는 새 친구의 감정을 어느 정도 알게 된 반면, 캐서린 편에서는 자기가 감정을 드러냈다고는 조금도 의식하지 못했다.

그녀는 행복한 기분으로 집으로 갔다. 그날 아침은 그녀의

---

18) 코티용은 상대를 바꿔 가면서 추는 활발한 프랑스 춤이다.

온갖 희망이 다 이루어졌으니 이제 장래의 행복을 가져다줄 다음 날 저녁을 기다리는 일만 남아 있었다. 이번 무도회를 위해 무슨 드레스와 무슨 머리 장식을 할 것인지가 그녀의 주요 관심사였다. 그것이 당연하다고는 할 수 없는 일. 드레스로 주목받아 보았자 대수는 아닐뿐더러 거기에 지나치게 신경을 쓰다 보면 원래의 목적을 잊게 된다. 캐서린도 잘 알고는 있었다. 그녀의 대고모가 바로 전 크리스마스에 이런 취지의 설교문을 읽어 주었던 것이다. 그럼에도 그녀는 수요일 밤에 자리에 누워서도 십 분간을 점무늬 모슬린을 입을까 원형 무늬 모슬린을 입을까 고민하느라 깨어 있었고 시간만 촉박하지 않았다면 그날 저녁을 위해서 새 모슬린 드레스를 샀을 터였다. 그랬다면 흔하지 않은 것은 아니나 대단한 판단 착오였을 것이고, 그것을 지적해 줄 만한 쪽은 여자보다는 남자, 대고모보다는 오빠였을 것이다. 남자만이 남자가 새 드레스에 대해서 얼마나 무딘지 알기 때문이다. 여자들 대다수가 남자의 마음이 의상이 비싸거나 새것이라는 점에 거의 영향을 받지 않는다는 것, 모슬린의 결에도 거의 좌우되지 않고 점무늬든 나뭇가지 무늬든, 무명이든 자코넷이든 간에[19] 각각의 특유한 질감에도 시큰둥하다는 것을 알게 되면 기분이 상할 것이다. 여자가 자기만족을 하겠다면야 도리가 없겠지만. 옷 때문에 여자를 더 찬양하는 남자는 없을 것이고, 옷 때문에 여자를 더

---

19) 당시 모슬린은 인도 수입품으로, 점무늬와 나뭇가지 무늬가 일반적이었다. 무명은 부드러운 편이고 자코넷은 조금 묵직한 편이다.

좋아하는 여자도 없을 것이다. 남자에게는 단정하고 유행에 맞는 옷이면 그만이고, 여자들은 초라해 보이고 어울리지 않는 차림을 오히려 마음에 들어 할 것이다. 그러나 이런 진지한 성찰들 가운데 캐서린의 평온한 마음을 흔드는 것은 아무것도 없었다.

목요일 저녁 그녀는 지난 월요일과는 아주 다른 기분으로 무도회장에 들어섰다. 그때는 소프와의 선약에 날아갈 것 같은 기분이었는데, 이제는 그가 다시 춤을 신청할까 봐 노심초사하며 시선을 피했다. 틸니 씨가 세 번째로 춤 신청을 하는 것은 언감생심 기대할 수 없었지만, 그녀의 소망과 계획은 온통 거기에 집중되어 있었다. 젊은 여성이라면 기로에 선 이 순간의 우리 주인공에게 공감할 터이니, 그들도 이와 같은 마음의 동요를 한두 번은 경험했을 것이기 때문이다. 누구나 한 번쯤은 피하고 싶은 남자가 따라다니거나 적어도 그렇다고 믿은 적이 있을 것이고, 또 마음에 드는 남자의 관심을 얻으려고 안달해 보았을 것이다. 일행이 소프 남매와 합류하자마자 캐서린의 고뇌는 시작되었다. 그녀는 존 소프가 자기 쪽으로 올까 봐 조마조마했고 가능한 한 그의 시야에서 벗어나고자 했으며 그가 말을 걸었을 때는 못 들은 척했다. 코티용 춤이 끝나고 컨트리댄스가 시작되었지만 틸니 남매는 그림자도 보이지 않았다. "캐서린, 놀라지 마." 이저벨라가 귓속말을 했다. "난 네 오빠하고 다시 춤추러 갈 거야. 진짜야. 정말 너무너무 쇼킹한 일이지? 네 오빠는 좀 부끄러운 줄 아셔야 돼. 그렇지만 너와 존이 우리 낯을 세워 줬으면 좋겠어. 서둘러서 우리한테 와. 존이 방금 어디로 갔지만, 곧 돌아올 거야."

캐서린은 대답할 여유도 그럴 생각도 없었다. 그 둘은 가 버렸고 존 소프는 여전히 시야에 잡혔다. 이제 다 틀렸구나 하는 생각이 들었다. 그렇지만 그를 지켜본다거나 기다리고 있는 것처럼 보일까 봐 그녀는 부채만 뚫어져라 바라보았다. 그리고 이런 군중 속에서 틸니 남매하고 만나리라 기대하다니 자기도 참 바보라고 자책하는 찰나, 불현듯 장본인인 틸니 씨가 말을 건네며 다시 춤을 신청하는 것이 아닌가. 얼마나 눈을 반짝거리며 기다렸다는 듯이 그 신청을 수락했는지, 얼마나 뛰는 가슴으로 그와 함께 춤을 추러 나섰는지 쉽게 상상이 될 터이다. 정말 존 소프를 가까스로 피하고 나자 홀연 틸니 씨가 나타나 춤을 신청하다니. 마치 일부러 찾아다니기나 한 것처럼 말이다! 인생에서 이런 큰 행복이 또 올까 싶은 기분이었다.

그러나 그들이 붐비는 곳을 겨우 빠져나오자마자 존 소프가 뒤에서 끼어들었다. "야, 이거, 몰런드 양." 하고 그가 말했다. "이게 대체 어찌 된 일입니까? 나하고 춤을 출 거라 생각했는데."

"그런 생각을 하시다니 이상하네요. 신청도 하지 않으셨잖아요."

"하느님, 맙소사네요! 방에 들어오자마자 당신에게 신청했는데요. 막 다시 신청하려는 참에 돌아보니 사라져 버리셨더라고요! 이게 도대체 무슨 농간인지, 원! 내가 여기 온 것은 오로지 당신하고 춤을 추기 위해서인데. 월요일 이후로 죽 당신과 선약이 되어 있다고 굳게 믿고 있었습니다. 그래요, 당신이 로비에서 외투를 기다리는 동안에 신청한 게 기억나요. 그리고 여기 아는 사람들 모두한테 이 방에서 제일 예쁜 아가씨하고 춤을 출 거라고 했는데, 당신이 다른 사람하고 춤추는 걸 보면 추궁이 장난이 아닐 겁니다."

"어머, 무슨 말씀이세요? 그분들이 저를 떠올릴 리가 없죠. 제일 예쁘다고 하셨다니."

"세상에, 그렇게 생각하지 않는 돌대가리들은 뻥 차서 이 방에서 쫓아 버릴 겁니다. 저 작자는 누구죠?" 캐서린은 그의 호기심을 충족시켜 주었다. "틸니라……." 그가 되풀이했다. "음, 모르는 사람인데. 얼굴도 잘생겼고 허우대도 멀쩡하군. 저 사람 혹시 말은 필요 없나? 샘 플레처라고 제 친구가 팔려고 내놓은, 누구한테나 딱 맞을 만한 말이 한 마리 있는데. 길을 다니는 덴 아주 그만이죠. 40기니면 되고. 나라면 50기니를 주고도 사겠지만요. 좋은 말을 만나면 사고 본다, 이것이 저의 금언 중 하나거든요. 그렇지만 그 말은 내 목적에는 맞지 않아요. 야외에서는 별로일 테니까. 진짜 좋은 사냥용 말이라면 돈이 얼마가 들든 상관 안 합니다만. 지금 세 마리가 있는데, 아주 최곱니다. 800기니를 준다 해도 안 내놓을 겁니다. 플레처하고 나는 다음 시즌에 대비해서 래스터셔에 집을 한 채 얻을 생각입니다. 여관에서 사는 건 무지무지 불편하거든요."

이 말을 마지막으로 캐서린을 지치게 했던 그의 장광설도 끝났으니, 그때 막 여자들이 길게 줄을 지어 지나가는 바람에 어쩔 수 없이 밀려서 둘 사이가 갈라졌기 때문이다. 그녀의 파트너가 다가와서 말했다. "저 신사분이 삼십 초만 더 당신하고 있었다면 인내심이 바닥났을 겁니다. 나를 빼고 내 파트너의 주의를 그렇게 끌어서는 안 될 일이지요. 우린 상호 동의하에 저녁의 일정 시간을 같이 보내기로 계약한 겁니다. 그리고 그러기로 했으니 그 시간은 우리 둘만의 것이지요. 둘 중 한 사람의 관심을 끄는 사람은 누구든 나머지 한 사람의 권리를 침해하는 셈이지요. 내 생각에 컨트리댄스는 결혼의 상징이라고 봅니다. 충실성과 순종이 양자의 주된 의무니까요. 춤을 추지 않거나 결혼을 하지 않기로 한 남자들이야 이웃의 파트너나 부인 들과는 아무 볼일이 없겠지요."

"그렇지만 춤과 결혼은 아주 달라요."

"그 말씀은 둘이 서로 비교될 수 없다는 의미인데."

"단연코 아니지요. 결혼하는 사람들은 헤어지지 않고 같이 가서 가정을 꾸려야겠죠. 춤을 추는 사람들은 삼십 분 동안 긴 방 안에서 서로 맞은편에 서 있기만 하면 되고요."

"결혼 생활과 춤추기를 그렇게 정의하시는군요. 그런 각도에서 보자면 별로 닮은 데가 없어 보이는군요, 확실히. 그러나 이런 식으로 볼 수도 있지 않을까요? 음, 이런 점은 인정하실 겁니다. 춤이나 결혼이나 선택권은 남자에게 있고, 여자에겐 거절권만 있어요. 춤이나 결혼이나 남자와 여자가 쌍방의 이익을 위해 맺은 약속이지요. 또 일단 맺어지면 깨질 때까지는 서로에게만 속하고요. 두 사람은 각기 상대방이 한눈을 팔지 않도록 노력할 의무가 있고, 옆에 있는 사람들이 더 완벽하지 않을까, 다른 누구하고 했다면 더 낫지 않았을까 하는 상상의 나래를 펴지 못하게 막는 것이 최상의 이익이지요. 모두 인정하십니까?"

"네, 말씀하시는 그대로네요. 모두 아주 그럴싸해요. 그렇지만 다른 건 다른 거죠. 전 그 둘을 같게 볼 수도 없고 같은 의무가 있다고도 생각하지 않아요."

"한 가지 점에서는 분명히 차이가 있습니다. 결혼 생활에서 남자는 여자를 부양할 책임을 지고 여자는 남자에게 쾌적한 가정을 만들어 줄 책임을 진다는 것. 남자는 먹고사는 데 필요한 것을 조달하고 여자는 미소를 지어야 한다는 거죠. 그러나 춤을 출 때는 그 의무가 반대로 바뀌지요. 남자는 상냥하고 고분고분해야 하고, 여자는 부채와 라벤더 수를 장만하지요. 의무의 차이가 있어서 둘의 조건이 비교 불능이라는 말씀이신데, 바로 이런 뜻 아닌가요?"

"아니, 아니에요. 그렇게 생각한 적 없어요."

"그렇다면 꽤나 당황스러운데요. 하지만 한 가지는 말해야겠습니다. 당신에게 이런 성향이 있다는 건 좀 걱정스럽군요. 당신은 책무에서 어떤 유사성도 인정하지 않으려고 하는데, 그러니 이런 생각이 들지 않겠어요? 같이 춤을 추는 상태에서 당신의 의무감은 파트너가 바라는 것만큼 그리 엄격하지 않은 게 아닐까? 이를테면 이런 걱정도 드는 거지요. 방금 당신에게 말을 건 그 신사가 다시 돌아오거나, 아니면 다른 신사가 말을 건네면, 당신은 아무 거리낌 없이 하고 싶은 만큼 대화를 나누지 않을까?"

"소프 씨는 제 오빠의 아주 특별한 친구예요. 그분이 말을 걸면 전 다시 받아야 해요. 그분 말고는 이 방에서 제가 아는 젊은 남자분은 세 명도 안 돼요."

"그것이 나의 유일한 안전 대책인가요? 이런 슬픈 일이 있나!"

"아니, 그보다 안전한 대책은 없을 텐데요. 제가 아무도 모른다면 대화를 나누는 것도 불가능하잖아요. 게다가 전 누구하고도 대화하기를 원하지 않고요."

"이제 그만하면 됐다 싶은 안전 대책을 마련해 주시네요. 그럼 용기 백배하여 진행할게요. 전에 제가 여쭈어보았을 때만큼 바스가 마음에 드나요?"

"그럼요. 실은 더 마음에 들어요."

"더 맘에 든다고요! 조심하세요. 그렇지 않으면 적당한 때에 싫증 내기를 잊어버릴 테니까요. 육 주째가 끝날 무렵에는 싫증이 나야 마땅합니다."

"여섯 달을 머무른다 해도 싫증 날 것 같지 않은데요."

"런던과 비교하면 바스는 정말 단조로운 곳이죠. 그래서 해마다 누구나가 알게 됩니다. '바스는 육 주 동안은 지내기 즐거운 곳이야. 그러나 그 이상 있으면 세상에서 제일 따분한 곳이지.' 겨울만 되면, 육 주 예정으로 왔다가 십 주나 십이 주로 연장하고 더 이상 머물 여유가 없어지면 떠나는 사람들은 열이면 열 모두 그렇게 말할 겁니다."

"글쎄요. 다른 사람들이 어떻게 판단하든 그건 그분들의 자유일 테고 런던에 가는 사람들은 바스는 생각하지도 않을지 모르지요. 그렇지만 시골의 작고 한적한 마을에 사는 저 같은 사람한테는 이런 장소가 제 고향보다 지루하지 않아요. 여기엔 그곳에서는 알 수 없는 다양한 오락거리가 있거든요. 하루 종일 볼거리도 다양하고 할 일도 많잖아요."

"시골을 좋아하지 않는군요."

"아뇨, 좋아해요. 늘 거기서 살아왔고 또 행복했어요. 그러나 확실한 것은 바스보다는 시골 생활이 훨씬 단조롭다는 거예요."

"그렇다면 시골에서 시간을 훨씬 합리적으로 보낸다는 말씀이네요."

"제가요?"

"아닌가요?"

"그렇게 큰 차이가 있다고는 생각하지 않는데요."

"여기서는 하루 종일 오락거리만을 쫓고 있잖아요."

"전 집에서도 그래요. 별로 많이 못 찾아서 그렇지 쏘다니는 건 마찬가지예요, 여기서나 거기서나. 단, 여기서는 거리에서 다양한 사람들을 볼 수 있지만 거기서는 앨런 부인을 찾아뵙는 게 전부죠." 틸니 씨는 아주 재미있어했다. "앨런 부인을 찾아뵙는 게 전부라!" 그가 되뇌었다. "지적 빈곤이 선명하게 그려지네요! 그렇지만 그런 빈곤의 구렁텅이에 다시 빠져도 이번에는 할 말이 더 있겠네요. 바스에 대해서, 그리고 여기서 당신이 한 모든 일에 대해서 말할 수 있을 테니까요."

"오! 그래요. 앨런 부인이든 다른 누구하고든 이야깃거리가 절대 부족하지 않겠네요. 다시 집에 가면 바스 이야기를 입에 달고 살 테지요. 바스가 너무너무 좋으니까요. 아빠, 엄마 그리고 다른 가족들도 여기에 같이 있으면 정말 행복할 텐데! 큰 오빠 제임스가 와서 정말 기뻐요! 우리가 여기서 막 친해졌던 바로 그 가족이 이미 오빠의 친한 친구들이라서 더욱 기쁘고요. 오! 누가 대체 바스에 싫증을 낼 수 있겠어요?"

"당신처럼 이곳에서 온갖 신선한 감흥을 느끼는 사람들은 그렇지 않겠죠. 그러나 바스를 자주 들락거리는 사람들 대다수에게는 아빠니 엄마니 오빠니 친한 친구들이니 모두 벌써 한물간 일인 거죠. 이들에게는 무도회와 연극과 날마다 다니는 관광이 주는 순수한 즐거움도 다 지나가 버린 겁니다."

그들의 대화는 여기서 중단되었다. 이제 춤의 흐름이 빨라져서 따로 주의를 분산시키기가 어려웠던 것이다.

춤 대열의 하단에 이른 직후에 캐서린은 구경하던 사람들 사이에서 파트너의 바로 뒤에 선 신사가 유심히 자기를 지켜보고 있다는 것을 알아챘다. 위엄이 있어 보이면서도 아주 잘생긴 신사였는데, 한창때는 지났으나 삶의 활력은 여전한 그런 풍모였다. 눈길은 그녀를 향하고 있었지만, 틸니 씨에게 친밀하게 귓속말을 하는 것이 보였다. 그가 주시하는 것이 당혹스럽기도 하고 얼굴에 뭐라도 묻었나 겁이 나기도 해서 그녀는 얼굴을 붉히며 머리를 돌렸다. 그러는 사이에 그 신사는 물러났고 파트너가 가까이 다가와 이렇게 말했다. "제가 방금 무슨 부탁을 받았는지 궁금하시지요? 저 신사분이 당신의 이름을 알고 있으니, 당신도 저분 이름을 알 권리가 있습니다. 틸니 장군, 제 아버지시지요."

캐서린의 응답은 "오!" 한마디였다. 그러나 거기에는 필요한 모든 것이 담겨 있었다. 그의 말에 주의를 기울였고 그 말의 진실성을 완전히 신뢰한다는 그런 감탄이었던 것이다. 장군이 군중 사이로 지나갈 때는 진정한 관심과 깊은 찬탄의 눈길로 장군을 쫓으며 '정말 미남 집안이구나!'라는 말을 속으로 삼켰다.

그날 저녁 모임이 끝나기 전 틸니 양과 가벼운 대화를 주고받던 중에 행복해질 일이 또 하나 생겼다. 그녀는 바스에 도착한 이후 시골 산책을 나간 적이 없었다. 사람들이 많이 찾는 곳을 훤히 꿰고 있는 틸니 양이 하는 말을 듣다 보니 자기도가 보고 싶은 마음이 솟구치는 것이었다. 그리고 그녀가 같이 갈 사람이 없으면 어쩌나 하는 걱정을 털어놓자 두 남매가 언제 아침 산책을 같이 하자고 제안했다.

"이보다 더 마음에 드는 일은 없을 거예요." 캐서린은 환호했다. "말 나온 김에 우리 내일 가요." 기꺼이들 그러자고 했는데, 다만 틸니 양이 "비가 오진 않는다면"이라는 단서를 달았고, 캐서린은 비가 오지 않을 것이라고 확신했다. 12시에 그들이 풀트니가로 찾아오기로 했다. "기억하세요, 12시."가 그녀가 새 친구에게 헤어지면서 한 말이었다.

먼저 사귄 다른 친구, 지난 보름 동안 자기를 소중히도 아껴 주던 친구 이저벨라는 그날 저녁 어디 있는지 보이지도 않았다. 그러나 친구에게 자신의 행복을 전하고 싶은 마음이 굴뚝같았음에도, 그녀는 좀 일찍 들어가자는 앨런 씨의 요청에 즐겁게 응했다. 그리고 집으로 돌아오는 내내 마차에 앉아 춤을 추듯 이리저리 흔들리면서 그녀의 기분도 춤을 추듯 신이 났다.

11

다음 날 아침 하늘은 그리 환하지 않았다. 태양은 구름 사이로 나오는 둥 마는 둥 했다. 캐서린은 그런 모습을 보면서도 모든 것을 자기 희망에 유리한 쪽으로 예상했다. 이 계절에는 아주 이른 아침부터 날이 화창하면 대개 비가 오게 마련이고 아침에 구름이 끼면 낮에는 차차 맑아지더라는 것이다. 그녀는 앨런 씨가 자기의 기대에 동조해 주길 바랐지만, 앨런 씨에게는 자기 나름의 하늘 측정법 같은 것이 없었던지라 햇살이 나올 것이라는 확실한 전망은 내놓지 않았다. 그녀는 앨런 부인에게 동의를 구했고, 앨런 부인은 좀 더 긍정적인 답변을 해 주었다. "구름이 걷히고 태양이 나오면 틀림없이 화창해질 거야."

그렇지만 11시 무렵이 되자 작은 빗방울 몇 개가 창문에 얼룩져 있는 것이 캐서린의 눈에 잡혔다. "아! 저런. 비가 오겠네." 낙담이 가득 담긴 탄식이었다.

"날이 궂을 거란 생각은 했다만." 앨런 부인이 말했다.

"오늘 산책은 틀린 모양이네요." 캐서린이 한숨을 쉬었다. "그렇지만 어쩌면 이러다 말지도 모르고, 12시 전에 그칠 수도 있겠죠."

"그럴 수도 있겠다만, 그때는 길이 질척거릴 텐데."

"아! 그건 큰 문제가 안 돼요. 전 별로 신경 안 써요."

"그래." 하고 부인이 아주 태평하게 받았다. "네가 신경 안 쓴다는 건 나도 알지."

잠시 뜸을 들이던 캐서린이 창문을 바라보며 말했다. "빗줄기가 점점 더 세지네!"

"정말 그렇구나. 비가 계속 내리면 길이 물바다가 될 거야."

"벌써 우산 든 사람이 넷이나 나와 있네요. 우산이라면 꼴도 보기 싫어!"

"정말 가지고 다니기 싫은 물건이야. 나 같으면 하시라도 마차를 이용할 거다."

"날씨가 좋을 것 같은 아침이었는데! 비가 안 올 거라고 굳게 믿었는데!"

"누구라도 그렇게 생각했을 거다. 아침 내내 비가 오면 펌프 룸에 사람이 별로 없을 거야. 앨런 씨가 나갈 때 외투를 입으면 좋겠는데, 아마 안 입을 거야. 외투를 입고 외출하는 것을 죽어라고 싫어하니까. 왜 그리 싫어하는지 원, 아주 편안할 텐데 말이다."

비는 계속 내렸다. 폭우는 아니었지만 꽤 세차게 내렸다. 캐서린은 오 분마다 시계를 보러 갔다가는 돌아오자마자 오 분이 더 지나도록 계속 내리면 가망이 없는 일로 단념해야겠다며 입술을 꼭 깨물었다. 시계가 12시를 쳤고 비는 여전히 내렸다. "외출은 어렵겠구나, 얘야."

"아직 절망하긴 일러요. 12시 15분까지는 포기하지 않을래요. 그 시각이면 대개 날이 개는 데다 빗줄기도 약간 가늘어진 것 같아요. 저런, 12시 20분이네. 이젠 완전히 포기해야겠네요. 오! 여기도 『우돌포』에 나오는 것 같은 그런 날씨였으면. 아니, 적어도 투스카니와 프랑스 남부 같은 그런 날씨였으면! 가련한 성 오빈[20]이 죽던 밤처럼 아름다운 날씨였으면!"

12시 30분이 되어 날씨에 대한 노심초사도 끝나고 날이 갤 것이라는 기대도 접었을 때, 하늘이 홀연 맑아 오기 시작했다. 한줄기 햇빛에 화들짝 놀라 그녀는 주위를 둘러보았다. 구름이 걷히고 있었다. 그녀는 곧 창문으로 돌아가 날이 맑아지라고 응원했다. 십 분이 더 지나자 밝은 오후가 될 것이 확실해지면서 "늘 갤 것이라고 생각"했던 앨런 부인의 의견을 뒷받침해 주었다. 그러나 캐서린이 아직도 친구들이 오기를 기대해도 되는지, 틸니 양이 엄두를 못 낼 정도로 비가 많이 온 것은 아닌지는 미지수였다.

길이 너무 질척거려서 앨런 부인은 남편과 펌프 룸까지 동행할 수 없었다. 그래서 앨런 씨는 혼자 출발했다. 캐서린이 그가 거리로 내려가는 것을 눈으로 배웅하고 있을 때, 전에 보

---

20) 『우돌포의 비밀』에서 여주인공의 아버지.

앗던 무개 마차 두 대가 다가왔다. 며칠 전 아침에 그녀를 깜짝 놀라게 했던 바로 그 세 사람이 타고 있었다.

"이저벨라, 오빠, 그리고 소프 씨네. 맞아요! 아마도 절 찾아오는 걸 거예요. 그렇지만 전 안 갈 거예요. 갈 수 없어요. 틸니 양이 방문할지도 모르는데." 앨런 부인도 동의했다. 존 소프가 바로 들이닥쳤는데, 사람보다 목소리가 먼저 들렸다. 그는 계단에서 몰런드 양에게 서두르라고 소리쳤다. "빨리요! 빨리!" 문을 열어 젖히면서 그가 말했다. "당장 모자부터 쓰시고…… 허비할 시간이 없어요, 브리스틀로 갈 거니까. 안녕하세요, 앨런 부인?"

"브리스틀이라고요? 여기서 멀지 않아요? 어쨌든 전 오늘은 같이 갈 수 없어요. 약속이 있거든요. 친구들이 언제 올지 몰라 기다리는 중이랍니다." 물론 그에게는 전혀 통하지 않는 말이었다. 그가 앨런 부인에게 도움을 청하는 사이에 다른 두 사람도 거들어 주려고 들어왔다. "나의 사랑스러운 캐서린, 이거 정말 신나는 일 아냐? 아주 멋진 드라이브가 될 거야. 이런 계획을 세운 오빠와 나한테 감사해야 할걸. 아침 식사 시간에 이 생각이 번뜩 난 거야. 그것도 두 사람 머리에 동시에! 이 밉살스러운 비만 오지 않았다면 두 시간 전에 출발했을 텐데. 그렇지만 뭐 상관 있나? 밤엔 달빛이 있으니 신나게 드라이브할 수 있을 거야. 야아! 시골 공기와 고요한 풍경, 생각만 해도 황홀하네! 하부 무도회장에 가는 것보다야 훨씬 낫지. 바로 클리프턴으로 달려가서 그곳에서 식사할 거야. 만찬이 끝나는 대로 시간이 되면 킹스웨스턴까지 가자고."

"그렇게까지 여유가 있을지 모르겠네." 몰런드가 말했다.

"이 친구, 징징대기는!" 하고 소프가 소리쳤다. "그렇게 열 번은 넘게 하겠다. 킹스웨스턴! 암, 갈 수 있고말고. 그리고 블레이즈 성도 가지, 뭐. 들어 본 데는 다 가는 거야. 그런데 여기 자네 동생이 안 가겠다잖아."

"블레이즈 성이라고요!" 캐서린이 소리쳤다. "그게 뭐죠?"

"잉글랜드에서 제일 멋진 곳입니다. 그걸 보기 위해서라면 50마일쯤이야 아무것도 아니죠."

"정말 성인가요? 고성 말이에요."

"영국 전체에서 가장 오래된 성이죠."

"책에 나오는 성 같은 건가요?"

"그대롭니다. 완전히 같죠."

"그런데 지금 정말로…… 탑도 있고 긴 회랑들도 있나요?"

"수십 개씩이죠."

"그렇담 보고 싶긴 하네요. 그러나 그럴 수가 없어……. 전 못 가요."

"못 가다니! 아니, 애, 도대체 왜 그래?"

"난 못 가. 왜냐하면……." 캐서린은 이저벨라가 미소를 띨 것이 겁나 눈을 아래로 떨구었다. "틸니 양과 그분 오빠의 방문을 기다리고 있어. 같이 시골길 산책을 하기로 했거든. 원래 12시에 오기로 했는데 비가 와서…… 그렇지만 이제 갰으니 곧 이곳으로 오지 않을까 싶어."

"그 사람들 안 올 겁니다." 소프가 소리쳤다. "브로드가에 들어섰을 때 봤는데……. 그 사람 밝은 밤색 사륜 쌍두마차 몰지 않아요?"

"전 잘 몰라요."

"맞아요. 내가 알아요. 그 사람을 봤습니다. 지난밤 함께 춤
춘 남자 이야기잖습니까, 그렇죠?"

"네."

"에, 그 사람이 아까 랜스다운 로드로 접어드는 걸 봤습니
다. 썩 괜찮아 보이는 여자를 태우고 가던데요."

"그게 정말이세요?"

"맹세하죠. 한눈에 바로 알아보았답니다. 말이며 마차며 꽤
잘 갖추고 있더군요."

"참 이상하네요! 그렇지만 산책을 하기에는 너무 질척하다
고 생각했을 수도 있겠죠."

"충분히 그럴 겁니다. 이런 진흙탕은 나도 난생처음이니
까요. 걷다니요! 차라리 날라고 그러십시오! 겨울 내내 이렇
게 질척거린 적은 없었는데, 어딜 가나 발목까지 푹푹 빠지
니, 원."

이저벨라도 한마디 거들었다. "캐서린, 얼마나 질척거리는
지 상상도 안 될걸. 자, 같이 가, 얘. 지금 와서 거절할 수는 없
잖아."

"성을 보고 싶긴 해. 그렇지만 다 둘러볼 수 있나요? 계단을
다 올라가고 방을 다 들어가 보고?"

"그럼요, 그럼요. 구석구석 다 봐야죠."

"그렇지만, 그래도…… 그분들이 땅이 더 마를 때까지 한
시간 정도 외출한 거라면, 그래서 방문을 하면요?"

"마음 푹 놓으세요. 그럴 위험이 없는 것이, 틸니가 말을 타고 막 지나가는 어떤 남자한테 소리치는 걸 들었는데, 윅 록스까지 갈 거라고 하더군요."

"그러면 갈게요. 가도 될까요, 앨런 부인?"

"네가 알아서 하려무나, 얘야."

"앨런 부인, 가라고 해 주세요." 다들 한목소리로 외쳤다. 앨런 부인도 여기에 무심할 수 없었다. "그럼, 얘야, 다녀오려무나." 그리고 이 분 후에 그들은 출발했다.

마차 안으로 들어가는 캐서린의 기분은 착잡했다. 큰 즐거움의 기회를 놓친 아쉬움과, 종류는 다르지만 비등한 정도로 큰 또 다른 즐거움을 누릴 희망으로 양분된 것이다. 그녀는 틸니 남매가 아무런 전갈도 없이 쉽게 약속을 저버린 것이 못내 섭섭했다. 지금은 산책을 시작하기로 한 시각에서 불과 한 시간이 지났고, 그동안 길이 엉망진창이라는 소리를 수도 없이 듣긴 했지만 직접 눈으로 보니 별 불편 없이 갈 수도 있겠다는 생각이 들었던 것이다. 그들에게 무시당했다고 생각하니 마음이 매우 아팠다. 그런 한편으로 블레이즈 성이 우돌포와 같으리라고 상상하면서 그런 건물을 탐사하는 즐거움이라면 큰 위안이 될 것이고 그 아픔을 상쇄해 주리라 생각했다.

그들은 별다른 대화 없이 풀트니가를 거침없이 지나 로라 광장을 통과했다. 소프는 말에게 뭐라고 떠들었고 그녀는 그녀대로 상념에 잠겨 있었다. 깨어진 약속들과 무너진 아치들, 쌍두 사륜마차와 가짜 벽걸이들, 틸니 남매와 뚜껑 문들이 차례로 떠올랐다. 그들이 아가일 빌딩으로 들어서는데 옆에서 이렇게 말하는 소리가 들려 그녀는 화들짝 깨어났다. "지나가면서 당신을 유심히 쳐다보던데, 저 여자가 누구죠?"

"누구 말인가요? 어디에?"

"오른편 보도였는데……. 지금은 거의 안 보이는군요."

캐서린이 둘러보니 틸니 양이 오빠의 팔에 기대어 거리를 천천히 내려가고 있었다. 그들 남매가 자기를 돌아보는 것도 눈에 들어왔다. "멈춰요, 멈춰요, 소프 씨." 그녀가 조바심을 내며 소리쳤다. "틸니 양이네요. 정말 그래……. 저분들이 멀리 가 버렸다고 하시더니, 어떻게 그럴 수가……. 멈춰요, 멈춰. 당장 내려서 저분들한테로 가겠어요." 그러나 이런 말이 무슨 소용이었을까? 소프는 말에게 채찍질을 할 뿐이었고 말의 걸음은 더 빨라졌다. 이제 그녀에게서 눈길을 거둔 틸니 남매는 로라 광장 모퉁이를 돌아 순식간에 시야에서 사라졌고 다음 순간 그녀는 마켓 광장으로 발걸음도 빠르게 들어섰던 것이다. 그렇지만 다음 거리를 지나는 동안에도 그녀는 내내 멈추어 달라고 간청했다. "제발, 제발 멈추어 주세요, 소프 씨. 계속 갈 수 없어요. 가지 않겠어요. 틸니 양에게 돌아가야 해요." 그러나 소프는 웃으며 채찍을 내리쳐 말을 다그치고 괴상한 소리를 내면서 마차를 몰 뿐이었다. 캐서린은 너무 화가 나고 당황스러웠지만 벗어날 힘이 없었기에 포기하고 승복할 수밖에 없었다. 그렇지만 비난의 말은 아낌없이 쏟아부었다. "어쩌면 그렇게 속일 수가 있어요, 소프 씨? 마차를 타고 랜스다운 로드로 가는 걸 봤다면서요? 세상에, 내가 이런 짓을 하다니. 그분들은 정말 이상하다고 생각하실 거야. 얼마나 무례하다고 여기겠어! 말 한마디 않고 그 옆을 지나갔으니 말이야! 제가 얼마나 화가 났는지 모르실 거예요. 클리프턴에 가도 하나도 즐겁지 않을 거고, 무얼 해도 마찬가질 거예요. 전 수만 번이라도 당장 내려서 그분들에게 돌아가고 싶단 말이에요. 그분들이 쌍두 사륜마차를 타고 가는 걸 봤다니, 어쩜 그러실 수 있어요?" 소프는 완강하게 자기변호를 하면서 그렇게 닮은 사람은 처음 보았고 자기가 본 사람이 틸니가 맞다는 주장을 접으려 하지 않았다.

실랑이는 끝났지만 그들의 드라이브가 그리 즐거울 것 같지는 않았다. 캐서린은 이제 전처럼 비위를 맞추어 줄 마음이 없었다. 마지못해 들어 주는 정도였고 대답은 짧게 했다. 블레이즈 성만이 유일한 위안이었다. 그 성을 볼 생각을 하면 그래도 사이사이 즐거움이 밀려왔다. 성벽이 가져다줄 행복, 즉 오랜 세월 방치되었지만 장엄한 가구들의 유품을 전시하고 있는 드높은 방들을 따라 나아가는 행복, 좁고 구불구불한 지하의 둥근 복도를 따라가다가 낮고 창살이 쳐진 문에 가로막히는 행복, 혹은 심지어 그들의 램프, 그들의 유일한 램프가 갑작스럽게 몰아친 바람에 꺼져서 칠흑 같은 어둠 속에 버려질 행복이 눈앞에 그려지는 것이었다. 물론 약속된 산책을 못하게 된 것이 실망스럽고 특히 틸니 남매에게 나쁜 인상을 주느니 차라리 이런 행복 같은 건 모두 포기하고 싶었지만 말이다. 그사이에 그들은 아무런 차질 없이 여행을 계속하여 케인스햄 마을이 보이는 곳까지 왔는데, 그들 뒤에 따라오던 몰런드가 소리를 질렀고 무슨 일인가 해서 친구가 말을 멈추었다. 대화를 할 수 있을 정도로 가까워지자 몰런드가 말했다. "돌아가야 할 것 같아, 소프. 오늘 거기까지 가기엔 너무 늦어. 네 동생도 생각이 같고. 풀트니가에서 나온 지 딱 한 시간인데, 이제 겨우 7마일 왔어. 내 생각에 앞으로 적어도 8마일은 더 남았는데 말이야. 안 될 일이네. 출발이 너무 늦었던 거야. 다른 날로 연기하고 마차를 돌리는 게 낫겠어."

"어떡해도 나는 상관없어." 좀 화가 난 어조로 소프가 대답했다. 그리고 곧바로 말 머리를 돌려 그들은 바스로 돌아오게 되었다.

"당신 오빠가 그런 망할······ 말을 몰지만 않았더라면." 하고 소프가 곧바로 말했다. "멋지게 해냈을 텐데 말입니다. 내 말이 달리는 대로만 두었으면 한 시간 안으로 클리프턴에 도착했을 겁니다. 헐떡대는 빌어먹을 늙은 말의 보조를 맞추려고 얼마나 잡아당겼는지 팔이 부러질 뻔했다니까요. 자기 소유의 말과 마차가 없다니 몰런드도 바보야."

"아니, 그렇지 않아요." 캐서린이 화가 나서 말했다. "그럴 여유가 안 되는 거죠."

"아니, 왜 여유가 안 되는데요?"

"그만한 돈이 없으니까요."

"그건 누구 잘못입니까?"

"제가 알기론 누구의 잘못도 아닌데요." 그러자 소프는 무언가 큰 소리로 앞뒤가 안 맞는 소리를 했는데, 입에 달고 사는 말대로 망할······ 짠돌이라서 그렇다는 식이었다. 돈 속에서 뒹구는 사람들이 여유가 없다면 도대체 누가 여유가 있다는 것인지 모르겠다는 것이었다. 캐서린은 아예 이해하기를 포기했다. 첫 번째 실망을 보상해 줄 위안거리마저 무산되자 그녀는 이왕이면 기분 좋게 가자는 생각이 점점 옅어졌고 상대가 그러기도 기대하지 않게 되었다. 그녀가 스무 마디 말도 하지 않은 채 그들은 풀트니가로 돌아왔다.

집으로 들어서자 하인이 말하기를, 그녀가 출발하고 나서 몇 분이 지난 후 어떤 신사와 숙녀분이 방문하여 그녀를 찾았고, 소프 씨와 나갔다고 하자 숙녀분이 자기에게 남긴 전갈이 없는지 물었으며, 없다고 하자 명함을 찾다가 안 가져왔다면서 그냥 갔다는 것이었다. 이 가슴 아픈 소식을 곱씹으면서 캐서린은 계단을 천천히 올라갔다. 계단 머리에서 앨런 씨를 만났는데, 그들이 빨리 돌아온 이유를 듣고는 이렇게 말했다. "네 오빠가 그만한 분별이 있어서 다행이다. 네가 돌아와서 반갑기도 하고. 애초부터 말이 안 되는 계획이었어."

그들은 모두 소프가에서 함께 저녁을 보냈다. 캐서린은 마음이 어지럽고 기분이 좋지 않았다. 그러나 이저벨라는 코머스 게임[21]을 할 인원이 되니 자기는 몰런드와 한 편을 먹겠다고 했다. 이 역시 클리프턴의 여관에서 조용한 시골 공기를 맛보는 것 못지않게 즐거울 거라고 여기는 듯했다. 하부 무도회장에 가지 않은 것이 차라리 잘되었다는 말도 한 번 이상 했다. "거기 가는 사람들 너무너무 딱해! 그이들 사이에 끼지 않게 되어서 얼마나 기쁜지 몰라! 무도회가 성원이 될지 말지도

---

21) 포커의 일종으로 거래와 교환을 중심으로 하는 카드놀이.

모르겠고! 아직 춤이 시작되지도 않았겠지. 무슨 일이 있어도 거긴 안 갈 거야. 가끔씩 이렇게 오붓한 저녁 시간을 보내는 게 얼마나 즐거운 일인데요! 그리 훌륭한 무도회도 못 될 거예요, 아마. 미첼네도 가지 않는 걸로 알거든요. 거기 있는 사람들 다 불쌍하다니까. 그렇지만 몰런드 씨는 거기 가고 싶으시죠, 아닌가요? 분명히 그러실 거야. 뭐, 그러시다면 여기 있는 사람들 눈치 볼 것 없답니다. 우리야 당신 없이도 잘 지낼 텐데요. 하여간 당신네 남자들은 자신을 대단히 중요한 존재인 양 착각한다니까요."

캐서린은 이저벨라가 슬픔에 빠진 자신을 달래 줄 생각이 전혀 없어 보이는 게 못내 섭섭했다. 그녀는 친구의 기분은 조금도 신경 쓰지 않는 것 같았고 위로랍시고 하는 말도 그리 신통치 않았다. "그렇게 시무룩해하지 말아, 얘." 그녀가 귓속말을 했다. "나도 마음이 찢어질 듯 아파. 물론 충격이긴 했지, 정말. 그렇지만 그건 전적으로 틸니 남매 탓이잖아. 왜 시간을 제대로 지키지 않은 거야? 길이 질기야 했지만 그게 그리 큰일이야? 존과 나라면 신경도 안 썼을 거야. 나야 친구 일이라면 물불 안 가리잖아. 그게 내 기질이고 존도 그래. 오빠 놀랄 정도로 의리가 있어. 아니, 세상에! 카드 솜씨 하나 끝내주네. 킹이로다, 킹이야! 난생 이렇게 행복한 적은 없었어! 나보다는 네가 킹을 잡았으면 하고 오십 번은 빌었지."

자, 이제 우리 주인공을 카우치에서 잠 못 이루도록 내버려 두는 것이 좋겠다. 그곳이야말로 진정한 주인공의 자리니까. 가시 박힌 베개를 눈물로 적시면서 말이다. 그리고 다음 석 달

동안 하루라도 편히 쉴 수 있다면 다행이라고 생각하게 내버
려 두겠다.

"앨런 부인, 오늘 틸니 양을 방문해도 별 문제가 없을까 요?" 다음 날 아침 캐서린이 말했다. "자초지종을 설명해야 마음이 편할 것 같아서요."

"그래그래, 가 봐야지, 애야. 흰색 드레스를 입는 것 잊지 말고. 틸니 양은 늘 흰색을 입더라."

캐서린은 흔쾌히 동의했다. 옷을 다 차려입자 다급한 심정 으로 펌프 룸에 가서 틸니 장군의 거처를 알아냈다. 밀섬가에 있다는 것만 알았지 집 위치는 자세히 몰랐던 것이다. 앨런 부 인도 말이 오락가락해서 믿을 수가 없었다. 그녀는 밀섬가로 향했다. 번지수를 확실하게 마음에 되새기면서, 그녀를 방문 하여 자신의 처신을 설명하고 용서를 구하고자 콩닥거리는 마음을 달래며 걸음을 서둘렀다. 교회 마당을 가볍게 통과하 면서는 사랑하는 친구 이저벨라와 그 소중한 가족을 마주치지 않으려고 눈길을 단호하게 돌렸다. 그들이 근처 가게에 있을 것이라 짐작되었기 때문이다. 그녀는 별 장애 없이 그 집에 닿았고 번지를 확인하면서 문을 두드려 틸니 양을 찾았다. 하인은 틸니 양이 집에 있다고 생각하지만 확실치는 않다고 말했다. 이름을 올려 보내 주시겠어요? 그녀는 명함을 주었다. 몇 분 후에 하인이 돌아와 우물쭈물하면서 자기가 잘못 알았고 틸니 양은 외출했다고 답했다. 캐서린은 굴욕감에 얼굴을 붉히며 그 집을 나왔다. 틸니 양이 집에 있지만 너무 화가 나서 자기를 받아들이지 않은 것이라 확신했던 것이다. 길 아래로 물러 나와서는 거실 창문을 한번 올려다보지 않을 수 없었다. 혹시 그녀를 볼 수 있을까 했지만 아무도 나타나지는 않았다. 하지만 길 끝에서 다시 돌아보니 창문이 아니라 문에서 틸니 양이 나오는 것이 보였다. 그녀 뒤로 신사 한 사람이 따라 나왔는데 캐서린이 보기에는 그녀의 아버지 같았다. 그들은 에드거 빌딩 쪽으로 방향을 잡았다. 캐서린은 심한 굴욕감을 느끼며 길을 걸어갔다. 아무리 화가 났어도 상대가 이처럼 무례하게 굴자 그녀도 화가 치미는 것 같았다. 그러나 그녀는 원망의 감정이 이는 것을 자제했다. 자기가 너무 모르고 있다는 생각이 든 것이다. 자신이 저지른 무례가 세상의 예법으로 봤을 때 어느 정도까지 용서받을 수 없는 성격인지, 그 대가로 얼마나 심한 무례를 당해야 마땅한지 알 수가 없었다.

기가 꺾이고 풀이 죽어서 그녀는 그날 밤 다른 사람들과 극장에도 가지 않겠다고 생각했다. 그러나 솔직히 털어놓자면 그런 생각은 오래 지속되지 않았다. 그녀는 곧 정신을 차렸는데, 첫째는 집에 있을 구실이 마땅치 않았고 둘째는 무척 보고 싶던 연극이었기 때문이다. 결국 그들 모두는 극장으로 갔다. 그녀를 괴롭히기도 기쁘게 하기도 할 수 있는 틸니 집안사람들은 나타나지 않았다. 그 집안이 갖춘 수많은 장점 가운데 연극에 대한 애호는 포함되지 않았던 모양이다. 그러나 어쩌면 그것은 그들이 런던 무대의 더 훌륭한 공연에 익숙하기 때문일 수도 있었다. 이저벨라의 말마따나 그것을 보고 나면 다른 연극들은 '너무 끔찍스러워'질 테니까! 하여간 기대했던 대로 연극은 재미있었다. 그 희극은 그녀의 근심마저 잊게 해서 첫 4막이 진행되는 동안 그녀를 본 사람이라면 슬픔의 기색 같은 건 아예 찾을 수도 없었을 것이다. 그러나 5막이 시작되면서 헨리 틸니와 그의 아버지가 갑자기 나타나더니 반대편 박스에 있는 일행과 합류했고, 그것을 목격하자 그녀는 다시 마음이 어지러웠다. 무대는 더 이상 순수한 즐거움을 선사하지 못했고 완전한 집중도 유도하지 못했다. 평균 잡아 두 번에 한 번꼴로 시선이 반대편 박스 쪽으로 옮겨 갔다. 그리고 온전히 두 개의 장이 진행되는 동안 헨리 틸니를 지켜보았지만 그녀는 한 번도 눈을 마주치지 못했다. 이젠 그가 연극에 관심이 없는 게 아닌가 의심할 수도 없었다. 두 개의 장이 공연되는 내내 그는 무대에서 한 번도 시선을 떼지 않았다. 그러나 마침내 그가 그녀 쪽을 보았고 고개를 숙였다. 그러나 그게 전부였다! 미소도 짓지 않고 눈길이 머물지도 않은 채 금세 시선을 돌려 버렸다. 캐서린은 초조하고 비참했다. 그가 앉아 있는 박스로 한달음에 달려가 상황을 설명하고 싶었다. 여주인공다운 감정보다 자연스러운 감정이 그녀를 지배했다. 즉 손쉬운 비난에 상처 입은 자기 자신의 품위를 고려하는 대신, 다시 말해 긴가민가하는 그에게 아무것도 모르는 척 자기가 화가 났다는 것을 보여 주어 왜 그러는지 알려고 갖은 애를 쓰게 만들고 그의 시선을 피하거나 다른 남자와 시시덕거림으로써 지난 일을 깨닫게 하겠다고 고고하게 결심하는 대신, 잘못된 처신이나 혹은 적어도 그렇게 보이는 일을 모두 자신의 수치로 돌리며 해명할 기회만을 학수고대했던 것이다.

연극이 끝났고 커튼이 내려졌다. 헨리 틸니가 지금까지 앉아 있던 자리에는 그의 아버지만 남아 있었다. 아마도 그들의 박스로 오고 있을지도 모를 일이었다. 그녀가 옳았다. 수분 후에 그가 나타나, 지금은 듬성듬성해진 좌석 열 사이로 와서 앨런 부인과 그녀에게 조용한 말로 정중히 인사를 건넸다. 그런데 그녀의 대답은 조용한 것과는 거리가 멀었다. "어머나! 틸니 씨, 말하고 싶어서 미칠 뻔했어요. 사과를 드리려고요. 저를 무례하다고 생각하셨을 텐데, 사실 제 잘못은 아니었어요. 그렇죠, 앨런 부인? 그 사람들이 틸니 씨와 동생분이 쌍두 사륜마차를 타고 같이 외출하더라고 했잖아요? 그러니 제가 어떻게 하겠어요? 그렇지만 전 만 배는 더 두 분하고 같이 있고 싶었답니다. 그렇죠, 앨런 부인?"

"애야, 내 드레스 구겨지잖니."가 앨런 부인의 대답이었다.

혼자서 주장한 꼴이 되었지만 그녀의 말은 흘려 버려지지 않았다. 그의 얼굴에 더 상냥하고 자연스러운 미소가 떠올랐던 것이다. 그리고 약간은 속마음을 숨긴 듯한 어조였지만 그는 이렇게 대답했다. "아가일가에서 우리가 당신을 지나쳤을 때 즐거운 산책을 하라고 축원해 주신 것 어쨌든 무척 감사드립니다. 친절하게도 일부러 돌아보기까지 하셨잖습니까."

"그렇지만 사실 즐거운 산책을 축원드린 건 아니었어요. 그런 생각은 나지도 않았고요. 다만 전 소프 씨한테 멈추어 달라고 열심히 간청했어요. 당신을 보는 순간 그에게 소리를 질렀죠. 앨런 부인, 제가…… 아 참! 부인께선 그 자리에 안 계셨네요. 그렇지만 정말 그랬답니다. 그리고 소프 씨가 세워 주기만 했어도 전 마차에서 뛰어나가 두 분을 쫓아갔을 거예요."

세상의 어떤 헨리가 이렇게까지 이야기하는 사람에게 무심하게 굴겠는가? 헨리 틸니는 적어도 그렇지 않았다. 그는 더욱더 상냥한 미소를 띠면서 자기 동생의 걱정과 섭섭함에 대해서, 그리고 캐서린의 진심을 믿는다는 점에 대해서 해야 할 말은 모두 했다. "오! 틸니 양이 화가 나지 않았다는 말씀은 마세요." 캐서린이 소리쳤다. "화나셨다는 건 제가 알아요. 오늘 아침에 제가 방문했을 때 보려고도 하지 않았어요. 제가 떠난 후 바로 집을 나가시는 걸 봤거든요. 전 상처를 입긴 했지만 모욕감을 느끼진 않았답니다. 아마 당신은 제가 거기 간 것을 모르셨겠지요."

"그 시각에는 안에 없었습니다. 그렇지만 엘리너한테 들었지요. 동생은 그 이후로 당신을 만나서 그런 결례를 한 이유를 설명하고 싶어 했습니다. 그렇지만 저도 충분히 설명드릴 수 있습니다. 딴 게 아니라 아버지께서…… 아버지하고 동생이 막 나갈 준비를 하던 참이었고 시간 때문에 아버지가 서두르는 데다 연기할 여지도 없어서 그런 식으로 거절하고 만 겁니다. 분명히 말씀드리는데 그게 전부입니다. 동생은 매우 난감해하면서 가능한 한 빨리 사과를 하려고 했어요."

캐서린의 마음은 이 사연을 듣고 크게 풀렸지만 여전히 찜 찜한 것이 남아 있었다. 그래서 다음과 같은 질문이 나왔는데 신사로서는 좀 당혹스러울 수도 있었지만 그 자체로는 그야 말로 꾸밈없는 것이었다. "그렇다면 틸니 씨, 당신은 왜 동생 분보다 마음이 넓지 않으신가요? 그분은 제 선의를 믿어 주시고 실수였다고 생각하시는데, 당신은 왜 그렇게 쉽게 기분이 상하셨나요?"

"제가요? 기분이 상했다고요?"

"아니, 박스 안으로 들어왔을 때 표정을 보니 화가 나셨던데요, 뭘."

"제가 화를! 저한텐 그럴 권리가 없습니다."

"글쎄요, 당신 얼굴을 본 사람이라면 아무도 그런 권리가 없다고는 생각하지 않았을 거예요." 그는 대답 대신 자리를 잡고 앉아서 연극 이야기를 했다.

그는 캐서린 일행과 잠시 더 머물렀는데 너무 싹싹하게 굴어서 그가 떠날 때는 캐서린이 아쉬울 지경이었다. 그렇지만 헤어지기 전에, 계획했던 산책을 가능한 한 빨리 하자고 약속했다. 그가 그들의 박스를 떠난 것이 슬펐달까, 그것만 제외하면 그녀는 전반적으로 세상에서 제일 행복한 사람 중 하나가 되어 있었다.

이렇게 이야기를 나누던 그녀는 실내의 같은 장소에서 십

분을 있어 본 적이 없는 존 소프가 틸니 장군과 대화하는 것을 보고 좀 놀랐다. 그리고 두 사람의 대화 주제가 바로 자신이라는 것을 눈치채고서는 놀라움 이상의 무언가를 느꼈다. 저분들이 나에 대해서 대체 무슨 이야기를 하는 걸까? 그녀는 자기의 외모가 틸니 장군의 마음에 들지 않으면 어쩌나 걱정이 되었다. 몇 분간 산책을 연기하는 대신 딸이 자기를 받아들이는 것을 막은 걸 보면 그렇지 않을까 하는 생각이 들었다. "소프 씨가 당신의 부친을 어떻게 알게 되었죠?" 그들을 가리키면서 걱정스러운 어조로 물었지만, 그도 아는 바가 없었다. 그러나 군인들이 다 그러하듯이 자기 아버지도 아는 사람이 많지 않겠느냐는 것이었다.

공연이 모두 끝났다. 소프가 와서 그들이 빠져나가는 것을 도왔다. 그는 캐서린을 향해 즉각 신사도를 발휘했고 그들이 로비에서 의자가 나기를 기다리는 동안 이런 질문을 하여 그녀의 마음속에서 혀 끝까지 올라온 질문을 막아 버렸다. 그는 거드름이 섞인 어조로 자기가 틸니 장군과 이야기 나누는 것을 보았느냐고 물었다. "정말이지 멋진 노친네예요! 건장하고 활달하시고. 아들만큼이나 젊어 보여요. 정말 존경스럽습니다. 신사답고 멋진 분이죠."

"그런데 어떻게 알게 되셨어요?"

"어떻게 알다뇨! 런던에서 내가 모르는 사람은 거의 없어요. 베드퍼드 커피숍에서 늘 만나는걸요. 오늘도 당구장으로 들어오는 순간 얼굴을 알아봤습니다. 하여간 당구로서는 최고 실력자 가운데 한 분이죠. 한번 붙어 본 적이 있습니다. 처음에는 거의 겁이 나기까지 했지만 말이죠. 승산이 5 대 4 정도로 내가 불리했으니까. 그리고 내가 기가 막히게 깨끗하게 쳐 내지 못했다면…… 그분의 공을 딱 맞혔던 거죠. 당구대가 없어서 설명은 다 못 드립니다만…… 그렇지만 내가 그분을 이겼죠. 멋진 분이고, 유대인만큼 돈도 많죠. 그분하고 정찬을 하고 싶어요. 멋진 정찬을 차려 내실 게 틀림없어요. 그런데 우리가 무슨 이야기를 했는지 아세요? 당신 이야기였습니다. 그래요, 원 맙소사! 장군은 당신을 바스에서 제일 멋진 여성이라고 생각하시더군요."

"어머나! 말도 안 돼요! 무슨 말씀을 그렇게?"

"그래서 내가 뭐라고 했겠어요?" 그가 목소리를 낮추면서 말했다. "'잘 보셨습니다, 장군님.' 내가 그랬죠. '저도 같은 생각입니다.'"

여기서, 틸니 장군의 찬양과 달리 그의 찬양이 하나도 달갑지 않았던 캐서린은 앨런 씨가 가자고 부르는 것이 전혀 아쉽지가 않았다. 그렇지만 소프는 부득부득 마차로 에스코트를 하겠다고 했고 마차 안으로 들어갈 때까지 그녀가 그만하시라고 간청을 하는데도 같은 종류의 입에 발린 찬사를 계속 늘어놓았다.

틸니 장군이 그녀를 싫어하지 않고 오히려 찬사를 보냈다는 것은 매우 기쁜 일이었다. 이제 그 가족 가운데 만나기 겁나는 사람은 한 명도 없다고 생각하니 더없이 즐거웠다. 그녀에게는 기대 이상의, 아니 기대를 훨씬 뛰어넘는 성과를 안겨 준 저녁이었다.

13

지금까지 독자의 눈앞에 월요일, 화요일, 수요일, 목요일, 금요일, 토요일이 펼쳐졌다. 요일마다 사건, 희망과 두려움, 굴욕과 즐거움이 하나하나 이야기되었고 이제 일요일의 고통을 설명할 일만 남았으니 그것으로 한 주일이 마감될 터이다. 클리프턴 여행 계획은 연기되었다뿐이지 폐기된 것은 아니었다. 이날 오후가 기울 무렵에 다시 이 이야기가 나왔다. 이저벨라와 제임스가 따로 의논한 결과 이저벨라는 이미 가는 쪽으로 마음을 굳혔고 제임스는 여자 쪽이 좋다면 얼마든지 따를 태세였으므로 날씨만 좋으면 다음 날 아침에 사람들을 모으기로 합의했다. 또 제때 집으로 돌아오기 위해 이른 아침에 출발하기로 했다. 그렇게 일이 결정되었고 소프의 승낙도 얻었다. 이제 캐서린만 끌어들이면 되는 일이었다. 그녀는 틸니 양과 이야기하느라 몇 분 동안 그들 곁을 떠나 있었다. 그사이 계획이 마무리되었고 그녀가 돌아오자 동의하라고 성화였다. 그러나 즐겁게 응낙할 줄 알았던 이저벨라의 기대와 달리, 캐서린은 심각한 표정으로 정말 미안하지만 못 가겠다고 답하는 것이었다. 약속이 있어서 그들하고 동행하는 것이 불가능하다고 말이다. 실은 지난번에도 이 약속 때문에 여행에 함께하지 말았어야 했다며, 틸니 양과 계획했던 산책을 내일 하기로 약속했고 이미 정해진 일이라 무슨 이유로라도 철회할 수 없다고 그녀는 말했다. 그러자 두 남매에게서 즉각적으로 철회해야 하고 철회해야 옳다는 아우성이 동시에 터져 나왔다. 그들은 내일 클리프턴에 가야 하고, 그녀 없이는 갈 수가 없고, 산책 정도야 하루쯤 연기한다 해서 큰일 날 것도 아니지 않느냐면서 아무리 거절해도 들으려고 하지 않았다. 캐서린은 난감했지만 물러서지 않았다. "조르지 마, 이저벨라. 틸니 양하고 약속을 했다고. 난 갈 수 없어." 그러나 소용이 없었다. 그들은 똑같은 주장으로 다시 그녀를 몰아붙였다. 가야 하고 가는 것이 옳다면서 거절에는 눈도 깜짝하지 않았다. "틸니 양한테 선약이 있는 것을 깜빡했다, 그러니 화요일까지 산책을 연기하면 어떻겠느냐고 말하는 것이 뭐 어렵겠어."

"아냐, 쉽지 않을 거야. 그럴 수 없어. 선약이 어디 있다고." 그러나 이저벨라는 점점 더 채근을 해 왔다. 곰살궂게 굴면서 갖은 사랑스러운 이름을 동원하며 조르는 것이었다. 가장 소중하고 상냥한 캐서린이 자기를 애지중지 사랑하는 친구의 사소한 부탁 하나 못 들어줄 리 없다고 닦아세웠다. 그녀는 사랑하는 캐서린이 너무나 정이 많고 성격이 좋아서 자기를 사랑하는 사람들에게 쉽게 설득당한다는 것을 알고 있었다. 그러나 헛수고였다. 캐서린은 자기가 옳다는 믿음을 버리지 않았다. 이렇듯 부드럽고 듣기 좋은 간청을 뿌리치는 것이 쉽지는 않았지만 그래도 넘어가지 않기로 했다. 그러자 이저벨라는 다른 수법을 썼다. 그녀는 캐서린이 안 지 얼마 되지도 않는 틸니 양에게 가장 친하고 오래된 친구들보다 더 많은 애정을 준다고 비난했다. 한마디로 자기한테까지 냉정하고 무심해졌다는 것이다. "캐서린, 질투가 나서 견딜 수가 없어. 낯선 사람들 때문에 내가 무시당하는 꼴이잖아. 널 무지무지 사랑하는 내가! 난 한번 애정을 주면 정말이지 일편단심인데. 내 감정은 어느 누구의 감정보다 강하거든. 너무 강해서 내 마음의 평화조차 해칠 지경이지. 너와의 우정이 낯선 사람들에게 밀려나는 걸 보니 가슴이 찢어질 것 같아. 틸니니 뭐니 하는 사람들이 모든 걸 삼켜 버리는 것 같아."

캐서린은 이 비난 역시 이상하고 몰인정하다고 생각했다. 친구라고 해서 남이 다 알도록 자기의 감정을 드러내야 하는 것인가? 그녀의 눈에는 이저벨라가 자신의 만족 외에는 아무것에도 관심이 없는 옹졸하고 이기적인 여자로 보였다. 입 밖에 내지는 않았지만 이런 고통스러운 생각이 그녀의 마음을 스치고 지나갔다. 이저벨라는 그사이에 손수건을 눈에 가져다 댔다. 이런 모습에 애가 탄 제임스는 이렇게 말하지 않을 수 없었다. "아니, 캐서린. 이제 그만 버텨. 희생이라야 그리 크지도 않고. 이런 친구가 또 어디 있다고……. 계속 거절한다면 나부터 널 아주 야박하다고 생각할 거야."

오빠가 이저벨라를 노골적으로 편들고 나선 것도 처음이고, 또 그가 언짢아하는 것이 싫어서, 그녀는 타협책을 제시했다. 그들의 계획을 화요일까지만 연기해 주면 그녀도 같이 갈 수 있고 그러면 모두가 만족할 것 아니냐고 말이다. 그런 연기는 당사자들끼리 하면 되니 어려울 것도 없을 터였다. 그러나 "안 돼, 안 돼, 안 돼!"가 즉각 나온 답변이었다. "그건 알 될 일이야. 소프가 화요일에 런던에 안 가도 되는지를 모르잖아." 캐서린은 아쉬웠지만 달리 도리가 없었다. 짧은 침묵이 이어지다가 이저벨라에 의해서 깨어졌다. 원망이 묻어나는 차가운 목소리였다. "좋아, 그럼 이 계획은 이걸로 끝이야. 캐서린이 안 가면 나도 갈 수 없어요. 내가 홍일점이 될 수야 없죠. 그렇게 부적절한 짓은 무슨 일이 있어도 하고 싶지 않아요."

"캐서린, 같이 가야겠다." 제임스가 말했다.

"그럼 소프 씨가 자기 여동생 하나를 태워 주면 되잖아요. 둘 중 누구라도 가고 싶어 할 것 같은데."

"고마운 말씀입니다만." 소프가 소리쳤다. "난 내 여동생들이나 태워 주는 바보 노릇을 하려고 바스에 온 게 아닙니다. 아니죠, 당신이 안 가는데 내가 간다면, 대체 꼴이 뭐가 됩니까? 난 오직 당신을 태워 주기 위해서 가는 겁니다."

"그런 찬사는 하나도 반갑지 않네요." 그러나 그녀의 말은 소프의 귀에 닿지도 않았다. 그가 횅하니 몸을 돌려 가 버린 것이다.

남은 세 사람은 계속 같이 걸었지만 가련한 캐서린에게는 매우 불편한 산책이었다. 가끔은 말 한마디 없이 침묵을 견뎌야 했고 가끔은 다시 간청이나 비난의 공격을 감수해야 했다. 그녀의 팔은 여전히 이저벨라의 팔을 끼고 있었으나 둘의 마음은 전쟁 중이었다. 캐서린은 한순간에는 마음이 약해지다가도 다음 순간 화가 났다. 내내 괴로웠지만 꿋꿋하게 버텼다.

"네가 이렇게 고집이 셀 줄은 몰랐어, 캐서린." 하고 제임스가 말했다. "말을 하면 그래도 알아듣는 아이였는데. 한때는 동생들 중에서 제일 마음이 고왔는데 말이야."

"지금도 크게 달라진 건 없어요." 감정을 이기지 못하고 그녀가 대답했다. "그렇지만 정말 갈 수 없어요. 잘못이라 해도 전 옳다고 믿는 대로 행동하고 있어요."

"그게 뭐 그렇게 대단한 일이라고, 원." 이저벨라가 낮은 목소리로 말했다.

캐서린은 화가 치솟았다. 그녀는 팔을 뺐고 이저벨라도 말리지 않았다. 그렇게 긴 십 분이 지나자 다시 소프와 합류하게 되었다. 그는 한결 밝아진 표정으로 이렇게 말했다. "자, 내가 문제를 다 해결했어요. 이제 우리 모두 걱정할 것 없이 내일 가면 됩니다. 내가 틸니 양한테 가서 양해를 구했거든요."

"설마 그럴 리가!"

"그랬다니까요, 맹세해요. 방금 틸니 양한테서 오는 길입니다. 당신이 보내서 왔다고 하고 클리프턴으로 가기로 한 선약이 막 떠올라서 화요일까지는 같이 산책할 수가 없다고 전했습니다. 틸니 양이 좋다고, 화요일은 자기도 괜찮다고 하더라고요. 이렇게 우리들의 어려움이 한꺼번에 해결되었습니다. 정말 기가 막힌 생각 아닙니까, 그렇지요?"

이저벨라의 얼굴에는 미소가 돌아왔고 기분도 한껏 좋아졌다. 제임스도 다시 행복한 표정을 지었다.

"정말 멋진 생각이네요! 자, 캐서린, 이제 골치 썩을 필요 없어. 넌 신의를 잃지 않고 약속에서 벗어난 거야. 그리고 우린 아주 즐거운 나들이를 할 거고."

"이건 아니야." 캐서린이 말했다. "난 승복할 수 없어. 당장 틸니 양을 찾아가서 바로잡아야겠어."

그렇지만 이저벨라가 한쪽 팔을 잡았고 소프가 다른 쪽 팔을 잡았으며, 셋 모두에게서 항의가 쏟아졌다. 제임스까지도 무척 화를 냈다. 모든 것이 해결된 마당에, 틸니 양 자신이 화요일도 괜찮다고 한 마당에, 더 이상 반대하는 것은 아주 우스꽝스럽고 아주 터무니없어 보인다는 것이다.

"상관 안 해요. 소프 씨가 그런 전갈을 지어낼 권리는 없어요. 연기하는 것이 옳다고 생각했다면 제가 직접 말하는 것이 맞죠. 이런 식으로는 무례만 더할 뿐이에요. 게다가 소프 씨가 무슨 말을 했는지 어떻게 아느냐고요. 또 일을 저지르신 건데…… 금요일에도 잘못 말해서 무례를 범하게 하더니. 이거 놔요, 소프 씨. 이저벨라, 붙잡지 마."

소프는 틸니 남매를 쫓아가도 아무 소용이 없을 것이라고 했다. 그가 그들을 따라잡았을 때 이미 모퉁이를 돌아 브룩가로 접어들었고 이 시각이면 집에 당도했을 것이라면서.

"하여간에 그분들을 쫓아가겠어요." 캐서린이 말했다. "그분들이 어디 계시든 쫓아갈 거예요. 만나서 이야기하는 것이 중요하지는 않아요. 남들 이야기에 설득당해서 제가 틀렸다고 생각하는 행동을 할 수는 없잖아요. 전 절대로 속아 넘어가지 않을 거예요." 이 말과 함께 그녀는 일행에서 벗어나 서둘러 자리를 떴다. 소프가 부리나케 뒤를 쫓을 수도 있었지만 몰런드가 제지했다. "가게 둬. 가겠다면 가게 두라고."

"고집이 대단하네, 마치……."

소프는 비유를 다 마치지 않았는데, 필시 예의에 맞지 않는 것이었으리라.

캐서린은 흥분 상태에서 최대한 잰 걸음으로 군중을 헤치며 걸어 나갔다. 따라올까 겁이 나기는 했지만 꿋꿋이 버티기로 작정한 터였다. 걸어가면서 그녀는 좀 전에 있었던 일들을 떠올려 보았다. 그들을 실망시키고 불쾌하게 한 것, 특히 오빠를 불쾌하게 한 것은 마음 아프지만, 버티며 대든 것을 후회하지는 않았다. 자기의 마음이 어디로 끌리는지는 차치하고라도 틸니 양과의 약속을 두 번씩이나 어기는 것, 겨우 오 분 전에 자진하여 한 약속을 철회하는 것은, 그것도 꾸며낸 말로 그런다는 것은 잘못이 틀림없었다. 이기적인 원칙만으로 그들의 요청을 물리친 것도, 자기만족 여부에 따라서만 판단한 것도 아니었다. 만족으로 말하자면 블레이즈 성을 보기로 한 그 소풍으로 어느 정도 확인된 셈일 터. 아니, 그녀에게는 남에게 마땅히 해야 할 노릇이 무엇인지, 그리고 그들이 자기를 어떤 사람으로 생각하는지 중요했다. 하지만 자기가 옳다고 확신한다고 해서 흥분이 가라앉지는 않았고 틸니 양에게 말하기 전까지는 마음이 편치 않았다. 크레센트를 완전히 벗어나자 그녀는 보폭을 빨리하여 밀섬가의 초입에 도달할 때까지 남은 거리를 한달음에 달려가다시피 했다. 덕분에 앞서 출발한 틸니 남매가 막 거처로 들어가려는 순간에 그녀의 시야에 들어왔다. 그리고 문을 채 닫지 못하고 있던 하인에게 틸니 양에게 급히 할 말이 있다고 하고는 그의 옆을 지나 서둘러 계단을 올라갔다. 마침 오른쪽에 있던 첫 번째 문을 여니 틸니 장군과 그의 아들딸이 있는 응접실이 나왔다. 잔뜩 흥분한 데다숨이 차서 제대로 설명다운 설명은 하지 못했지만, 하여간 그녀는 바로 해명을 시작했다. "허겁지겁 달려왔네요⋯⋯. 모두 실수였어요⋯⋯. 가겠다고 약속도 하지 않았고⋯⋯ 처음부터 못 간다고 했는데⋯⋯ 그걸 설명하려고 급하게 달려왔답니다⋯⋯. 절 어떻게 생각할까도 신경 쓰지 못했고⋯⋯ 하인을 기다리고 있을 수가 없어서."

이런 수수께끼 같은 말로 완벽하게 해명된 것은 아니지만 자초지종이 곧 밝혀졌다. 캐서린은 존 소프가 실제로 그런 전갈을 했다는 사실을 확인했다. 그리고 틸니 양은 그 전갈에 매우 놀랐던 심경을 감추려고 하지 않았다. 그러나 그녀의 오빠가 그녀보다 더 언짢았는지는 알 도리가 없었다. 해명은 틸니 양에게 하고 있었지만 그녀는 본능적으로 그를 바라보고 있었다. 그녀가 오기 전의 기분이 어떠했든 간에, 그녀가 열심히 설명하고 나자 즉각 이들의 표정이나 말투가 바라던 대로 다정해졌다.

이렇게 이 일은 잘 마무리가 되었고 틸니 양이 그녀를 자기 아버지에게 소개하자 그는 선뜻 편하고 정중하게 맞아 주었다. 그 태도는 소프가 하던 말을 떠올리게 해서 그녀는 그도 때로는 믿을 만한 구석이 있구나 하며 속으로 웃었다. 장군이 너무나 예절 바르게 그녀를 챙기려다 보니, 그녀가 집 안으로 신속 무비하게 밀고 들어온 것을 모르고 손님이 직접 방문을 열게 했다고 하인에게 화를 내기까지 했다. "윌리엄은 도대체 뭐 하는 거야? 이 문제를 한번 따져 봐야겠군." 하면서 말이다. 캐서린이 그에게는 아무 잘못이 없다고 열심히 변호했기 망정이지 윌리엄은 그녀의 민첩함 때문에 하마터면 직장까지는 몰라도 주인의 총애는 영영 잃을 뻔했다.

그들과 십오 분 정도 앉아 있다가 그녀는 떠나기 위해 자리에서 일어났다. 그러자 틸니 장군이 자기 딸과 같이 식사도 하면서 남은 시간을 같이 보내는 영광을 줄 수 있느냐고 물었다. 그녀는 놀라우면서도 너무나 기분이 좋았다. 틸니 양도 그래 주시면 좋겠다고 했다. 캐서린은 너무너무 고맙지만 그럴 사정이 못 된다, 앨런 씨와 부인이 이제나저제나 하며 기다리고 있다고 했다. 장군은 더 이상 권하지 않겠으며, 앨런 씨와 부인이 기다린다는데 어쩌겠느냐면서, 그러나 언제 다른 날 미리 통고를 드린다면 그분들도 그녀를 친구에게 내주실 것으로 철석같이 믿겠다고 했다. "어머, 그럼요. 그분들은 조금도 반대하지 않으실 거고 저에게도 정말 큰 기쁨입니다."라는 것이 캐서린의 대답이었다. 장군은 그녀를 몸소 거리 쪽 문까지 배웅했다. 계단을 내려가면서는 온갖 신사다운 말을 쏟아 놓았다. 걸음걸이가 탄력 있는 것을 보니 춤 실력이 대단할 것 같다고 칭찬했으며 헤어질 때는 지금까지 그녀가 본 중에서 최고로 우아한 절을 하는 것이었다.

캐서린은 방금 있었던 일이 너무나 기뻐서 발걸음도 가볍게 풀트니가로 걸어갔다. 전에는 그런 생각조차 해 본 적이 없지만 듣고 보니 탄력이 통통 넘치는 걸음걸이로 말이다. 집에 도착하는 동안에 마음을 상하게 했던 그 일행은 그림자도 볼 수 없었다. 내내 기분이 하늘을 나는 것 같았고 목적대로 산책 약속을 지켜 내고 나니, 그녀는 이제 (들뜬 기분이 가라앉자) 자기가 완벽하게 옳았는지 의심이 들기 시작했다. 희생은 언제나 고귀한 법. 만약 그녀가 그들의 간청에 넘어갔다면 친구를 불쾌하게 하고 오빠를 화나게 하고, 아마도 자기로 인해 두 사람 모두에게 큰 행복인 계획을 망치게 했다는 괴로운 심경은 면했을 것이다. 마음을 달래기 위해, 또 자기의 처신이 실제로 어땠는지 편견 없는 사람의 의견을 통해서 확인해 보기 위해 그녀는 기회를 잡아서 앨런 씨 앞에서 자기 오빠와 소프 남매가 다음 날 가기로 반은 정해 놓은 계획에 대해 슬쩍 말을 꺼내 보았다. 앨런 씨는 단박에 이렇게 물었다. "그런데 너도 갈 생각이냐?"

"아니요. 전 그런 말 듣기 전에 틸니 양과 산책을 하기로 약속이 되어 있었어요. 그러니 제가 갈 수는 없잖아요, 그렇죠?"

"못 가지. 암, 그렇고말고. 그리고 그런 생각을 안 한 건 잘한 일이다. 이런 계획은 전혀 아니올시다야. 젊은 남녀가 무개 마차를 타고 시골을 드라이브한다니! 가끔씩은 괜찮겠지. 그러나 여관이며 공공장소를 함께 돌아다닌다니! 그래서야 쓰나. 소프 부인이 그걸 승낙한 게 놀랍군. 갈 생각을 안 한 건 반가운 일이야. 몰런드 부인도 그리 좋아하진 않을 게다, 암. 부인, 당신도 나하고 같은 생각이겠지? 이런 계획은 문제가 많다고 생각하지 않소?"

"그래요, 정말 문제죠. 무개 마차는 고약한 거예요. 깨끗한 드레스도 오 분을 못 버틴다니까요. 들며 나며 흙탕물이 튀고. 바람에 머리카락과 보닛이 사방으로 날리고. 무개 마차는 정말 싫어요."

"그건 알지. 그러나 그게 문제가 아니야. 젊은 여자들이 젊은 남자들의 마차를 뻔질나게 타고 다니다니, 거참 볼썽사납지 않소? 친척 사이도 아니면서 말이오."

"그래요, 여보. 정말 볼썽사나워요. 눈꼴셔서 못 보지."

"아주머니, 그렇다면 왜 전에는 그렇게 말씀하지 않으셨어요?" 하고 캐서린이 소리쳤다. "그게 상례에 어긋나는 걸 알았더라면 전 소프 씨하고 나가지 않았을 거예요. 제가 잘못하는 게 있으면 말씀해 주시기를 늘 바랐는데."

"그럼 말해 줘야지. 그 점은 믿어도 좋아. 헤어질 때 몰런드 부인한테 말한 것처럼 힘닿는 대로 너를 위해 늘 최선을 다할 생각이다. 그렇다고 너무 깐깐하게 굴기도 그렇고. 네 어머니가 말한 대로 젊은이는 어쩔 수 없이 젊은이인 거지. 너도 알다시피 우리가 처음 여기 왔을 때 저 나뭇가지 무늬 모슬린 옷은 사지 말라고 했지만 네가 고집을 피워 사지 않았니? 젊은이들이 늘 고분고분할 수만은 없지."

"그렇지만 이건 정말 중요한 일이거든요. 그리고 제가 그리 설득하기 어려운 아이는 아니잖아요."

"지금까지야 별일 없었지." 하고 앨런 씨가 말했다. "내가

한마디만 충고하자면, 얘야, 소프 씨하고는 더 이상 외출하지
마라."

"그게 바로 내가 하고 싶었던 말이에요." 그의 아내가 거들
었다.

캐서린은 안도했지만 이저벨라가 마음에 걸렸다. 잠시 생
각한 후, 소프 양에게 편지를 써서 자기도 그랬지만 모르고 저
지르는 부적절한 처신을 하지 않도록 하는 것이 친구 된 도
리가 아닐지 앨런 씨에게 물어보았다. 한바탕 난리가 났지만
그렇게 하지 않으면 이저벨라가 다음 날 클리프턴으로 갈지
도 모른다고 생각했기 때문이다. 그러나 앨런 씨는 그렇게까
지 할 필요는 없다고 말했다. "그냥 내버려 두려무나, 얘야. 자
기가 뭘 하고 있는지는 알 만한 나이이고, 모르더라도 어머니
가 충고를 해 주겠지. 소프 부인이 너무 자식들한테 오냐오냐
하긴 한다만 어쨌든 넌 끼어들지 않는 것이 좋겠다. 그 아이와
네 오빠는 가는 쪽을 택할 텐데, 네 기분만 상할 거야."

캐서린은 순순히 받아들였다. 이저벨라가 그릇된 처신을
하리란 생각을 하면 안타까웠지만, 앨런 씨가 자기의 행실이
옳다고 인정해 주어서 크게 마음이 놓였고 그의 조언으로 잘
못을 저지를 위험에서 벗어난 것이 정말 기뻤다. 클리프턴으
로 가는 일행에서 빠진 것은 이제 정말 하나의 탈출이 되었다.
자기가 잘못된 짓을 하기 위해서 약속을 깼다면 틸니 남매가
그녀를 어떻게 생각했겠는가? 예의 없는 짓을 저지르자고 멀
쩡한 약속을 깨 버리는 무례를 저질렀다면 말이다.

14

다음 날 아침은 날씨가 맑았다. 캐서린은 작당한 일행의 공격이 있지 않을까 예상했으나 앨런 씨라는 뒷배가 있다고 생각하니 일전이 두렵지 않았다. 그러나 승리 자체가 고통스러울 수도 있으니 되도록 대결은 피하고 싶었다. 따라서 그들을 보지도 못하고 아무런 전갈도 듣지 못한 것이 진심으로 기뻤다. 틸니 남매는 약속된 시간에 방문했다. 곤란한 일이 새로 발생하지도 않고, 갑작스럽게 선약이 떠오르지도 않고, 예기치 않게 불려가지도 않고, 주제넘게 쳐들어오는 사람도 없어서 차질 없이 일이 진행되니, 우리의 여주인공은 비록 남자 주인공과 한 약속이긴 하지만 자신의 약속을 이상하리만큼 무사히 수행할 수 있었다. 그들은 비천 클리프 주변을 산책하기로 했다. 비천 클리프는 장려함이 돋보이는 언덕으로 아름다운 신록과 절벽에 매달린 관목을 거느리고 있어 바스의 어느 곳에서 보더라도 눈에 확 들어오는 곳이었다.

"저걸 보면 프랑스 남부가 생각나요." 강변을 따라 걸으면서 캐서린이 말했다.

"그렇다면 외국에 가 보셨단 말씀?" 헨리가 약간 놀라며 물었다.

"어머, 아니에요. 책에서 읽은 걸 말했을 뿐이에요.『우돌포의 비밀』에서 에밀리와 그녀의 아버지가 여행하던 시골이 늘상 떠오르는 거죠. 그렇지만 당신은 소설을 읽지 않으시죠, 아마?"

"왜 그렇게 생각하시죠?"

"당신에겐 수준이 낮아 보일 테니까요. 신사분들은 더 훌륭한 책을 읽잖아요."

"신사든 숙녀든 좋은 소설에서 즐거움을 찾지 못하는 사람은 참을 수 없는 멍청이가 틀림없습니다. 전 래드클리프 부인의 소설을 전부 읽었고 대부분 아주 재미있었습니다.『우돌포의 비밀』은 한번 손에 잡으니 내려놓을 수가 없더군요. 이틀 만에 독파한 걸로 기억합니다. 읽는 내내 머리카락이 쭈뼛했지요."

"그래요." 틸니 양이 덧붙였다. "저도 기억나는데 오빠가 저한테 소리 내어 읽어 주려고 했지요. 그때 전갈이 와서 답을 하느라 딱 오 분을 불려 나갔는데 기다려 주지 않고 허미티지 산책로로 그 책을 들고 가 버렸답니다. 그래서 오빠가 그 책을 다 읽을 때까지 기다릴 수밖에 없었어요."

"고맙다, 엘리너. 아주 확실하게 밀어주는 증언이네. 아시겠죠, 몰런드 양, 당신의 의심이 부당하다는 걸. 너무나 읽고 싶은 마음에 동생을 단 오 분도 기다리지 못한 사람이 바로 접니다. 읽어 주겠다고 한 약속을 깨고 가장 흥미진진한 부분에서 마음을 졸이게 만들면서 책을 들고 달아나 버린 거죠. 아시게 되겠지만 책도 내 것이 아니라 동생 것이었어요. 그 일을 떠올리니 자랑스럽군요. 저한테 좋은 인상을 받으실 테니 말입니다."

"그 말씀 들으니 정말 반갑네요. 이젠 저도 『우돌포』를 좋아하는 걸 부끄러워하지 않을래요. 그렇지만 전에는 정말 그렇게 생각했어요. 젊은 남자분들은 소설을 굉장히 경멸할 거라고요."

"굉장하긴 해요. 남자들이 그런다면 그거야말로 굉장히 놀랄 일이죠. 그들은 여자들만큼이나 많이 읽으니까요. 저만 해도 수백 권을 읽었습니다. 줄리아니 루이저니 하는 인물을 얼마나 잘 아는지 저하고 견주어 볼 생각 같은 건 하지도 마세요. 구체적으로 들어가서 '너 이것 읽었니?', '너 저것 읽었니?' 하는 질문에 돌입하면, 당신을 금방 한참 뒤로 따돌릴 겁니다. 마치…… 뭐랄까? 적절한 비유가 떠오르지 않네요. 음, 당신의 친구 에밀리가 이모와 같이 이탈리아에 갔을 때 가련한 발랑쿠르를 떠나가 버린 그 거리만큼 말이죠.[22] 제가 당신보다 출발이 얼마나 앞섰는지 생각해 보세요. 당신이 집에서 자수를 배운다고 견본에 매달려 있던 착한 꼬마 아가씨였을

---

22) 에밀리와 발랑쿠르는 『우돌포의 비밀』에 등장하는 남녀 주인공.

때, 전 옥스퍼드에서 공부를 시작하고 있었어요."

"뭐 그리 착하지도 않았어요. 그런데 정말 『우돌포』야말로 세상에서 제일 멋진(nice) 책이라고 생각하지 않으시나요?"

"가장 유별난(nice) 책이라. 음, 가장 깔끔한 책을 말씀하시는 것이라면 그건 제본에 따라 다르겠습니다만."

"헨리 오빠." 틸니 양이 말했다. "너무 나간 것 같아요. 몰런드 양, 오빠 동생인 저한테 하는 짓을 당신한테 그대로 하고 있네요. 오빠 늘 저의 흠볼 거리만 찾고 있답니다. 언어가 부정확하다는 둥 하면서요. 그런데 지금 당신한테도 똑같이 함부로 대하는군요. 당신이 사용한 제일 '멋진'이란 단어가 오빠가 생각하기엔 맞지 않았던 거죠. 차라리 당신이 얼른 표현을 바꾸는 게 낫겠어요. 그렇지 않으면 우린 가는 내내 존슨과 블레어에 대한 강의를 듣느라 지치고 말 거예요."[23]

"제가 잘못 말한 것은 없다고 생각하는데요." 캐서린이 소리쳤다. "멋진 책을 왜 멋진 책이라고 하면 안 되나요?"

"맞는 말씀입니다." 하고 헨리가 말했다. "오늘은 아주 멋진 날이고, 우린 아주 멋진 산책을 하고 있고, 두 사람은 아주 멋진 젊은 숙녀들이지요. 야! 정말 멋진 단어네요! 어디에나 다 들어맞으니. 원래는 깔끔함, 적절함, 섬세함, 세련됨을 표현하는 데에만 쓰였을 겁니다. 옷이 깔끔하다, 감정이 섬세하

---

23) 새뮤얼 존슨(Samuel Johnson, 1709~1784)은 대영 사전 집필자로, 휴 블레어(Hugh Blair, 1718~1800)는 수사학으로 유명한 학자이다. nice의 원래 의미는 '특별한', '까다로운'인데, 제인 오스틴의 시대에는 오늘날의 '멋진'이란 뜻으로도 널리 쓰였다.

다, 선택이 적절하다 따위로 말이죠. 그런데 이제는 어떤 주제든 그 한 단어로 칭찬이 가능하지요."

"사실을 말하자면." 그의 여동생이 외쳤다. "그 단어는 오빠한테만 적용해야 마땅해요. 단 칭찬은 일체 빼고요. 오빤 현명하기보다 유별나니까 말이에요. 자, 몰런드 양, 오빠가 어법이 맞느니 마느니 기를 쓰면서 우리 잘못을 따져 보게 두고 그 사이에 우린 『우돌포』나 마음껏 찬양해요. 우리가 가장 좋아하는 용어는 뭐든지 사용하자고요. 아주 흥미로운 작품이지요. 당신은 그런 종류의 독서를 좋아하나요?"

"솔직히 말씀드려서 그 외의 책들은 별로예요."

"그렇군요!"

"그게, 전 시도 읽고 희곡도 읽고, 뭐 그런 종류의 것들을 읽을 수 있어요. 여행기도 싫지 않고요. 그러나 역사에는, 진짜 엄숙한 역사에는 흥미를 못 느껴요. 당신은요?"

"전 역사를 좋아해요."

"저도 좋아하고 싶어요. 역사책은 의무적으로 조금 읽었지만, 짜증 나고 죄다 지루한 이야기뿐이더군요. 페이지마다 나오느니 교황들과 왕들의 싸움이고 여기에 전쟁이나 역병이 곁들여지고요. 남자들은 죄다 아무짝에도 쓸모가 없고, 여자는 보이지도 않고요. 정말 따분하지요. 그렇지만 그렇게 따분하다는 게 이상하단 생각도 종종 들어요. 그 대부분이 지어낸 것이 분명한데 말이에요. 주인공들의 입을 통해서 나오는 연설이라든가, 그들의 생각이나 속셈이나…… 그 대부분이 지어낸 게 틀림없죠. 다른 책에서는 지어낸 게 재미있는데 말이에요."

"역사가들은 상상의 날개를 마음껏 펼칠 수 없다는 걸 생각하셔야 해요." 하고 틸니 양이 말했다. "그들은 상상력을 보여 주긴 하지만 흥미를 이끌어 내지는 못하죠. 전 역사를 좋아해요. 허위를 진실이라고 받아들이는 데 아주 만족하고요. 역사가들은 주요 사실들에 대해서는 과거 역사나 기록을 근거로 정보를 얻는데, 그런 정보도 실제로 눈으로 직접 확인하지 않았다는 한계는 있지만 그런대로 신빙성은 있다고 해야겠죠. 그리고 당신이 말하는 약간의 윤색에 대해서 말하자면, 네, 윤색이긴 해요. 그런데 윤색은 또 그것대로 좋아요. 연설이 잘 꾸며져 있으면 읽기에 즐겁죠. 그걸 누가 썼느냐와 상관없이 말이죠. 흄 씨나 로버트슨 씨가 지어낸 것이라면 카락타쿠스나 아그리콜라나 앨프레드 대제가 실제로 한 말보다 훨씬 즐거움이 크지 않을까 싶어요."

"역사를 좋아하시는군요! 앨런 씨와 제 아버지도 좋아하시고, 두 오빠도 싫어하지는 않아요. 그러고 보니 제 주변에도 역사 애호가가 꽤 많네요! 이 정도 비율이면 더 이상 역사가들을 동정하지 않아도 되겠어요. 사람들이 자기들의 책을 읽기 좋아한다면 그건 정말 좋은 일이죠. 그렇지만 제 생각으론 아무도 흔쾌하게 들여다보려고 하지 않는 두꺼운 책들을 채우려고 엄청나게 고생을 하고, 그래 봐야 어린 남자아이, 여자아이들만 고문할 텐데 그런 수고를 한다는 것이 늘 가혹한 운명처럼 생각됐어요. 물론 그것이 아주 옳고 필요한 일이라는 것은 알지만 그런 걸 쓰려고 앉아 있는 사람은 참 용기도 대단하다 싶어 놀랄 때가 많았어요."

"어린 남자아이, 여자아이들이 고문을 당한다는 것 말인데요." 헨리가 말했다. "문명 국가에서 인간의 본성을 아는 사람이라면 아무도 부정할 수 없는 진실이죠. 그러나 우리의 가장 탁월한 역사가들을 대신해서 제가 한마디 하자면, 보다 높은 목표가 없으리라 추정하는 것은 그분들로서는 당연히 불쾌한 일일 것입니다. 그리고 그들의 방법과 문체로 보면 이성이 가장 발달되어 있는 성숙기에 접어든 독자들까지 고문할 만한 자격을 완벽히 갖추고 있는 것으로 보입니다. 당신이 그런 식으로 쓰는 것 같아 저도 '가르치다'라는 동사 대신에 '고문하다'라는 동사를 사용하는 바입니다. 두 동사가 동의어로 받아들여진다고 생각하고 말이죠."

"제가 '가르침'을 '고문'이라고 부른다고 해서 절 바보 취급하시는군요. 그러나 만약 당신이 불쌍한 아이들이 처음에 문자를 배우고 그다음에 철자를 배우는 소리를 저만큼 자주 들어 보신다면, 그 아이들이 아침나절 내내 얼마나 집단으로 멍청해질 수 있고 저의 가엾은 어머니가 마지막에는 얼마나 진이 빠지시는지 본 적이 있다면, 당신도 '고문하다'와 '가르치다'가 가끔은 동의어로 사용될 수도 있다는 것을 인정하실 거예요. 전 거의 매일 집에만 있다 보니 그런 모습을 늘 보거든요."

"그렇다고 해 두죠. 그러나 읽기를 배우는 어려움을 역사가의 책임으로 돌릴 수는 없지요. 그리고 당신 자신부터가 평생 동안 책을 읽는 능력을 얻기 위해서 이삼 년 정도는 고문을 당할 가치가 있다고 인정할지도 모르잖아요. 보아하니 아주 심하게 빡빡한 공부에는 그리 우호적이지 않은 것 같지만 말입니다. 생각해 보세요. 만약 읽기를 가르치지 않았다면, 래드클리프 부인이 소설을 써도 아무런 소용이 없었겠죠. 아니면 아예 쓰지 않았을 수도 있고."

캐서린은 그 말에 동의했다. 그러면서도 그 작가의 장점에 열렬한 찬사를 보내면서 이 화제를 마감했다. 틸니 남매는 곧 다른 화제에 집중했는데 그녀로서는 할 이야기가 없었다. 그들은 스케치에 익숙한 사람의 시선으로 시골을 바라보았고, 그림으로 그릴 만하다는 판정을 내렸다. 거기에는 진정한 취향을 가진 사람 특유의 열의가 느껴졌다. 이 대목에서 캐서린은 완전히 소외되었다. 그녀는 스케치에 대해 아는 것이 없었지만, 관심도 없었다. 귀를 쫑긋하고 들었지만 별로 귀에 들어오는 것이 없었는데, 그들이 그녀로서는 도무지 알 수 없는 어휘로 이야기를 나누었기 때문이다. 그나마 이해할 수 있었던 몇 마디도 이 문제에 대해서 전부터 알고 있던 사실과 달랐다. 마치 이제 더 이상 높은 언덕의 꼭대기에서 멋진 전망이 펼쳐지는 것이 아니고, 청명한 하늘이 더 이상 맑은 날의 증거가 되지 않는 것처럼 들렸다. 그녀는 자신의 무지가 진심으로 부끄러웠다. 부끄러워할 일을 부끄러워해야지! 친해지고 싶다면 늘 무식해야 한다. 아는 것이 많다 보면 남의 허영심을 자극하지 못하므로, 지각 있는 사람이라면 늘 이를 피해야 할 것이다. 특히 여성이 그러한데, 불행히도 제법 식견이 있더라도 가능한 한 그것을 숨겨야 할 것이다.

미모에다 어리석음까지 타고난 여성이 얼마나 큰 점수를

따고 들어가는지는 우리의 자매 여성 작가[24]가 멋진 글솜씨로 이미 제시한 바 있다. 여기서는 남성들에게 공정하기 위해서 그녀가 다룬 이 주제에다 한마디만 보태겠다. 남성의 다수를 이루는 신통찮은 자들에게야 여성의 명청함이 개인적 매력을 크게 높이지만, 남성 가운데는 자기들이 워낙 이성적이고 교양이 있다 보니 여성에게서 무지 이상의 어떤 것도 바라지 않는 부류도 있다. 그러나 캐서린은 자신의 이점을 몰랐다. 대단히 다정한 마음과 매우 무식한 정신을 가진 잘생긴 여자가 여건이 유독 불리하지만 않다면 총명한 남자를 사로잡을 수 있다는 것을 몰랐던 것이다. 이번 경우에도 그녀는 자기가 아는 것이 없다고 털어놓고 한탄했다. 스케치를 할 수만 있다면 세상 무엇도 아깝지 않을 것 같다고 했다. 그러자 회화적인 것에 대한 강의가 바로 이어졌다.[25] 그가 너무나 명쾌하게 가르쳐 주어서 그녀는 곧 그가 찬탄하는 모든 것에서 아름다움을 보기 시작했고, 그녀가 너무 열심히 듣는 바람에 그는 그녀가 대단한 취향을 타고났다며 흡족해했다. 그는 전경, 원경, 중경이니, 측면도와 투시도니, 명암이니 하는 것에 대해서 말했고 캐서린은 앞날이 기대되는 학생이 되어 그들이 비천 클리프의 꼭대기에 올라올 때 누가 묻지도 않았는데 바스 도시 전체가 풍경화의 일부가 되기에는 모자란다고 잘라 말하는 것이었다. 진도가 빠른 것이 기쁘기도 하고 한 번에 너무 많이 집어

---

24) 『커밀라』를 쓴 프랜시스 버니를 지칭한다.

25) 당시 유행하던 '회화적인 아름다움'에 대한 언급. 자연스러운 것보다 굽어진 고목, 기기묘묘한 바위 등을 높이 치는 경향.

넣게 되면 싫증을 낼까 걱정되기도 해서 헨리는 아쉽지만 이 주제는 여기서 접기로 했다. 다만 화제가 자연스럽게 이어지도록 불쑥 솟은 바위와 그 정상 근처에 있던 시든 참나무에서부터 참나무 일반으로, 숲과 숲의 구획, 황무지, 왕실 토지와 정부로 옮겨 가다 보니, 어느새 정치에까지 이야기가 미치게 되었다. 정치 이야기는 침묵으로 이어지는 첩경이었다. 그가 나라의 정세에 대해서 짧은 논설을 풀고 나서 잠시 침묵을 지키다가 캐서린이 약간은 엄숙한 어조로 이렇게 말하면서 그것을 깼다. "곧 런던에서 아주 충격적인 것이 터져 나올 거라는 말을 들었어요."

이 말은 직접적으로는 틸니 양에게 건네진 것이어서 틸니 양이 깜짝 놀라며 황급히 대답했다. "설마요! 무슨 일인가요?"

"그건 저도 몰라요, 누가 처음 그런 소리를 했는지도 모르고요. 제가 들은 것은 지금까지 만난 어떤 것보다 더 끔찍할 거라는 게 전부예요."

"세상에! 그런 이야기를 어디서 들으셨어요?"

"친한 친구가 런던에서 어제 편지를 보내 전해 주더군요. 보통 무시무시한 것이 아니라고 하면서. 전 살인이나 그런 종류가 아닐까 싶어요."

"놀랄 정도로 침착하게 말씀하시네요! 그렇지만 친구분의 이야기가 과장된 것이었으면 좋겠군요. 그리고 이런 계획이 사전에 알려지면 그걸 막기 위해서 정부가 반드시 적절한 조치를 취하리라 믿어요."

"정부라……." 헨리가 애써 미소를 감추며 말했다. "이런 문제에는 끼어들 생각도 없고 엄두도 내지 않을걸. 살인은 일어나고 말겠고. 정부는 얼마가 죽든 상관하지 않을 테고."

숙녀들은 눈이 동그래졌다. 그는 웃으며 이렇게 덧붙였다. "자, 제가 두 사람을 서로 이해하게 해 드릴까요, 아니면 스스로 수수께끼를 풀게 둘까요? 아니, 전 품위를 지키고자 합니다만. 두뇌의 명석함 못지않게 마음이 너그럽다는 것을 보여 주어 제가 남자라는 것을 입증하겠습니다. 우리 남자들 가운데는 여성들의 이해 수준까지 내려가는 것을 싫어하는 부류가 가끔씩 있는데, 그런 자들은 참을 수가 없거든요. 아마 여성들의 능력은 탄탄하지도 정확하지도 않을 겁니다. 활발하지도 날카롭지도 않은 거죠. 여성들은 관찰력, 식별력, 판단력, 열정, 천재, 위트가 모자라는지도 몰라요."

"몰런드 양, 오빠가 하는 말에 신경 쓰지 마세요. 이 무시무시한 폭동에 대해서 더 말해 줘요."

"폭동이라고요! 무슨 폭동 말씀이세요?"

"엘리너, 폭동은 네 머릿속에만 있는 거야. 착각은 자유라지만 터무니없네. 몰런드 양이 말하는 끔찍한 것은 곧 나올 새 출판물 정도야. 세 권짜리 12절판, 권당 276면, 표제 옆에 두 개의 묘석과 한 개의 등잔불이 그려져 있고. 이제 알겠어? 그리고 몰런드 양, 어리석은 누이가 당신의 명명백백한 표현을 오해했어요. 당신은 런던의 공포스러운 것에 대해 말했는데, 이런 말들이 순회 도서관을 두고 하는 말일 뿐이라는 것쯤은 이성을 가진 사람이면 바로 알아챘을 텐데, 제 누이는 그게 아니라 성 조지 필즈에 3000명의 군중이 운집하는 장면을 상상한 거죠. 중앙은행이 공격당하고 런던탑이 위협받고, 런던 거리에는 유혈이 낭자하고 노샘프턴에 주둔하는 제12경 용기병 부대(나라의 희망이죠.)가 반란 분자들을 진압하라는 명을 받고 파병되어 용감한 프레더릭 틸니 대위가 진두지휘를 하는 순간 위 창문에서 던진 벽돌 조각에 맞아 말에서 떨어지는 광경까지 말이죠. 동생의 어리석음을 용서하세요. 엎친 데 덮친 격으로 동생의 공포가 여성의 약점에 보태졌던 겁니다. 그렇다고 동생이 마냥 얼간이인 것만은 아닙니다."

캐서린은 표정이 굳어졌다. "근데, 헨리." 틸니 양이 말했다. "오빠 우리 둘을 서로 이해할 수 있게 해 주었으니까 이번엔 몰런드 양이 오빠를 이해하게 해 주는 게 좋을걸요. 동생한테 참을 수 없을 정도로 무례하게 굴고 여성을 싸잡아서 비난하는 인간으로 보이지 않으려면 말이에요. 몰런드 양은 오빠의 특이한 말투에 익숙하지 않으니까."

"몰런드 양도 익숙해지면 참 좋겠는데 말이야."

"그야 물론 그렇겠죠. 그렇지만 그것으로 다 해명되지는 않아요."

"어떻게 해야 하는데?"

"뭘 해야 하는지는 오빠 자신이 잘 알잖아. 몰런드 양에게 오빠의 성격을 당당하게 밝혀요. 오빠가 여자들의 이해력을 높이 사고 있다고 이야기해요."

"몰런드 양, 전 세상 모든 여성의 이해력을 높이 사고 있는 바입니다. 특히, 에, 어떤 여성분이든 제가 같이 있게 된 분들의 경우는 말입니다."

"그걸로는 충분치 않아요. 더 진지하게 하세요."

"몰런드 양, 저만큼 여성들의 이해력을 높이 사는 사람도 없을 겁니다. 제 소견으로는, 자연이 여성에게 어찌나 많은 이해력을 주었는지 여성은 그것을 반 이상 사용할 필요를 못 느끼죠."

"지금은 제 오빠한테서 더 진지한 소리는 못 듣겠군요, 몰런드 양. 멀쩡한 정신 상태가 아니에요. 그러나 제가 보장하건대, 오빠가 어떤 여성에 대해서건 부당한 말을 하거나 저한테도 무정하게 말하는 것처럼 보인다면, 그건 완전히 오해예요."

캐서린은 헨리 틸니가 잘못을 저지를 사람이 아니라는 것을 믿는 게 별로 어렵지 않았다. 매너가 가끔씩 놀라움을 주어서 그렇지 그의 본뜻은 늘 타당했던 것이다. 그녀가 이해할 수 없는 부분에 대해서는 과거에도 그랬던 것만큼 얼마든지 찬양할 생각이 있었다. 산책은 처음부터 끝까지 즐거웠고, 너무 빨리 끝났지만 그 결말 역시 만족스러웠다. 그 친구들은 그녀를 집 안까지 바래다 주었고 틸니 양은 헤어지기 전에 캐서린뿐 아니라 앨런 부인에게도 예를 갖추어 인사를 하면서 다음다음 날 정찬을 같이하신다면 정말 기쁘겠다고 청했다. 앨런 부인 쪽에서야 수락이 어려울 리 없었다. 캐서린에게 어려움이 있었다면 주체할 수 없을 만큼 기뻐하는 표정을 감추어야 했다는 것뿐이었다.

그날 아침이 너무 달콤한 꿈처럼 흘러간 나머지 우정이나 동기간의 애정 따위는 몽땅 추방되고 말았다. 산책하는 동안 이저벨라나 제임스 생각은 한 번도 스치지 않았던 것이다. 틸니 남매가 떠나고 나서야 다시 상냥한 마음이 돌아왔지만, 잠시 그런다고 달라진 것은 없었다. 앨런 부인에게는 그녀의 궁금증을 해소시켜 줄 정보가 하나도 없어서 그녀는 그들에 대해 아무것도 듣지 못했다. 아침나절이 끝나 갈 무렵 캐서린은 꼭 필요한 리본용 천을 지체 없이 구입해야 해서 시내 쪽으로 나갔다가 본드가에서 소프네 둘째딸을 추월하게 되었다. 아침 내내 단짝 친구 둘을 양옆에 끼고 시간을 보내던 그녀는 에드거 빌딩 쪽으로 느릿느릿 걷고 있었다. 그녀로부터 캐서린은 그 일행이 결국 클리프턴으로 갔다는 것을 알게 되었다. "오늘 아침 8시에 출발했어요." 하고 앤 양이 말했다. "그런데 난 그 드라이브 별로 부럽지 않아요. 당신과 난 그런 말썽거리에서 벗어났으니 오히려 잘됐죠, 뭐. 세상에서 제일 따분한 소풍일 거야, 틀림없이. 이 계절에 클리프턴에는 사람 그림자 하나 안 보일 텐데요. 벨은 당신 오빠하고 갔고 존은 마리아를 태웠죠."

캐서린은 그렇게 짝을 맞추어 떠났다는 이야기를 들으니 참으로 기쁘다고 말했다.

"아! 네." 상대가 다시 받았다. "마리아가 갔어요. 가고 싶어 난리더니. 뭔가 멋질 거라고 생각했나 봐요. 그 애 취향은 별로 마음에 안 들어요. 나는 처음부터 안 가겠다고 작정하고 있었지요. 아무리 가자고 졸라도 말이에요."

캐서린은 그 말이 미심쩍어서 이렇게 답하지 않을 수 없었다. "당신도 같이 갔더라면 좋았을 텐데요. 다 같이 가지 못해 아쉽네요."

"말씀은 고맙지만, 전 그런 데 관심이 없어서요. 정말이지 무슨 일이 있어도 가지 않았을 거예요. 당신이 우릴 추월했을 때 에밀리하고 소피아한테 그런 이야기를 하고 있었죠."

캐서린은 여전히 믿기지 않았지만 앤에게 에밀리와 소피아 같은 친구가 있어서 위로를 받을 수 있으니 다행이라고 생각했다. 그녀는 찜찜하던 마음을 털어 버리고 작별을 고한 뒤 집으로 돌아왔다. 자기가 합류하기를 거절했는데도 그 소풍이 진행된 것이 기분 좋았고 아주 즐거운 소풍이 되어서 제임스든 이저벨라든 자기가 버티며 대든 것에 더 이상 마음 상하지 않기를 진심으로 빌었다.

15

다음 날 아침 일찍 이저벨라로부터 쪽지가 왔다. 행마다 따뜻한 사랑과 평화를 언급하는 그 쪽지는 중차대한 일이 있으니 친구가 당장 와 주기를 간절히 원한다는 내용을 담고 있었다. 캐서린은 이렇게 믿어 주는 것이 뿌듯하기도 하고 또 호기심도 일어서 에드거 빌딩으로 서둘러 갔다. 소프네 두 여동생은 자기들끼리 응접실에 있었다. 앤이 언니를 부르려고 자리를 뜨자 캐서린은 남은 동생에게 어제 모임이 어땠는지 상세히 물었다. 마리아에게는 그보다 신나는 일이 없었다. 캐서린은 그것이 세상에서 가장 즐거운 계획이었다는 것, 얼마나 마음에 들었는지 아무도 모르리라는 것, 상상도 하지 못할 정도로 즐거웠다는 것을 즉시 알게 되었다. 이것이 첫 오 분 동안 얻은 정보였다. 다음 오 분 동안에는 더 자세한 이야기가 이어졌다. 그들은 마차로 요크 호텔로 직행하여 거기서 수프를 먹고 이른 정찬을 하겠다고 일러 두고는 펌프 룸으로 걸어 내려와 물맛을 보고 지갑과 광석 장식에 몇 실링을 쓰고 이어서 제과점에서 아이스크림을 먹었으며, 어둡기 전에 돌아가려고 서둘러 호텔로 급히 와서는 정찬을 허겁지겁 먹어치웠다는 것이다. 그러고는 즐거운 귀갓길에 올랐는데 다만 달이 나오지 않았고 비까지 조금 온 데다 몰런드 씨의 말이 너무 지쳐서 제대로 보조를 맞추지 못했다고 한다.

그 말을 듣는 캐서린의 마음은 더없이 흡족했다. 블레이즈 성은 갈 생각조차 하지 못했던 모양이었다. 나머지에 대해서는 한순간도 아쉬움이 남지 않았다. 마리아는 언니 앤이 너무 딱하다는 말로 보고를 마무리했다. 일행에서 제외되자 앤이 못 봐줄 정도로 심통을 부렸다는 것이다.

"언니는 날 절대로 용서하지 않을 거예요. 그렇지만 제가 뭘 어쩔 수 있었겠어요? 존 오빠가 언닌 발목이 두꺼워서 태울 수 없다면서 저더러 가자는데요. 언니 심통이 한 달은 갈 것 같아요. 내가 참아야죠, 뭐. 사소한 일로 화를 낼 건 없잖아요."

이저벨라가 이제 방으로 들어왔는데, 발걸음에 생기가 넘치고 행복하면서도 진중한 표정이어서 친구는 무슨 일인가 부쩍 관심이 생겼다. 마리아는 슬그머니 자리를 비켰고, 이저벨라는 캐서린을 포옹하면서 이렇게 말을 시작했다. "그래, 캐서린, 사실이 그러네. 너의 통찰력이 통했어. 오! 저 아치형 눈 좀 봐! 그 눈이 모든 것을 꿰뚫고 있지."

캐서린은 대답 대신 영문을 모르겠다는 표정을 지을 뿐이었다.

"아니, 내 사랑, 너무너무 정다운 친구." 상대가 계속했다. "좀 진정하자고. 보다시피 난 놀랄 정도로 흥분한 상태거든. 우리 앉아서 편하게 이야기해 보자. 음, 너 내 쪽지를 받는 순간 이미 다 짐작했던 거지? 앙큼한 것 같으니! 오! 캐서린, 지금 내가 얼마나 행복한지 아는 사람은 내 마음을 아는 너뿐일 거야. 네 오빠는 남자들 중에서 제일 매력적인 분이야. 내가 그분한테 누가 되지 않기만을 바랄 뿐이지. 그런데 너희 부모님은 뭐라고 하실까? 아! 세상에! 그분들을 생각하니 너무 흥분된다!"

캐서린의 이해력이 깨어나기 시작했다. 아, 그거였구나 하는 깨달음이 불현듯 다가왔던 것이다. 새로운 감정으로 인해 자연스럽게 얼굴이 붉어지면서 그녀가 소리쳤다. "세상에! 이저벨라, 무슨 말이니? 너, 너 정말 제임스와 사랑에 빠진 거야?"

그렇지만 이 대담한 짐작도 사실의 반밖에 안 된다는 것을 그녀는 곧 알게 되었다. 캐서린이 이저벨라의 모든 표정과 행동을 보고 다 알아채고 있었다는 오해를 받아 온 그 애타는 애정이 어제 소풍을 간 동안에 상대방으로부터 똑같은 사랑의 고백을 받았던 것이다. 그녀의 마음과 믿음은 모두 제임스에게 가 있었다. 캐서린이 이번만큼 큰 관심, 놀라움, 기쁨 속에서 이야기를 들은 건 처음이었다. 오빠와 친구가 약혼을 하다니! 그야말로 새로운 상황이고 형언하기 힘들 정도로 중요한 일로 보였다. 통상적인 삶의 과정에서는 다시 오기 어려운 그런 중대 사건 가운데 하나라고 생각했다. 감정이 강렬하다 보니 표현이 되지 않을 지경이었다. 그러나 친구는 그녀의 감정을 이해하고 흡족해했다. 먼저 서로에게 시누이와 올케가 되는 행복을 토로한 후 두 아름다운 숙녀는 함께 얼싸안고 기쁨의 눈물을 흘렸다.

캐서린도 친구와 그런 사이가 되는 것을 진심으로 기뻐했으되, 기대로 들뜨기는 이저벨라가 훨씬 더했음을 짚어 두어야겠다. "캐서린, 넌 나한테 앤이나 마리아보다 소중한 사람이 될 거야. 내 가족보다 몰런드 가족에게 훨씬 더 애착을 느껴."

이것이야말로 우정의 정점으로 캐서린은 도저히 따라가지 못할 경지였다.

"넌 네 오빠를 쏙 뺐어." 이저벨라가 말을 이었다. "그러니 내가 널 처음 본 순간 너한테 홀딱 빠졌지. 나는 늘 그래. 첫 순간이 모든 것을 결정하더라고. 몰런드가 지난 크리스마스에 우리한테 온 바로 그 첫날…… 그분을 처음 봤을 때…… 난 마음을 완전히 빼앗겨 버렸어. 지금도 생생해. 그때 난 노란색 드레스를 입고 머리는 땋아 올렸지. 내가 거실로 들어가자 오빠가 그분을 소개해 주었는데, 그렇게 잘생긴 분은 처음 본다고 생각했지."

이 대목에서 캐서린은 마음속으로 사랑의 힘을 인정했다. 자기도 오빠를 많이 좋아하고 오빠가 가진 것이라면 다 높이 사지만, 살면서 오빠가 잘생겼다고 생각해 본 적은 없었기 때문이다.

"또 떠오르는 것이, 앤드루스 양이 그날 저녁에 우리와 차를 같이 마셨는데, 암갈색 사스닛[26]을 입고 있었지. 그녀가 너무 우아하게 보여서 난 네 오빠가 틀림없이 반할 거라고 생각했어. 그 생각에 밤새도록 한숨도 자지 못했어. 아! 캐서린, 네 오빠 때문에 잠 못 든 밤이 얼마나 많았는지! 넌 내가 한 마음고생의 반도 안 겪었으면 해. 내가 형편없이 야윈 거, 너도 알지. 그렇지만 내 심사를 설명해서 너를 힘들게 하고 싶진 않아. 이미 충분히 봤을 테니까. 그동안 줄곧 내 마음을 드러내지 않았나 싶어. 목사직이 좋다고까지 했으니 오죽했겠어! 그러나 너라면 내 비밀을 지켜 줄 것이라고 늘 생각했지."

그야 자기만큼 안전한 곳이 또 있을까 하면서도 캐서린은 자기가 까맣게 몰랐다는 것이 창피해서 감히 딴소리를 하지 못했고, 이저벨라가 마음대로 생각하듯 자기가 능청스러운 통찰력과 애정 어린 동감으로 가득 차 있다고 여겨지는 처지를 감수할 수밖에 없었다. 그녀는 오빠가 자신의 상황을 알리고 동의를 구하기 위해서 전속력으로 풀러턴으로 달려갈 준비를 하고 있다는 것을 알게 되었다. 이저벨라가 마냥 초조해하는 것도 바로 이 때문이었다. 캐서린은 부모님이 아들의 소망에 반대할 리 없다고 그녀를 안심시키려 애썼고 스스로도 그렇게 생각했다. "더없이 인자하고 어느 부모보다 자식들의 행복을 원하는 분들이니 바로 승낙하실 게 틀림없어."

"몰런드도 똑같은 말을 하더라." 이저벨라가 답했다. "그렇지만 내가 무슨 자격이 된다고 기대를 하나 싶어. 내 재산이라

---

26) 부드럽고 얇은 비단.

야 얼마 되지도 않을 거고. 절대 허락 안 하실 수도 있어. 네 오빠야 누구하고도 결혼할 수 있을 텐데."

여기서 캐서린은 다시 사랑의 힘을 확인했다.

"정말이지, 이저벨라, 넌 너무 겸손해. 재산상의 차이는 아무것도 아니야."

"에그, 캐서린, 너야 마음이 넓으니 그게 아무것도 아닐 수 있겠지. 그렇지만 대다수 사람들도 그렇게 사심이 없기를 기대해서는 안 돼. 내 입장에서는 우리 처지가 반대였으면 참 좋겠다 싶어. 내가 백만장자라도, 온 세상의 주인이라도, 네 오빠가 나의 유일한 선택일 텐데."

분별력에다 신선함까지 겸비한 이 매력적인 감정을 접하자 캐서린에게는 그녀가 아는 모든 여주인공들에 대한 즐거운 기억이 살아났다. 그런 대단한 생각을 해내고 표현할 때보다 친구가 사랑스러웠던 적도 없다고 생각했다. "두 분은 허락하실 거야." 하고 몇 번이고 다짐을 두었다. "널 아주 흡족하게 여기실 거라고."

"내 소망이야 아주 소박하니까 최소한의 수입만 있어도 충분할 거야." 하고 이저벨라가 말했다. "두 사람이 서로 진정으로 사랑한다면 가난도 재산이거든. 난 화려한 건 싫어. 런던에 자리 잡고 싶은 생각은 털끝만큼도 없고. 어디 한적한 마을의 코티지면 부러울 게 없을 거야. 리치먼드 주변에 예쁜 빌라들이 꽤 있어."

"리치먼드라고!" 캐서린이 소리쳤다. "풀러턴 근처에 자리 잡아야지. 우리랑 가까이에 살아야지."

"그야 우리가 그러지 못하면 나도 불행할 거야. 너랑 가까이 살 수 있다면 난 만족이야. 하지만 이런 얘기 아무리 하면 뭐 해! 네 아버님의 답변을 듣기 전까지는 아무 생각도 하지 않을래. 몰런드 말은 오늘 밤에 솔즈베리로 답변을 보내면 우리가 내일 받아 볼 수도 있다는 거야. 내일이라니! 편지를 열어 볼 엄두가 안 날 것 같아. 나한텐 죽음이겠지."

이렇게 잘라 말하더니 이어 몽상에 빠졌다. 이저벨라가 다시 말문을 열었을 때의 주제는 웨딩드레스의 질을 결정해야 한다는 것이었다.

그들의 대화는 조바심을 치는 젊은 연인 본인이 들어오는 바람에 종언을 고했는데, 그는 월트셔로 출발하기 전 한숨 어린 이별을 하기 위해 온 것이었다. 캐서린은 축하를 하고 싶었지만 무어라고 해야 할지 몰라, 백 가지 말 대신 눈으로만 마음을 전했다. 그렇지만 그 눈빛에는 여덟 부분으로 된 일장 연설이 역력하게 비치고 있었고 제임스는 손쉽게 그 부분들을 조합할 수 있었다. 집에서 그가 바라는 것을 모두 실현하려니 마음이 급해서인지 그의 작별 인사는 길지 않았다. 그의 연인이 이제 가시라고 몇 번이고 채근을 하느라 지체되지 않았더라면 오히려 더 짧았을 터였다. 그를 빨리 보내고자 하는 그녀의 조바심 때문에 문간까지 갔다가 불려온 것이 두 번이었다. "정말이지 몰런드, 내가 당신을 쫓아내야겠어요. 갈 길이 얼마나 먼지 생각해 보세요. 이렇게 어물대는 건 차마 못 보겠어요. 제발 더 이상 시간 허비하지 마시고. 자, 가요, 가. 어서요."

어느 때보다도 한마음이 된 두 친구는 그날 종일 헤어지지 못했고 이제 올케 시누이 사이가 되리라는 꿈에 부푼 채로 시간을 보냈다. 일의 진행 상황을 파악한 소프 부인과 그 아들은 이저벨라의 약혼이 그들 가족에게 더 이상 바랄 바 없는 행운이라고 생각하며 몰런드 씨가 허락하기만을 기다리는 듯했는데, 한마디씩 거들고 의미심장한 시선과 알 듯 모를 듯한 표현을 흘려서 별로 아는 것 없는 어린 딸들의 호기심을 부채질했다. 캐서린의 단순 소박한 마음에는 이렇게 이상하게 숨기는 것이 별로 좋아 보이지도 않았고, 계속 그러기도 힘들 것 같았다. 시종일관 그럴 수 없다는 생각만 없었더라면 너무하지 않느냐고 기어이 한마디 했을지도 모른다. 그런데 앤과 마리아가 '나도 무슨 일인지 알아요' 식의 총기를 발휘해서 곧 그녀의 마음을 편하게 해 주었다. 그리고 그날 저녁은 소위 재치의 싸움터, 가족의 재주를 뽐내는 전시장이 되었다. 한편에서는 비밀을 지키는 체하면서 수수께끼를 던지고, 다른 쪽에서는 뭔지는 밝히지 않으면서도 알아냈다고 말하면서, 양편이 조금도 지려 하지 않았다.

캐서린은 그다음 날도 친구와 같이 지내면서 기를 북돋워 주고 편지가 전달되기 전의 무료한 시간을 같이 보내려고 애썼다. 이런 노력이 꼭 필요했던 것이, 편지가 도착할 시간이 다가올수록 이저벨라는 더욱 의기소침해졌고 편지가 도착하기 직전에는 너무나 힘들어했기 때문이다. 그러나 편지가 마침내 왔을 때 그 괴로움은 다 어디로 가 버렸던가? "부모님의 승낙을 얻는 데 아무 어려움이 없었고 제 행복을 추진하기 위해 힘닿는 대로 모든 일을 하겠다고 약속하셨습니다."라는 첫 세 행과 함께 한순간에 다 풀려 버린 것이다. 이저벨라의 얼굴에는 곧 화색이 돌면서 모든 근심 걱정이 사라진 듯 보였고, 그녀의 기분은 너무 고양되어서 통제 불능이 되다시피 했으며, 자기가 세상에서 제일 행복한 사람이라 말하기를 주저하지 않았다.

소프 부인은 기쁨의 눈물을 흘리며 딸과 아들과 손님을 끌어안았는데 바스 주민의 반이라도 다 껴안을 기세였다. 그녀의 마음은 뜨거운 애정으로 넘쳐흘렀다. 입만 열었다 하면 "사랑하는 존" "사랑하는 캐서린"이었다. "사랑하는 앤"과 "사랑하는 마리아"도 이 행복 퍼레이드에 즉각 동참했다. 그리고 이저벨라의 이름 앞에는 '사랑하는'이 두 개가 붙었는데, 그것은 이 소중한 아이가 받아 마땅한 대접이었다. 존도 이 기쁨에서 빠질 사람이 아니었다. 그는 몰런드 씨를 세상에서 제일 멋진 친구 가운데 하나라고 치켜세웠을 뿐만 아니라 그를 칭찬하는 말을 마구 쏟아 냈다.

이 모든 행복을 가져다준 그 편지는 짧다 보니 성공했다는 전갈 외에는 별 내용이 없었다. 상세한 소식은 제임스가 다시 편지를 쓸 때까지로 연기되었다. 그러나 세세한 부분이야 이저벨라도 얼마든지 기다릴 수 있었다. 필요한 것은 모든 것을 순조롭게 진행하겠다는 몰런드 씨의 약속이었다. 그들의 수입이 어떤 재원에서 나올 것인지, 토지 재산이 양도될 것인지 아니면 저축해 둔 돈이 넘겨질 것인지는 사심 없는 그녀의 정신으로는 전혀 관심이 가지 않는 문제였다. 그녀는 명예롭고 신속한 정착이 확보되어 있다고 느낄 만큼은 충분히 알고 있었고 그녀의 상상력은 거기에 부수되는 즐거운 일들로 날아올랐다. 그녀는 몇 주가 지나면 풀러턴에서 새로 알게 될 모든 사람들의 시선과 찬양, 푸트니의 한다 하는 오랜 친구들의 시샘을 한 몸에 받는 자신을 상상했다. 마음대로 쓸 수 있는 마차와 명함에 적힌 새로운 이름과 손가락에 낀 번쩍거리는 반지를 과시하면서 말이다.

편지 내용을 확인한 뒤, 런던에 가는 일정을 연기하고 편지가 도착하기만을 기다렸던 존 소프는 떠날 채비를 했다. "몰런드 양." 그녀가 응접실에 혼자 있는 것을 보고서 그가 말했다. "작별 인사를 하러 왔습니다." 캐서린은 좋은 여행이 되기를 빈다고 했다. 그녀의 말을 들었는지 말았는지 그는 창문으로 걸어가서 안절부절못하더니 헛기침을 했고 완전히 자기 생각에 빠져 있는 듯했다.

"디바이지스에 가려면 서두르셔야 하는 거 아닌가요?" 캐서린이 말했다. 그는 대답이 없었다. 그러나 잠시 침묵을 지킨 후에 불쑥 이렇게 말했다. "이렇게 결혼을 한다니 참으로 잘된 일 아닙니까! 몰런드와 벨, 생각 참 잘한 거지요. 당신은 어떻게 생각하십니까, 몰런드 양? 전 나쁠 거 하나 없다, 이렇게 보는데요."

"아주 좋은 일이라고 생각해요."

"그렇습니까? 그거야 그런데, 거참! 하여간 당신이 결혼이란 것을 적대시하지 않으니 반갑습니다. 이런 옛 노래 들어 보신 적 있나요? '하나의 결혼식은 또 하나의 결혼식을 부르지.'

에, 벨의 결혼식에 오시겠지요, 저도 바랍니다만."

"네, 동생분에게 가능하면 같이하겠다고 약속했어요."

"그렇다면 당신도 알다시피……." 그는 몸을 배배 꼬고 바보스러운 억지웃음을 지으면서 말했다. "에, 그렇다면 뭐, 이옛 노래가 사실인지 우리 한번 알아보지요."

"우리가요? 그렇지만 저는 노래 안 해요. 자, 여행 잘 하시고요. 오늘은 틸니 양하고 정찬을 하기로 해서 지금 집에 가야해요."

"아니, 그렇게 서두를 건 없죠. 이제 언제 볼지도 모르잖습니까? 보름이 지나면 다시 내려오겠지만, 저한테는 끔찍하게 긴 보름이 되겠네요."

"그럼 왜 그렇게 오래 나가 계시는 거죠?" 그가 대답을 기다린다는 것을 알고 캐서린이 말했다.

"친절하시군요. 하여간…… 친절하시고 착하기도 하시고……. 쉽게 잊지는 않을 겁니다. 그런데 당신은 착한 데다 온갖 좋은 걸 갖고 계십니다. 세상 누구보다 많이 말입니다. 정말 착하시고, 착하실 뿐만 아니라 너무너무 모든 것을 다 갖고 계십니다. 그래서 당신은 참…… 맹세컨대 당신 같은 분은 어디에도 없어요."

"어머! 무슨 말씀이세요. 저 같은 사람은 아주 많아요. 훨씬 나은 사람도 많을 거고요. 그럼 안녕히."

"그런데, 에, 몰런드 양, 괜찮으시다면 빠른 시일 안에 풀러턴에 가서 인사를 올리고 싶습니다만."

"그렇게 하세요. 저희 부모님께서도 아주 반가워하실 거예요."

"에, 저도 그러길 바랍니다. 또 몰런드 양, 당신도 나를 보는 것이 싫지 않았으면 합니다."

"전혀 그렇지 않아요. 전 보기 싫어하는 사람이 거의 없어요. 만나고 어울리는 것은 늘 즐거운 일이죠."

"제 생각이 바로 그겁니다. 나에게 즐겁게 어울릴 동무만 좀 다오, 내가 사랑하는 사람들과 어울리게만 해 다오, 내가 좋아하는 곳에서 내가 좋아하는 사람과 있게만 해 다오, 나머지는 악마가 다 가져도 좋다, 뭐 이렇답니다. 그리고 당신도 똑같은 말씀을 하시니 진심으로 반갑군요. 그런데 이런 생각이 드네요, 몰런드 양, 당신과 나는 대부분의 문제에 있어서 꽤나 생각이 비슷하다고 말입니다."

"그럴지도 모르지요. 그렇지만 그런 생각까지는 해 보지 않아서요. 그리고 대부분의 문제라고 하시는데, 솔직히 말씀드려 이것저것 많이 생각하면서 살지는 않아서요."

"이런, 세상에. 저도 마찬가집니다. 관심이 안 가는 것에 골머리를 썩는 것은 제 스타일이 아니지요. 저의 인생 목표는 아주 단순합니다. 내 한 몸 누일 수 있는 편안한 집 한 채에다 좋아하는 여자만 있으면 됩니다. 나머지야 저하고 무슨 상관입니까? 재산은 아무것도 아닙니다. 나 자신의 수입이면 충분하니까요. 여자 쪽이 한 푼 없으면 어때요? 오히려 그게 더 낫습니다."

"맞아요. 그 점은 저도 생각이 같아요. 한쪽에 충분한 재산이 있다면 다른 쪽에서야 꼭 있을 필요가 없죠. 어느 쪽에 재산이 있든 그것으로 충분하니까요. 부자는 부자하고 결혼해야 한다는 생각이 전 싫어요. 돈을 보고 결혼하는 것은 가장 못된 짓이에요……. 그럼 안녕히……. 편리하실 때 풀러턴에서 뵈면 정말 반가울 겁니다."

그렇게 인사한 다음 그녀는 나가 버렸다. 그는 있는 힘껏 남성다운 매력을 동원해 봤지만 그녀를 붙들어 두기엔 역부족이었다. 전할 소식이 있고 또 방문 준비를 해야 한다는 데야 더 있으라고 할 도리도 없었다. 그녀는 서둘러 떠났고, 뒤에 남은 그는 자기가 멋지게 구애를 했고 그녀가 명백하게 호응했다 생각하며 뿌듯해했다.

오빠가 약혼을 했다는 것을 처음 알고 흥분을 금치 못했던 탓에 캐서린은 이 놀라운 사건을 전하면 앨런 씨 부부도 상당한 감정의 동요를 보일 것이라 예상했다. 그녀의 실망이 얼마나 컸을까! 이런저런 말로 한참 뜸을 들인 후에야 운을 뗐더니, 두 분은 이 중대사를 그녀의 오빠가 도착한 이후 이미 예상하고 있었다고 한다. 약혼 소식에 그들이 보인 반응이라고는 고작 젊은이들의 행복을 빈다는 정도였고, 신사분 쪽에서는 이저벨라의 미모에 대해, 숙녀분 쪽에서는 그녀의 큰 행운에 대해 한마디씩 한 게 전부였다. 너무도 무덤덤해서 오히려 캐서린이 놀랄 지경이었다. 그러나 전날 제임스가 아무도 모르게 풀러턴으로 갔다는 사실을 밝히자 앨런 부인은 그제서야 약간 감정을 드러냈다. 차분하게 듣고만 있을 수가 없었던지 그걸 꼭 숨겨야 했냐면서 그의 뜻을 알았더라면 가기 전에 한번 봤어야 했다며 거듭 아쉬워했다. 그랬다면 성가시더라

도 그의 부모님께 안부를 전하고 스키너 씨 가족 모두에게도
인사를 전하게 했을 거라면서.

제2부

1

밀섬가 방문이 즐거울 것이라는 기대가 너무 높았던 탓에 캐서린의 실망은 예견되어 있었다. 따라서 틸니 장군의 정중하기 이를 데 없는 영접과 그 딸의 친절한 환영을 받고 다른 친구들 없이 헨리가 집에 있었음에도, 그녀는 돌아오자마자 기분을 따져 볼 겨를도 없이 자신이 그 약속에 너무 많은 기대를 품었다는 것을 알게 되었다. 그날의 만남으로 틸니 양과의 친분이 더 진척되기는커녕 전보다 더 친밀해진 느낌도 거의 가질 수 없었다. 편한 가족 모임이니까 헨리 틸니를 더 잘 알게 되겠지 했지만 그는 그 어느 때보다 말도 없고 상냥하지도 않았다. 또 장군 편에서 그녀에게 대단한 예의를 차렸음에도 (감사를 표하고 초대를 하고 찬사를 던졌음에도) 그에게서 벗어나자 해방감을 느꼈다. 이 모든 것을 어떻게 이해해야 할지 그녀는 난감했다. 틸니 장군의 잘못일 수는 없었다. 훤칠한 미남인 데다 헨리의 아버지시니. 그분이 흠잡을 데 없는 호인이며 매력이 넘치는 사람이라는 점은 의심할 수 없었다 자식들의 기분이 처져 있다고 해서, 또 그녀가 그와 있는 것이 그리 즐겁지 않다고 해서 그분이 다 책임 질 수는 없을 터였다. 그녀는 결국 틸니 남매가 그날 우연히 기분이 처져 있었던 모양이라고 정리했고 자신의 기분 문제 역시 자기가 못난 탓으로 돌렸다. 이저벨라는 그 방문의 자초지종을 듣자마자 전혀 다른 설명을 내놓았다. "온통 오만, 오만, 참을 수 없는 거만과 오만으로 똘똘 뭉쳤구나!"라는 것이다. "전부터 그 가족이 거들먹거리는 게 아닌가 생각했는데 이번 일로 확실해졌어. 틸니 양 같은 그런 무례한 행동은 생전 들어 본 적도 없어! 웬만한 양갓집이면 갖출 만한 통상의 예의범절조차 없이 주인 노릇을 하다니! 손님한테 그런 거드름을 다 피우고! 말조차 건네지 못하게 굴다니 말이야!"

"그렇게까지 나빴던 건 아니야, 이저벨라. 거드름 같은 건 피우지 않았고. 틸니 양은 아주 예의 있었어."

"에그! 틸니 양을 변호하지 마! 그리고 또 그 오빠는 뭐야, 너한테 호감이 대단한 것 같더니! 원 세상에! 거참, 사람 속은 알 수가 없다니까. 그래, 내내 너를 한 번도 쳐다보지 않다시피 했다는 거야?"

"그런 건 아니고. 그렇지만 기분이 좋아 보이진 않았어."

"정말 기가 막히네! 세상에서 내가 제일 싫어하는 게 지조 없는 거야. 캐서린, 그런 인간은 다시는 생각하지 않는 게 좋겠어. 그럴 가치가 없는 남자야."

"가치가 없다니! 그분이 나를 생각이나 할까?"

"내 말이 바로 그거야. 그이는 널 생각하지도 않아. 변덕도 유분수지! 아휴! 우리 오빠들과는 아주 딴판이네! 존은 정말 일편단심인데 말이야."

"그렇지만 틸니 장군님만큼 나를 깍듯하고 정중하게 대해 준 사람도 없을 거야. 나를 챙기고 행복하게 해 주는 것이 그분의 일인 듯 보였다니까."

"아휴! 그분이야 무슨 죄가 있겠어. 그분을 오만하다고는 생각하지 않아. 정말 신사다운 분이지. 존도 그분을 아주 좋게 생각하고 있고. 존의 판단으로는……."

"글쎄, 오늘 저녁에 나한테 어떻게 하는지 보면 알겠지. 무도회장에서 만날 테니까."

"그럼 나도 가야 할까?"

"그럴 생각 아니었어? 다 정해졌다고 생각했는데."

"네가 그러자고 하는데 나야 거절할 수 없지. 그렇다고 나보고 기분까지 좋아야 한다고 하진 말기. 알다시피 내 마음은 100리 정도 달아나 있을 테니까. 그리고 춤으로 말하면 제발 입도 벙긋하지 말아 줘. 그건 거론할 필요도 없어. 찰스 호지가 지겨워 죽을 정도로 따라다닐 거야. 그렇지만 난 단칼에 자를 생각이야. 그러면 십중팔구 그인 이유가 뭔지 이리저리 궁리할 텐데 그거야말로 내가 피하고 싶은 바야. 추측 따윈 자기 혼자 하게 두지, 뭐."

틸니 남매에 대한 이저벨라의 의견은 친구에게 아무런 영향도 미치지 않았다. 그녀는 오빠든 여동생이든 누구의 매너에도 거드름은 없었다고 확신했고 그들의 마음에 오만 같은 게 깃들어 있었다고도 생각하지 않았다. 그리고 그날 저녁 그녀의 믿음은 보답을 받았다. 한 사람은 똑같이 친절하게 대했고 또 다른 사람은 지금까지와 마찬가지로 똑같이 배려해 주었다. 즉 틸니 양은 애써 그녀 곁에 있었고 헨리는 춤을 신청했던 것이다.

저번 날 밀섬가에서 장남인 틸니 대위가 하시라도 올 수 있다는 이야기를 들었던지라 그녀는 한 번도 본 적 없지만 분명 자기네 그룹에 속해 있는 멋지게 차려입은 미남 청년의 이름을 알고도 당황하지 않았다. 그녀는 그를 경탄의 눈으로 바라보았고 사람들이 더러는 그가 동생보다 미남이라고 생각할 수도 있겠다고 생각했다. 그녀의 눈에는 잘난 체하는 태도가 더 두드러지고 용모도 호감이 가지 않았지만 말이다. 그의 취향과 매너가 동생만 못한 것은 분명해 보였다. 그녀의 귀에 들리는 거리에서 그가 여기서 춤을 추다니 말도 안 된다고 했을 뿐만 아니라 춤을 출 수 있다고 하는 헨리를 대놓고 비웃었던 까닭이다. 그렇게 비웃는 것으로 미루어 보아 우리의 주인공이 그를 어떻게 보든 그가 그녀를 찬미할 위험은 없는 듯했다. 그런 일이 생기면 형제간에 적대감이 형성되거나 여성 쪽이 귀찮게 될 터인데 말이다. 그는 승마 복장을 한 악당 셋을 사주하여 그녀를 사두마차에 강제로 태워서 쏜살같이 달려 나가게 할 그런 인물은 아니었다.[27] 캐서린으로서도 그런 나쁜

---

27) 고딕 소설에 전형적으로 등장하는 시나리오.

사태든, 아니면 하여간 어떤 사태라도 일어날 것이라는 불길한 예감은 아예 없었기 때문에, 걱정이라곤 춤을 추는 시간이 짧으면 어쩌나 하는 것뿐이었다. 그녀는 헨리 틸니와 여느 때처럼 행복을 누렸으니, 그가 하는 말을 하나도 놓치는 법 없이 눈을 반짝이며 들었고 그의 매력에 한껏 취해 자신도 매력을 마음껏 발산했다.

첫 번째 춤이 끝나자 틸니 대위가 다시 그들에게로 다가와서 동생을 끌고 가 버렸다. 캐서린에게는 매우 실망스러운 일이었다. 그들은 물러나서 같이 소곤거렸다. 그녀의 예민한 감수성이 발동하여 즉각 경계를 하면서 틸니 대위가 무언가 자기에 대해서 안 좋은 소리를 들은 게 틀림없어 그들을 영구히 갈라놓을 작정으로 동생하고 서둘러 이야기를 나누는 것이라고 단정 짓지는 않았다 해도, 캐서린으로서는 파트너를 시야에서 떠나보내자니 그리 심사가 편치 않았을 것이다. 꼭 오 분동안 그녀는 그렇게 마음을 졸였다. 그 뒤 한 십오 분은 족히 지났다는 생각이 들 무렵 두 사람이 돌아왔고 설명이 주어졌다. 헨리가 그녀에게 물어볼 말이 있다는 것이었다. 그녀의 친구인 소프 양이 춤추는 것을 마다하지 않을 거라면 자기 형이 소개를 받기 원한다는 것이었다. 캐서린은 조금도 망설이지 않고 소프 양은 춤출 생각이 없는 것으로 안다고 답했다. 그 가차없는 대답이 대위에게 전달되자 그는 바로 걸어가 버렸다.

"형님께선 괘념치 않으시겠지요?" 하고 그녀가 말했다. "전에 말씀하시는 걸 들으니 춤추는 걸 싫어하신다면서요? 그런데도 그런 생각을 하시다니 참 성격이 좋으시네요. 이저벨라가 앉아 있는 것을 보고 파트너를 원할 것이라고 생각하셨나 봐요. 그렇지만 잘못 보신 것이 제 친구는 절대 춤추지 않을 거예요."

헨리는 미소를 지으며 이렇게 말했다. "당신은 남들이 하는 행동의 동기를 별 고민 없이 받아들이네요."

"왜요? 무슨 뜻인가요?"

"이러이러한 사람이 어떤 영향을 받을 것인지, 이러이러한 사람의 감정, 나이, 조건, 인생의 습관 따위에 가장 영향을 줄 법한 요인은 무엇인지 묻지 않고 나라면 어떤 영향을 받을까, 이러저러한 행동을 하는 나의 동기는 무엇일까 묻는다는 말입니다."

"이해하지 못하겠군요."

"그렇다면 우리는 아주 불공평한 관계네요. 전 당신을 완벽하게 이해하고 있으니 말입니다."

"저를요? 그래요. 전 알아먹지 못할 말을 할 정도의 말주변은 없어요."

"브라보! 현대 언어에 대한 멋진 풍자네요."

"그렇지만 무슨 뜻인지 말씀해 주셔야죠."

"정말 말해 줄까요? 진짜 원하세요? 어떤 결과가 초래될지도 모르시면서. 당혹스러워서 어쩔 줄 모르실 테고 우리 두 사람 사이에 불화가 생길 텐데요."

"아니, 아니에요. 어느 쪽도 아닐 거예요. 전 겁나지 않아요."

"그러시다면, 제 말은 이런 뜻입니다. 당신은 제 형이 소프양과 춤을 추고 싶다고 하자 그 이유를 성격이 좋은 탓으로만 돌리는데, 그거야말로 당신 자신이 세상 누구보다도 성격이 좋다는 증거라는 겁니다."

캐서린은 얼굴을 붉히며 부정했으니 남자의 예언대로 된 셈이었다. 그렇지만 그의 말에는 이 혼란의 고통을 상쇄해 주는 무언가가 있었고 그것에 마음을 빼앗긴 나머지 그녀는 한동안 말하는 것도 듣는 것도 잊어버리고 자기가 있는 곳도 거의 잊어버렸다. 그러다가 이저벨라의 목소리에 문득 상념에서 깨어나 올려다보니 친구가 틸니 대위와 춤을 추려고 서로 손을 내밀고 있는 게 아닌가.

이저벨라는 어깨를 움찔하며 미소를 지었다. 현재로서는 그 몸짓으로 심경의 변화를 해명하고 있을 뿐이었다. 그러나 캐서린을 이해시키기에는 턱없이 부족했기 때문에 그녀는 자기 파트너에게 깜짝 놀랐다고 솔직하게 털어놓았다.

"어떻게 이런 일이 일어날 수 있는지 모르겠군요! 이저벨라는 절대 춤추지 않겠다고 말했는데."

"그런데 이저벨라가 전에는 자기 마음을 바꾼 적이 없습니까?"

"그야! 그렇지만 이유가…… 형님 말이에요! ……당신이 저한테 듣고서 그분한테 전했는데 어떻게 이저벨라한테 가서 물어볼 생각을 하셨을까요?"

"제가 보기엔 별로 놀라운 일도 아닙니다. 당신이 놀랄 일이라니까 놀라는 거죠. 그렇지만 아셔야 할 것은, 제 형으로 말하면 이런 남녀 문제에서 늘 하던 대로 하고 있을 뿐입니다. 당신 친구의 미모가 사람들을 끄는 거지요. 의지가 확고부동하다는데 그야 당신 말고는 이해할 사람이 없을 테고요."

"지금 비웃고 계시는군요. 그렇지만 이저벨라는 대개는 확고부동한걸요."

"누구라도 그 정도는 되지요. 늘 확고부동하다는 것은 흔히는 고집불통이라는 말이기도 하지요. 적당히 느슨해지는 때가 판단의 계기가 됩니다. 그리고 형과 무관하게 소프 양으로서도 그리 잘못된 선택은 아니었다고 봅니다만. 시간을 보내는 방법으로는 말이지요."

춤이 모두 끝날 때까지 두 친구는 둘만의 속내를 털어놓을 기회를 잡을 수 없었다. 춤이 끝나 함께 팔짱을 끼고 무도회장을 걸으면서 이저벨라가 먼저 설명했다. "네가 놀라는 것도 무리는 아냐. 그리고 정말이지 죽을 만큼 피곤해. 말씀도 참 많은 분이시더라! 내 마음이 어디 묶여 있지만 않았어도 정말 재미있었을 거야. 그렇지만 조용히 앉아 있을 수 있었다면 세상을 다 주었을 거야."

"그런데 왜 그러지 않았어?"

"오! 얘도 참! 그랬더라면 너무 까다로워 보였을 거야. 내가 그렇게 보이는 걸 얼마나 싫어하는지 너도 알잖아. 난 한사코 거절했지만 그 사람은 받아들이려고 하지 않았어. 얼마나 밀어붙였는지 넌 모를 거야. 제발 그냥 두시고 다른 파트너를 찾으라고 간청했지만 안 된다는 거야. 내 손을 잡기 원한 뒤로는 방 안의 어느 누구도 눈에 안 들어온다면서. 또 그냥 춤만 추기를 원한 게 아니라 나하고 같이 있기를 원한다고 했고. 아, 말도 안 돼! 그런 식으로 들이대는 것이 하나도 좋을 건 없다고 말해 주었지. 내가 세상에서 제일 싫어하는 것이 번지르르한 말과 찬사잖니. 그래서…… 그래서 그러고 나선 춤을 추지 않으면 끝이 안 나겠다고 생각했지. 게다가 춤을 추지 않으면 나를 그분한테 소개한 휴즈 부인이 기분 나빠할지도 모른다는 생각이 들었어. 그리고 네 오빠도 만약 내가 저녁 내내 앉아 있기만 했다면 슬퍼했을 테고. 끝나서 너무 기뻐. 그 사람의 말도 안 되는 소리를 듣느라 정신이 너덜거릴 지경이야. 그런데 말야, 상대가 멋진 청년이어서 그런지 사람들이 다 우리만 쳐다보더라."

"정말 미남이던데."

"미남이라고! 그래, 그럴지도 몰라. 사람들은 대개 그렇게 말할 테지. 그렇지만 내 스타일은 전혀 아냐. 남자가 불그레한 안색에 검은 눈이라니, 질색이야. 그렇지만 꽤 괜찮긴 해. 콧대는 또 얼마나 높은지, 원. 내 식으로 몇 번 쥐어박았지만."

두 숙녀가 다음에 만났을 때는 더욱 흥미로운 이야깃거리가 있었다. 제임스 몰런드의 두 번째 편지를 그때 받았는데 부친의 후의가 충분히 설명되어 있었던 것이다. 몰런드 씨는 연수입 400파운드 정도의 녹을 받는 성직자 자리를 아들이 받을 나이가 되면 물려주겠다고 했다. 가족의 수입이 적잖게 축이 나는 셈이어서 열 명의 자식 중 한 명에게 주는 몫으로는 결코 인색하지 않았다. 게다가 최소한 그만한 정도의 가치가 있는 부동산도 장차 유산으로 물려주기로 약속했다.

제임스는 이에 대해 감사의 마음을 적절히 표했고 그들이 결혼하려면 적어도 이삼 년은 기다려야 하는 것이 달갑지는 않지만 이미 예상한 일이라 그리 불만스러워하지도 않았다. 부친의 수입이 얼마인지 모르는 만큼 자신의 상속분에 대해서도 깜깜했던 캐서린은 오빠의 판단을 전적으로 따랐다. 오빠와 마찬가지로 흡족해하며 모든 일이 기분 좋게 매듭지어진 데 대해서 이저벨라에게 진심으로 축하했다.

"참 잘된 일이야." 하고 이저벨라가 심각한 얼굴로 말했다. "몰런드 씨가 통 큰 결정을 하셨네." 소프 부인이 근심스럽게 딸을 쳐다보며 말했다. "나도 그만큼 할 수 있으면 좋으련만. 그분한테서 그 이상 기대할 수야 없겠지. 하여간에 더 할 수만 있다면 그리하실 분이니 말이야. 정말 훌륭하고 좋으신 분이시니까. 400파운드면 살림을 시작하기에 그리 넉넉하진 않다만, 애 이저벨라, 네가 큰 걸 바란 것도 아니고 모자라도 별로 괘념치 않잖니."

"저 자신을 위해서야 더 많이 원하지도 않지만, 우리 그이한테 상처를 주는 게 참을 수 없어요. 생활에 꼭 필요한 것들을 모두 충당하기에도 빠듯한 그런 수입에 주저앉아 버릴까 봐서요. 저는 아무 문제 없어요. 나 자신 생각은 손톱만큼도 없어요."

"애야, 네가 그런 거야 내가 알지. 다들 널 사랑하니 그것을 보상으로 삼아야지. 젊은 여성치고 주변 사람들의 사랑을 너만큼 받는 사람도 없을 거야. 그리고 내 장담하지만 몰런드 씨가 너를 보시면⋯⋯. 그렇지만 이런 이야기를 해서 우리 캐서린을 슬프게 하진 말자꾸나. 몰런드 씨로서는 크게 쓰신 거야. 아주 훌륭한 분이라는 말도 늘 들었고. 그러니 너한테 상당한 재산이 있었다면 그분이 무언가 더 내놓았을지도 모른다는 생각은 하지 말아야겠지. 정말 아량이 넓으신 분이라."

"저만큼 몰런드 씨를 좋게 생각하는 사람도 없을 거예요. 그러나 누구나 결함이 있는 법이고, 자기 돈이야 마음대로 쓸 권리가 있으니까요."

캐서린은 이런 언중유골에 마음이 상했다. "아버지는 하실 수 있는 만큼 약속하셨다고 전 확신해요."

이저벨라는 문득 정신을 차렸다. "캐서린, 그건 확실해. 너도 알다시피 나야 훨씬 수입이 적더라도 만족할 사람이잖아. 내가 지금 기운이 좀 빠진 것은 돈이 부족해서가 아니야. 난돈이 싫어. 일 년에 단돈 50파운드라도 당장 결혼만 할 수 있다면 소망이 충족되었다고 생각할 거야. 아! 캐서린, 너한테 숨길 게 뭐가 있겠니. 내가 힘드는 건 이거야. 네 오빠가 목사직을 얻기까지 장장 이 년 반을 견뎌야 하잖니."

"그래그래, 이저벨라." 소프 부인이 말했다. "우린 네 심정을 너무나 잘 알지. 넌 가식이 없잖아. 네가 심란해하는 것 충분히 이해해. 이런 고귀하고 정직한 애정이 있으니 모두가 너를 더욱 사랑하는 거지."

캐서린의 불편한 심정은 조금씩 가라앉기 시작했다. 이저벨라가 섭섭해하는 건 오로지 결혼이 연기된 때문이라고 믿으려고 애썼다. 그리고 다음번에 만나 언제나처럼 쾌활하고 사랑스러운 모습을 보았을 때는 잠시 다른 생각을 했던 걸 잊으려고 애썼다. 편지를 뒤따라서 제임스도 곧 돌아왔고 극진한 환대를 받았다.

2

앨런 씨 부부가 바스에 머문 지도 육 주째에 접어들었고 이 것이 마지막 주가 될 것인지를 두고 말이 오갔다. 캐서린은 조마조마한 심정으로 귀를 기울였다. 틸니 남매와의 친교가 이렇게 빨리 끝나 버린다면 이 불운은 무엇으로도 보상받지 못할 터였다. 일정이 정해지지 않은 동안에는 그녀의 행복이 풍전등화 같았으나 다시 보름을 더 머물기로 결정되자 만사가 안전해졌다. 이 추가된 보름 동안 때때로 헨리 틸니를 만나리라는 즐거운 생각에 캐서린은 나머지 일들은 별로 떠오르지도 않았다. 제임스의 약혼을 통해서 무슨 일이든 일어날 수 있다는 것을 배웠으므로 한두 번은 '혹시나' 하는 기대를 남몰래 품기도 했지만, 현재로서는 그와 함께 있다는 행복만이 시야에 들어왔다. 앞으로의 삼 주가 그 현재인 셈이고 그녀의 행복도 그 기간 동안은 확실히 보장되겠지만 나머지 인생은 너무 한참 후의 일이어서 지금은 거의 관심거리가 되지 않았다. 더 머물기로 결정이 난 것을 알게 된 아침 녘에 그녀는 틸니 양을 방문하여 기쁜 심정을 쏟아 놓았다. 그런데 그날이 곧 시련의 날이 되고 말았다. 앨런 씨가 체류를 연장했다며 그녀가 기쁨을 표하자마자 틸니 양이 자기 아버지는 다음 주말에 바스를 떠나기로 막 결정했다고 말한 것이다. 이런 날벼락이 있나! 그날 아침 겪었던 긴장은 현재의 실망에 비하면 견디기 수월한 것이었다. 캐서린은 낯빛이 창백해지면서 잔뜩 걱정이 담긴 목소리로 틸니 양의 마지막 말을 되뇌었다. "다음 주말이라고요!"

"네, 아버지께선 시험 삼아 광천수를 한번 마셔 본다는 정도시지 그 이상은 아니에요. 여기서 만나기로 한 친구들이 오지 않아서 실망도 하셨고요. 그리고 이젠 마음이 풀려서 어서 집으로 가려고 하세요."

"정말 서운하네요." 캐서린이 풀이 죽어서 말했다. "이 사실을 먼저 알았더라면……."

"혹시요." 틸니 양이 좀 쭈뼛거리며 말했다. "이러면 어떨까 하는데…… 괜찮으시다면……."

그때 그녀의 아버지가 들어오는 바람에 이 예의 바른 말이 중단되었는데, 캐서린은 서로 서신을 주고받자는 뜻이 아닐까 기대하던 참이었다. 평소처럼 정중한 인사말을 건넨 후에 그는 딸에게로 몸을 돌리며 이렇게 말했다. "그런데 엘리너, 아름다운 네 친구가 너의 초청을 받아 준 것을 축하해도 되겠니?"

"아버지가 들어오실 때 막 청을 하려던 참이었어요."

"그렇다면 계속하려무나. 네 마음이 어디 있는지는 나도 알고 있으니. 몰런드 양, 내 딸이." 하고 딸이 말할 시간도 주지 않고 그가 계속했다. "아주 대담한 소망을 품어 왔어요. 아마 딸이 말했을 것 같은데, 우리는 다음 주 토요일에 바스를 떠납니다. 집사한테서 편지가 왔는데 집에서 내가 꼭 할 일이 있다는군요. 그리고 아주 오랜 나의 친구들인 롱타운 후작과 코트니 장군을 이곳에서 보기로 했는데 그것도 뜻 같지 않아서 바스에 더 머물 이유가 없게 되었소이다. 아가씨에 대한 우리의 이기적인 목적만 달성된다면 조금도 유감없이 떠날 거요. 단도직입적으로 말하자면, 사람들과 더불어 즐길 거리가 많은 이곳을 떠나 친구를 따라서 글로스터셔로 가 줄 수 있겠소? 이런 요청을 하기가 부끄러울 지경이긴 하오. 아가씨 자신보다는 바스의 다른 사람들이 더 나서서 주제넘은 짓 아니냐고 할 것 같긴 하지만. 아가씨처럼 겸손한 사람은…… 아니, 아니 괜스레 대놓고 칭찬해서 당황하게 할 생각은 추호도 없어요. 아가씨가 우리를 방문할 영광을 주시면, 우리는 말할 수 없이 기쁠 거요. 이곳처럼 활기찬 장소가 주는 즐거움이야 제공할 수 없는 게 사실이오. 우리한테는 아가씨의 관심을 끌 만한 오락이나 장려함 같은 것은 없어요. 아시다시피 우리의 생활 양식이 소박하고 꾸밈이 없으니. 그렇지만 우리로서도 있는 대로 신경은 다 써 볼 생각이오. 노생거 사원이 아주 불유쾌한 곳이 되지 않도록 말이오."

노생거 사원! 전율을 느끼게 하는 이 단어는 캐서린의 감정을 최고의 황홀경으로 몰아넣었다. 감사하고 흡족한 마음이 벅차올라 적당히 차분한 말로는 표현하기가 어려울 지경이었다. 이렇게 기분 좋은 말로 초대를 받다니! 이렇듯 간곡하게 청하다니! 모든 영예와 위안이, 모든 현재의 즐거움과 미래의 희망이 그 안에 포함되어 있었다. 그리하여 그 초대는 부모님의 승인이라는 유보 조항을 달고 열렬하게 수락되었다. "바로 집으로 편지를 쓰겠어요." 그녀가 말했다. "부모님이 반대하지 않으시면…… 아니, 반대하시진 않을 거예요."

틸니 장군도 못지않게 자신하던 터라 이미 풀트니가에 있는 그녀의 친지들에게 자기 뜻을 밝히고 양해를 얻어 둔 상태였다. "그분들이 아가씨와 헤어질 수 있다시니, 세상 사람들한테서 달관을 기대해도 되겠군."

틸니 양은 부드럽지만 진지하게 아버지의 말을 거들었고, 불과 몇 분 후에 이 일은 풀러턴에서 허락한다는 답변을 받는 일만 남기고 거의 결정이 되었다.

그날 아침의 정황에 따라 캐서린은 긴장, 안심, 실망이라는 다양한 감정의 변화를 거쳤으나 이제 완벽한 행복에 안착했다. 헨리를 마음에 품고 노생거 사원을 입에 달고 그녀는 황홀할 만큼 신이 나서 편지를 쓰기 위해 서둘러 집으로 돌아왔다. 몰런드 씨와 부인은 딸을 맡긴 친지들의 분별에 진작부터 의존하던 터라 그들이 지켜보는 가운데서 이루어진 친분인데 하등 문제 될 것이 없다며 글로스터셔 방문을 기꺼이 승낙한다는 답신을 보내왔다. 그러리라 짐작은 했지만, 막상 이렇게 선선히 허락을 받고 보니, 캐서린은 친구와 행운도 그렇고 여건과 기회도 그렇고 자기보다 복이 많은 사람은 없을 거라는 생각이 들었다. 모든 것이 순풍에 돛을 단 듯 진행되었다. 우선 처음에는 앨런 씨 부부가 친절을 베풀어 주어서 이렇게 즐거움이 넘치는 곳으로 올 수 있었다. 그녀의 감정, 그녀의 호의가 일일이 보답을 받는 행복을 알게 되었다. 어디든 애정을 느꼈다 하면 실제로 그 애정이 이루어졌다. 이저벨라와의 애정은 올케 시누이 관계로 단단해졌다. 틸니 남매, 누구보다도 호감을 얻고 싶고 친밀한 관계를 지속하고 싶은 그들은 또 어떤가. 정말이지 너무너무 기분 좋은 대우를 받았으니 자신이 소망하던 것 이상이었다. 그녀는 그들이 직접 초대한 손님으로 머물면서 정말 같이 있고 싶은 사람과 같은 지붕 아래서 몇 주를 보낼 터였다. 게다가 그곳을 덮고 있는 것은 사원의 지붕이 아닌가! 오래된 건축물에 대한 그녀의 열정은 헨리 틸니에 대한 열정에 버금갈 정도였다. 그리고 대체로 성과 사원들은 그의 모습만으로는 채워지지 않는 그런 몽상의 매력을 선사했다. 고성의 누벽과 성채, 혹은 사원의 회랑을 둘러보는 일은 여러 주 동안 소중히 품어 온 소망이었다. 한 시간 정도 관광할 수 있으면 그것으로도 족할 판이었다. 그런데 이런 일이 일어난 것이다. 저택의 이름이야 하우스, 홀, 플레이스, 파크, 코트, 코티지 등등 어떤 것으로 불려도[28] 어쩔 수 없었겠지만, 노생거는 다른 무엇이 아닌 사원이었다. 그리고 그녀는 그곳에 머물게 될 터였다. 길고 음습한 통로들, 좁은 방들과 폐허가 된 예배

---

28) 대개 대저택들을 부르던 명칭들.

당을 날마다 접할 수 있을 터였다. 무언가 전통적인 전설들, 상처 입고 불행해진 수녀의 참혹한 사연 같은 것들을 접할 수 있으리란 희망을 완전히 접을 수는 없었다.

새로 사귄 이 친구들이 그런 멋진 집을 소유하고 있으면서도 조금도 우쭐거리지 않고 거의 의식조차 하지 않았다는 것이 놀라웠다. 아마도 어린 시절부터의 습관이었으리라. 남다른 환경에서 태어났다는 것이 그들에게는 별로 자랑스러운 것이 아니었다. 거주지의 우월성은 체격의 우월성만큼이나 의미가 없었던 것이다.

그녀는 틸니 양에게 부지런히 질문을 던졌다. 그러나 속에서 온갖 생각이 들끓다 보니 질문에 대한 답을 듣고도 전보다 확연히 알게 된 것은 없는 느낌이었다. 즉 노생거는 종교 개혁 시기에 기금이 풍부한 사원이었다는 것, 사원을 허물게 되었을 때 틸니 가문 조상의 손에 넘어갔다는 것, 나머지는 무너졌지만 고대 건물의 상당 부분이 여전히 현재의 거주지 일부를 이루고 있다는 것, 그리고 계곡 아래쪽에 서 있으며 북동쪽으로 울창한 참나무 숲이 둘러싸고 있다는 것 정도였다.

3

그렇게 행복에 취해 지내다 보니 캐서린은 그사이 몇 분 정도씩 만난 것을 빼고는 이저벨라를 보지 못한 채 이삼 일이 지난 사실도 거의 깨닫지 못했다. 어느 날 아침 앨런 부인 옆에서 딱히 주고받는 말도 없이 펌프 룸을 따라 걷던 중에 비로소 이 사실을 깨닫고 나니 문득 그녀와의 대화가 그리워졌다. 그리고 새삼 친구가 보고 싶어진 지 막 오 분 정도가 지났을 무렵, 당사자가 나타나 단둘이 이야기 좀 하자면서 그녀를 이끌었다.

"여기가 내가 가장 좋아하는 자리야." 함께 두 문 사이의 벤치에 앉은 뒤 그녀가 말했다. "사람들이 자주 드나드는 곳도 아니고." 그렇지만 그 벤치에서는 양쪽 문 어디서든 들어가는 사람들을 그럭저럭 모두 확인할 수 있었다.

캐서린은 누군가를 열심히 기다리는 것처럼 이저벨라의

눈이 쉴 새 없이 한 문으로 쏠렸다 다른 문으로 쏠리는 것을 보았다. 그러자 실은 그렇지도 않은데 자기가 종종 짓궂다는 비난을 받았던 것이 떠올라서, 그렇다면 지금 한번 짓궂게 굴어 볼까 하는 생각이 들었다. 그래서 쾌활한 목소리로 말했다. "이저벨라, 뭘 그렇게 초조해하니? 제임스야 곧 나타나겠지."

"체! 얘, 나도 그일 끼고 살고 싶어 할 정도로 바보는 아냐." 하고 그녀가 대꾸했다. "늘 붙어 다니는 것도 보기 싫을 거야. 농담거리나 될 테지, 뭐. 그리고 넌 노생거로 갈 거라며! …… 정말 잘됐다. 내가 알기로는 잉글랜드에서 가장 멋진 고택 가운데 하나야. 편지로 아주 상세하게 묘사해 줄 거지?"

"솜씨껏 한번 써 볼게. 그런데 누굴 찾는 거야? 동생들이 오기로 했어?"

"아니, 아무도 안 찾아. 생각은 천리만리 바깥에 있는데 눈을 한군데에 둔다면 그것도 바보 같은 속임수겠지. 그저 멍하니 있는 거지 뭐. 난 세상에서 가장 멍한 존재야. 틸니는 기질적으로 늘 그런 사람이 있다고 하더라."

"그렇지만 이저벨라, 나한테 특별히 할 말이 있다고 생각했는데."

"오! 그래, 있지, 있어. 이게 바로 내가 멍하다는 증거지 뭐니. 내 정신머리하고는! 까맣게 잊어버렸어. 그러니까 이거야. 존 오빠한테서 방금 편지를 받았는데…… 너도 내용을 짐작할 수 있겠지?"

"아니, 전혀. 모르겠는데."

"우리 예쁜 친구, 그렇게 내숭을 떨면 곤란하지. 오빠가 편지에 쓸 게 네 이야기밖에 더 있겠어? 오빠 너하고 완전히 사랑에 빠져 있더라. 너도 알다시피."

"나하고라니, 이저벨라?"

"아니, 캐서린, 이건 정말 말이 안 돼! 겸손도 정도가 있지. 가끔씩은 정말 좀 더 솔직해지는 게 훨씬 보기 좋아. 그렇게 잔뜩 신경이 곤두서 있어서야, 원! 찬사를 얼마나 더 끌어내려고 그러니? 오빠의 관심이야 어린아이라도 눈치챌 정도였는데. 그리고 오빠가 버스를 떠나기 반 시간 전에 너도 오빠한테 아주 적극적으로 호응을 해 주었잖아. 오빠도 편지에서 그렇게 말하고 있던데. 너한테 청혼을 한 거나 마찬가지라면서 너도 아주 다정하게 받아 주더라고. 그리고 이제 나한테 자기의 청혼이 잘 성사되도록 도와달라면서 너한테 온갖 예쁜 말들을 쏟아 놓고 있는걸. 그러니 모르는 체해도 소용없어."

캐서린은 이런 비난에 자신이 얼마나 놀랐는지를 진심을 다해 표현했다. 소프 씨가 자기를 사랑한다고는 한 번도 생각해 본 일이 없고 따라서 자기가 그를 부추겼다는 것은 있을 수 없는 일이라고 항변했다. "그분 편에서 무슨 관심이 있었더라도 솔직히 나는 잠시도 그런 낌새를 채지 못했어. 오신 첫날 나한테 춤을 신청한 것 정도가 전부야. 또 나한테 청혼이니 하는데, 뭔가 단단히 착각을 하신 모양이야. 너도 알다시피 내가 그런 일을 오해할 사람은 아니잖아! 그런 말은 한마디도 오간 적이 없다는 것, 맹세라도 할게. 그분이 떠나기 반 시간 전에 그런 일이 있었다니! 그야말로 완벽한 오해야. 아침 내내 그분을 한 번도 보지 못했는걸."

"아니, 넌 봤어, 분명히. 아침에 계속 에드거 빌딩에 있었잖아. 네 아버님의 승낙이 온 날이었지. 얼마 동안 너하고 존이 거실에서 단둘이 있었던 것으로 기억하는데. 네가 그 집을 나서기 전에 말이야."

"그래? 음, 네가 그렇게 말한다면 그게 맞겠지. 그렇지만 난 전혀 기억이 안 나……. 기억을 더듬어 보니 너하고 있었던 것 같고, 그분도 보긴 했던가 봐. 그렇지만 다른 분들하고도 봤으니까 특별한 것도 없고…… 그런데 따로 오 분을 같이 있었다는 건……. 그렇지만 특별히 언급할 가치가 없는 것이, 그분 쪽에서야 무슨 생각을 했건 내가 아무것도 기억을 못하잖아. 그러니까 나는 그분한테서 그런 것을 생각하지도 기대하지도 원하지도 않았다는 거지. 이것만은 너도 분명히 알 거야. 그분이 나한테 관심이 있었다니 마음에 많이 걸리긴 해. 그렇지만 내 편에서는 본의 아니게 그리됐을 뿐, 그럴 생각은 추호도 없었어. 가능한 한 빨리 사실대로 전하고 용서를 구한다고 해 줘. 내 말은…… 뭐라고 해야 할지 모르겠네……. 하여간 내 뜻을 적절하게 전하고 이해시켜 주었으면 해. 네 오빠한테 실례가 될 말은 하고 싶지 않아, 이저벨라. 그렇지만 내가 혹 어떤 사람을 마음에 두고 있다 해도 단연코 그분은 아니야. 그건 내가 알아." 이저벨라는 아무 말도 하지 않았다. "얘, 나한테 화는 내지 마. 네 오빠가 나를 그렇게까지 좋아하리라고는 상상도 못했어. 그리고 너도 알다시피 우린 어차피 올케 시누이 가 될 사이잖아."

"그래그래. (얼굴을 붉히면서) 우리가 언니 동생이 되는 방식이야 많지…… 그런데 대체 내가 어딜 헤매고 있는 거지? 자, 그럼 우리 캐서린, 정리하자면 넌 가련한 존 오빠한테 퇴짜를 놓은 셈이네…… 그런 거지?"

"그분의 애정에 화답할 수 없는 건 분명해. 그리고 애정을 부추길 생각도 전혀 없었고."

"그렇다면 더 이상 이 일로 성가시게 하지 않을게. 오빠가 얘기 좀 해 달래서 한 것뿐이야. 그렇지만 고백하자면, 오빠 편지를 읽자마자 이건 정말 어리석고 경솔한 일이고 어느 쪽에도 도움이 되지 않을 것 같다고 생각했어. 두 사람이 함께한다고 한들 뭘 먹고 살겠어? 둘 다 아무것도 없는 건 아니겠지만, 요즘은 가족을 건사하기가 그리 쉽지 않잖아. 사랑을 예찬하는 사람들이 무슨 말을 하든 돈이 없으면 되는 일이 없어. 존 오빠가 그런 생각을 해 봤는지 모르겠네. 지난번 내 편지를 못 받았을 수도 있겠고."

"그럼 나는 잘못한 게 없는 거지? 내가 네 오빠를 속일 의사도 없었고 이 순간까지도 나를 좋아한다고는 생각조차 하지 못했다는 것 인정하지?"

"아! 거기에 대해서라면." 이저벨라가 웃으면서 대답했다. "과거에 네가 무슨 생각을 했고 어떤 계획이었는지는 내가 단정지을 일이 아닌 것 같아. 그거야 네가 가장 잘 알겠지. 약간의 해롭지 않은 희롱 같은 거야 있을 수 있고 그러다 보면 원하는 이상으로 부추기게 되는 경우도 종종 있잖아. 그러나 너도 알다시피 나야 널 가혹하게 평가할 사람이 절대 아니야. 젊은 시절에 들뜬 기분에 사로잡히다 보면 그런 일들이 일어날 수도 있는 거고. 하루는 이런 뜻이다가 다음 날에 그렇지 않기도 하지. 상황이 변하면 생각도 달라지는 거니까."

"그렇지만 너의 오빠에 대한 내 생각은 변한 적이 없어. 언제나 똑같았어. 일어나지도 않은 일인데, 그렇게 말하면 곤란하지."

"캐서린." 상대방은 그녀의 말을 귓등으로도 듣지 않고 계속했다. "뭐가 뭔지 모르는 사이에 몰리듯이 서둘러 약혼을 하게 하는 일 따위는 세상없어도 하지 않을 거야. 아무리 내 오빠지만 그렇다고 오빠를 위해서 너의 모든 행복을 희생하라고 하는 것은 말이 안 되잖아. 오빠만 해도 그래. 너도 알다시피 결국은 너 없이도 얼마든지 행복할 거야. 사람들은 자기가 뭘 원하는지 아는 경우가 드물어. 특히 젊은 남자들은 참 놀랄 정도로 마음이 잘 변하지. 한결같지가 않다고. 내 말은 내가 왜 오빠의 행복을 친구의 행복보다 소중하게 생각해야 하느냐는 거야. 너도 알다시피 난 우정이란 것을 꽤 높이 치는데 말이야. 그러나 무엇보다도 캐서린, 서두르지는 마. 내 말을 명심해. 너무 서두르면 분명 후회하게 돼. 틸니의 말로는 사람들은 자기가 사랑에 빠졌다고 쉽게 속아 넘어가곤 한대. 그 말이 맞아. 아! 그이가 오네. 신경 쓰지 마. 우릴 못 볼 테니까."

캐서린은 고개를 들고 틸니 대위를 알아봤다. 이저벨라는 말은 그렇게 하면서 눈은 그에게 고정시켜 곧 그의 주의를 끌었다. 그는 바로 다가와서 그녀가 몸을 움직여 마련한 자리에 앉았다. 그의 첫마디는 캐서린을 놀라게 했다. 낮은 목소리로 말했지만 알아들을 수 있었다. "뭡니까? 늘 지켜보고 있군요. 직접 그러거나 옆사람을 시키거나."

"어머, 말도 안 돼요!" 똑같이 반은 속삭이는 투로 이저벨라가 응답했다. "왜 그런 생각을 제 머리에 주입시키시죠? 제가 그걸 믿기라도 한다는 건지, 원……. 아시다시피 제 정신은 꽤 독립적이랍니다."

"당신의 마음이 독립적이었으면 좋겠군요. 나한텐 그거면 충분할 겁니다."

"제 마음 말인가요? 마음을 가지고 뭘 할 수 있으신가요? 당신네 남자들은 마음이란 것이 없잖아요."

"우리한테는 마음 대신 눈이 있어요. 보는 것만으로도 충분히 괴롭습니다만."

"그런가요? 그것 참 유감이네요. 그 눈이 저한테서 무엇이든 불쾌한 것을 찾아내니 말이에요. 제가 다른 쪽을 보겠어요. 이게 원하시는 바겠지요. (그에게 등을 돌리면서) 이젠 당신의 눈이 괴롭지 않기를 바랍니다."

"이렇게 고통스러운 적도 없소이다. 피어나는 뺨의 가장자리가 여전히 시야에 들어오니 말입니다. 괴로움을 벗어나기엔 너무 많이 보이고 보고 싶은 마음 충족하기엔 너무 적게 보이네요."

캐서린은 이런 말들을 듣고 있자니 도무지 민망해서 견딜 수가 없었다. 이저벨라가 그걸 참고 있는 것이 놀라웠고 오빠를 대신하여 샘도 나서 일어나 앨런 부인과 합류해야겠다면서 걷자고 했다. 그러나 이저벨라는 그럴 의사가 없었다. 무지무지 피곤해서 펌프 룸을 돌아다니기가 싫다는 것이었다. 그리고 자리에서 움직이면 자기가 오길 이제나저제나 기다리고 있는 동생들을 놓칠 수도 있다는 것이었다. 그러니 사랑하는 캐서린이 양해를 하고 다시 조용히 앉아 달라고 했다. 그러나 캐서린이라고 늘 고분고분한 것은 아니었다. 때마침 앨런 부인이 나타나서 집으로 가자고 했고 그녀는 부인과 함께 펌프 룸을 나왔다. 이저벨라는 그대로 틸니 대위와 같이 앉아 있었다. 그들을 두고 떠나는 그녀의 심정은 굉장히 찜찜했다. 그녀가 보기에 틸니 대위는 이저벨라에게 마음을 빼앗기고 있었고, 이저벨라는 그를 무의식적으로 부추기는 모양새였다. 무의식적일 수밖에 없는 것이, 제임스에 대한 이저벨라의 애정이 그만큼 확실하고 충분히 인정받았기 때문에 약혼에 이른 것 아니겠는가. 그녀의 진실이나 선의를 의심할 수는 없는 일이었다. 그렇지만 두 사람이 대화를 나누는 내내 그녀의 매너는 이상했다. 그녀는 이저벨라가 평소의 그녀답게 말했으면 싶었다. 돈 이야기를 너무 많이 하지 말았으면 싶었고, 틸니 대위를 보면서 그렇게 즐거워하지 말았으면 싶었다. 그녀가 그의 찬탄을 눈치채지 못한다면 그거야말로 정말 이상한 일 아닌가! 캐서린은 이저벨라에게 그런 눈치를 주어 그를 경계하게 하고 그녀의 지나치게 분방한 행동이 그나 자기 오빠에게 초래할지 모를 고통을 막고 싶었다.

존 소프가 애정을 표했다고 해서 그 여동생의 분별없는 행동이 상쇄되는 것은 아니었다. 그녀는 그의 애정이 진지하다고 믿지도 않았거니와 그러기를 원하지도 않았다. 그가 잘못 알았을 수야 있겠지만 그가 구애를 했고 자기가 호응을 했다니 해도 해도 너무했다. 그러니 그의 찬사 때문에 허영심이 충족되기는커녕 놀란 게 거의 전부였다. 그가 자기와 사랑에 빠졌다고 제멋대로 상상하고 있었다니 그야말로 경악스러운 일이었다. 이저벨라가 그의 관심과 배려 운운했지만 정작 자신은 어떤 애정도 알아채지 못했다. 그러나 이저벨라가 성급하게 말해 놓고 다시 거론하지 않은 경우도 많기 때문에, 이 정도로 묻어 두는 것이 편하겠다 싶었다.

4

며칠이 흘렀다. 의심하고 싶지는 않았지만 캐서린은 친구를 면밀히 지켜보지 않을 수 없었다. 관찰의 결과는 그리 좋지 않았다. 이저벨라는 사람이 달라진 듯 보였다. 에드거 빌딩이나 풀트니가에서 가까운 친구들에게만 둘러싸여 있을 때는 태도의 변화가 아주 사소해서 그 정도에서 그친다면 알아채지 못하고 지나갈 정도였다. 나른한 무심함이나 자랑까지 했던 멍한 정신 상태는 실은 그동안의 이저벨라와는 어울리지 않는 것이었다. 그렇지만 그 정도에서 더 악화되지만 않는다면 새로운 매력을 퍼뜨리고 따스한 관심을 불러일으키는 선에서 끝날 수도 있었다. 그러나 누구나 볼 수 있는 자리에서 틸니 대위의 관심을 그대로 수용하여 거의 제임스에게 하는 정도로 받아 주고 미소를 뿌리는 것을 보는 지경에 이르러서는 변화가 너무 두드러져서 그냥 넘길 수가 없었다. 이런 지조 없는 처신이 대체 무엇을 의미하는지, 친구가 대체 어쩌자고 저러는지 캐서린은 도저히 이해할 수 없었다. 이저벨라가 자기가 무슨 고통을 주는지 깨닫지 못할 수는 있었다. 그러나 부러 경박하게 구는 정도가 너무 심해서 캐서린은 화가 나지 않을 수 없었다. 고통을 당하는 사람은 제임스였다. 그녀는 오빠가 심각해지고 불편해하는 것을 보았다. 그리고 여자가 마음을 준 남자의 안녕에 아무리 무신경하더라도, 캐서린에게는 오빠의 안녕이 늘 목적이었다. 그녀는 가련한 틸니 대위도 무척 신경이 쓰였다. 생긴 것이야 마음에 들지 않았지만, 그의 이름은 호의를 불러일으키는 보증 수표였다. 그가 앞으로 상심할 것을 생각하면 정말 동정을 금할 수 없었다. 왜냐하면 펌프 룸에서 자기가 직접 엿들은 말이 있긴 했어도, 이저벨라의 약혼 사실을 알고도 그런 처신을 하기는 어려울 터여서 아무리 곰곰 생각해 보아도 모르는 것이 분명했기 때문이다. 그가 지레 오빠를 경쟁자로 여기고 질투했을 수도 있는데, 그 이상을 생각한다면 잘못은 그녀의 오해에 있을 터였다. 그녀는 가벼운 고언을 통해 이저벨라에게 자신의 처지를 환기시키고 양쪽에 다 상처를 주고 있다는 것을 깨닫게 하고 싶었다. 그러나 고언을 할 기회도 마땅치 않았고 먹힐 것 같지도 않았다. 암시를 던진다 한들 이저벨라가 이해할 리도 만무했다. 이런 곤란한 상황에서는 틸니 집안의 출발이 예정되어 있다는 것이 그녀의 유일한 위안이었다. 글로스터셔로의 여행이 수일 내에 시작되므로, 틸니 대위가 가 버리면 적어도 그 자신을 제외한 모든 사람의 마음에 평화가 회복될 터였다. 그러나 틸니 대위는 현재로서는 움직일 뜻이 전혀 없었다. 노생거로 가는 일행에 끼지 않고 바스에 계속 머무르겠다는 것이다. 캐서린은 이 사실을 알자마자 바로 결단을 내렸다. 그녀는 이 문제를 헨리 틸니와 의논했다. 그의 형이 소프 양에게 명백한 애정을 표하는 것이 유감이고 형에게 그녀의 약혼 사실을 알려 주라고 청했다.

"형도 알아요." 헨리가 대답했다.

"알아요? 그러면 왜 여기에 머물지요?"

그는 답변을 하지 않고 다른 이야기를 꺼냈다. 그러나 그녀는 넘어가지 않았다. "왜 형에게 떠나라고 설득하지 않으세요? 오래 머물수록 종국에는 그분한테 더 나쁠 텐데. 제발 자기 자신을 위해서나 다른 모든 사람을 위해서나 바스를 당장 떠나라고 충고해 주세요. 떠나 있다 보면 다시 편안해질 거예요. 그러나 이곳에서는 아무런 희망이 없어요. 머물러 있어 봐야 비참해질 뿐이죠." 헨리는 미소를 지으며 말했다. "물론 형도 그렇게 되고 싶진 않을 겁니다."

"그럼 가시라고 설득하실 거지요?"

"설득이 마음대로 되는 건 아니죠. 설득을 시도조차 하지 못하더라도 용서해 줘요. 소프 양이 약혼했다는 말은 진작 했고요. 형은 자기가 무슨 짓을 하는지 알고 있어요. 그러니 알아서 하겠지요."

"아니에요. 그분은 자신이 무얼 하고 있는지 몰라요." 캐서린이 소리쳤다. "제 오빠한테 어떤 고통을 주고 있는지 말이에요. 말은 하지 않지만 전 오빠 마음이 괴롭다는 걸 잘 알아요."

"내 형 탓이라는 것도 확신하시고요?"

"그럼요. 당연하죠."

"무엇이 고통을 주는 건가요? 소프 양에게 보이는 형의 관심인가요, 아니면 그런 관심을 수용하는 소프 양의 태도인가요?"

"같은 말 아닌가요?"

"몰런드 씨라면 그 차이를 인정할 거라고 생각합니다. 자기가 사랑하는 여자를 다른 남자가 찬양한다고 해서 마음이 피로울 남자는 없어요. 고통이 된다면 그건 여자 쪽의 책임이지요."

캐서린은 친구가 부끄러워 얼굴을 붉히며 이렇게 말했다. "이저벨라가 잘못이에요. 그러나 이저벨라는 제 오빠를 너무 사랑하니 고통을 줄 뜻은 아닐 거예요. 그건 제가 확신해요. 처음 만나자마자 오빠와 사랑에 빠졌고 제 아버지의 승낙 여부가 불확실하던 동안에는 속이 타들어 갈 지경이었으니까요. 그러니 이저벨라의 마음에는 오직 오빠뿐인 거지요."

"알겠습니다. 그분은 제임스를 사랑하면서 프레더릭하고 바람을 피우고 있군요."

"아! 아니죠. 바람피우는 건 아니에요. 사랑에 빠진 여자가 다른 남자하고 바람을 피울 수는 없죠."

"이럴 가능성이 가장 클 겁니다. 그분은 사랑도 잘 못하고 바람도 잘 피우지 못하는 걸 거예요. 따로따로 할 경우에 비해서 말이지요. 남자분들이 각자 약간씩 포기해야 하겠네요."

잠시 대화가 중단되었다가 캐서린이 다시 말을 시작했다.

"그러면 이저벨라가 제 오빠를 많이 사랑하지 않는다고 보시는군요?"

"그 문제에 대해서는 드릴 의견이 없네요."

"그렇지만 당신의 형님은 대체 무슨 뜻으로 그러시는 거죠? 이저벨라가 약혼 상태라는 것을 안다면 그런 행동으로 뭘 어쩌자는 건가요?"

"질문 공세가 정말 빈틈이 없으시군요."

"제가요? 전 그저 듣고 싶은 것을 묻고 있을 뿐인데요."

"그렇지만 제가 말해 줄 거라고 기대하는 것만 질문하시나요?"

"네, 그렇게 생각해요. 당신은 형님의 마음을 아실 테니까."

"제 형의 마음이라고 하시는데, 이 경우에는 추측만 가능할 뿐입니다."

"그렇다면?"

"그렇다고요! 아니, 그게 추측하는 일이라면 어디 우리 같이 한번 해 봅시다. 어디서 얻어들은 추정에 좌우되는 것은 서글픈 일이잖아요. 우선 이런 전제부터 짚어 두자고요. 제 형은 활달하고 가끔씩은 생각 없이 구는 청년일 수 있어요. 형이 당신의 친구를 안 지는 일주일 정도 되었고 거의 비슷한 시기에 약혼 사실도 알게 되었지요."

"그렇다면……." 잠시 생각을 한 후에 캐서린이 말했다. "당신이라면 이런 전제를 토대로 형님의 의도를 추측할 수 있긴 하겠네요. 그렇지만 전 못해요. 부친께선 이 일을 못마땅해하시지 않나요? 틸니 대위가 떠나 주기를 바라지 않으시나요?

부친께서 형님께 그렇게 말씀하시면 가실 것 같은데요."

"몰런드 양." 헨리가 말했다. "오빠의 마음을 헤아리고 염려하는 갸륵한 뜻을 알겠습니다만, 혹 약간 잘못 아시는 것은 아닐까요? 좀 너무 멀리 나간 것은 아닌지요? 설령 오빠가 이런 생각을 하게 되었다 칩시다. 그녀가 틸니 대위를 더 이상 만나지 않아야 그녀의 사랑, 아니 적어도 바른 행실이 확보된다고 말이죠. 그렇게 생각하게 되었다고 해서 오빠가 과연 감지덕지할까요? 자신을 위해서나 소프 양을 위해서? 둘이 따로 있을 때에만 그는 안전한가요? 혹은 다른 남자가 유혹을 하지 않을 때에만 그녀의 마음이 그에게 머무나요? 오빠는 이렇게는 생각할 수 없을 테고, 당신이 그런 생각을 하는 걸 바라지도 않을 겁니다. 그렇다고 '너무 걱정하지 말아요.'라고 말하지는 않겠습니다. 당신이 지금 걱정한다는 것을 아니까요. 그러나 가능한 한 걱정을 줄이세요. 당신은 오빠와 친구가 서로 사랑한다는 것을 조금도 의심하지 않잖아요. 그런 믿음에 근거하면, 두 사람 사이에 진짜 질투는 존재할 수 없어요. 그런 믿음에 근거하면 두 사람 사이에 어떤 이견도 오래갈 수 없어요. 두 사람의 마음은 서로를 향해 열려 있지 어느 쪽도 당신에게 열려 있지는 않아요. 그 둘은 필요한 것이 무엇인지, 무엇을 얼마나 참아 주어야 하는지 정확하게 알아요. 기분 좋을 정도 이상으로 상대를 괴롭히는 일은 없을 테니 마음 놓아도 좋을 겁니다."

그녀가 여전히 못 미더워하며 심각한 표정을 짓는 것을 보고 그가 이렇게 덧붙였다. "프레더릭은 우리와 함께 버스를 떠나지는 않지만 짧은 기간만, 아마도 기껏해야 이삼 일 정도 만 더 머물 겁니다. 휴가가 곧 끝나니 귀대해야겠지요. 그러 면 두 사람 사이의 친분은 어떻게 될까요? 보름이면 군대 식 당이 이저벨라 소프를 마셔 없앨 겁니다. 그리고 그녀도 당신 오빠와 함께 한 달 동안은 가련한 틸니의 사랑을 떠올리며 웃 겠지요."

캐서린은 마음 편하게 생각하라는 그의 말에 더 이상 맞서 지 않기로 했다. 긴 설교가 이어지는 동안에 거기에 맞서 보았 지만 이제 그 포로가 되고 만 것이다. 틀림없이 헨리 틸니가 가장 잘 알겠지. 그녀는 괜한 걱정을 사서 했다고 스스로를 나 무랐고 다시는 이 문제에 대해 심각하게 생각하지 않으리라 결심했다.

그녀의 결심은 헤어지는 자리에서 보여 준 이저벨라의 행 동을 보며 더욱 굳어졌다. 소프가 식구들은 마지막 저녁을 풀 트니가의 캐서린 거처에서 보냈고 두 사람 사이에는 그녀를 불편하게 만들거나 걱정을 하며 떠나게 할 만한 말이 하나도 오가지 않았다. 제임스는 무척 기분이 좋았고 이저벨라는 매 력적일 정도로 평온했다. 친구에 대한 애정이 그녀의 마음을 가장 크게 사로잡고 있는 것처럼 보이기는 했다. 그러나 헤어 지는 마당이니 그럴 만도 했다. 그리고 한번은 연인에게 면박 을 주고 한번은 손을 뒤로 빼기도 했으나, 캐서린은 헨리의 지 침을 기억하고 두 사람 사이의 애정에 맡기기로 했다. 헤어지 는 두 친구의 포옹과 눈물과 약속들은 상상에 맡기는 편이 좋 을 것 같다.

5

앨런 씨 부부는 그들의 젊은 친구를 잃게 된 것이 서운했다. 성격 좋고 쾌활해서 소중한 벗이었고, 그녀를 즐겁게 해 줄수록 그들의 즐거움도 시나브로 커지곤 했다. 그렇지만 그녀가 틸니 양과 가고 싶어 했기 때문에 달리 도리가 없었다. 게다가 바스에 머물 시간이 겨우 일주일밖에 남지 않았으므로 그녀가 떠난 여파는 그리 오래가지 않을 터였다. 앨런 씨는 그녀를 데려다주었다. 캐서린이 밀섬가에서 아침을 같이 먹기로 했기 때문에 그는 그녀가 극진한 환영을 받으며 새 친구들 사이에 자리 잡는 것을 보았다. 그러나 그녀는 그 가족의 일원이 되었다는 생각에 마음이 무척 들떴다. 제대로 하지 못하면 어떡하나, 그리고 그들이 계속 호감을 보여 주지 않으면 어떡하나 하는 두려움이 너무 커서, 첫 오 분 동안은 당황스러운 마음에 앨런 씨와 함께 풀트니가로 돌아가고 싶다는 생각까지

들었다.

　틸니 양의 매너와 헨리의 미소로 불편한 기분은 곧 사라졌지만, 여전히 편안하지 않았다. 장군 자신의 끊임없는 배려도 그녀를 완전히 마음 놓게 하지는 못했다. 아니, 이상하게 들릴 수도 있겠지만 오히려 덜 챙겨 주었다면 불편한 느낌이 덜하지 않을까 하는 생각까지 들었다. 장군이 편안한지 자꾸 묻고 많이 먹으라고 계속 권유하고 입맛에 맞는 것이 없으면 어쩌나 하는 걱정을 수시로 하는 바람에 잠시도 자기가 방문객이라는 것을 잊을 수가 없었다. 사실 평생 이런 아침 식사의 반 정도 차린 것도 본 적이 없는데 말이다. 그녀는 이런 대접을 받기에는 자기가 너무 부족하다고 느꼈고 어떻게 응대해야 할지 몰라 혼란스러웠다. 평정심을 유지하기가 어려웠던 것이, 장군은 맏아들이 안 나타난다고 조바심을 치더니 마침내 틸니 대위가 내려오자 게으르다고 통을 주었던 것이다. 그녀는 그가 아버지에게 심하게 꾸지람당하는 모습을 보자 마음이 아팠다. 저지른 일에 비하면 너무 심해 보였던 것이다. 그런 꾸중을 야기한 주된 원인이 바로 자신이라는 생각에 근심은 훨씬 커졌다. 식사 자리에 늦다니 손님에 대한 예의가 아니라는 것이다. 이것은 그녀를 매우 불편한 처지로 내몰았다. 그녀는 틸니 대위에게 큰 연민을 느꼈는데, 그렇다고 그의 선의를 기대할 처지는 아니었다.

　그는 묵묵히 아버지의 말을 들을 뿐 어떤 변명도 하지 않았다. 그녀는 이것으로 미루어 대위가 이저벨라 때문에 심란하여 늦게까지 잠을 이루지 못한 것이 아닐까 생각했다. 그와 정식으로 한자리에 있게 된 것은 이번이 처음이어서 그녀는 이제 그가 어떤 사람인지 알게 되기를 기대했다. 그러나 그의 아버지가 방 안에 있는 동안에는 목소리조차 거의 들을 수 없었다. 심지어는 이후까지 기분이 별로 좋지 않은 탓인지 엘리너한테 이렇게 소곤거리는 소리만이 들려왔다. "한꺼번에 떠나버리면 속이 후련할 거다."

출발을 준비하는 과정도 그리 순탄치 않았다. 장군이 밀섬 가를 빠져나가는 시간으로 정한 10시가 되었지만 아직도 트렁크가 내려오고 있었다. 장군의 외투는 당장 걸치도록 대령해야 함에도 그가 아들과 같이 타기로 한 쌍두 이륜마차에 펼쳐져 있었다. 사륜마차에는 세 사람이 타야 했지만 중간 좌석이 제대로 마련되지 않은 상태였다. 딸의 하녀가 그곳에 짐을 마구 꾸려 넣는 바람에 몰런드 양이 앉을 자리가 잘 나오지 않았다. 장군은 그녀의 손을 잡아 마차로 올려 주며 이런 걱정을 하도 하는 바람에 자신이 새로 산 글쓰기용 책상을 거리에 내동댕이쳐야 하나 생각이 들 정도였다. 그렇지만 마침내 세 여성이 안으로 들어오자 문이 닫혔고 마차는 차분한 속도로 출발했다. 신사 소유의 잘 먹어서 살이 오른 멋진 네 마리의 말이 30마일 여행 시에 대개 내는 속도였다. 바스에서 노생거까지의 거리도 그 정도였기 때문에, 중간에서 한 번 쉬기로 일정을 잡았다. 마차가 출발하자 캐서린도 활기를 되찾았다. 틸니양과는 마음이 편했고 완전히 초행길이라 흥미롭기도 했다. 뒤로 쌍두 이륜마차가 따르는 가운데 사원을 향해 가노라니 그녀는 바스의 마지막 전경을 미련 없이 바라보았다. 어느샌가 새 이정표가 속속 나타나곤 했다. 그다음에는 페티 프랑스에서 두 시간을 쉬어 갔는데 할 일이 없이 따분했다. 배가 고프지도 않은데 식사를 했고 볼 것도 없는데 주변을 돌아다녔다. 고급스러운 최신 사륜마차로 품격 있게 여행하며 멋진 제복 차림의 기수장들이 안장 위에 높직이 올라앉고 수많은 기마 시종들도 적절히 자리를 잡고 있는 광경에 경탄을 금치 못했지만, 이런 불편함이 따르다 보니 캐서린의 들뜬 기분도 좀 가라앉았다. 일행이 모두가 유쾌한 사람들이었다면 이 정도 지체는 아무것도 아니었을 것이다. 그러나 틸니 장군은 매력적인 남자이긴 했지만 늘 자식들의 기를 죽였고 혼자서만 떠들어 댔다. 여관에서 제공하는 것은 무엇이건 트집을 잡았고 웨이터들에겐 짜증을 부렸다. 이런 행태를 보니, 캐서린은 순간순간 그가 더 무서웠고 두 시간이 네 시간처럼 길게 느껴졌다. 그렇지만 마침내 출발 명령이 떨어졌다. 그리고 장군이 남은 여행은 자기 아들의 무개 마차를 타고 하면 어떻겠느냐고 제안하여 캐서린을 놀라게 했다. "날씨도 좋고 하니, 가능한 한 캐서린 양이 시골 풍경을 많이 보기를 간절히 바란다."라는 것이었다.

이런 소리를 듣자 젊은 남자들의 무개 마차에 대해 앨런 씨가 했던 말이 기억나서 그녀는 얼굴이 붉어졌고 거절을 해야겠다는 생각이 먼저 났다. 그러나 다시 생각해 보니 틸니 장군의 판단을 존중해야 할 것 같았다. 그분이 처신에 문제가 될 만한 일을 제안할 리가 없었다. 수분 후 그녀는 헨리와 함께 이륜마차에 타고 있었는데, 그렇게 행복한 적이 없을 정도였다. 올라탄 지 얼마 지나지도 않아서 그녀는 이륜마차가 세상에서 제일 예쁜 장비라는 것을 확신했다. 사두마차는 위풍당당하게 달리긴 하지만, 둔중하고 성가신 면이 있었다. 페티 프랑스에서 두 시간을 쉰 것을 쉽게 잊을 수 없었다. 이륜마차라면 그 반만 쉬어도 충분했을 터. 가벼운 말들은 매우 민첩하게 움직일 수 있어서 장군이 자기 마차를 선두에 서게 하지 않았다면 그들은 잠깐 사이에 손쉽게 추월할 수 있었을 것이다. 그러나 이륜마차의 장점은 말에만 있는 것이 아니었다. 헨리는 마차를 잘 몰았다. 아주 조용히 몰았는데, 전혀 부산을 떨지도 않았고, 그녀에게 솜씨를 과시하거나 말에게 욕설을 하지도 않았다. 그녀가 비교할 수 있는 대상은 딱 한 사람인데, 그야말로 천양지차였다! 모자는 머리에 멋지게 얹혀 있었고, 외투에 달린 수많은 케이프들은 너무 어울리고 의젓해 보였다! 그가 모는 말을 타는 것은 같이 춤을 춘 것 말고는 세상에서 제일 행복한 일이었다. 이렇게 갖은 즐거움을 누리는 데다 칭찬의 말을 듣는 기쁨까지 더해졌다. 여동생을 위해서 손님이 되어 준 것에 고맙다는 말을 듣게 된 것이다. 그야말로 진정한 우정이라 여기고 진정으로 감사하다는 것이다. 그는 여동생의 처지가 힘들다고 했다. 즉, 친구가 없어 아버지가 자리를 비울 경우, 가끔은 곁에 같이 있을 사람이 아무도 없다는 것이다.

"그렇지만 어떻게 그런 일이 있을 수 있죠?" 캐서린이 말했다. "당신이 같이 있지 않나요?"

"노생거에서는 일 년 중 절반도 못 지냅니다. 목사직을 가진 우드스톤에 제 소유의 집이 있습니다. 아버지 집에서 거의

20마일 정도 떨어진 곳인데 거기서 대부분을 지내야 합니다."

"정말 안타까우시겠어요!"

"엘리너하고 떨어져 있는 것은 늘 안타깝죠."

"그러시겠어요. 그렇지만 동생분에 대한 애정이 아니더라도 틀림없이 사원을 좋아하실 것 같아요! 사원과 같은 집에 익숙하시니 평범한 목사관은 성에 안 차시겠네요."

그가 미소를 짓고는 말했다. "사원에 대해 아주 좋게 생각하시는군요."

"그럼요. 책에 나오는 것처럼 오래되고 멋진 곳 아닌가요?"

"그런데 당신은 '책에 나오는 것' 같은 그런 건물에서 발생할지도 모를 온갖 공포스러운 일들과 대면할 준비가 되어 있습니까? 심장이 튼튼하신가요? 판자와 태피스트리가 스르르 흘러내려도 끄떡없을 만큼?"

"어머! 그럼요. 쉽게 겁먹을 거라고는 생각하지 않아요. 집 안에 사람들이 많을 테니까요. 게다가 오랜 세월 사람이 살지 않은 채 버려진 곳이 아니잖아요. 그러니 가족이 아무 기별도 없이 쥐도 새도 모르게 돌아오거나 하는 일도 없을 테지요."

"물론 그런 일은 없습니다. 우린 꺼져 가는 장작불의 흐릿한 불빛만이 주위를 비추는 홀로 더듬거리며 들어가거나 하진 않을 겁니다. 창문도 문도 가구도 없는 방의 바닥에 침대를 펼쳐야 하는 일도 없을 거고요. 그러나 하나 아셔야 할 것은, 어찌어찌하여 이런 거처에 처음 들어오게 된 아가씨는 늘 나머지 가족들과는 따로 떨어져 지내게 됩니다. 그들이 저택 끝에 있는 아늑한 거처로 돌아가는 사이에, 그녀는 나이 든 하녀장 도러시의 격식을 차린 안내를 받아 다른 편 계단을 올라가서 여러 개의 어두운 복도를 지나 약 이십 년 전에 무슨 사촌인지 친척인지가 죽은 후로는 한 번도 사용되지 않았던 방으로 들어가는 겁니다. 이런 관례를 견디실 수 있습니까? 이런 음침한 침실에 들어가 있으면 당신의 마음에 공포가 스며들지 않을까요? 당신에게는 너무 높고 큰 방, 그렇게 큰 방에 빛이라고는 등잔불에서 나오는 희미한 불빛뿐인데 말이죠. 사방 벽에는 실물 크기의 형상들을 짜 넣은 태피스트리가 늘어져 있고 침대는 암녹색 천이나 자주색 벨벳으로 되어 있어 장례식 같은 분위기를 풍기고. 가슴이 덜컥 내려앉지 않겠습니까?"

"어머! 그러나 저한테 그런 일이 일어나지야 않겠지요, 그럼요."

"얼마나 겁을 내며 방에 있는 가구를 살펴볼까요! 그리고 무엇을 찾아낼까요? 탁자도 화장대도 옷장도 서랍도 아니고, 한쪽에 아마도 부서진 류트의 잔해가 있고 다른 쪽에는 아무리 기를 써도 열 수 없는 육중한 궤짝 하나가 보일 겁니다. 그리고 벽난로 위에는 잘생긴 전사의 초상이 하나 걸려 있는데 묘하게도 그 모습에 사로잡혀서 당신은 눈길을 돌릴 수가 없을 겁니다. 그사이에 그 못지않게 당신의 모습에 사로잡힌 도러시는 크게 동요하고 있는 당신을 지그시 지켜보다가 몇 가지 알 수 없는 암시를 던지죠. 더구나 당신의 기분을 돋운답시고 당신이 머물게 된 저택의 그 장소는 이런저런 현상으로 볼 때 귀신 들린 것이 분명하다면서 아무리 불러도 올 하인 하나 없다는 것을 알려 주지요. 이처럼 상냥한 작별의 말과 함께 그녀는 예를 갖추어 절을 하고 떠납니다. 당신은 발자국 소리가 사라질 때까지 귀를 기울이지요. 그제야 정신이 아득해지면서 문을 잠그려고 하는데, 이게 웬일입니까, 자물쇠가 없다는 것을 알고 놀라움은 더욱 커지는 겁니다."

"아! 틸니 씨, 겁나게 왜 그러세요! 책에 나오는 것하고 똑같잖아요! 그렇지만 저한테 진짜 이런 일이 일어날 리는 없겠죠. 당신의 하녀장도 이름이 도러시는 아닐 테고. 자, 그다음에는요?"

"첫날밤에는 더 이상 놀랄 일이 없을지도 모릅니다. 침대에 대한 물리칠 수 없는 공포감을 가까스로 이겨 낸 연후에 당신은 쉰답시고 몇 시간 뒤숭숭한 잠을 잘 겁니다. 그러나 두 번째 날, 아니면 넉넉잡아 도착 후 세 번째 밤에는 아마도 틀림없이 맹렬한 폭풍우를 맞을 겁니다. 건물을 송두리째 흔들어 댈 것 같은 찢어지는 듯한 천둥소리가 인근 산들을 굽이칠 것이고요. 그와 함께 무시무시한 돌풍이 몰아쳐 당신은 벽에 걸린 장식물의 한 부분이 나머지 부분보다 더 심하게 흔들리는 것을 봤다고(등잔불이 아직 꺼지지 않았으니까요.) 생각할 겁니다. 물론 기회가 왔으니 당신은 호기심을 억누르지 못하고 즉각 일어나 윗도리를 걸치고 이 수상한 현상을 조사하겠지요. 짧게 쭉 훑어본 연후에 당신은 상세히 들여다보아도 알아내기 어려울 정도로 교묘하게 태피스트리에 틈새가 있는 것을 발견할 겁니다. 그리고 그 틈새를 열자 바로 문이 나타날 겁니다. 그 문에는 큼직한 빗장들이 걸려 있고 한 개의 맹꽁이자물쇠만 채워져 있기 때문에 당신은 몇 번의 시도 끝에 문을 여는 데 성공할 겁니다. 그러곤 손에 등잔불을 들고서 그 문을 통해 아치형 지붕의 작은 방으로 들어가는 거죠."

"아니, 말도 안 돼요! 전 너무 겁이 많아서 그런 짓은 절대 못해요."

"뭐라고요! 못하신다니, 도러시가 당신의 방과 거기서 불과 2마일 떨어진 세인트 앤서니 예배당 사이에 비밀 지하 통로가 있다는 이야기를 넌지시 했을 텐데요. 그렇게 간단한 모험에 움추러들다니요. 아니죠, 아닙니다. 당신은 작은 아치형 방 안으로 들어가고 이어서 서너 개의 다른 방들을 통과합니다만, 딱히 놀랄 만한 것이 눈에 띄지는 않을 겁니다. 어떤 방에는 단검이 있을지도 모르고, 또 다른 방에는 핏방울 몇 개가, 세 번째 방에는 고문 도구의 잔해가 있을지도 모르지요. 그러나 이 모두에서 상궤를 벗어난 것은 아무것도 없기 때문에, 또 등 잔불이 거의 꺼져 가기 때문에, 당신은 원래 있던 방으로 돌아 나올 겁니다. 그렇지만 그 작은 아치형 방을 다시 통과하면서 흑단같이 검은 바탕에 금빛이 칠해진 큰 구석 캐비닛 쪽에 눈 길을 빼앗기는데, 전에 가구를 찬찬히 살펴볼 때는 미처 알아 채지 못하고 지나갔던 것이죠. 저항할 수 없는 불길한 예감에 이끌려 당신은 그쪽으로 조마조마하며 다가가서 접이식 문들 을 따고 서랍을 하나하나 열어 봅니다. 그러나 한동안 중요하 다 싶은 것은 아무것도 발견하지 못하지요. 아마도 상당한 양 의 다이아몬드를 빼고는 말이죠. 그러나 마침내 비밀 스프링 을 건드려 내부의 칸막이가 열리죠. 종이 두루마리가 나타납니다. 당신이 그것을 움켜쥐는데, 거기에는 여러 장의 원고가 포함되어 있죠. 당신은 얼른 그 소중한 보물을 들고 황급히 침실로 돌아오지만, '오, 그대여……. 그대가 누구든 불쌍한 마틸다의 비망록을 손에 넣을 그대여'까지 해독하자마자 꽂아 둔 등잔불이 갑자기 꺼져서 당신은 깜깜한 어둠 속에 묻히게 될 겁니다."[29]

"아앗! 안 돼요, 안 돼. 그런 말씀 마세요. 그래도 자, 계속하세요."

그러나 헨리는 상대가 이야기에 빠져드는 바람에 웃음이 나서 더 이상 이어 갈 수 없었다. 내용에서건 목소리에서건 엄숙함을 더 이상 유지할 수 없었던 것이다. 그래서 그녀에게 상상력을 발휘하여 마틸다의 슬픈 사연을 구구절절하게 풀어 보라고 간청하지 않을 수 없었다. 캐서린은 정신을 차리고 나자 흥분했던 것이 창피하여, 자기가 집중한 것은 사실이나 그가 이야기한 사건을 실제로 마주칠 걱정은 조금도 하지 않았으니 믿어 달라고 열심히 변명하기 시작했다. "틸니 양이라면 절대 저를 방금 묘사한 그런 침방으로 집어넣지는 않을 거예요!" 하고는 "저는 조금도 두렵지 않아요."라고 말하는 것이다.

여행이 막바지에 이를수록 저택을 보고 싶은 그녀의 조바심은 더욱 커졌다. 그동안 전혀 다른 내용의 대화를 하느라고 그 조바심은 잠시 뒷전으로 물러나 있었던 것이다. 길 모퉁이를 돌 때마다 오래된 참나무 숲 가운데 솟아 있는 회색 석조의

---

29) 이상은 당시 고딕 소설들의 내용을 섞어서 한 이야기이다.

육중한 성벽과 그 높은 고딕식 창문에 아름다운 광휘를 드리우는 태양의 마지막 빛살을 엄숙한 경이의 눈빛으로 바라볼 수 있으리라 기대했다. 그러나 건물이 너무 낮은 지대에 서 있던 탓에 그녀는 고풍스러운 굴뚝 하나 보지 못한 채 어느새 대문을 통과하여 노생거의 경내로 들어왔음을 알게 되었다.

꼭 놀라야 할 권리가 있는 것은 아니었지만, 그녀는 이런 방식으로 접근하게 될 줄은 예상치도 못했다. 현대식 외관의 작은 집들 사이를 지나서 아주 손쉽게 저택으로 들어오게 된 것, 게다가 어떤 장애물도 놀라움도 엄숙함도 일체 없이 고운 자갈을 깐 평탄한 길을 따라 신속하게 달려온 것이 오히려 이상하고 앞뒤가 안 맞는 느낌이었다. 그렇지만 이런 생각에 빠져 있을 여유는 별로 없었다. 갑작스럽게 얼굴에 빗줄기가 몰아치는 바람에 더 이상 어떤 것도 관찰할 처지가 못 되었고 그녀의 모든 생각은 새로 산 밀짚 보닛의 안위에 집중되었던 것이다. 그리고 실제로 그녀는 저택의 성벽 아래 와 있었고 헨리의 도움을 받아 마차에서 풀쩍 뛰어내려 오래된 현관 지붕 아래를 거쳐 홀로 들어갔더니 기다리던 친구와 틸니 장군이 맞아 주었다. 자신에게 닥칠 미래의 고통에 대한 무시무시한 전조도, 엄숙한 건물 내부에서 일어났던 과거의 공포스러운 장면들에 대한 한순간의 의심도 느끼지 못하고서 말이다. 살해당한 자들의 한숨이 미풍에 실려 오지는 않았고, 그저 추적추적 비가 내렸을 뿐이었다. 옷을 한번 세게 털어서 응접실로 들어갈 채비를 마치자 비로소 여기가 어딘지 실감이 났다.

사원이었다! 그렇다, 정말로 사원에 있다니 이렇게 기쁠 수가! 그러나 방 안을 둘러보자 그 사실을 깨닫게 하는 물건이 별로 눈에 띄지 않아 의아했다. 가구는 온통 현대적 취향으로 호화롭고도 우아했다. 폭이 넓고 육중한 조각이 새겨진 옛날식 벽난로를 기대했으나 럼퍼드[30] 식으로 축소되어 있었다. 멋지지만 소박한 대리석판 위는 아주 예쁜 영국 도자기로 장식되어 있었다. 창문을 특히 눈여겨보았는데 틸니 장군이 고딕 형식을 털끝 하나 건드리지 않고 그대로 보존했다고 말했기 때문이다. 그러나 그것조차 그녀가 상상 속에서 그려 보던 것만은 못했다. 확실히 뾰족한 아치는 보존되어 있었고, 창문 형태도 고딕식이었으며 심지어는 여닫이였을 수는 있겠다. 그러나 유리가 하나같이 너무 크고 너무 깨끗하고 너무 밝았다! 오밀조밀한 창틀에다 육중한 석조, 그리고 더럽고 거미줄이 쳐진 채색 유리를 상상한 사람에게 그런 차이는 무척이나 실망스러웠다.

장군은 캐서린의 눈길이 이곳저곳을 살피는 걸 보고는 방이 협소하고 가구가 소박한데, 모든 것을 일상적인 용도에 맞추어서 편리하게 하려다 보니 그렇다고 했다. 그렇지만 저택의 방들 가운데는 그녀가 주목할 만한 곳도 있다고 자부했다. 특히 한 곳에는 값비싼 도금이 되어 있다고 하는 참에, 시계를 꺼내 든 그가 5시 하고도 20분이 지난 것을 보고 깜짝 놀라면서 말을 끊는 것이었다![31] 이것이 이만 여기서 헤어지자는 뜻

---

30) 당시 나온 개량식 벽난로.
31) 오후 5시는 당시 상류층의 정찬 시간이다.

인 듯했다. 그리고 캐서린은 틸니 양이 황급히 자기를 데려가는 것으로 미루어 노생거에서는 가족들이 시간을 엄수하는구나 하고 생각했다.

천장이 높은 넓은 홀을 통과하여 되돌아와서 그들은 반질반질 윤이 나는 참나무로 된 널찍한 계단을 올라갔다. 많은 층계와 층계참을 거친 다음 그들은 길고 넓은 회랑에 도착했다. 그 회랑의 한쪽 면에는 문들이 줄지어 늘어서고 맞은편 창문들에서는 빛이 들어오고 있었다. 캐서린이 지나가면서 얼핏 보니 창문 아래로 네모난 안뜰이 보였다. 틸니 양이 한 침방으로 안내했고 방이 마음에 들었으면 한다는 인사조차 할 틈이 없었는지 옷은 가능한 한 갈아입지 않았으면 한다는 부탁과 함께 총총히 떠났다.

6

캐서린은 한번 휙 둘러보고, 그 방이 헨리가 그녀를 놀라게 하려고 묘사한 모습과는 딴판이라는 사실에 만족했다. 방은 터무니없이 크지도 않았거니와 태피스트리도 벨벳도 없었다. 벽은 벽지로 도배되어 있었고 바닥에는 카펫이 깔려 있었다. 창문은 아래층 거실 창문 못지않게 완벽했고 그보다 침침하지도 않았다. 비록 최신 유행은 아니지만 가구는 멋지고 안락했으며 방 안 공기도 불쾌함과는 거리가 멀었다. 일단 마음이 놓이자 세세하게 살펴보는 것은 뒤로 미루기로 했다. 지체하다 장군의 심기라도 거스를까 봐 매우 두려웠던 것이다. 따라서 허겁지겁 옷을 벗어 던지고는 바로 갈아입을 수 있게 마차 좌석에 두었던 옷 꾸러미를 풀 준비를 했다. 바로 그때 그녀의 눈길이 불현듯 벽난로 한쪽 깊숙한 곳에 놓인 높직한 큰 궤짝에 머물렀다. 깜짝 놀란 그녀는 모든 것을 잊고 그 자리에 꼼짝 않고 서서 궤짝만 응시했다. 궁금증이 솟구치면서 이런 생각이 스쳤다.

"정말 이상해! 이런 것을 보게 될 줄은 몰랐는데! 육중한 궤짝이라니! 도대체 저것이 왜 여기에 있을까? 눈에 띄지 않게 하려고 그랬는지 뒤로 쑥 밀어 두었네! 안을 들여다봐야겠어. 무슨 일이 있더라도 들여다볼 거야……. 대낮에 빛이 있을 때 당장 봐야겠다……. 저녁때까지 기다렸다가는 촛불이 나가 버릴지도 모르니." 그녀는 다가가서 자세히 살펴보았다. 삼나무로 만들어진 그 궤짝은 더 짙은 색의 목재로 기묘하게 상감되어 있었고 같은 재질의 조각된 받침대 위에 놓여 바닥에서부터 1피트 정도 떠 있었다. 자물쇠는 비록 오래되어 변색되었지만 은이었고, 양쪽 끝에는 마찬가지로 은으로 된 손잡이들이 여기저기 손상된 채 달려 있었다. 아마도 억지로 열려 하다가 진작에 부러진 모양이었다. 그리고 뚜껑 중앙에는 같은 금속으로 알 수 없는 부호가 새겨져 있었다. 캐서린은 몸을 굽혀 그것을 열심히 들여다보았으나 아무것도 확실하게 식별해 낼 수가 없었다. 어떤 방향에서도 마지막 문자가 T로 보이지는 않았다. 그렇지만 집 안에 출처가 불분명한 물건이 있는 상황 자체가 예사롭지 않았다. 원래 틸니 가의 것이 아니었다면 도대체 어떤 기묘한 사연으로 그들의 손에 들어왔단 말인가?

두려운 가운데서도 그녀의 호기심은 매 순간 무럭무럭 커졌고, 떨리는 손으로 자물쇠의 빗장을 잡으며 그녀는 무슨 위험을 무릅쓰고라도 무엇이 들어 있는지 알아내고 말겠다고 결심했다. 한사코 열리지 않으려고 버티는 듯해서 어렵사리 뚜껑을 몇 인치 정도 들어 올리는 바로 그 순간 방문에서 갑작스러운 노크 소리가 났다. 화들짝 놀란 그녀는 손을 놓아 버렸고 그러자 뚜껑은 덜컹 닫히고 말았다. 하필이면 이때 등장한 훼방꾼은 틸니 양의 하녀로, 몰런드 양을 도울 일이 있는지 아가씨가 가 보라고 했다는 것이다. 캐서린은 곧 그녀를 내보냈지만, 자기가 당장 할 일을 상기하게 되어 수수께끼를 풀겠다는 열망을 억누르고 지체 없이 옷을 차려입기 시작했다. 진도가 빠르진 않았으니, 그녀의 생각과 눈길이 엄청난 관심과 경각심을 불러일으켰던 그 물건에 가 있었기 때문이다. 다시 뚜껑을 열어 보는 데 한순간이라도 허비할 엄두를 내지는 못했지만, 궤짝 근처에서 발이 떨어지지 않았다. 그러나 마침내 팔하나를 드레스 안으로 밀어넣으며 몸단장도 거의 끝나 가자 그녀는 그 참을 수 없는 호기심을 충족시켜도 무방할 것 같은 생각이 들었다. 잠시만 시간을 내면 될 터였다. 안간힘을 다해서 열려고 들면 무슨 초자연적인 주문이 걸려 있지 않은 한 뚜껑은 한순간 젖혀질 것이 아닌가 말이다. 이런 정신으로 그녀는 돌격했고 이 확신은 틀리지 않았다. 단호하게 뚜껑을 열어젖히자 그녀의 놀란 눈앞에 하얀 면 침대보가 단정하게 개켜져 있는 광경이 펼쳐졌다. 궤짝 한쪽 끝에 그야말로 다소곳이!

틸니 양이 친구가 준비를 마쳤는지 걱정하며 방으로 들어왔을 때 그녀는 놀라서 발개진 얼굴로 그것을 지켜보고 있었고, 잠깐이나마 터무니없는 기대를 한 것이 부끄러워지던 참인데 일없이 물건을 뒤지다가 발각된 꼴이라 더 창피했다. "꽤기이한 옛날 궤짝이죠?" 캐서린이 황급히 궤짝을 닫고 거울로 돌아서는데 틸니 양이 말했다. "얼마나 여러 세대 동안 여기 있었는지는 몰라요. 처음에 어쩌다 이 방에 들여왔는지는 모르지만, 치우라고 하진 않았어요. 가끔씩 모자나 보닛을 넣어 두는 데 사용하면 되겠다고 생각했거든요. 너무 무거워서 열기가 힘들다는 게 단점이고요. 그렇지만 구석에 놓여 있으니 적어도 걸리적거리지는 않죠."

캐서린은 얼굴을 붉히랴 드레스를 여미랴 부리나케 이런저런 현명한 결정을 내리랴, 이 말에 대꾸할 여유가 없었다. 틸니 양이 넌지시 늦으면 어쩌나 걱정을 비쳤고 삼십 초 후에 그들은 계단을 같이 달려 내려갔다. 이렇게 비상이 걸린 것이 아주 근거가 없지도 않았던 것이, 틸니 장군이 손에 시계를 들고 거실을 왔다 갔다 하다가 그들이 들어서자마자 격하게 벨을 당기며 "지금 바로 정찬을 식탁에 올려!" 하고 명령했던 것이다.

캐서린은 그가 말에 힘을 줄 때마다 몸이 부르르 떨렸고, 주눅이 들어서 창백한 얼굴로 숨까지 죽인 채 앉아 있었다. 장군의 자녀들이 걱정되었고 옛날 궤짝이 원망스러웠다. 장군은 그녀를 보자 다시 정중한 태도를 취했지만 이어서 딸을 꾸중했다. 보아하니 숨이 턱에 닿도록 달려온 것 같은데 어리석어도 정도가 있지 도대체 그렇게 서둘 일이 뭐라고 저 아름다운 친구를 서두르게 했느냐는 것이다. 그러나 캐서린은 자기 친구가 그런 훈계를 듣게 되고 자기도 엄청난 바보가 된 기분이어서 이중으로 괴로웠다. 다들 식탁에 자리를 잡은 후 장군이 흐뭇한 미소를 짓고 그녀 자신의 식욕도 동한 덕분에 겨우 평정을 회복했다. 정찬용 방은 고상한 장소로, 일반적인 거실보다 훨씬 넓은 규모였고, 캐서린처럼 경험 부족의 미숙한 눈에는 그 엄청난 크기와 시종들의 수 이상은 보이지 않겠지만 실은 돈을 들여 사치스럽게 치장해 놓은 곳이었다. 엄청난 규모에 대해서는 그녀가 입 밖으로 찬사를 표했다. 장군은 매우 느긋한 표정으로 그리 작은 방은 절대 아니라는 점을 시인하고서 더 나아가 자기는 대부분의 사람들처럼 이런 문제에 별로 신경을 쓰지 않지만 꽤 넓은 식당을 인생의 필수품 가운데 하나로 본다고 털어놓았다. 그러면서도 "아가씨는 앨런 씨 집에서 이보다 훨씬 큰 규모의 방에 익숙하지 않소?"라고 물었다.

"아닙니다. 그렇지 않습니다." 캐서린은 곧이곧대로 말했다. "앨런 씨의 정찬실은 이 방의 절반도 되지 않습니다." 그런 다음 여지껏 살면서 이렇게 넓은 방은 처음 본다고 했다. 장군의 기분은 더욱 좋아졌다. 이왕 큰 방들을 가지고 있으니 사용하지 않기도 그렇고 해서 사용했을 뿐, 솔직히 말하면 이것의 반 정도 되는 크기의 방이 더 안락할 것으로 믿는다는 것이다. 앨런 씨의 집이 행복하게 지내기에는 가장 적합한 규모 아니겠느냐고도 했다.

그날 저녁은 더 이상 마음 고생 할 일이 없이 지나갔고, 가끔씩 틸니 장군이 자리를 비우면 즐거운 분위기가 두드러지게 살아나곤 했다. 캐서린이 잠시나마 여행 뒤의 피로를 느낀 것은 장군이 있을 때뿐이었다. 그렇지만 그렇게 답답하거나 억눌려 있을 때조차도 대체로는 행복감이 지배해서 바스의 친구들과 같이 있고 싶은 생각은 전혀 나지 않았다.

그날 밤은 폭풍우가 몰아쳤다. 오후 내내 간간히 일던 바람이 정찬이 끝날 무렵 세차게 불었고 폭우가 쏟아졌다. 캐서린은 홀을 가로질러 가면서 두려운 마음으로 폭풍우 소리를 들었다. 폭풍우가 오래된 건물의 모퉁이를 미친 듯이 휩쓸고 지나고 느닷없이 노호하며 멀리 있는 문을 쾅 닫아 버리는 소리를 듣고서야 비로소 그녀는 자기가 진짜로 사원에 와 있음을 실감했다. 그래, 이런 게 전형적인 소리지. 그 소리를 들으니 으레 이런 건물들에서 볼 수 있고 이런 폭풍우가 몰고 오는 셀 수 없이 다양한 무서운 상황들과 끔찍스러운 장면들이 떠올랐다. 그리고 그녀는 그렇게 엄숙한 성벽 안에 들어왔는데도 더 행복한 여건이라는 사실이 진심으로 기뻤다! 그녀가 한밤중의 암살이나 술 취한 한량들을 두려워할 필요는 없었다. 헨리가 그날 아침에 한 말은 농담임이 분명했다. 이렇게 가구도 잘 갖추어지고 방비도 잘된 저택에 그녀가 더 탐사할 것이나 고통을 겪을 일은 없을 터였다. 침실로 가는 길 역시 풀러턴의 자기 방으로 가는 것만큼 안전할 터였다. 계단을 올라가면서 그렇게 현명하게 마음을 다잡고서, 그녀는 특히 틸니 양이 불과 두 방 건너에서 잔다는 것을 떠올리며 꽤나 강심장이 되어 자기 방으로 들어왔다. 장작불이 활활 타고 있는 것을 보자 더욱 기운이 났다. "이게 훨씬 낫지." 난롯가로 다가가면서 그녀가 말했다. "난로를 미리 피워 놓는 게 훨씬 낫지. 가난한 많은 소녀들이 어쩔 수 없이 그러듯이 가족 전부가 잠자리에 들 때까지 추위에 떨면서 기다리지도 않고, 불쏘시개 장작 하나를 가지고 들어와서 사람 놀라게 하는 충실한 늙은 하인도 없고 말이야. 노생거가 지금처럼 된 건 정말 좋은 일이야! 다른 곳 하고 비슷했다면 이런 밤에 어디 용기를 낼 수 있었겠어? 그 렇지만 지금은 놀랄 일이 하나도 없어, 암."

그녀는 방을 둘러보았다. 창문 커튼이 움직이는 것 같았다. 그러나 그것은 덧문 틈새로 뚫고 들어온 바람이 밀어붙인 탓 일 터. 그녀는 그 점을 확인하기 위해 과감하게 앞으로 걸어 나가 아무렇게나 흥얼거리면서 용감하게 커튼마다 뒤를 들여 다봤는데 어느 쪽 창문턱에서도 겁낼 만한 것을 볼 수 없었고 덧문에 손을 대면서 바람의 힘이 분명하다는 강한 확신이 들 었다. 이 조사를 끝내고 돌아서며 오래된 궤짝을 한번 보는 것 도 도움이 되었다. 그녀는 덧없는 공상에 빠져 이유 없이 두려 움을 느꼈던 자신을 비웃으며 이제 담담하고 행복한 기분으 로 잠자리에 들 준비를 했다. "시간을 가져야지. 서두르지 말 아야지. 이 저택에서 가장 늦게 잠드는 사람이 된다 해도 마음 쓰지 않을 거야. 그러나 난로를 더 피우지는 않을 거야. 그럼 겁쟁이처럼 보일 테니 말이야. 자러 간 후에 불빛의 보호를 받 으려고 한 것처럼 보일 테니까." 그리하여 벽난로는 서서히 꺼 졌고 캐서린은 이것저것 정리를 하느라 족히 한 시간은 보내 고 나서 침대로 들어가려던 참이었다. 마지막으로 방을 한번 둘러보는데, 순간 높은 구석 검은 캐비닛이 눈에 확 들어왔다. 눈에 띌 만한 위치에 있었음에도 그 전에는 한 번도 주목한 적 이 없었던 것이다. 헨리의 말이 불현듯 뇌리를 스쳤다. 처음에 는 그냥 지나쳤던 그 칠흑색 캐비닛에 대해서 한 말이었다. 실제로는 그 속에 아무것도 없을지 모르겠지만, 무언가 절묘하다는 생각이 들었다. 정말이지 그런 우연의 일치가 어디 흔하겠는가! 그녀는 촛불을 들고 캐비닛을 자세히 들여다보았다. 그것은 칠흑색도 금색도 아니었다. 일본식으로 옻칠이 되어 있었는데, 검고 노란 일본식 캐비닛 중에서는 가장 멋진 축에 속했다. 촛불을 가져다 대자 노란 부분이 금빛 효과를 내기도 했다. 열쇠가 캐비닛 문에 달려 있었고 그 안을 봐야겠다는 야릇한 충동이 일었다. 무언가를 찾아내리라는 기대는 조금치도 없었지만, 헨리의 말을 들은 후라 너무 이상한 생각이 들었던 것이다. 한마디로 그녀는 그 캐비닛을 조사하지 않고는 잠들 수가 없었다. 그래서 촛불을 아주 조심스럽게 의자 위에 놓고는 덜덜 떨리는 손으로 열쇠를 잡고 돌려 보았다. 힘껏 돌렸지만 요지부동이었다. 놀랐지만 그녀는 용기를 잃지 않고 다른 방향으로 돌려 보았다. 빗장 같은 것이 튀어서 성공했구나 하는 생각이 들었다. 그러나 정말 이상한 일이었다! 문은 여전히 꼼짝하지 않았다. 그녀는 놀라서 숨을 멈추고 잠시 중단했다. 바람은 굴뚝 아래로 노호했고 빗줄기는 창문을 마구 두드려 댔다. 모든 것이 그녀의 상황이 녹록지 않음을 말해 주는 듯했다. 그렇지만 이대로 잠자리에 들 수도 없는 것이, 바로 옆에 그렇게도 비밀스럽게 닫혀 있는 캐비닛을 의식하면서 잠이 드는 것은 불가능했기 때문이다. 따라서 그녀는 다시 열쇠에 집중해서 마지막 희망을 걸고 단호하고 민첩한 동작으로 이리저리 모든 방향으로 돌려 보았다. 그랬더니 불현듯 문이 떨꺽 열리는 것이었다. 승리감에 취해 그녀의 가슴이 쿵

덕거렸다. 두 개의 접이문을 하나씩 열어젖혔는데 이 가운데 두 번째 문에는 자물쇠보다 모양이 못한 구조의 빗장이 쳐져 있는 게 전부였다. 그녀의 눈에 딱히 특이한 것은 보이지 않았다. 작은 서랍들이 두 줄로 늘어서고 그것들 위아래로 더 넓은 서랍이 몇 개 있었다. 그리고 중앙에는 작은 문이 있었는데 역시 열쇠가 달린 자물쇠로 닫혀 있었고 중요한 것을 넣어 둔 듯 안으로 쑥 들어가 있었다.

캐서린의 심장 박동이 빨라졌으나 그렇다고 용기를 잃은 것은 아니었다. 뺨은 희망으로 발갛게 달아오르고 눈은 호기심으로 팽팽하게 긴장한 채, 그녀는 손가락으로 서랍 하나의 손잡이를 잡고 앞으로 당겼다. 텅 비어 있었다. 경각심은 덜했지만 조바심은 더 치면서 그녀는 두 번째, 세 번째, 네 번째 서랍을 당겼다. 한결같이 비어 있었다. 하나도 빠뜨리지 않고 다 찾아보았지만 어디에서도 발견된 것은 없었다. 보물을 숨기는 기술에 대해서는 책을 읽으며 훤히 터득한 터라, 눈속임으로 서랍에 가짜 안감을 댔을 가능성도 의심해 보았다. 그래서 서랍을 모두 손으로 꼼꼼히 만져 보았으나 그 역시 허사였다. 이제 살펴보지 않은 것은 중앙에 놓인 것 하나였다. 물론 그녀가 "처음부터 캐비닛의 어느 부분에서건 무언가를 발견할 것이라는 생각은 한 적도 없고 지금까지 성공을 거두지 못한 데 대해 조금도 실망한 것은 아니지만, 옆에 두고도 철저하게 조사하지 않는 것은 바보짓일 터"였다. 그렇지만 이 문을 여는 데는 좀 시간이 걸렸는데, 바깥 자물쇠를 열 때만큼이나 안쪽 자물쇠를 다루는 데도 어려움이 있었기 때문이다. 그러나 마침내 문이 열렸다. 그리고 그녀의 탐색은 결국 수포로 돌아가지 않았다. 그녀의 재빠른 눈은 쑥 들어간 깊은 곳으로 밀어넣어진 종이 다발에 바로 꽂혔다. 숨기고자 하는 의도가 분명했으니, 그 순간 그녀의 기분은 말로 표현할 수 없을 정도였다. 가슴은 벌렁거렸고 무릎은 덜덜 떨렸으며 뺨은 하얗게 질렸다. 그녀는 그 소중한 원고를 떨리는 손으로 잡았는데, 언뜻 봐도 문자가 적힌 것이 분명했기 때문이다. 헨리가 예언한 내용과 너무나 흡사해서 머리털이 곤두서긴 했지만, 잠자리에 들기 전에 바로 한 줄 한 줄 면밀히 읽어 봐야겠다는 생각이 들었다.

촛불에서 나오는 빛이 점점 희미해지는 바람에 그녀는 놀라서 촛불 쪽으로 몸을 돌렸으나, 갑자기 꺼져 버릴 위험이 없이 몇 시간은 더 탈 것 같았다. 게다가 오래된 일자 때문에 생길 수도 있는 문제 말고는 글씨를 알아보는 데도 큰 어려움이 없을 듯했다. 그런데 불빛을 키우려고 심지를 자른 것이 성급했다. 아뿔사! 심지가 잘리면서 동시에 불도 꺼지고 말았다. 등잔불이었다 해도 그 이상 끔찍한 효과를 내며 꺼질 수는 없었을 터. 캐서린은 잠시 공포에 사로잡혀 꼼짝도 할 수 없었다. 완전히 나가 버린 것이다. 심지에 조금이라도 불씨가 남아 있어야 어디 되살려 볼 희망이라도 있지 않겠는가. 깜깜절벽과 같은 어둠이 방을 채웠다. 사나운 바람이 갑작스럽게 휘몰아쳐 그 순간에 새로운 공포를 보탰다. 캐서린은 머리에서 발끝까지 바들바들 떨었다. 잠시 바람이 멎는가 싶더니 멀어지는 발자국 같은 소리와 멀리 문 닫히는 소리가 그녀의 겁에 질린 귓전을 때렸다. 인간의 본성이란 것이 더 이상 도움이 되지 않았다. 이마에 식은땀이 맺혔고 원고는 그녀의 손에서 떨어졌다. 그녀는 침대로 가는 길을 더듬더듬 찾아 허둥지둥 뛰어들어 이불 아래로 깊숙이 기어들어 감으로써 고통을 어느 정도 중단시키고자 했다. 그날 밤 눈을 감고 잠자기는 완전히 틀린 것 같았다. 호기심은 호기심대로 생생하게 깨어 있고 감정은 감정대로 고조돼서, 편히 쉬는 것은 완전히 불가능했다. 바깥의 폭풍우도 무시무시했다! 그녀는 바람 따위에 놀랄 사람이 아니었으나 지금은 바람이 한번 몰아칠 때마다 끔찍한 사실을 알게 되는 기분이었다. 원고가 그렇게 극적으로 발견되고, 아침의 예언이 그렇게 기막히게 실현된 것을 어떻게 설명할 수 있을까? 도대체 무엇이 들어 있는 거지? 누구한테 쓴 걸까? 어떤 방법으로 그렇게 오랫동안 감추어져 있었을까? 그리고 하필이면 그녀가 그것을 발견하다니 이 얼마나 야릇한 운명의 장난이란 말인가! 그러나 그 내용을 알기 전까지는 도저히 쉴 수도 편안할 수도 없을 터였다. 태양의 첫 햇살이 비치자마자 자세히 읽기로 마음을 다졌다. 그렇지만 그사이에 지루한 시간들이 끼어들 터였다. 그녀는 몸을 부르르 떨었고 침대에서 뒤척거렸고 조용히 잠자는 모든 사람들을 부러워했다. 폭풍우는 여전히 거셌고, 바람보다 무서운 여러 가지 소음이 간간히 그녀의 놀란 귀에 울렸다. 침대 커튼이 한순간 움직이는 듯했고 다음 순간에는 마치 누군가가 들어오려고 시도하는 것처럼 방 자물쇠가 덜컹대는 듯했다. 웅얼웅얼하는 소리가 회랑을 따라 기어오는 것도 같았고 멀리서 들리는 듯한 신음소리에 그녀의 피가 굳은 것도 한 번 이상이었다. 한 시간, 한 시간, 시간이 흘렀고 지칠 대로 지친 캐서린이 집 안의 시계들이 모두 3시를 알리는 소리를 들은 후에야, 폭풍우가 잦아들었다. 아니, 그녀가 자기도 모르는 사이에 곯아떨어지고 만 것이리라.

7

다음 날 8시, 하녀가 창문 덧창을 열어젖히는 소리에 캐서린은 잠에서 깨어났다. 눈을 뜨자 언제 눈을 감았나 싶어 잠시 어리둥절하긴 했지만 눈앞에 펼쳐진 모습은 상쾌했다. 벽난로에서는 이미 불이 타오르고 있었고 간밤의 폭풍우가 사라진 대신 눈부신 아침이 와 있었다. 언뜻 정신을 차리자 원고 생각부터 났다. 캐서린은 하녀가 나가자마자 곧바로 침대에서 뛰어내려, 바닥에 떨어지면서 사방으로 흩어져 버린 종이 다발의 낱장들을 열심히 주워 모았다. 그러고는 부리나케 침대로 돌아와 베개를 베고 누워 꼼꼼히 읽어 보는 사치를 누리고자 했다. 그녀는 이 종이 다발이 전율을 느끼며 읽었던 책들 정도의 분량이 못 된다는 것을 한눈에 알아보았다. 작은 낱장들로 구성되어 있는 듯한 그 종이 다발은 워낙에 크기 자체가 신통찮은데다 처음에 생각했던 것보다 훨씬 적었다.

그녀는 게걸스러운 눈길로 재빨리 한 페이지를 훑어보았다. 그리고 그 내용을 보고 뒤로 넘어갈 뻔했다. 이게 도대체 가능한 일인가? 도대체 눈을 의심할 지경이 아닌가? 그녀 앞에 놓인 것은 조악하고 현대적인 글씨로 적힌 속옷 목록 같은 것이 전부인 듯했다! 눈에 보이는 증거를 믿어야 한다면, 그녀는 세탁소 영수증을 들고 있었다. 그녀는 다른 낱장을 집어 들었는데, 그 역시 물품 내역이었고, 세 번째, 네 번째, 다섯 번째까지도 새로운 것은 나오지 않았다. 줄줄이 셔츠, 스타킹, 넥타이, 조끼 순이었다. 다른 두 장도 같은 필체로 적혀 있었는데 편지지니 머리 분이니 구두끈이니 반바지 세탁용 비누 따위의 더 흥미롭다고 할 수 없는 지출 경비가 표기되어 있었다. 그리고 다른 낱장들을 싸고 있는 큰 종이에는 첫 행에 "밤색 암말에 습포를 할 것"이라고 떡하니 적힌 것으로 보아 말 편자공의 영수증이었다! 그녀를 기대와 경계심으로 가득 차게 만들어서 밤의 휴식 절반을 앗아가 버린 종이 뭉치는 바로 이런 것이었다!(그제야 하인 하나가 무신경하게 그곳에 둔 것이 아닌가 하는 생각이 들었다.) 망신스러워서 쥐구멍이라도 찾고 싶은 심정이었다. 궤짝을 두고 그렇게 난리를 치고도 배운 것이 없었던 걸까? 누워 있는 그녀의 눈을 사로잡은 궤짝의 모서리가 벌떡 일어나 그렇다고 판결하는 것 같았다. 그녀가 터무니없는 공상에 빠져 있었다는 사실보다 명백한 것은 어디에도 없어 보였다. 수세대 이전의 원고가 그런 방에서, 그렇게 현대적으로 개조되어 사람이 거주하게 된 방에서 발견되지 않고 남아 있을 수 있다고 생각하다니! 누구라도 열쇠에 접근할 수 있는데 자기가 처음으로 캐비닛을 연 사람이라고 생각하다니!

어떻게 그렇게 자신을 속여 넘길 수 있었을까? 제발 헨리 틸니가 이 멍청한 짓을 알지 못해야 할 텐데! 따지고 보면 이렇게 된 데는 그의 탓도 없지 않았다. 그 캐비닛이 그가 그녀의 모험을 설명한답시고 동원한 것과 정확하게 일치하지만 않았더라면 그녀가 그것에 대해 눈꼽만큼이라도 호기심을 느꼈겠는가 말이다. 이것이 마침 떠오른 유일한 위안거리였다. 그녀의 어리석음을 말해 주는 저 밉살스러운 증거품, 이제는 침대 위에 흩어져 있는 저 가증스러운 종이들을 어서 빨리 없애 버리고 싶어서, 그녀는 바로 일어나 그 종이들을 가능한 한 전과 똑같은 형태로 접어서 캐비닛 안쪽의 같은 곳에 집어넣었다. 행여나 달갑지 않은 사고로 그것들이 다시 전면으로 나타나서 치욕을 곱씹는 일이 일어나지 않도록 진심으로 기원하면서 말이다.

그렇지만 자물쇠들이 왜 그렇게 열기가 어려웠던지 그 이유는 여전히 마음에 걸렸다. 지금은 너무도 손쉽게 다룰 수 있는데 말이다. 여기엔 분명 무언가 비밀이 있는 거야, 하는 생각에 잠시 들뜬 기분에 잠기기도 했다. 그러나 문이 애초 열려 있었는데도 자기가 그것을 다시 잠가 버린 장본인이었을 가능성이 뇌리를 스치면서 그녀는 또다시 얼굴을 붉히고 말았다.

그녀는 스스로 불쾌한 기억을 자초하고 만 그 방에서 얼른 빠져나와서 틸니 양이 전날 저녁 위치를 가르쳐 준 조찬실을 향해 걸음을 재촉했다. 방에는 헨리가 혼자 있었다. 헨리는 보자마자 자기네가 사는 건물의 성격을 장난스레 언급하면서 폭풍우에 잠을 설치지 않으셨기를 바란다고 말했다. 그런 인사를 들으니 죽을 맛이었다. 허약한 꼴을 보이고 싶은 마음은 추호도 없었다. 그렇지만 아주 시치미를 뗄 수는 없었던지라 바람 때문에 조금 깨어 있긴 했다고 시인할 수밖에 없었다. "그렇지만 바람이 지나고 나니 이렇게 아름다운 아침이 오네요." 그녀는 그 화제에서 벗어나고 싶어서 이렇게 덧붙였다. "폭우도 불면도 지나고 나면 아무것도 아니죠. 정말 아름다운 히아신스네요! 저는 요즘 와서 히아신스 보는 기쁨에 눈떴답니다."

"어떻게 눈 뜨게 되셨죠? 어쩌다 보니인가요, 따지고 보니인가요?"

"동생분이 가르쳐 주었어요. 어떻게인지는 모르겠고요. 앨런 부인이 몇 년에 걸쳐서 히아신스를 좋아하게 하려고 애를 쓰셨지만, 좋아지지 않더라고요. 저번에 밀섬가에서 히아신스를 보기 전까지는요. 전 원래 꽃에는 관심이 없거든요."

"그렇지만 이제 히아신스를 사랑하게 되셨네요. 아주 잘된 일입니다. 새로운 즐거움의 원천을 하나 더 얻은 셈인데, 행복을 가져오는 방법은 많이 알면 알수록 좋은 거니까요. 게다가 꽃을 좋아하는 취향은 당신네 여성들에게는 늘 바람직한 겁니다. 여성들을 문밖으로 불러내고 또 한 번이라도 더 운동을 하게 만드니까요. 히아신스 사랑이야 집 안에서 할 테지만, 누가 알겠습니까? 일단 그런 감정이 생겼으니 때가 되면 장미를 좋아하게 될지."

"그렇지만 바깥으로 나가자고 구태여 그런 취미를 가질 필요는 없죠. 걷고 신선한 공기를 마시는 즐거움이야 지금도 충분해요. 날씨만 좋으면 전 제 시간의 반 이상은 나가 지낸답니다. 엄마가 저더러 집에 붙어 있질 않는다고 하실 정도예요."

"하여간 히아신스를 사랑하게 되셨다니 기쁩니다. 사랑하기를 배우는 습관은 그 자체로도 대단한 거죠. 젊은 숙녀분이 배우려는 자세가 되어 있다는 것은 큰 축복입니다. 제 동생의 가르치는 방식이 괜찮던가요?"

마침 장군이 들어오는 바람에 캐서린은 그 곤란한 질문에 답을 하지 않아도 되었다. 미소를 지으며 인사하는 것으로 보아 장군의 기분이 좋은 것을 알 수 있었지만, 자신처럼 일찍 일어나시는가 보다는 말에는 다소 움찔할 수밖에 없었다.

식탁에 앉으니 조찬 세트의 우아한 아름다움이 캐서린의 눈길을 끌었다. 마침 그것은 장군이 선택한 것이었다. 안목이 훌륭하시다고 하자 그는 매우 반가워하면서 사실 깔끔하고 소박한 것인데 자국 제품을 권장하는 것이 옳다고 생각한다고 답했다. 신통찮은 미각이지만, 차의 맛을 제대로 느끼는 데는 스탯퍼드셔의 흙으로 구운 잔이 드레스덴이나 세브[32]의 그것에 못지않더라, 그렇지만 이것은 이 년 전에 구입한 아주 오래된 세트다, 그 이후로 제품이 많이 좋아졌고, 지난번 런던에 갔을 때 아름다운 잔들을 몇 세트 보았다, 그런 쪽으로 허영심이 아주 없지만 않았어도 새 세트를 주문할 마음이 일었을지도 모르겠다, 그렇지만 그 자신을 위해서는 아니지만 머지않

---

32) 드레스덴은 독일, 세브는 프랑스의 지명.

아 한 세트를 선택할 기회가 있지 않겠나 한다는 등의 말을 늘어놓았다. 그 자리에 있던 사람들 가운데 그의 말을 이해하지 못한 사람은 캐서린이 유일했을 것이다.

아침 식사를 마치자 헨리는 곧 우드스톤으로 떠났다. 그곳에 일이 있어 이삼 일 머물 예정이었다. 그들은 모두 홀에서 그가 말에 오르는 모습을 지켜보았고, 조찬실로 돌아오자마자 캐서린은 그의 모습을 한 번 더 볼 수 있을까 하여 창가로 걸어갔다. "네 오라비가 마음을 단단히 먹어야겠어." 장군이 엘리너에게 말했다. "보나 마나 오늘 우드스톤은 우중충한 모습일 테니."

"예쁜 곳인가요?" 캐서린이 물었다.

"넌 어떻게 생각하니, 엘리너? 어디 한번 말해 보렴. 여성이 같은 여성의 취향을 가장 잘 말해 줄 수 있겠지. 남자에 대해서도 그렇지만 장소도 그래. 내 생각에는 공평무사한 눈으로 보더라도 꽤 괜찮은 곳이라 인정받을 만하지 않나 싶다만. 저택은 남동향으로 멋진 목초지 가운데 서 있고, 딸린 채마밭도 훌륭하지. 둘러쳐진 담장은 내 아들을 위해서 십 년 전에 내가 직접 세우고 또 울타리용으로 어린 과실나무를 심었던 거고. 그곳은 가족의 생계용이지요, 몰런드 양. 그곳의 부동산은 대부분 내 소유고, 꽤 나쁘지 않게 관리해 온 것으로 믿소이다. 헨리의 수입이 여기에서만 나온다 해도 그다지 나쁘지는 않을 게요. 이상하게 보일지 모르겠소만, 맏이 빼고 동생이 둘뿐인데도 그 아이에겐 뭐라도 직업이 있어야겠다 생각했어요. 그 아이가 일에서 완전히 손을 떼기를 바라던 때도 있었소. 그러나 당신 같은 젊은 여자들 생각을 바꿔 놓을 수는 없겠지만, 몰런드 양, 아가씨 부친께선 무릇 청년에게는 일거리가 있는 게 좋다는 제 생각에 동의하실 거요. 돈은 아무것도 아니고 목적도 아니오. 그러나 일자리는 중요하지요. 내 장남인 프레더릭만 해도 공직에 나가지 않는 이 지방 신사 누구 못지않은 부동산을 상속하게 되겠지만 직업을 가지고 있어요."

이 마지막 말은 그가 바라던 대로 상대를 압도하는 효과를 자아냈다. 캐서린은 대답할 엄두가 나지 않는다는 것을 입증하듯 입도 떼지 못했던 것이다.

그 전날 저녁에 그녀에게 저택을 두루 보여 주겠다는 이야기가 있었는데, 이제 장군이 몸소 안내를 자청하고 나섰다. 캐서린은 엘리너와 둘이서만 돌아보고 싶었지만 어떤 상황에서든 그 자체로 황감하다 할 만한 제안이어서 반갑게 응하지 않을 수 없었다. 노생거 사원에서 이미 열여덟 시간을 머물렀지만 방은 몇 개 보지 못했던 까닭이다. 한가롭게 꺼냈던 망사 뜨개질감 통을 옳다구나 하며 얼른 닫고서 그녀는 얼른 그를 따라나설 준비를 했다. "저택을 한번 둘러보고 나서 관목 숲과 정원에도 데려가겠다."는 것이었다. 그녀는 그러겠다는 뜻으로 허리를 굽혀 절을 했다. "그러나 아가씨에게는 관목 숲과 정원으로 나가는 것을 첫 번째 목표로 삼는 것이 더 나을 것 같기도 하구먼. 지금은 날씨가 좋지만 이 계절에는 변덕이 심해서 계속 좋으리라는 법이 없소이다. 아가씬 어느 쪽이 좋소? 어느 쪽이든 내가 도와드리지. 얘야, 네 아름다운 친구의 뜻에 가장 맞는 것이 무어라고 생각하니? 뭐, 말 안 해도 알겠군, 알겠어. 그래, 몰런드 양의 눈빛을 보니 현재의 화사한 날씨를 잘 활용하고 싶은 게 확실하군. 역시 사려가 깊어. 그렇지만 아가씨가 잘못 판단한 적이 있었나, 어디? 저택이야 비걱정 없이 언제라도 둘러볼 수 있을 테니까. 나야 무조건 따를 거니까. 모자를 가지고 곧 돌아오도록 하겠소." 그가 방을 떠나자 캐서린은 실망과 걱정이 어린 얼굴로 내키지 않는 심경을 털어놓으려 했다. 자기가 꼭 좋아하는 것도 아닌데 괜스레 장군이 당신도 별로 원치 않는 바깥 산책을 하게 된 것 같아 마음이 불편했던 것이다. 그러나 조금은 심란해하면서 틸니 양이 이렇게 말하는 바람에 하려던 말을 삼키고 말았다. "날이 화창할 때는 일단 아침나절을 활용하는 것이 가장 현명할 거예요. 아버지 때문에 불편해하실 건 없어요. 이때쯤이면 늘 바깥 산책을 나가세요."

캐서린은 이것을 어떻게 이해해야 할지 알 수 없었다. 틸니 양은 왜 당황스러워하는 걸까? 장군 편에서 저택을 그녀에게 보여 주기 싫은 무슨 이유라도 있는 걸까? 제안은 그분이 먼저 했는데. 그리고 늘 이렇게 일찍 산책을 나간다니 이상하지 않은가? 자기 아버지도, 앨런 씨도 그러지는 않았다. 무척 신경이 거슬리는 일이었다. 저택을 보고 싶은 마음은 굴뚝같았지만 대지(垈地)에는 거의 호기심을 느끼지 않았는데. 헨리만 그들과 같이 있었어도! 그러나 이제 회화적인 아름다움을 봐도 그것이 뭔지 모를 판이었다. 생각은 이렇게 돌아갔지만 입밖에는 전혀 내지 않은 채 그녀는 불만을 누르며 묵묵히 보닛을 썼다.

그렇지만 처음으로 잔디밭에서 노생거 사원을 보았을 때 그 장엄한 광경에 그녀는 기대 이상으로 깊은 인상을 받았다. 전체 건물은 넓은 안마당을 둘러싸고 있었고 그 사각형 저택의 양 측면은 풍부한 고딕 장식물로 위용을 드러내고 있어 감탄을 자아냈다. 나머지 두 면은 오래된 나무들이 서 있는 낮은 둔덕이나 울창한 식물들로 가려져 있었다. 그 뒤에 가파르게 솟아 저택을 아늑하게 만들어 주는 숲 언덕들은 아직 잎이 나오지 않은 3월인데도 아름다웠다. 캐서린은 이만한 광경을 어디에서도 본 적이 없었다. 기쁨이 너무나 강렬해서 그녀는 두 동행의 설명도 있기 전에 과감하게 경탄과 칭찬을 쏟아 냈다. 장군은 수긍하고, 또 감사하며 경청했다. 마치 노생거에 대한 그 자신의 평가를 그 시간까지 확정하지 않고 유보하기라도 한 듯한 태도였다.

　채마밭 또한 찬양받아 마땅했다. 장군은 전체 장원의 한 구역을 가로질러 그곳으로 인도했다.

　캐서린은 이 채마밭의 엄청난 규모를 듣고 입이 쩍 벌어졌다. 교회 마당과 과수원을 포함한 자기 아버지의 채마밭뿐 아니라 앨런 씨의 채마밭을 전부 합친 것보다 두 배 이상 큰 규모였다. 담장의 수는 셀 수 없이 많았고 어디서 끝나는지 모를 정도였다. 담장들 사이에서 온실들이 마을을 이루고 교구 사람들이 모두 그 울타리 안에서 일을 맡고 있는 것 같았다. 장군은 그녀의 놀란 표정을 보고 흡족한 표정을 지었다. 그녀가 이전에 이에 견줄 만한 채마밭을 본 적이 없다는 것이 얼굴에 쓰여 있었기에, 곧 장군은 그것을 말로 표현하게 만들었다. 그러고는 겸손한 어조로 이렇게 토로하는 것이었다. "나 자신은 그런 종류의 야심이란 일절 없고, 그런 데 마음을 쓴다거나 하진 않지만, 채마밭으로는 이 왕국에서 여기에 맞설 만한 곳은 없으리라 믿소이다. 좋아하는 화제가 있다면 바로 그거요. 난 정원을 사랑하지. 먹는 문제는 크게 신경을 안 쓰지만 좋은 과일은 챙겨요. 혹 내가 챙기지 않으면 친구들이나 자식들이 먹으면 되고. 그렇지만 이런 채마밭을 가꾸는 건 보통 일이 아니오. 아무리 정성을 다해도 늘 최상의 과일을 확보할 수 있는 것도 아니고. 작년에는 파인애플 온실에서 100개밖에 수확을 못했소. 내가 생각하기로 앨런 씨도 틀림없이 나만큼이나 이런 고충을 겪으실 텐데."

"아니, 전혀 그렇지 않습니다. 앨런 씨는 채마밭에 관심이 없으세요. 한 번도 들어가지 않으시는걸요."

득의만면의 미소를 지으면서 장군은 자기도 그럴 수 있으면 좋겠다고 했다. 채마밭에 들어갈 때마다 눈에 차지 않는 탓에 결국 짜증이 나고 만다는 것이다.

"앨런 씨의 온실들은 잘되던가요?" 그들이 온실로 들어갔을 때 그가 그 특성을 설명하면서 물었다.

"앨런 씨가 소유한 건 작은 온실 하나예요. 앨런 부인이 겨울에 식물들을 들여놓기 위해서 사용했어요. 가끔씩 난로를 피우면서요."

"행복한 분이로군!" 이렇게 말하는 장군의 표정은 흡족해 보였지만 슬쩍 경멸이 스치고 지나갔다.

그는 그녀가 보고 경탄하는 것만으로도 지칠 정도로, 구획

된 곳 하나하나를 일일이 데리고 들어가고 담장이 있는 곳은 다 안내하고 나서 마침내 바깥문으로도 나가는 것이 어떻겠느냐는 말로 아가씨들을 힘들게 했다. 그러고는 최근에 티하우스를 조금 개조했는데 그 결과가 어떤지 한번 살펴보고 싶다면서, 만약 몰런드 양이 피곤하지 않으면 산책을 연장해도 좋겠느냐고 제안했다. "그런데 넌 어디로 가고 있니, 엘리너? 왜 그 차고 축축한 길을 택하지? 몰런드 양이 젖을 거 아니냐. 장원을 가로지르는 것이 제일이야."

"이 길은 제가 좋아하는 산책로예요." 틸니 양이 말했다. "그래서 늘 가장 가깝고 또 가장 좋은 길이라고 생각하고 있어요. 하지만 축축할 수는 있겠네요."

그것은 좁고 구불구불한 길로 주위에는 오래된 스코틀랜드 전나무 숲이 빽빽하게 들어차 있었다. 캐서린은 그 어둑어둑한 모습에 끌려 들어가고 싶었던지라, 장군이 반대 의사를 표명했음에도 어느새 그쪽으로 발걸음을 옮기고 있었다. 그는 그녀가 어느 쪽을 좋아하는지 알아채고는 다시 한번 몸에 좋지 않다고 한마디 했으나 정중하게 예의를 차리는 처지에 더 이상 반대를 하지는 못했다. 그렇지만 그 길로 같이 가지는 못하겠다고 양해를 구했다. "나한테는 햇살은 아무리 쬐도 즐거운 일, 그러니 다른 길로 가서 만나자."고 말했다. 그는 돌아서서 갔다. 캐서린은 그와 헤어지자 마음이 너무 편안해져서 스스로도 놀랄 지경이었다. 그렇지만 그 충격이란 것이 실상 해방감인지라 해로울 것은 전혀 없었다. 그녀는 이런 숲이 불러일으키는 달콤한 우울에 대해서 가벼운 마음으로 즐겁게 이야기를 시작했다.

"전 이곳이 특히 마음에 들어요." 그녀의 동행이 한숨을 쉬며 말했다. "어머니가 좋아하시던 산책로였거든요."

캐서린은 가족들이 틸니 부인 이야기를 하는 것을 들은 적이 없었던 터라 이 아련한 추억에 흥미가 일었고 안색부터 달라지면서 관심 어린 표정으로 그녀가 더 말해 주기를 가만히 기다렸다.

"어머니와 이 길을 자주 걸었지요!" 엘리너가 덧붙였다. "그때는 별로 좋은 줄 몰랐는데, 그 뒤로 좋아하게 되었어요. 그당시에는 어머니가 왜 이 길로 다니시는지 의아했죠. 그러나지금은 어머니와의 추억이 담긴 이 길이 소중하게 생각돼요."

'그렇다면 남편에게도 소중해야 하지 않을까?' 캐서린은 생각했다. '그렇지만 장군은 이 길로 들어오려 하지 않았어.' 틸니 양이 계속 침묵을 지키고 있어서 그녀는 이렇게 말해 보았다. "어머니가 돌아가셔서 많이 힘드셨겠군요!"

"많이 힘들었는데 갈수록 더해요." 상대가 낮은 목소리로말했다. "그 일이 있었을 때 제 나이는 고작 열세 살이었어요. 그 또래 아이가 느낄 만큼의 상실감을 느꼈겠지만 그때는 그것이 어떤 상실인지 알지 못했고 알 수도 없었어요." 그녀는잠시 말을 멈추었다가 단단히 마음을 먹은 듯 이렇게 덧붙였다. "아시다시피 저한텐 언니가 없어요. 헨리 오빠가 있긴 하지만…… 오빠들이 아주 다정하고 헨리 오빠가 이곳에서 많은 시간을 보내 그게 참 고맙기도 하지만, 어쩔 수 없이 혼자일 때가 아주 많죠."

"오빠가 무척 그립겠어요."

"어머니라면 늘 같이 있었을 테지요. 늘 곁에 있는 친구였을 테고요. 어머니의 영향이야 다른 누구와도 비교할 수 없었을 테지요."

"매력적인 여성이었나요?" "미인이셨어요?" "집 안에 초상화라도 있나요?" "그리고 왜 그 숲을 그렇게 좋아하셨죠?" "울적해서 그러셨나요?" 등의 질문이 마구 쏟아져 나왔다. 앞의 세 질문에 대해서는 그렇다는 답이 즉시 주어졌지만, 나머지 둘은 넘어갔다. 대답을 들든 못 들든 고인이 된 틸니 부인에 대한 캐서린의 관심은 질문을 할수록 더 커졌다. 결혼 생활이 불행했으리라는 느낌이 들었다. 장군은 분명 다정한 남편이 아니었을 터. 그는 아내의 산책로를 좋아하지 않았다. 그렇다면 과연 그녀를 사랑할 수 있었을까? 게다가 미남이긴 하지만, 그의 이목구비에서는 어딘가 아내를 잘 대해 주지 않았을 것 같은 느낌이 풍겼다.

"어머니의 초상화는 부친의 방에 걸려 있겠네요, 그렇지요?" 자기 질문에 교묘한 술책이 숨겨져 있다는 생각에 얼굴이 달아올랐다.

"아니에요. 거실에 두려고 그린 거였어요. 그렇지만 아버지가 마음에 들어 하지 않아서 얼마 동안은 어디에도 걸리지 않았어요. 어머니가 돌아가시자마자 제 손에 들어와서 제 침실에 걸었지요. 보여 드릴게요. 아주 닮았답니다." 여기에 또 다른 증거가 있도다. 죽은 부인의 초상화, 그것도 아주 닮은 초상화가 남편에게 외면받다니! 아내에게 끔찍할 정도로 잔인했던 게 틀림없어!

캐서린은 그의 온갖 배려에도 전부터 그녀가 느끼는 감정이 무엇인지 이제 더 이상 감추지 않고 직면할 생각이었다. 전에는 공포와 혐오였던 것이 지금은 완전한 반감이었다. 그렇다. 반감이었다! 이렇게 매력적인 여성에게 잔인하게 굴다니 추악하다는 생각이 들었다. 그녀는 소설책에서 그런 인물들을 종종 접했고 앨런 씨는 그런 인물이 부자연스럽고 과장되어 있다고 말하곤 했다. 그러나 여기 그렇지 않다는 확실한 증거가 있었다.

이 점에 대해서 그녀가 막 마음을 정리했을 때 길이 끝나면서 그들은 바로 장군과 마주쳤다. 이런 공분에도 불구하고 그녀는 어느새 다시 그와 같이 걷고 이야기를 듣고 심지어 그가 미소 지을 때는 같이 미소 지을 수밖에 없는 처지가 되어 있었다. 그러나 주변의 풍경에서 더 이상 즐거움을 느끼지 못하다 보니 곧 걸음이 맥없이 터덜거리기 시작했다. 그것을 눈치챈 장군이 몸이 안 좋으냐며 걱정했는데 마치 자기를 왜 그렇게 생각하느냐는 비난을 받는 기분이었다. 이제 장군은 딸과 함께 빨리 집으로 돌아가라고 재촉했다. 자기는 십오 분 정도 후에 따라오겠다는 것이다. 그들은 다시 헤어졌다. 그러나 엘리너는 곧 불려가서 자기가 돌아올 때까지 저택을 구경시킨다고 친구를 데리고 다니지 말라는 엄명을 받았다. 그녀가 그토록 원하는 것을 그가 벌써 두 번째 지연시켰다는 생각이 캐서린의 뇌리를 스쳤다.

8

장군은 한 시간이 지나서야 돌아왔는데, 그동안 캐서린 편
에서는 그의 성격을 탐탁지 않게 여기고 있었다. '이렇게 길
게 자리를 비우면서 혼자서 거니는 걸 보니 마음이 편하지 않
거나 양심의 가책이 아주 없지는 않은 모양이네.' 마침내 그가
나타났다. 어떤 어두운 생각에 빠져 있었든 그는 여전히 그들
과 함께 웃음을 지었다. 틸니 양은 저택을 보고 싶어 하는 친
구의 호기심을 어느 정도 이해하고 있었으므로 그 문제를 다
시 꺼냈다. 그의 아버지도 캐서린의 예상과 달리 더 연기할 구
실을 찾지 않았다. 다만 그들이 돌아올 즈음해서 방에 마실 것
을 준비해 놓으라고 지시하느라 오 분 정도만 지체하고는 마
침내 그들을 에스코트할 채비를 갖추었다.

그들은 출발했다. 돋보이는 풍채에 품격 있는 걸음걸이가
눈길을 끌었지만 독서량이 엄청난 캐서린의 의구심을 떨구어

버리기에는 역부족이었다고 해야겠다. 하여간 그는 홀을 가로지르고 일반 거실과 쓰이지 않는 대기실을 통과하여 규모와 가구 모두가 장대한 방으로 들어갔다. 그곳은 진짜 거실로, 중요한 모임이 있을 때에만 사용되는 방이었다. 아주 고상하군요, 아주 웅장하군요, 아주 매력적이네요! 캐서린이 할 수 있었던 말은 그것이 전부였다. 안목이 별로 없다 보니 새틴의 색깔조차 식별하기 어려웠던 것이다. 세세한 칭찬, 대단한 의미를 가진 칭찬은 모두 장군이 직접 내놓은 것이었다. 어떤 방이든 치장에 많은 돈이 들었다거나 우아하게 치장되었다거나 하는 것은 그녀에게 아무것도 아닐 수 있었다. 그녀는 15세기 이후의 현대식 가구에는 전혀 관심이 없었다. 장군이 유명한 장식품을 일일이 자세히 살펴보면서 다른 사람보다는 본인의 호기심을 충족시키고 나서, 그들은 서재로 들어갔다. 앞의 거실만큼이나 장엄한 방으로, 수집된 책들을 전시하고 있어서 겸손한 사람이라도 그것을 바라보면 자부심이 솟을 정도였다. 캐서린은 전보다 더 진심 어린 태도로 듣고 찬미하고 놀라워했다. 이 지식의 창고에서는 한 서가에 꽂힌 책의 절반 정도의 제목을 훑어보는 것으로 챙길 것을 다 챙긴 뒤, 그녀는 집 구경을 계속하고자 했다. 그러나 방들이 그녀의 뜻대로 나타나 주지 않았다. 건물은 넓었지만 가장 큰 부분은 이미 다 본 셈이었다. 그녀가 지금 본 예닐곱 개의 방이 부엌과 함께 안마당의 삼 면을 둘러싸고 있다고 들었지만, 그녀는 그 말을 다 믿지 못하고 숨겨진 작은 방들이 많으리라는 의심을 지우지 않았다. 그렇지만 그리 중요하지 않은 몇몇 방을 통과하여 일상적으로 사용하는 방들로 돌아가기로 한 것에 약간은 안심이 되었다. 통과한 방들은 안마당을 내다보고 있었고 가끔씩 나타나는 약간은 복잡한 구조의 통로들과 함께 다른 면들을 연결하고 있었다. 그리고 앞으로 나아가는 가운데 그녀는 더욱 위안을 얻었다. 한때 회랑이었던 곳을 밟고 있다는 이야기를 듣기도 했고, 아직 남아 있는 수도실의 흔적들도 지적해 주었고, 열려 있지도 않고 설명도 없었던 서너 개의 문들을 자세히 들여다보기도 했다. 이어서 당구장으로, 그리고 장군의 개인 방으로 안내되었는데, 그 두 방이 어떻게 연결되어 있는지 파악되지 않아서 그곳을 떠나려면 오른편으로 돌아야 한다는 것을 몰랐다. 그리고 마지막으로 헨리가 사용하는 어둡고 작은 방을 통과했는데 그의 책, 총, 외투 등이 여기저기 흩어져 있었다.

식당은 이미 봤고 5시면 늘 보게 되는데도 장군은 그 전부를 하나하나 짚어 나가는 즐거움을 포기하지 못했는데 몰런드 양에게 더 확실한 정보를 주기 위해서라지만 정작 당사자는 이곳에 대해 별 의심도 관심도 없었다. 식당에서 재빨리 몇 마디 나누고 그들은 부엌으로 자리를 옮겼다. 수녀원의 오래된 부엌으로 이전 시절의 육중한 벽에는 도처에 그을음이 남아 있었고, 한편에는 현대식 스토브와 더운 음식 보관용 찬장이 놓여 있었다. 개선의 손길은 여기에만 머무르지 않았다. 요리사들의 작업을 편하게 해 줄 새로운 현대식 도구들이 이곳, 요리사들의 넓찍한 공간에 도입되어 있었다. 그리고 남의 재능만으로는 미치지 못하는 경우, 장군 스스로 재능을 발휘하여 부족한 부분을 완벽하게 채웠다. 이곳에 쏟아부은 정성만으로도 장군은 수녀원을 길이길이 빛낸 인물이 되기에 충분할 법했다.

저택에 남아 있는 고대의 면모는 부엌의 벽들에서 모두 끝났다. 사각 건물의 네 번째 면은 너무 허물어져서 장군의 부친이 없앴고 그 대신 현재의 모습으로 새로 세워졌다고 한다. 고색창연한 공간은 여기서 완전히 종언을 고했다. 새 건물은 새로움뿐 아니라 새것임을 티나게 드러냈다. 워낙에 가사실 용도로 지어진 데다 뒤로는 마구간으로 막혀 있어서, 건축의 통일성 같은 것은 고려할 필요조차 없었다. 나머지를 다 합쳐도 못 당할 가치를 지녔을 것들을 단순히 가정 경제를 위한다는 목적으로 밀어 없애다니, 캐서린으로서는 그 손길에 화가 치밀 수도 있었을 것이다. 장군이 허용만 했어도 그토록 추락해 버린 곳을 걸어가는 수모를 피하고자 했을 것이다. 그러나 장군의 허영심은 그의 가사실 배치에서도 드러났다. 몰런드 양 같은 심성의 소유자라면 하층 사람들의 노고를 완화시켜 줄 수 있는 편의 시설을 보고 싶어 할 것이라고 확신한 그는 어떤 양해도 구하지 않고 그녀를 끌고 다녔다. 그들은 그 모두를 가볍게 둘러보았다. 사실 캐서린은 그것들이 기대 이상으로 다양하고 편리하다는 사실에 깊은 인상을 받았다. 풀러턴에서는 몇 개의 볼품없는 식품 저장실과 불편한 식기 세척실 하나면 충분하다고 여겨진 시설들이 여기서는 충분한 공간을 확보하여 적절하게 구획되어 있었던 것이다. 계속하여 나타나는 하인들의 수도 가사실의 수 못지않게 그녀를 놀라게 했다.

그들이 어디를 가든, 나무 덧신[33])을 신은 소녀가 멈추어 절을 하거나 제복을 차려입지 않은 하인이 슬그머니 빠져나갔다. 그렇지만 이곳은 엄연한 사원 아니었던가! 이곳의 살림 배치는 그녀가 책에서 읽은 것과 완전히 딴판이었다. 책 속의 사원이나 성은 분명 노생거보다 규모가 큰데도, 저택의 궂은 일은 기껏해야 네 명의 여자가 다 해냈던 것이다. 앨런 부인은 종종 어떻게 그들이 그 모든 일을 다 해낼까 하며 놀라움을 표하곤 했는데, 이곳에 필요한 것이 무엇인지 알게 된 캐서린도 이제는 놀랄 수밖에 없게 되었다.

그들은 홀로 돌아왔다. 중앙 계단을 오르면서 장군은 그녀에게 목재의 아름다움과 풍성하게 조각된 장식품들을 보라고 했다. 계단 꼭대기에 올라선 그들은 그녀의 방이 있는 회랑과는 반대 방향으로 접어들어 같은 층이긴 하지만 더 넓고 더 긴 다른 회랑에 곧 들어섰다. 여기에서 그녀는 각각 드레스 룸이 붙어 있는 큰 침실 세 개를 연속해서 보았는데, 하나같이 완벽하고 멋지게 꾸며져 있었다. 돈과 안목을 동원하여 방들을 편안하고 우아하게 할 만한 것을 있는 대로 쏟아부었던 것이다. 지난 오 년 사이에 실내 장식이 마무리되었다는데 캐서린의 눈에 다 차는 것은 아니지만 일반적인 기준에서는 완벽했다. 그들이 마지막 침실을 둘러보고 있을 때 장군이 가끔씩 여기에 묵는 저명한 인물 몇 명을 거명한 후에 캐서린에게로 미소 띤 얼굴을 돌리면서 앞으로 가장 먼저 여기 묵고 갈 손님들

---

33) 진창을 빠져나오기 쉽게 굽을 높인 신발.

가운데 "풀러턴의 우리 친구분들"도 있기를 감히 바란다고 했다. 이 정도의 대접은 예상치도 못했던 터라, 그녀는 자기 자신에게 이렇게 친절하고 또 그녀의 가족 모두에게도 더없이 정중한 이런 분을 좋게 생각하지 못하는 자신의 처지가 못내 한스러웠다.

그 회랑의 끝에는 접이문이 있었다. 틸니 양이 앞으로 나서서 그 문을 열고 통과했고, 또 다른 긴 회랑의 왼쪽 첫 번째 문을 열려고 하는 찰나, 장군이 앞으로 나와서 급하게 그녀를 불러 세우고는 도대체 어디로 가느냐고 추궁하는 것이었다. 캐서린이 보기에는 좀 화가 난 듯했다. 거기에 더 볼 게 뭐가 있느냐, 몰런드 양이 볼만한 곳은 이미 다 보지 않았느냐, 친구가 오래 걸었으니 이제 시원한 음료라도 대접해야 하지 않겠느냐면서. 틸니 양은 바로 물러섰고, 그 육중한 문들은 당황해서 어쩔 줄 모르는 캐서린 앞에서 쾅 닫혀 버렸다. 그런데 그 짧은 사이에 문 너머로 좁다란 복도와 수많은 통로들 그리고 구불구불한 계단을 얼핏 본 듯해서 캐서린은 이제야 비로소 볼만한 가치가 있는 곳에 도달했다고 믿었다. 마지못해 회랑을 물러 나오면서도 그녀는 나머지 모든 화려한 보석이니 옷가지를 보는 것보다 저택의 이 끝부분을 살펴보았으면 좋겠다고 생각했다. 이런 조사를 못하게 막고 싶어 하는 장군의 태도가 자극이 된 것도 사실이다. 분명 뭔가가 감추어져 있는 거야. 그녀의 공상이 최근 한두 번 헛다리를 짚긴 했지만, 이번만은 틀림이 없을 것 같았다. 그 무엇이 무엇인지는 그들이 약간의 거리를 두고 장군을 따라 계단을 내려갈 때 틸니 양이 한 한마디가 말해 주는 듯했다. "어머니가 쓰시던 방을 보여 주려고 했어요. 그 방에서 돌아가셨지요." 그녀가 한 말은 이것이 전부였다. 그러나 몇 마디 되지 않지만 이 말은 캐서린에게 몇 페이지 이상의 정보를 전해 주었다. 장군이 그 방에 있을 것이 분명한 그런 물품들을 보기를 꺼린다는 것은 놀라운 일이 아니었다. 아내를 고통에서 해방시키고 그에게 양심의 가책을 남긴 그 끔찍한 일이 벌어진 이후로, 그는 아마 그 방에 한 번도 들어가지 않았을 것이다.

다음에 엘리너와 둘이서만 있게 되자 그녀는 그 방과 함께 저택의 그 구역을 모두 보고 싶다는 뜻을 전했다. 엘리너는 편한 시간에 언제라도 데려가 주겠다고 약속했다. 캐서린은 그녀의 말뜻을 이해했다. 그 방에 들어가려면 장군이 집을 나갔는지 지켜봐야 했을 것이다. "방은 옛날 모습 그대로겠지요, 그렇죠?" 좀 흥분된 어조로 그녀가 물었다.

"네, 완전히 그대로예요."

"그런데 어머니께서 돌아가신 지 얼마나 되었나요?"

"구 년이 지났답니다." 구 년이라면 그리 길지는 않다고 캐서린은 생각했다. 일반적으로 아픈 부인이 죽은 후 방을 정리하는 데 걸리는 시간에 비하면 말이다.

"임종을 지키셨겠지요?"

"아니요." 한숨을 내쉬면서 틸니 양이 말했다. "불운하게도 저는 집에 없었어요. 어머니의 병은 갑작스럽게 와서 짧게 끝났어요. 제가 집에 도착하기 전에 모든 것이 끝나 버렸어요."

이 말들이 자연스럽게 솟구치게 만든 공포스러운 연상들로 인해 캐서린은 피가 싸늘하게 식는 느낌이었다. 어떻게 그럴 수가 있을까? 헨리의 아버지가 어떻게 그럴 수가? 그렇지만 가장 사악한 혐의를 두어도 좋을 만한 이유는 얼마나 많은가 말이다! 그날 저녁 친구와 뜨개질을 하면서 그녀는, 그가 거실에서 눈을 내리깔고 양미간을 좁히며 생각에 잠겨서 무려 한 시간을 말없이 왔다 갔다 하는 것을 보며 자기 생각이 틀리지 않았음을 확신했다. 그것은 바로 몬토니가 보여 주었을 법한 분위기이자 태도였다![34] 이것이야말로 인간성이 완전히 말살되지 않은 사람이 과거의 범죄 현장을 두려운 마음으로 되짚으며 어두운 생각에 빠져 있음을 말해 주는 증거가 아니겠는가? 불행한 사람! 초조한 기분에 휩싸여 눈길이 자꾸만 그쪽으로 향하자, 틸니 양이 눈치를 채고 속삭였다. "아버진 종종 이런 식으로 저 방을 걸어 다니세요. 특별한 일은 아니에요."

'그게 더 문제라니까!' 캐서린은 생각했다. 때 아니게 그렇듯 왔다 갔다 하는 것은 그의 아침 산책이 뜬금없는 것과 마찬가지로, 절대 좋은 징조가 아니었다.

저녁 이후로 이렇다 할 변화 없이 시간이 지루하게만 이어지는 듯해서 그녀는 헨리의 중요성을 새삼 절감했다. 장군이 딸에게 은근히 눈짓을 보내 벨을 울리게 했지만, 캐서린은 어서 자리를 벗어나고 싶은 마음이었다. 집사가 주인의 촛불도 켜 드릴 수 있었을 텐데, 정작 장군이 못하게 했다. 장군은 자기 방으로 물러갈 생각이 없었다. "팸플릿을 여럿 끝내야 눈을

---

34) 몬토니는 『우돌포의 비밀』에 나오는 악당으로 부인을 방에 가두어 둔다.

붙일 수 있소이다." 그가 캐서린에게 말했다. "아가씨가 잠이 든 후 몇 시간 동안 나랏일을 좀 살피게 될 거요, 아마. 우리 둘 다 이 이상 알맞은 일을 할 수 있겠소? 내 눈은 남의 이익을 위 하다 멀 것이고, 아가씨의 눈은 휴식을 통해서 미래의 재미난 장난을 준비할 테니 말이오."

업무가 남아 있다는 말과 함께 멋들어진 찬사를 곁들였음 에도 캐서린에게는 곧이곧대로 들리지 않았다. 휴식을 취하 는 것이 어울리는 때에 그렇게 진지하게 취침 시간을 미루다 니, 무언가 다른 목적이 있는 게 틀림없다는 의심이 들었다. 가족이 잠자리에 든 후에 팸플릿이니 뭐니를 보느라고 몇 시 간씩 깨어 있다는 말은 수긍이 되지 않았다. 무언가 더 깊 은 이유가 있는 게 틀림없었다. 집안사람들이 잠들었을 때에 만 할 수 있는 다른 일이 있을 터. 그리고 틸니 부인이 아직 살 아 있고 무슨 이유인지는 몰라도 갇혀 지내면서 남편의 무자 비한 손으로 밤마다 조악한 음식을 공급받으며 지낼 가능성 이 매우 크다는 결론이 필연적으로 따라 나왔다. 너무나 충격 적인 발상이긴 했지만, 적어도 부당하게 급사한 것보다는 나 았다. 사태가 순리대로 진행되면 머지않아 풀려날 것이 분명 하니 말이다. 소문이 자자했던 그녀의 갑작스러운 병, 그런데 도 바로 그 시기에 딸이 없었고 다른 자식들도 없었다는 것이 거의 확실하다니……. 모든 정황으로 미루어 그녀가 유폐되 었을 가능성이 컸다. 그 기원은…… 아마도 질투였겠지. 아니 면 까닭 없는 잔인함이든가……. 아직은 풀리지 않는 문제였 다.

옷을 벗으면서도 이 문제가 머리에서 맴돌았고, 그녀가 그 날 아침에 이 불행한 여인이 갇혀 있는 바로 그 지점 근처를 지났을 수도 있다, 그녀가 고통스러운 하루하루를 보내는 그 방에서 몇 걸음 안쪽에 있었을 수도 있다는 생각이 불현듯 들었다. 저택의 어떤 지역이 여전히 사원의 흔적을 간직한 그곳보다 여인을 가두어 두는 목적에 더 어울릴까? 높은 아치형 천장에 보도석이 깔려 있던 통로를 지나며 유달리 경외감을 느꼈었는데, 그 통로에서 장군이 아무런 설명을 하지 않았던 문들이 있었다는 기억이 났다. 그 문들이 어떤 곳으로든 연결되지 않을까? 이 추정을 뒷받침하기라도 하듯이 이어서 이런 생각이 떠올랐다. 그녀의 기억이 틀림없다면, 비운의 틸니 부인의 방들이 있었던 그 금지된 회랑은 이 수상한 작은 방들 바로 위에 있었고, 그녀가 얼핏 지나면서 본 그 방들 옆의 계단은 모종의 비밀스러운 수단으로 그 작은 방들과 연결되어 남편의 야만스러운 짓거리를 용이하게 해 주었을 법했다. 아마도 그녀는 빈틈없는 준비 끝에 마취를 당한 채 그 계단 아래로 실려 갔을 것이다!

캐서린은 가끔씩 자신이 너무 대담한 가정을 하고 있다는 사실에 스스로 놀랐고, 혹시 너무 나간 게 아닐까 걱정하기도 하고 차라리 그러기를 바라기도 했다. 그러나 정황으로 보아 너무도 그럴싸해서 그 가정들을 떨쳐 버리기가 힘들었다.

바로 지금 죄악의 장면이 연출되고 있다고 생각되는 사각 건물의 측면은 그녀 생각에는 자기 방과 정반대편에 있었기 때문에 제대로 지켜보기만 하면 장군이 아내를 가둔 감옥으로 갈 때 들고 가는 등잔불 빛이 아래 창문들을 통해서 어른거릴지도 모른다는 생각이 들었다. 그래서 침대로 들어가기 전에 두 번이나 그녀는 등잔불 빛이 나타나는지 보려고 자기 방에서 조용히 빠져나와 그곳과 마주한 회랑의 창문으로 갔다. 그러나 바깥은 온통 어두웠고 아직은 너무 이른 것이 틀림없었다. 계단을 올라오는 소리들이 여러 차례 들리는 것으로 보아, 하인들이 아직 자지 않는 것이 확실했다. 자정까지는 지켜보아도 아무 소용이 없으리라고 그녀는 생각했다. 그러나 그 시간이 되면, 시계가 열두 번을 치고 사위가 조용해지면, 다시 한번 살짝 빠져나와 살펴보리라. 칠흑 같은 어둠에 겁만 집어먹지 않는다면 말이다. 시계가 12시를 쳤다. 그런데 캐서린은 반 시간 전부터 잠에 빠져 있었다.

9

　다음 날 캐서린은 비밀의 방들을 조사해 보고자 했으나 좀처럼 기회를 잡지 못했다. 그날은 일요일이어서 장군은 아침 예배와 오후 예배 사이의 시간을 모두 바깥에서 산책을 하거나 집에서 냉육을 먹는 데 썼다. 캐서린의 호기심은 걷잡을 수 없이 커졌지만 정찬 이후에 그 방들을 탐사해 볼 만큼의 용기는 나지 않았다. 6시와 7시 사이 하늘에 남아 있는 잔광에 의지하든, 더 밝기는 해도 부분적으로만 밝히고 언제 꺼질지 모르는 등잔불에 의지하든 말이다. 따라서 그날은 그녀의 상상력을 자극하는 사건은 일어나지 않았다. 다만 교회의 가족석 바로 앞에 틸니 부인을 추모하는 우아한 기념비가 놓인 것을 본 게 전부였다. 그녀의 눈길은 즉각 거기에 쏠려 오래도록 떠날 줄을 몰랐다. 그리고 고도로 절제된 비문을 자세히 읽어 보니 위로받을 길 없는 남편의 이름으로 부인의 미덕이 낱낱이 적혀 있었다. 그 남편이란 자가 어떤 식으로든 그녀를 파괴한 당사자임이 분명할 테지만, 그래도 캐서린은 감동을 받아 눈물이 나기까지 했다.

이런 추모비를 세운 사람인 만큼 장군이 그것을 마주 보고 있는 것이 그리 이상할 일은 아니라고 해 두자. 그렇지만 추모비가 보이는 자리에 대담할 정도로 침착하게 앉아서 고상한 태도를 유지하며 거리낌 없이 주위를 둘러본다는 것은, 아니 도대체가 교회에 들어온다는 것부터가 캐서린에게는 놀라울 따름이었다. 그렇지만 죄를 저지르고 마음이 이만큼 모질어진 경우가 적지는 않을 터. 저지를 수 있는 악행은 다 저지르고야 마는 수십 명의 악당들을 그녀는 기억했다. 그들은 잇달아 범죄를 저지르고, 선택한 사람은 누구건 일말의 인간적인 감정이나 죄책감도 없이 죽여 없앤다. 처절한 죽음을 맞거나 종교에 귀의함으로써 그들의 사악한 경력에 종언을 고하기 전까지 말이다. 추모비를 세웠다는 것 자체는 틸니 부인이 정말로 죽었는가에 대한 그녀의 의심에 털끝만큼의 영향도 주지 못했다. 그녀의 유해가 잠들어 있다고 여겨지는 지하의 가족묘로 내려가 유해가 들어 있다는 관을 보아도 아무 소용이 없을 터였다. 책을 많이 읽은 덕에 밀랍 인형이 동원되고 가짜 장례식이 거행되는 것이 어렵지 않다는 것을 훤히 알았기 때문이다.

다음 날 아침에는 일이 잘 풀릴 조짐이 보였다. 어느 모로 보나 때에 맞지 않는 장군의 이른 산책이 오히려 유리한 조건이 되었다. 그녀는 장군이 저택 밖으로 나간 것을 알고 바로 틸니 양에게 약속대로 하자고 부탁했다. 엘리너는 선선히 응했다. 같이 가면서 캐서린이 또 다른 약속을 상기시켜서 우선 그녀의 침실에 있다는 초상화부터 보기로 했다. 매우 사랑스러운 초상화 속 여인의 얼굴은 온화하면서도 우수가 어려 있었다. 그것까지는 초상화를 처음 본 사람의 기대에 부응했다. 그러나 모든 면에서 기대가 충족된 것은 아니었으니, 캐서린은 이목구비, 분위기, 안색이 헨리는 아니더라도 엘리너의 모습을 그대로 담고 있을 것이라고 철석같이 믿었던 것이다. 그녀는 습관적으로 초상화에는 어머니와 자식의 닮은 모습이 담겨 있을 거라고 생각했다. 얼굴이야 세대가 달라져도 바뀌지 않을 터. 그러나 여기서는 닮은 점이 무엇인지 들여다보고 생각하고 연구해야 할 지경이었다. 그러나 이런 결함에도 불구하고 그녀는 깊은 애정을 담아 찬찬히 바라보았다. 더 강한 동기만 없었더라면 차마 떠나지 못했을 정도였다.

넓은 회랑으로 들어서자 마음의 동요가 너무 크게 일어서 그녀는 입도 벙긋할 수 없었다. 친구만 쳐다보는 게 전부였다. 엘리너의 얼굴은 차분해 보였다. 그 침착한 표정은 그들이 다가가고 있는 그 모든 어두운 물건들에 그녀가 익숙하다는 것을 말해 주었다. 그녀는 다시 접이문들을 통과했고 다시 그 중요한 자물쇠에 손을 갖다 댔다. 그리고 캐서린이 거의 숨도 쉬지 못한 채 조심조심 지나온 문을 닫으려고 몸을 돌렸을 때, 회랑의 먼 끝에 문득 장군 본인의 무서운 모습이 떡하니 서 있는 것이 아닌가! 동시에 그가 한껏 목청을 돋우어 "엘리너!" 하고 딸의 이름을 부르는 소리가 건물에 우렁우렁 울렸다. 그

소리로 딸은 아버지가 왔다는 것을 알게 되었고, 캐서린의 공포는 증폭되었다. 그를 본 순간 그녀는 본능적으로 어디로든 숨으려 했지만, 실상은 그의 눈을 벗어날 희망조차 품기 어려웠다. 그리고 친구는 미안한 표정을 지으며 황급히 그녀 곁을 지나 자기 아버지와 함께 사라졌고, 그녀는 도망치듯 자기 방으로 달려가 문을 걸어 잠그고는 다시는 아래로 내려갈 엄두를 못 내겠거니 생각했다. 그렇게 그녀는 거기서 적어도 한 시간을 숨죽이고 있었다. 극심한 흥분 상태에서 가련한 친구가 처한 처지를 깊이 동정하면서 화가 난 장군이 자기 방으로 그녀를 불러들여 질책하리라 예상했다. 그렇지만 소환은 없었고, 마차 한 대가 저택 쪽으로 올라가는 것을 보자, 그녀는 마침내 용기를 내서 내려갔다. 방문객들을 방패 삼아 그를 만날 요량이었다. 조찬실은 사람들로 화기애애한 분위기였다. 그리고 장군이 그녀를 딸의 친구로 소개했는데 불편한 심기를 감추고도 남을 정도로 칭찬 일색이어서 그녀는 적어도 지금으로서는 목숨은 부지하겠구나 하고 생각했다. 그리고 엘리너는 그녀가 그의 성격을 어려워한다는 것을 안다는 듯 담담한 표정으로 얼른 기회를 잡아 이렇게 말했다. "아버지께선 편지에 답장을 하라고 저를 불렀던 거예요." 그래서 그녀는 자기가 장군의 눈에 띄지 않았거나 그게 아니라면 차라리 그렇게 생각하고 말기로 마음을 먹었다. 이렇게 작정하고 나니 사람들이 떠나간 후에도 그와 함께 자리에 남아 있을 수 있었고, 그런 마음을 산산조각 내 버릴 일도 일어나지 않았다.

이날 아침 일을 곰곰이 생각해 본 그녀는 다음번에는 그 금지된 문을 혼자서 열어 보아야겠다고 결심했다. 엘리너가 이 문제에 대해서 아무것도 모르는 것이 모든 면에서 훨씬 나을 것 같았다. 재차 발각될 위험에 그녀를 개입시켜서 심장을 쥐어짜게 만들 것이 분명한 방으로 들어가라고 꼬드기는 것은 친구가 할 일이 아니었다. 장군의 극심한 분노는 자기보다 딸에게 쏟아질 가능성이 컸다. 게다가 그녀는 이번 조사는 모름지기 누가 옆에 없이 이루어져야 더 만족스러울 것이라고 생각했다. 지금까지 다행히 아무것도 모르고 잘 지내 온 엘리너에게 자신의 의혹을 털어놓을 수는 없었을뿐더러 그렇기 때문에 그녀의 면전에서 장군의 잔인함을 입증하는 증거를 찾을 수도 없을 터였다. 그 증거로 말하면 아직은 발견되지 않았지만 끝까지 추적하면 어딘가에서 찢어진 일기의 형태로 나타날 것이라고 확신했다. 그 방으로 가는 길이 어디인지는 이제 환히 알고 있었다. 헨리가 돌아오기 전에 일을 마무리 지을 생각이었기 때문에 시간을 낭비할 수도 없었다. 헨리는 내일이면 돌아올 예정이었다. 날은 환했고 기백은 솟구쳤다. 4시에 결행이다. 해가 지평선 아래로 지려면 두 시간 정도가 남았으니 옷을 갈아입겠다면서 평소보다 반 시간 먼저 물러 나오기만 하면 될 일이었다.

그리고 그렇게 했다. 캐서린은 시계가 네 번을 다 치기도 전에 혼자 회랑에 도착했다. 여유 있게 생각할 시간이 없었다. 그녀는 걸음을 재촉하여 접이문들을 미끄러지듯 조용히 빠져나왔고 주위를 살피거나 숨을 몰아쉬기 위해 멈추지도 않고서 문제의 방으로 돌진했다. 그녀의 손에 의해 자물쇠가 열렸는데, 운 좋게 사람을 흠칫 놀라게 하는 철컥 소리도 나지 않았다. 그녀는 발끝으로 들어갔다. 눈앞에 방이 있었다. 그러나 다시 한 발자국을 뗀 것은 수분이 지나서였다. 머릿속에서 수없이 상상했던 그곳을 바라보는 그녀의 얼굴이 일그러졌다. 널찍하고 균형이 잘 잡힌 방, 하녀가 손을 델 필요도 없을 만큼 정리된 멋진 돋을무늬 면포로 된 침대, 밝은 색의 바스산(産) 스토브, 마호가니 옷장이 있었고, 깔끔하게 채색된 의자들 위로는 두 개의 덧창을 통해 따뜻한 서쪽 햇살이 즐겁게 쏟아져 내렸던 것이다! 캐서린은 자신의 감정이 격해질 것이라고 예상했었는데 실제로 그랬다. 먼저 밀려든 감정은 경악과 의심이었다. 그리고 곧바로 상식의 빛이 이어지면서 약간은 씁쓸한 수치심이 보태졌다. 방을 착각했을 리는 없었다. 그러나 다른 모든 것은 착각투성이였다! 틸니 양이 한 말에 대해서도, 그녀 자신의 계산에 있어서도! 아주 오래되고 끔찍한 곳에 자리 잡고 있으리라 생각한 그 방은 장군의 부친이 지은 건물의 한쪽 끝부분에 있었다. 그 침실에는 다른 문도 두 개 있었는데 옷장 정도로 이어지지 않을까 했지만, 어느 쪽도 열어 보고 싶은 생각은 들지 않았다. 틸니 부인이 마지막으로 쓰고 걸었던 베일이나 그녀가 마지막으로 읽었던 책이 남아서 다른 어떤 것도 속삭여 주지 않은 비밀을 말해 준다면? 아냐, 장군의 범죄가 무엇이었든 간에 그는 그것들이 발각되게 둘 정도로 바보는 아니었다. 그녀는 더 이상 탐사할 생각이 나지 않아 자신의 어리석음을 마음속에만 담아 둘 요량으로 자기 방으로 안전하게 돌아가기만을 염원했다. 들어올 때만큼이나 조용히 물러나려는 찰나, 어딘지는 구별할 수 없었지만 발자국 소리가 들리는 바람에 그녀는 그 자리에 멈추어 몸을 떨었다. 하인에게라도 자기가 거기 있는 것이 발견되는 것은 좋은 일이 아니었다. 그러나 장군에게 발견된다면, (그리고 그는 늘 가장 마주치고 싶지 않은 곳에 불쑥 나타나는 듯하니까.) 더욱더 큰일이 아닌가! 그녀는 귀를 기울였다. 소리가 멈추었다. 한순간도 허비하지 않겠다는 각오로 그녀는 문을 통과하고 닫았다. 그 순간 아래쪽에 있는 문이 벌컥 열리면서 누군가가 빠른 걸음으로 계단을 올라오는 것 같았다. 그 계단의 머리 부분은 그녀가 회랑에 도달하려면 반드시 통과해야 하는 곳이었다. 꼼짝달싹도 할 힘이 없었다. 형언할 수 없는 공포감에 휩싸인 채 그녀는 계단을 주시했다. 그리고 잠시 후 헨리의 모습이 시야에 들어왔다. "틸니 씨!" 그녀는 깜짝 놀라서 소리쳤다. 그도 매우 놀라는 얼굴이었다. "어머, 세상에!" 그가 건네는 인사도 받지 못하고서 그녀는 계속 말했다. "여기는 어쩐 일로? 어떻게 이 계단으로 올라오신 거예요?"

"계단을 어떻게 올라왔냐고요?" 그가 크게 놀라며 대답했다. "그거야 마구간 마당에서 내 침실로 가는 가장 빠른 길이기 때문입니다만. 제가 여기 있으면 안 되나요?"

캐서린은 그제야 정신이 들어 얼굴을 붉히면서 더 이상 아무 말도 하지 못했다. 그는 입으로는 차마 내놓지 못한 설명을 찾는 듯 그녀의 표정을 살폈다. 그녀는 회랑 쪽으로 걸어갔다. "그럼 이번에는 제 편에서……." 접이문을 밀면서 그가 말했다. "여기에 웬일인지 물어보면 안 될까요? 이 통로는 조찬실에서 당신의 방으로 가는 길로는 잘 사용되지 않아요. 저 계단이 마구간에서 제 방으로 가는 길로 잘 사용되지 않는 것과 마찬가지로 말이죠."

"전 당신 어머니의 방을 보러 왔어요." 캐서린이 발밑을 보며 말했다.

"어머니의 방을요? 거기에 뭐 특별한 것이라도 있나요?"

"아니요, 아무것도 없어요. 내일까지는 안 돌아오시는 줄 알았는데."

"여길 떠났을 때는 더 빨리 돌아오리라고는 생각하지 못했지요. 그러나 세 시간 전에 일이 다 끝나서 더 지체할 이유가 없더군요……. 창백해 보이시네요……. 제가 너무 빨리 계단을 달려 올라오는 바람에 놀라셨나 봅니다. 아마 모르셨겠지요, 이 계단이 가사실하고 연결되어서 통상적으로 하인들이 사용하고 있다는 걸요?"

"네, 몰랐어요. 말을 타고 오시기에는 아주 좋은 날씨였겠어요."

"아주 좋았습니다. 그런데 엘리너가 당신 혼자서 모든 방을 찾아다니도록 내버려 두던가요?"

"어머! 아니에요. 동생분은 토요일에 거의 다 보여 주었어요. 여기 이 방들에도 왔어요. 그렇지만 다만……." 그녀는 힘이 빠진 목소리로 말했다. "부친께서 함께 계셔서……."

"그래서 못 보신 거군요." 그녀를 지그시 바라보면서 그가 말했다. "저 통로에 있는 방들을 모두 들여다보셨나요?"

"아니요. 보고 싶긴 했는데…… 너무 늦지 않나요? 전 가서 옷을 갈아입어야 하는데."

"4시 15분밖에 안 되었는데요, 뭘." 그가 시계를 보여 주면서 말했다. "그리고 여긴 바스도 아니고. 갈 준비를 해야 할 극장도 없고 무도회장도 없어요. 노생거에서는 반 시간이면 족하지요."

마땅히 반박할 말이 없어 그녀는 하는 수 없이 머뭇머뭇 그 자리에 서 있었다. 그렇지만 질문을 더 받을까 봐 두려워서 그가 가기를 바랐는데, 그들이 서로 알게 된 이후 처음 있는 일이었다. 그들은 회랑을 천천히 걸어 올라갔다. "지난번 뵈었을 때 이후로 바스에서 무슨 편지라도 받으셨나요?"

"아니요. 그래서 무슨 일인가 하는 중이에요. 이저벨라가 바로 편지를 쓰겠다고 아주 충실하게 약속을 했거든요."

"아주 충실하게 약속했다고요! ……충실한 약속이라! ……그것 참 아리송한 말이네요. 충실한 실행이라는 말은 들어 봤습니다만. 그러나 충실한 약속…… 약속의 성실성이라니! 그렇지만 굳이 알아 둘 가치가 있는 능력은 아니네요. 당신을 속여서 고통을 줄 수도 있을 테니까요. 제 어머니의 방은 정말 넓죠, 안 그런가요? 넓고 환하고, 또 옷장도 잘 갖추어져 있고! 이 집에서 제일 편안한 방이 아닌가 싶어요. 엘리너가 왜 이 방을 자기 방으로 안 쓰는지 알다가도 모르겠어요. 동생이 방을 보라고 보내던가요?"

"아니에요."

"온전히 당신이 혼자 보러 왔다는 말씀?" 캐서린은 아무 말도 하지 않았다. 잠깐 침묵을 지키며 그녀를 찬찬히 바라보던 그가 이렇게 덧붙였다. "방 자체로는 호기심을 불러일으킬 만한 것이 아무것도 없으니, 어머니를 추모하느라고 엘리너가 그려 낸 우리 어머니의 인품을 존경하는 마음에서 그리하신 셈이군요. 세상에 우리 어머니보다 훌륭한 분은 없다고 믿어요. 그러나 미덕이 크다 해도 그렇지 이렇게까지 관심을 끄는 일은 드물 겁니다. 세상에는 전혀 알려지지 않은 분이 가정에서 소박하게 발휘한 미덕이 열렬하고 뜨거운 존경심을 불러일으켜 당신처럼 이렇게 찾아오게 만드는 경우는 흔치 않다는 말입니다. 제 생각엔 엘리너가 어머니 이야기를 많이 했겠지요?"

"네, 아주 많이요. 그게, 저…… 아니, 많지는 않고요. 그렇지만 해 준 이야기는 정말 흥미로웠어요. 갑자기 돌아가시고……." 그녀는 천천히, 망설이면서 말했다. "그리고 당신은…… 당신네들은 아무도 집에 없었고요. 그리고 당신의 부친께선, 제 생각엔, 그분을 별로 좋아하지 않았던 것 같아서요."

"그러니까 제가 듣기로는 말입니다만." 눈치 빠른 그가 그녀의 눈을 지그시 바라보면서 대답했다. "당신은 아마도 어머니가 무관심하게 방치되신 것이 아닌가 하고 추론하는 것 같군요……. 어쩌면……." 그녀는 자기도 모르는 사이에 고개를 저었다. "무언가 훨씬 더 용서하기 힘든 짓까지도." 그녀는 전에 없이 그를 향해 한껏 눈을 치켜떴다. 그가 계속했다. "어머니의 병환, 죽음으로 끝나 버린 그 발병은 갑작스러웠죠. 담즙 계통의 열병으로 전부터 종종 앓던 병이었어요. 체질이 원인이었죠. 셋째 날 병세가 심상치 않게 되자 곧바로 의사가 보살폈는데 아주 존경받는 분이셨죠. 또 어머니가 늘 크게 신뢰하던 분이기도 했고요. 위독하다는 그분의 의견에 따라 두 명의 의사가 다음 날 더 불려와서 거의 스물네 시간 붙어 있다시피 했습니다. 어머니는 다섯째 날 돌아가셨어요. 병세가 악화되는 동안, 프레더릭과 나는(우리는 둘 다 집에 있었습니다.) 몇 번이나 어머니를 뵈었고요. 우리가 지켜보기로는, 어머니께서는 주변 사람들의 애정 어린 보살핌을, 혹은 그 상태에서 받을 수 있는 갖은 보살핌을 모두 받으셨어요. 딱하게도 엘리너는 없었는데, 거리가 멀다 보니 돌아왔을 때는 어머니가 이미 관에 들어가신 후고요."

"부친 말씀인데요. 부친께서도 괴로워하셨나요?" 캐서린이 물었다.

"한동안은 많이 괴로워하셨지요. 아버지가 어머니한테 애정이 없었다고 추정하신다면 그건 잘못입니다. 아버지는 어머니를 사랑했어요. 그분이 할 수 있는 만큼은 말이지요. 아시다시피 우리 모두가 똑같이 따뜻한 성품을 타고나는 것은 아니니까요. 어머니 생전에 참고 살아야 할 일이 많지 않았다고 하지는 않겠어요. 부친이 성격이 불같아서 상처를 주었지만 판단은 바르게 하셨어요. 어머니를 소중하게 여기는 마음은 진지했습니다. 그리고 언제까지나 그랬던 것은 아니지만, 아버지는 아내의 죽음 때문에 진정으로 아파했습니다."

"정말 다행이에요." 하고 캐서린이 말했다. "너무 충격을 받을 뻔했네요!"

"내가 제대로 당신을 이해했다면, 당신은 내가 입에 담기도 어려운 그런 공포스러운 추측을 했던 모양이네요. 친애하는 몰런드 양, 어쩌다가 그런 무시무시한 의심을 다 하셨는지. 도대체 무슨 근거로 그런 판단을 내렸죠? 우리가 살고 있는 나라와 시대를 생각해 보세요. 우리가 영국인이고 또 기독교인이라는 것을 기억해 보세요. 당신 자신의 이해력과 현실 감각에 비추어 보고 주변에서 벌어지는 일에 대한 당신 자신의 관찰에 비추어 보세요. 이런 잔혹한 일을 하라고 우리가 교육을 받았나요? 우리의 법이 그걸 그대로 둘까요? 이 나라가 어떤 나랍니까? 사회적, 문학적 관계가 뿌리내리고 있고 모든 사람이 자발적 감시자인 이웃에 둘러싸여 있고 사방으로 뻗은 길에 신문이 안 가는 곳이 없는 나라 아닙니까? 아무도 모르게 감쪽같이 그런 일을 저지를 수는 없는 겁니다. 친애하는 몰런드 양, 대체 무슨 생각을 하고 계셨던 건가요?"

그들은 회랑의 끝에 다다랐고, 그녀는 너무나 창피해서 눈물을 쏟으며 자기 방으로 달아났다.

10

소설 같은 일이 벌어지고 있다는 환상은 이제 끝났다. 캐서린은 완전히 꿈에서 깨어났다. 서너 번 예상이 빗나가면서 자신의 최근 공상이 과도하지 않은가 하는 의심이 생겨나긴 했지만, 이렇게 콩깍지가 벗겨진 것은 짧으나마 헨리의 말 덕분이었다. 그녀는 비참할 정도로 기가 죽었다. 쓰라린 통한의 눈물도 흘렸다. 자기 자신에 대해서만 무너진 것이 아니라 헨리에게서도 무너진 것이다. 지금은 거의 범죄 수준으로 보이는 자신의 어리석음이 온통 다 드러나고 말았으니 그는 그녀를 영원히 경멸할 것이 틀림없었다. 자기 아버지의 성품을 두고 그렇게 함부로 상상력을 발휘해 댔으니 과연 용서할 수 있는 일이겠는가? 그녀의 말도 안 되는 호기심과 두려움이 과연 잊힐 수 있겠는가? 그녀는 말로 표현할 수 없을 정도로 자신이 미웠다. 이 치명적인 아침이 오기 전 그는 한두 번 그녀에 대한 애정 비슷한 것을 보여 주었다. 적어도 그녀는 그렇게 생각했다. 그러나 지금은…… 줄이자면 그녀는 반 시간 정도 비참한 심경을 곱씹다가 시계가 5시를 치자 상심한 가슴을 안고 아래로 내려갔고 괜찮으냐는 엘리너의 물음에도 대답하는 둥 마는 둥 넘어가 버렸다. 마주 보기조차 두려운 헨리가 곧 그녀를 따라 방으로 들어왔는데, 그녀에 대한 태도에서 달라진 점이 있다면 평소보다 좀 더 배려를 해 준다는 정도였다. 마치 캐서린에게 지금보다 위로가 필요한 시간이 없다는 것을 아는 것처럼.

이렇게 감싸 주며 친절하게 대하는 태도는 저녁 시간 내내 약해지지 않았고 그녀도 점점 기운이 살아나 어느 정도 평정심을 찾을 수 있었다. 과거를 잊거나 변호할 생각은 없었다. 그러나 그녀는 그 과거가 더 이상 번지지 않을 것이고 헨리의 호감도 아주 잃지는 않을 수도 있다는 희망을 품게 되었다. 근거 없는 공포심에 사로잡혀 저질렀던 자신의 황당한 짓을 곱씹다 보니, 짧은 시간에 무엇보다 분명해진 것은 다음과 같은 것이었다. 즉, 그 모두가 자기 스스로가 만들어 낸 자발적인 망상이었다는 것, 사소한 정황 하나하나가 놀라기로 작정한 상상력 덕분에 중요해져 버렸다는 것, 그리고 사원에 들어오기 전부터 무시무시한 일을 겪고 싶은 마음이 너무 컸던 탓에 모든 것을 한 가지 목적 쪽으로 왜곡시켰다는 것이었다. 그녀는 노생거를 알게 되면서 어떤 마음가짐을 가졌었는지를 떠올렸다. 바스를 떠나기 오래전부터 무엇에 홀린 듯 열에 들떠 못된 생각을 품었다는 것을 깨달았고, 그 모든 것의 기원을 추적해 보면 거기서 심취했던 독서가 큰 영향을 미친 듯했다.

래드클리프 부인의 작품들은 매력적이지만, 또 그녀를 모방한 작가들의 작품도 매력적이지만, 그것들에는 적어도 잉글랜드 중부 지역의 인간 본성은 고려되고 있지 않은 듯했다. 침엽수림이 울창하게 우거지고 악행이 도처에서 자행되는 알프스나 피레네 산맥[35]에 대해서는 그 작품들의 묘사가 충실할 수도 있었다. 그리고 이탈리아, 스위스, 남프랑스라면 그 소설들에 재현된 것처럼 공포스러운 일들이 자주 일어날 수도 있었다. 캐서린은 자기 나라 너머에까지 그런 의심을 할 엄두를 내지는 않았고, 자기 나라라도 구태여 말해 보라면 북단이나 서단을 들 수 있었을 것이다. 그러나 잉글랜드 중부 지역에는 사랑받지 못하는 부인조차 국법에 의해서, 그리고 시대의 풍습에 의해서 안전한 삶이 확실히 보장되고 있었다. 살인은 용납되지 않았고 하인들은 노예가 아니었으며 독약이나 수면제는 대황(大黃)처럼 약제사한테서 언제라도 구할 수 있는 것이 아니었다. 알프스나 피레네 산맥 지대 사람들 중에는 마음속에 선악이 혼재된 인물이 아마도 없을 것이다. 그러한 지역에는 천사같이 흠 하나 없는 사람이 아니라면 악마의 기질을 타고난 사람들이 살 터였다. 그러나 잉글랜드는 그렇지 않았다. 영국인들의 기질이나 습관을 보면 사람마다 선과 악이, 섞이는 비율은 다를지라도 일반적으로 혼재되어 있다고 그녀는 믿었다. 이런 믿음에 따라 그녀는 비록 헨리 틸니와 엘리너 틸

---

35) 당시 고딕 소설들의 무대로 사용된 곳.

니에게서 앞으로 약간의 사소한 불완전한 점들이 보이더라도 놀라지 않을 터였다. 그리고 이런 믿음에 따라 그녀는 그들 아버지의 성격에 약간의 실질적인 흠이 있다는 것을 스스럼 없이 인정해야 했다. 중상모략에 버금가는 낯 뜨거운 의심에서는 깨끗이 벗어났다고 해도, 진지하게 생각해 보면 완벽하게 좋은 인간이라고도 할 수 없었다.

이런 몇 가지 문제에 대해서 마음을 정리했고 앞으로는 늘 최대한 양식을 발휘하여 판단하고 행동할 것을 다짐했으니, 이제는 자신을 그만 용서하고 더 행복해지는 것 외에 달리 할 수 있는 일이 없었다. 또 다른 하루가 지나가는 사이에 시간의 관대한 손길이 시나브로 그녀에게 큰 도움이 되었다. 무엇보다 놀라울 정도로 너그러운 헨리의 태도와 고상한 처신이 가장 큰 도움이 되었으니, 그는 지난 일에 대해서는 한마디도 꺼내지 않았던 것이다. 처음 비탄에 빠졌을 때는 기대조차 할 수 없었을 만큼 마음이 아주 빠르게 편해졌고 앞으로는 그가 무슨 말을 하든 더욱 힘을 얻을 여유가 생겼다. 아직은 입 밖에 나오기만 해도 둘 다 긴장할 수밖에 없는 화제가 몇 가지 있긴 했다. 가령 궤짝이니 캐비닛이니 하는 것들이었다. 하여간 그녀는 옻칠을 한 것이라면 어떤 것이든 보고 싶지 않았다. 그러나 아무리 고통스럽더라도 자기가 한 어리석은 행동을 가끔씩 기억하는 것이 도움이 될 수 있다는 것까지는 인정할 수 있었다.

소설의 공포가 끝나자 곧 일상생활의 긴장이 뒤를 잇기 시작했다. 이저벨라한테서 소식을 듣고 싶은 마음이 하루가 멀다 하고 커져 갔다. 그녀는 바스의 사교계가 어떻게 돌아가는

지, 무도회 방들은 어떻게 사용되는지 알고 싶었고, 특히 이저
벨라가 구하고자 했던 그물 무늬 자수용 무명천은 찾았는지,
그리고 제임스 오빠와는 여전히 잘 지내는지 확인하고 싶었
다. 그런 소식을 접하려면 이저벨라를 통하는 수밖에 없었다.
제임스는 옥스퍼드로 돌아갈 때까지는 편지를 쓰지 않겠다
고 했고, 앨런 부인은 자기가 풀러턴으로 돌아가기까지는 편
지를 기대하지 말라고 했으니 말이다. 그러나 이저벨라는 약
속을 하고 또 했다. 그리고 그녀는 일단 약속을 했으면 그것을
지키려고 애를 쓰는 사람이었다! 그러니 정말 이상한 일이 아
닐 수 없었다!

아홉 번의 아침이 오는 동안, 캐서린은 실망을 거듭했고 새
아침이 올 때마다 실망은 더 커졌다. 열 번째 아침 그녀가 조
찬실에 들어왔을 때 처음 눈에 띈 것은 편지였다. 헨리가 선뜻
그녀에게 편지를 건네주었다. 그녀는 마치 그가 직접 쓰기라
도 한 것처럼 진심으로 감사했다. "그렇지만 이건 제임스한테
서 온 거네요." 주소를 보면서 그녀가 말했다. 그녀는 편지를
열었다. 옥스퍼드에서 온 그 편지의 내용은 다음과 같았다.

사랑하는 캐서린,

편지를 쓰기가 정말 내키지 않지만 너한테는 알리는 것이 나
의 의무인 것 같구나. 소프 양과 나 사이는 모두 끝났어. 나는
어제 그녀와 헤어지고 바스를 떠났어. 바스든 그녀든 어느 쪽
도 다시는 볼 생각이 없다. 자세한 이야기는 하지 않겠다. 해 봐
야 네 마음만 괴롭겠지. 누구 탓인지는 너도 곧 다른 쪽에서 충

분히 들을 테고. 희망컨대 모든 면에서 네 오빠를 용서하더라
도 애정에 응답이 있을 것이라고 너무 쉽게 믿었던 어리석음만
은 용서하지 말거라. 맙소사! 제때에 정신을 차리긴 했다만! 그
러나 타격이 크구나! 아버지께서 그렇게 친절하게 결혼 승낙을
하셨는데……. 그러나 그만하자. 그녀는 영원히 나를 비참하게
했어! 얼른 네 소식을 듣고 싶구나. 사랑하는 캐서린, 너는 나의
유일한 친구야. 네 사랑 하나 믿고 내가 산다. 노생거 방문은 틸
니 대위가 약혼 사실을 공표하기 전에 끝내는 게 좋겠다. 그렇
지 않으면 불편한 입장이 될 테니까. 가련한 소프는 런던에 있
어. 그를 보기가 겁난다. 정직한 친구라 착잡하긴 할 거야. 그하
고 아버지한테 편지를 썼어. 나는 무엇보다 그녀의 이중성에 상
처를 입었어. 내가 따지는데도 마지막까지 변함없이 나를 무척
사랑한다고 하면서 내 걱정을 비웃더라. 내가 너무 오래 참았구
나 생각하면 수치스럽다. 그러나 사랑받고 있다고 믿을 이유가
있는 남자가 있다면, 그게 바로 나였어. 지금까지도 그녀가 도
대체 무얼 하자는 것인지 이해하지 못하겠어. 틸니를 손에 넣
자고 나를 가지고 놀 필요까지는 없을 텐데 말이야. 우린 마침
내 합의하에 갈라섰어. 만나지 않았더라면 좋았을 텐데! 이런
여자는 두 번 다시 알고 싶지 않아! 사랑하는 캐서린, 마음을 줄
때는 조심하도록 해라.

　명심하길 바라며. 이만 총총.

캐서린은 세 줄도 채 읽지 않아 갑자기 안색이 변했고, 짧은
탄식으로 불쾌한 소식을 접하고 있음을 말해 주었다. 편지를

다 읽을 때까지 그녀를 유심히 지켜보던 헨리는 끝도 시작보다 나을 것이 없음을 분명히 볼 수 있었다. 그렇지만 아버지가 들어오는 바람에 놀란 표정을 감추었다. 그들은 바로 아침 식사를 시작했지만 캐서린은 음식을 제대로 넘기지 못했다. 눈에 눈물이 가득 고이더니 앉아 있는 그녀의 뺨을 타고 흘러내렸다. 손에 쥐었던 편지는 한순간 무릎에 얹혔고 다음 순간 주머니에 들어갔는데, 그녀는 자신이 무슨 행동을 하는지 알지 못하는 듯 보였다. 코코아를 마시며 신문을 보느라 다행히 장군은 그녀를 주의해서 볼 여유가 없었으나, 나머지 두 사람에겐 그녀의 고통이 훤히 보였다. 결례를 무릅쓰고 식탁을 떠난 그녀는 서둘러 자기 방으로 갔다. 그러나 방에는 하녀가 부지런히 일하고 있어서 다시 내려갈 수밖에 없었다. 그녀는 혼자 있을 곳을 찾아 돌아서서 거실로 들어갔는데, 헨리와 엘리너도 마찬가지로 그곳에 나와서 마침 그녀에 대해 깊은 이야기를 나누던 참이었다. 그녀는 미안하다면서 물러 나오려 했으나 그들의 만류로 다시 돌아갔다. 엘리너가 그녀에게 소용이 닿거나 위로가 되었으면 좋겠다는 애정 어린 말을 던진 후 두 사람은 자리를 비켰다.

반 시간 동안 마음껏 슬픔에 잠긴 채 이런저런 생각을 하고 나자 이제 친구들을 만나 봐도 좋겠다는 생각이 들었다. 그러나 그들에게 자신이 힘들어하는 이유를 알릴 것인지를 놓고 또 고민이 시작됐다. 구태여 물어 온다면 윤곽 정도만 알리고 말 일인 듯했다. 어렴풋이 암시만 전하고 그 이상은 하지 말자. 친구, 그것도 이저벨라와 같은 친구의 비행을 폭로한다는 것은 좀……. 게다가 그들 자신의 형이자 오빠가 관련된 일이 아닌가! 그녀는 이 이야기를 통째로 묵혀 두어야 한다고 생각했다. 헨리와 엘리너는 조찬실에 있었다. 그녀가 들어서자 두 사람은 그녀를 걱정스럽게 쳐다보았다. 캐서린은 식탁에 자리를 잡았고 짧은 침묵 후에 엘리너가 입을 열었다. "풀러턴에서 나쁜 소식이라도 온 건 아니죠? 몰런드 씨 부부와 당신의 형제자매들…… 아무도 아픈 사람이 없었으면 좋겠어요."

"아니에요, 고맙습니다." 그녀는 한숨을 쉬면서 말했다. "다들 잘 지내고 있어요. 편지는 옥스퍼드에 있는 오빠한테서 온 거예요."

잠시 아무도 입을 열지 않았다. 그러다 그녀가 눈물을 흘리면서 이렇게 덧붙였다. "다시는 편지를 받고 싶지 않을 것 같아요."

"미안합니다." 방금 폈던 책을 닫으면서 헨리가 말했다. "편지에 반갑잖은 내용이 있을 줄 알았다면 아주 다른 기분으로 전해 드렸을 텐데요."

"상상 이상으로 나쁜 소식이 담겨 있어요! 가엾은 제임스가 지금 너무 불행해요! 이유는 곧 아시게 될 거예요."

"이렇게 마음씨 곱고 다정한 누이가 있다는 건……." 헨리가 따뜻하게 대답했다. "무슨 불행이 닥치더라도 위로가 될 겁니다."

"한 가지 부탁드릴 일이 있어요." 잠시 후에 캐서린이 착잡한 표정으로 말했다 "당신의 형님이 여기로 오시기로 하면 저한테 알려 주세요. 제가 떠날 수 있도록요."

"형이! 프레더릭이!"

"네, 너무 빨리 떠나서 미안합니다만, 일이 생겨서 저로선 틸니 대위와 같은 집에 있기가 무척 껄끄럽거든요."

엘리너는 뜨개질을 멈추고 놀라서 눈을 크게 떴다. 그러나 헨리는 사실이 아닐 거라면서 소프 양의 이름을 거론하며 몇 마디 하는 것이었다.

"어쩜 그렇게 빠르세요!" 캐서린이 소리쳤다. "짐작하고 계셨군요, 틀림없이! 그렇지만 바스에서 함께 이야기를 나누었을 때 당신은 이 일이 이렇게 끝날 것이라고는 생각하지 않으셨죠. 그러고 보니 제가 이저벨라한테서 편지를 못 받은 것도 이상한 일이 아니네요. 이저벨라가 제 오빠를 버렸다는군요. 당신의 형과 결혼하려고! 지조가 없어도 정도가 있지 어쩌면 그렇게 변덕스러울 수가 있나요? 세상에 이렇게 나쁘기만 한 일이 있을까요?"

"제 형에 관해선 잘못 아신 게 아닌가 해요. 형이 몰런드 씨의 실망을 초래하는 데 실질적으로 한몫 거든 것이 아니기를 바랍니다. 형이 소프 양과 결혼하는 것은 거의 있을 수 없는 일입니다. 당신이 뭔가 잘못 알고 계신 게 틀림없다고 생각해요. 몰런드 씨 일은 매우 유감입니다. 당신이 사랑하는 사람이 불행하다니 마음이 아프군요. 그러나 그 어떤 대목보다 놀라운 것은 프레더릭이 그 여자분과 결혼한다는 이야기일 겁니다."

"그렇지만 그건 사실이에요. 제임스의 편지를 직접 읽게 해드리죠……. 잠깐만요……. 이 부분은 좀…….' 편지의 마지막 행을 떠올리자 그녀는 얼굴이 화끈거렸다.

"제 형과 관련된 문장을 한번 읽어 봐 주시겠어요?"

"괜찮아요, 직접 읽어 보세요." 캐서린이 목청을 좀 높여서 말했다. 다시 생각해 보니 더 분명해졌던 것이다. "내가 무슨 생각을 했는지 모르겠네." 그녀는 얼굴을 붉힌 것에 다시 얼굴이 붉어지면서 말했다. "오빠는 나한테 좋은 충고를 하려던 것뿐인데."

그는 선뜻 편지를 받아 들었다. 그런 다음 주의를 기울여 통독하고 나서 그것을 돌려주며 말했다. "흠, 일이 이렇게 되었다면 참으로 유감이란 말밖에 할 수 있는 게 없군요. 가족의 기대를 저버리고 생각 없이 아내를 선택한 사람이 프레더릭 이전에 없었던 것도 아니고요. 연인으로서나 아들로서나 형의 처지가 그리 탐탁진 않습니다."

틸니 양도 캐서린의 권유로 편지를 읽어 보았다. 그녀도 걱정과 놀라움을 표하면서 소프 양의 친척과 재산에 대해서 묻기 시작했다.

"모친은 참 좋으신 분이세요." 캐서린의 답변이었다.

"부친은 무얼 하셨던 분이죠?"

"변호사이셨다고 들었어요. 푸트니에 살고 계세요."

"부유한 집안인가요?"

"아니요, 별로 그렇지는 않아요. 이저벨라한테 이렇다 할 재산이 있는 것 같지는 않아요. 그러나 당신 가족에겐 별로 의미가 없을 거예요. 부친께서 그렇게 도량이 넓으시니요! 일전에 저한테 그러시더군요. 당신한테 돈이 소중한 것은 자식들의 행복을 증진시킬 수 있을 때뿐이라고요." 남매는 서로 눈길을 주고받았다. 잠시 침묵이 있은 뒤, 엘리너가 말했다. "그러나 그런 여자와 결혼할 수 있게 해 주는 것이 과연 자식의 행복을 증진시키는 걸까요? 그 여자분은 지조가 없는 사람이 틀림없어요. 그렇지 않다면야 당신의 오빠를 이용하진 않았겠죠. 그리고 프레더릭 오빠가 그렇게 빠져들다니 정말 이상해요! 자기 눈앞에서 약혼을 위반하고서 자발적으로 다른 남자와 사귀는 여자를 말이에요! 상상도 못할 일 아니에요, 헨리? 프레더릭 오빠도 그렇지, 늘 자부심 하나만큼은 대단했는데! 성에 차는 여자가 없다고 할 때는 언제고!"

"정말 앞길이 막막한 상황이고, 형에게 가장 불리하게 작용하겠지. 형이 과거에 했던 발언을 생각하니 그만 형을 포기해야겠어. 더구나 소프 양처럼 신중한 사람이 다른 쪽을 확보하지 않은 채로 한쪽 신사와 헤어질 리가 없어. 프레더릭 형은 이제 끝난 거야! 죽은 사람이나 마찬가지지……. 도대체 생각이란 게 없어요. 엘리너, 너 올케 맞을 준비나 해라. 그런 올케를 맞아 참 좋겠구나! 개방적이고 솔직하고 꾸밈없고 가식 없고, 애정은 강하지만 단순해서 꾸밀 줄도 모르고 속일 줄도 모르니 말이다."

"그런 올케라면, 헨리 오빠, 나야 좋지요 뭐." 엘리너가 미소를 지으며 말했다.

"그렇지만." 하고 캐서린이 나섰다. "우리 가족한테야 나쁜 짓을 했지만, 당신네 가족한테는 잘할 수도 있잖아요. 진짜 좋아하는 사람을 만났으니 이젠 변하지 않겠지요."

"실은 그럴까 봐 걱정입니다." 헨리가 대꾸했다. "변하지 않을까 봐 걱정인 거죠. 귀족 나부랭이라도 나타나면 모를까. 그게 프레더릭한테는 유일한 기회죠. 바스 신문을 가지고 와서 도착 소식란을 훑어봐야겠어요."

"그럼 이게 다 야심 때문이라고 보시는 건가요? 하긴 그런 면이 없다고는 말하지 못하겠네요. 지금도 기억이 생생한데, 제 아버지가 그 둘에게 무얼 해 줄 수 있는지 처음 알고 나서 무척 실망하는 것 같았어요. 더 많이 주시기를 바랐던 거죠. 살면서 처음으로 다른 사람의 속을 모르겠다는 생각이 들었어요."

"당신이 알고 연구해 온 다양한 사람들 가운데서 말이죠."

"저도 그녀에 대해 실망과 상실감이 크긴 해요. 그렇지만 가엾은 제임스 오빠는 그런 아픔에서 헤어나기가 쉽지 않을 것 같아요."

"지금 제일 딱한 분은 물론 당신 오빠지요. 그러나 그의 고통도 고통이지만 우린 당신의 고통도 지나치지 않아야 합니다. 제 생각에 이저벨라를 잃는 건 당신에게 마치 자신의 반쪽을 잃는 것과 같은 기분일 겁니다. 가슴에 다른 무엇으로도 채워질 수 없는 구멍이 뻥 뚫린 기분이겠죠. 사람 사귀는 것 자체가 귀찮아질 테고요. 바스에서 함께 즐겼던 오락들도 그래요. 그 여자분 없이 그런 오락을 즐긴다는 건 생각하기도 싫을 겁니다. 말하자면 세상을 다 주어도 무도회에는 가지 않을 거라는 말이죠. 이제 마음을 터놓고 이야기할 친구가 하나도 없는 느낌일 테고요. 달리 말해서, 나를 아낀다고 믿을 만한, 혹은 아무런 어려움 없이 조언을 얻을 수 있을 그런 친구가 없다

고 말이지요. 이런 느낌이지요?'

"아니요." 잠시 생각해 보던 캐서린이 이렇게 말했다. "그렇진 않아요. 그래야 하나요? 사실대로 말씀드리면, 가슴이 쓰리고 아프긴 하지만, 그녀를 여전히 사랑할 순 없고 연락도 받고 싶지 않고 아마도 다시 보고 싶지도 않아요. 그렇다고 사람들이 생각하는 것만큼 그렇게 너무너무 아파서 못 견딜 정도는 아니에요."

"당신은 늘 그래요. 인간 본성에 가장 어울리는 것을 느끼세요. 그런 감정은 마땅히 깊이 들여다봐야 합니다. 자각될 수 있도록 말입니다."

대화를 나누다 보니 기분이 훨씬 나아져서 캐서린은 자신도 모르게 사정을 털어놓은 것이 후회되지 않았다.

11

이때부터 세 젊은이는 이 일을 자주 화제로 삼았다. 이저벨라가 지위도 재산도 없는 탓에 프레더릭과 결혼하는 데 어려움이 있을 것이라고 남매가 한목소리로 말하자 캐서린은 적지 않게 놀랐다. 장군이 그녀의 성품을 문제 삼을 가능성은 차치하고라도 이런 이유만으로 연분 맺는 것을 반대할 것이라는 말인데, 그녀 자신의 처지를 생각하니 정신이 번쩍 드는 기분이었다. 그녀는 이저벨라만큼이나 보잘것없는 신분에 지참금도 거의 없을 터였다. 그리고 만약 틸니 가문 재산의 상속자가 가진 영예와 부가 그 자체로서 충분치 않다면, 그 남동생의 관심을 얻으려면 어느 정도 수준이 요구될 것인가? 이런 생각을 하다 보니 머리가 지끈거렸다. 다행히도 장군이 처음부터 그녀에게 특별한 호감을 가졌고 행동이나 말로 그 호감을 보여 주었다는 사실로 겨우 그 고통을 떨쳐 낼 수 있었다. 또 장군이 돈 문제에서는 가장 관대하고 사심 없는 정서를 가지고 있다는 것을 기억함으로써 떨쳐 낼 수 있었다. 그녀는 그가 그렇게 말하는 것을 한 번 이상 들었고 이 문제에서 자식들이 그의 성품을 오해하고 있다고 생각하고 싶었다.

그렇지만 남매는 틸니 대위가 아버지를 대면하여 허락을 얻어 낼 용기는 없을 것이라고 확신해 마지않았고 그가 이 시기에 노생거에 올 가능성은 거의 없다시피 하다고 거듭 확인해 주어서, 그녀는 자기가 갑작스럽게 떠날 일까지는 없으리라는 쪽으로 마음을 정리했다. 그러나 틸니 대위가 언제가 되더라도 승낙을 받으러 온다면 자기 아버지에게 이저벨라의 행실을 제대로 알릴 것 같지 않으니, 차라리 헨리가 형에 앞서 모든 이야기를 있는 그대로 털어놓는 편이 더 낫지 않을까 하는 생각이 들었다. 장군이 냉정하고 객관적인 견해를 가지고, 반대를 하더라도 불평등한 처지보다는 좀 더 공정한 근거에서 할 수 있게 해 드리자는 것이다. 그녀는 그에게 그런 제안을 해 보았다. 그러나 그는 기대했던 것만큼 호응하지 않았다. "아닙니다." 하고 그가 말했다. "아버지에게 더 힘을 실어 드릴 필요는 없습니다. 프레더릭이 그 어리석은 짓을 고백하지 못하게 막을 필요는 없어요. 형이 자기 입으로 이야기해야 합니다."

"그러나 그분은 절반만 이야기할 텐데요."

"반의 반만 이야기해도 충분할 겁니다."

하루가 지나고 이틀이 지났지만 틸니 대위의 소식은 들려오지 않았다. 그의 동생과 여동생은 이 상황을 어떻게 받아

들여야 할지 몰랐다. 정말 약혼을 해서 아무 소식이 없는 건가 싶다가도 약혼을 했으면 무슨 소식이 있을 텐데 하기도 했다. 그동안 장군은 아침마다 프레더릭이 게을러 터져서 편지를 보내지 않는다며 화를 냈지만, 진짜 근심거리에 대해서는 아무것도 알지 못했다. 오히려 몰런드 양이 노생거에서 즐거운 시간을 보내도록 챙기는 일에 노심초사했다. 그는 종종 이 문제에서 불편한 심기를 드러냈다. 날이면 날마다 똑같은 사람들이 모여서 똑같은 일을 하니 이곳이 싫어지지 않겠느냐고 걱정하고, 레이디 프레이저네가 시골에 있으면 좋을 텐데 희망하기도 하고, 가끔은 크게 한번 정찬을 해야겠다는 말도 하고, 한두 번은 무도회를 열면 올 만한 인근 젊은이들의 수를 계산하기까지 했다. 그러나 이 시기는 한 해 중 가장 따분한 때로, 야생 조류도 없고, 사냥감도 없고, 레이디 프레이저네도 시골에 없다는 것이다. 그러다 마침내 이런 상황도 막을 내렸다. 그가 어느 날 아침 헨리에게 다음번 우드스톤에 가 있을 때 그들이 날을 잡아 깜짝 방문을 하여 그와 함께 양고기를 먹으면 어떻겠느냐고 제안한 것이다. 헨리는 크게 위신을 세우게 되어 매우 행복해했고 캐서린은 떨 듯이 기뻐했다. "그런데 제가 이런 기회가 오길 기대하고 있었던 것은 언제 아셨어요? 월요일에 우드스톤에 가서 교구 모임에 참석해야 합니다. 그리고 한 이삼 일 머물러야 할 것 같아요."

"그래그래, 그날 중에 하루 기회를 잡아 보자꾸나. 확정할 필요는 없고. 너도 준비한다고 괜히 부산 떨 것 없다. 집에 있는 대로 차려도 충분할 거다. 아가씨들한테야 내가 독신 총각의 밥상이니 양해해 달라고 부탁하면 되고. 보자, 월요일은 네가 바쁜 날일 테니, 월요일은 피하도록 하지. 화요일은 내가 바쁜 날이고. 브로컴에서 측량사가 아침에 보고서를 가지고 오기로 했어. 그 이후에는 예의상 클럽에 나가 보지 않을 수 없고. 지금 외부에 나가 있다면야 지인들 얼굴을 안 볼 수 있겠지만, 시골에 와 있는 게 다 알려진 마당에 안 나가면 아주 잘못된 처신으로 여겨질 게다. 몰런드 양, 시간과 관심을 조금만 쏟으면 되는 일로 괜히 이웃들 기분을 상하게 할 필요는 없다는 것이 나의 원칙이외다. 썩 괜찮은 사람들이오. 일 년에 두 번 노생거에서 사슴 반 마리를 받아 가지요. 기회가 닿을 때마다 그 사람들하고 정찬을 합니다. 그러니 화요일은 제쳐 두어야겠군. 내 생각엔 헨리, 수요일이면 괜찮을 것 같다. 일찍 가면 주위를 한번 둘러볼 시간도 될 거고. 우드스톤까지 두 시간 사십오 분이면 닿을 테니, 10시까지는 마차에 타야겠군. 그러면 수요일 12시 45분쯤에 우리를 볼 수 있을 게다."

캐서린에게는 무도회를 연다고 해도 이 작은 소풍보다 반갑지 않았을 것이다. 우드스톤을 알고 싶은 욕망이 그만큼 컸던 까닭이다. 한 시간쯤 후에 헨리가 부츠를 신고 외투를 입고서 그녀와 엘리너가 앉아 있는 방으로 들어와 이렇게 말할 때까지도 그녀의 가슴은 기쁨으로 콩닥거렸다. "숙녀님들, 도덕군자의 말씀 같지만 전 이 세상에서 우리의 쾌락에는 늘 대가가 따른다는 점을 전해 드리려고 왔답니다. 가끔은 큰 손해를 보고서 그 쾌락을 사기도 하는데, 금방 돈이 되는 현재의 행복을 주고 떼일 수도 있는 미래의 수표를 받는 겁니다. 바로 지금의 제가 그 증인입니다. 왜냐하면 날씨가 안 좋거나 기타 스무 가지 다른 이유로 무산될 수 있음에도 수요일 우드스톤에서 여러분을 만나리라 기대하며 원래 계획보다 이틀 먼저 떠나야 하기 때문입니다."

"가신다고요!" 캐서린이 시무룩해져서 말했다. "왜요?"

"왜냐니요! 어떻게 그런 질문을 할 수가 있지요? 왜냐하면 제 늙은 가정부를 혼이 쏙 빠지도록 놀래키려면 시간이 없으니까요. 왜냐하면 제가 가서 여러분을 위해서 정찬을 준비해야 하니까요."

"어머! 진담이 아니시겠지요?"

"사실입니다, 유감스럽습니다만. 나도 그냥 여기 있고 싶으니까요."

"그렇지만 그렇게까지 하지 않으셔도 되지 않나요? 장군께서도 아무것이라도 괜찮으니 괜히 애쓸 것 없다고 특별히 말씀하셨고요."

헨리는 미소를 지을 뿐이었다. "당신의 여동생과 저 때문이라면 그러실 필요가 전혀 없어요. 이 점을 확실히 아셔야 해요. 장군께서도 특별한 걸 내놓을 필요는 없다고 강조해서 말씀하셨고 게다가 혹 하시고 싶은 말씀의 반도 안 하셨더라도 그분이야 집에서 늘 훌륭한 식사를 하시니 하루 정도 보통 식사를 하셔도 문제 될 건 없지 않을까요?"

"나도 당신처럼 한번 따져 볼 수 있으면 좋겠군요. 아버지를 위해서나 나를 위해서나 말입니다. 잘 있어요. 내일이 일요일이니까, 엘리너, 난 돌아오지 않을 거다."

그는 갔다. 그리고 캐서린은 언제라도 헨리의 판단보다는 자신의 판단을 의심하는 것이 습성처럼 되어 있던지라, 떠난 것이야 섭섭했지만 곧 그가 옳았음을 인정할 수밖에 없었다. 그러나 장군의 언동이 도저히 납득이 안 되는 것은 여전했다. 그가 먹는 데 특히 까다롭다는 것은 누가 설명해 주지 않아도 그녀 자신의 눈으로 확인한 바였다. 그러나 입으로는 분명하게 그렇게 이야기해 놓고 속뜻은 내내 다른 데 있었다니, 도무지 이해가 되지 않았던 것이다! 그런 식이라면 사람들이 어떻게 알아듣는단 말인가? 헨리 말고 누가 그분의 속뜻을 알아챈단 말인가?

그렇지만 토요일부터 수요일까지 그들은 이제 헨리 없이 지내야 했다. 이것이 이런저런 생각 끝에 도달한 슬픈 결론이었다. 그리고 틸니 대위의 편지가 그가 없는 사이에 올 것이고 수요일은 장담컨대 비가 올 터였다. 과거, 현재, 미래가 모두 어두웠다. 그녀의 오빠는 너무도 불행했고 이저벨라를 잃은 그녀 역시 많이 괴로웠다. 게다가 엘리너의 기분은 늘 헨리의 부재에 영향을 받았다! 이제 이곳에서 신나고 즐거울 일이 무엇이겠는가? 숲과 관목 숲은 이제 지겨웠다. 언제나 매끈하고 말라 있어서 별 재미가 없었다. 저택 자체도 이제는 여느 집하고 다르지 않았다. 이 건물을 생각하면 공상을 키워 나간 결과 저지른 어리석은 짓에 대한 아픈 기억만 떠올랐다. 그녀의 생각에 혁명이 일어난 것이다! 사원에 그렇게도 가기를 원했던 그녀! 지금으로서는 그녀의 상상력에 살기 편하고 마을과도 어울리는 소박한 목사관보다 더 매력적인 곳은 없었다.

풀러턴 같은 곳일 테지만 더 나을 거야. 풀러턴은 단점이 있지만, 우드스톤은 단점이 없을 거야, 아마. 아, 수요일이여, 제발 와 다오!

마침내 수요일이 왔다. 올 때가 되어 온 것이다. 날씨는 맑았고 캐서린은 기분이 날아갈 듯 좋았다. 10시경, 쌍두 사륜마차는 세 사람을 태우고 노생거를 나섰다. 거의 20마일을 기분 좋게 달려서 그들은 우드스톤으로 들어섰다. 규모가 크고 인구도 많은 촌락으로 입지 또한 나쁘지 않았다. 캐서린은 "정말 예쁘네요."라고 말하고 싶었으나 입 밖으로 내진 못했다. 장군이 주변이 언덕 하나 없이 평평한 점과 마을 크기에 대해서 뭔가 변명이라도 할 태세였다. 그러나 캐서린의 눈에는 그동안 보았던 어느 곳보다 마음에 들었다. 코티지 수준을 넘어선 말끔한 주택 하나하나가, 그리고 그들이 지나왔던 작은 잡화점들이 모두 경탄스러웠다. 목사관은 마을 끝에 다른 곳과는 많이 떨어져서 서 있었는데, 새로 지은 튼튼한 석조 주택으로 반원 형태의 마차 진입로를 갖추고 초록색 대문이 달려 있었다. 그리고 그들의 마차가 문 쪽으로 올라가자 헨리가 고적한 생활의 친구인 덩치 큰 뉴파운드랜드종 강아지 한 마리와 두세 마리의 테리어종 개와 함께 기다리다 그들을 맞아들였다.

집으로 들어설 때 캐서린의 마음은 너무 벅차서 주위를 제대로 살피지도, 입을 떼지도 못했다. 그리고 장군이 방이 어떠냐고 의견을 물을 때까지 자기가 앉아 있는 방에 대해서도 아무 생각을 하지 못했다. 그제야 방을 둘러본 그녀는 한순간에 그것이 세상에서 가장 안락한 방이라는 것을 알아챘다. 그러나 그렇게 말하기가 왠지 조심스러워 너무 덤덤한 칭찬을 해서 장군을 실망시켰다.

"썩 좋은 집이라고야 할 수 없소만." 하고 그가 말했다. "풀러턴과 노생거에 비교할 바도 아니고. 작고 좁은 목사관일 뿐이오. 그건 그래요. 그러나 이만하면 살기 괜찮은 편이오. 그리고 일반적인 수준에 비추어서 빠지는 편도 아니고. 아니, 달리 말해서 잉글랜드의 시골 목사관 중 이 절반에 미치는 곳도 몇 안 될 거요. 그렇지만 개선할 여지가 없는 건 아니지. 달리 말할 생각은 추호도 없소. 뭐든지 생각해 볼 수 있겠는데……저 튀어나온 내닫이창도 그렇고…… 우리끼리니 하는 이야기지만, 유독 마음에 들지 않은 건 덧대기형 내닫이창이오."

캐서린은 귀담아듣지 않아서 다 알아듣지도 못했고 속상해하지도 않았다. 다른 화젯거리들이 속출하고 헨리가 거드는 데다, 때맞춰 하인이 음료를 가득 담은 쟁반을 들고 들어오자 장군은 곧 예의 의젓함을 되찾았다. 캐서린도 평소처럼 마음이 편안해졌다.

그 방은 알맞은 크기에 균형이 잘 잡힌 규모였고, 정찬실로 쓸 수 있도록 멋지게 꾸며져 있었다. 방을 나와 마당을 둘러보다가 가장 먼저 안내받은 작은 방은 이 집 주인의 침실이었다. 이번 방문객을 맞이하느라고 평상시 같지 않게 깔끔하게 정리되어 있었다. 그다음으로 거실로 쓰일 법한 곳으로 들어갔는데, 가구는 갖추어지지 않았지만 캐서린이 그 외양을 보고 아주 좋아해서 장군도 흡족해했다. 아주 잘 빠진 예쁜 방이었다. 창문은 바닥까지 닿아 있었고 거기서 보는 전망은 푸른 풀밭뿐이기는 했지만 시원스러웠다. 그녀는 그 순간 자기가 느낀 그대로를 꾸밈없이 드러내며 감탄을 발했다. "아아! 왜 이 방을 꾸미지 않으세요, 틸니 씨? 그대로 두다니 정말 아까워요! 제가 본 방 중에서 제일 예뻐요. 세상에서 제일 예쁜 방이에요!"

"내 장담하건대." 아주 흡족한 미소를 띠면서 장군이 말했다. "가구는 빠른 시일 내에 갖추어질 거요. 안주인의 취향만 정해지면 말이오!"

"여기가 제 집이라면 다른 곳에는 절대 앉고 싶지 않네요. 어머! 나무들 사이에 정말 아담한 코티지가 있네……. 그것도 사과나무 사이에! 제일 예쁜 코티지예요!"

"저게 마음에 드는가 본데…… 저걸 괜찮다고 하니…… 그럼 됐소. 헨리, 기억해 뒀다가 로빈슨한테 말해 주려무나. 저 코티지는 그냥 두라고."

이런 특별 대우에 캐서린은 정신이 번쩍 들면서 바로 입을 닫았다. 장군이 꼭 집어서 벽지와 커튼의 색을 주로 무슨 색으로 할 것인지 물어보았지만, 그녀에게서는 어떤 의견도 끌어낼 수 없었다. 그렇지만 새로운 구경거리를 보고 신선한 공기를 쐬자, 이 곤혹스러운 연상을 떨쳐 버리는 데 큰 도움이 되었다. 대지가 잘 손질된 곳에 이르니 풀밭의 양면 주변으로 산책로가 조성되어 있었다. 약 반년 전 헨리의 솜씨로 꾸민 곳으로, 그녀는 그것을 보자 전에 본 어떤 놀이터보다도 예쁘다고 생각할 정도로 기분이 회복되었다. 비록 구석에 놓인 초록색 벤치보다 높이 자란 관목은 하나도 없었지만 말이다.

다른 풀밭들을 거닐다가 마을 한쪽을 통과해서 개량 마구간도 살펴보고, 막 구를 줄 알게 된 강아지들과 어울려서 재미나게 장난을 치며 놀다 보니, 캐서린은 아직 3시도 되지 않았을 것이라고 생각했지만, 어느새 4시가 되었다. 4시에 그들은 정찬을 들기로 되어 있었고 6시에 돌아가는 여정에 나설 예정이었다. 어떤 날도 이렇게 빨리 지나간 적은 없었다!

정찬은 풍성하게 차려졌지만 장군은 털끝만큼도 놀라는 기색이 없었다. 아니, 심지어 거기 없는 냉육을 찾느라 보조 식탁을 바라보기까지 했다. 그의 아들과 딸의 눈에는 다른 것이 잡혔다. 그들은 그가 자기 집이 아닌 곳에서 식사를 하면서 그렇게 마음껏 먹는 것을 본 적이 없었다. 그리고 버터가 녹아서 기름기가 줄줄 흐르는 것에 그렇게 신경을 안 쓰는 것도 본 적이 없었다.

6시에 장군이 커피를 마신 뒤 다시 그들은 마차에 올랐다. 방문하는 내내 장군의 처신에는 흡족해하는 기색이 역력했고, 캐서린도 그가 무엇을 기대하는지 분명히 알게 되었다. 만약 아들의 소망에 대해서도 똑같이 확신할 수 있었다면 캐서린은 어떻게 혹은 언제 돌아올 지 아무런 걱정 없이 우드스톤을 떠났을 것이다.

12

다음 날 아침 뜻밖에도 이저벨라로부터 아래와 같은 편지
가 도착했다.

4월 ○○일, 바스

사랑하는 캐서린,

네가 보낸 두 통의 친절한 편지를 너무나 기쁜 마음으로 받
았어. 더 빨리 답장하지 못한 것에 천 번은 사과할게. 내 게으름
이 정말정말 부끄러워. 그러나 이 끔찍한 곳에서는 아무것도 아
닌 일에 시간을 쓰게 되는구나. 네가 바스를 떠난 이후 거의 매
일 너한테 편지를 쓰려고 펜을 잡았어. 그런데 늘 무언가 시시
한 일로 방해를 받았지. 그래도 답장을 바로 해 줘. 우리 집으로
바로 보내면 돼. 천만다행이야! 우리는 내일 이 불쾌하기 그지
없는 곳을 떠나. 네가 떠난 후 이곳은 재미없는 곳이 되었어. 기

승을 부리는 것은 먼지뿐이고, 사랑하는 사람들은 다 가 버렸어. 널 볼 수만 있다면 나머지는 신경도 쓰지 않을 텐데 말이야. 네가 나한테 얼마나 소중한 사람인지는 아무도 짐작하지 못할 거야. 난 사랑하는 네 오빠 문제로 아주 마음이 편치 않아. 옥스퍼드에 간 후로 소식 한번 없네. 무언가 오해가 있지 않나 걱정돼. 네가 들어서 바로잡아 줄 수 있을 거야. 그이는 내가 지금까지 사랑했고, 또 사랑할 수 있었던 유일한 남자야. 그리고 난 네가 이 점을 그이한테 확신시켜 줄 거라고 믿어. 봄 유행은 한물가고 있어. 모자들은 정말이지 못 봐주겠어. 네가 즐거운 시간을 보내기 바라지만, 내 생각은 하나도 하지 않을까 걱정이야. 네가 같이 지내는 가족에 대해서는 하고 싶은 말을 다 하지 않겠어. 야박한 사람이 되고 싶지도 않고 네가 존중하는 사람들과 버성기게 하고 싶지도 않으니까. 그러나 누굴 믿어야 할지 모르겠어. 젊은 남자들은 이틀이 멀다 하고 마음이 바뀌니까. 그 가운데서 내가 특히 싫어하는 사람이 바스를 떠나 버려서 속이 다 후련해. 이렇게만 이야기해도 알겠지만 틸니 대위 말인데, 왜 너도 기억할 테지. 네가 여길 떠나기 전에 유독 나를 따라다니면서 집적대던 사람 말이야. 그 후로 더욱 심해져서 아예 내 그림자가 되어 버렸어. 그런 관심 공세는 어디서도 보기 힘들 정도라 여느 여자 같으면 넘어갔을 거야. 그러나 난 그런 변덕쟁이들을 너무 잘 알아. 그 사람은 이틀 전 자기 연대로 돌아갔어. 그리고 난 다시는 그 사람한테 시달릴 일이 없을 거라 믿어. 정말 겉멋 들기로 최악이고 엄청 짜증 나는 인간이야. 마지막 이틀은 샬롯 데이비스 옆에 늘 붙어 있었다니까, 글쎄. 취향이 참

한심했지만 거들떠도 안 봤어. 바스가에서 마지막으로 봤는데, 나한테 말 걸지 못하도록 바로 가게로 들어가 버렸어. 눈길 한 번 주지 않았다니까. 그 후에는 펌프 룸으로 들어가더라만, 세상을 다 준다 해도 난 따라가지 않았을 거야. 네 오빠하고는 완전히 다른 사람이야. 오빠 소식 좀 전해 주렴. 그이를 생각하면 영 마음이 안 좋은 것이, 떠날 때 아주 힘들어 보였거든. 감기에 걸렸든, 아니면 뭔가 기운 빠지는 일이 있었던 것 같아. 내가 직접 편지를 보내려 했는데, 주소를 잘못 썼던가 봐. 그리고 앞에서도 넌지시 말했다시피, 그이가 내 처신에 뭔가 문제가 있다고 생각하는 게 아닌지 걱정돼. 그이가 만족할 수 있도록 모든 걸 설명해 드려. 혹 그이가 아직도 미심쩍어한다면, 그이 편에서 내게 한 줄 써 보내거나 아니면 다음 번에 런던에 올 때 푸트니에 들러 주면 모든 것이 바로잡힐 거야. 난 무도회장에 간 지도 꽤 오래되었고, 극장에도 안 갔어. 지난밤에 호지네와 같이 반값에 놀이 시설에 간 게 다야. 날 놀려 대면서 끌고 가더라고. 그리고 나도 틸니가 가 버렸기 때문에 집에만 박혀 있다는 소리를 듣지 말아야겠다고 작심했지. 우린 미첼네 옆에 앉게 되었는데, 그 사람들은 내가 외출한 걸 보고 깜짝 놀라는 척하더라. 그 사람들이 안 좋은 감정을 가지고 있는 건 알고 있었지. 한때는 나한테 예의도 잘 안 차리더니 이젠 아주 우호적이야. 그렇지만 나도 쉽게 넘어갈 바보는 아냐. 나름 오기가 있다는 건 너도 알잖니. 앤 미첼이 내가 지난 주에 음악회에서 했던 것과 같은 터번을 하고 나왔더라. 그렇지만 아주 모양을 버려 놓았더라고. 그 터번은 나같이 특이한 얼굴에나 어울리는 건데 말이야. 뭐,

틸니가 그때 그렇게 말해서 사람들 눈이 나한테 다 쏠렸다고 했잖아. 그렇지만 그 사람 말은 이제 콩으로 메주를 쑨다 해도 안 믿을 거야. 지금은 자주색밖에 안 입어. 끔찍해 보일 테지만, 신경 쓰지 않아…… 네 사랑하는 오빠가 제일 좋아하는 색이잖니. 나의 완전 소중한 캐서린, 그이한테 그리고 나한테 바로 편지해 줘.

언제나 변함없는 친구로부터

꾸며 댄다고 꾸며 댔지만 이런 얄팍한 술책으로는 캐서린조차도 속여 넘기지 못했다. 첫 대목부터 앞뒤가 안 맞는 모순 투성이인 데다 거짓말도 섞여 있는 것을 알 수 있었다. 그녀는 이저벨라가 수치스러웠고 그녀를 사랑했던 것이 부끄러웠다. 그녀의 변명이 공허한 만큼이나 사랑한다는 소리가 혐오스러웠고, 그녀의 요구가 뻔뻔스러웠다. "자기 대신 제임스에게 편지를 써 달라니! 어림없지. 제임스 앞에서 이저벨라의 이름을 입에 담는 일은 두 번 다시 없을 거야."

헨리가 우드스톤에서 돌아오자마자 그녀는 그와 엘리너에게 그들의 형이자 오빠가 안전하다는 사실을 알리고 진심으로 축하해 주었다. 그리고 그녀의 편지 가운데 가장 중요한 대목을 분노에 찬 음성으로 읽어 주었다. 다 읽고 나서 "이저벨라하고는 이제 끝이에요." 하고 소리쳤다. "우리 우정도 그렇고요! 절 바보 천치로 아는 게 분명해요. 그렇지 않고서야 이런 편지를 쓰진 못했을 거예요. 그렇지만 아마도 이번 일로 그녀의 성격을 더 잘 알게 된 것 같아요. 그쪽이 저에 대해 아는 것보다요. 이제 이저벨라가 어떤 사람인지 보여요. 꼬리나 치는 허영 덩어리예요. 이제 속임수는 통하지 않아요. 이저벨라는 제임스 오빠나 나한테 존중심은 눈꼽만큼도 없었던 거예요. 차라리 아예 몰랐더라면 좋았을 텐데.”

“곧 몰랐던 것처럼 될 겁니다.” 헨리가 말했다.

“한 가지 이해할 수 없는 일이 있긴 해요. 이저벨라가 틸니 대위를 낚으려고 했다는 건 알겠어요. 성공하지는 못했지만요. 그렇지만 틸니 대위가 어쩌자고 내내 그러고 있었는지 모르겠군요. 왜 그분은 그런 애정 공세를 퍼부어서 그녀가 제 오빠와 다투게 하고 달아나 버린 걸까요?”

“형의 동기에 대해선 별로 할 말이 없습니다. 예전부터 늘 그런 식이었어요. 형도 소프 양과 마찬가지로 허영이 많지만, 주된 차이는 머리가 더 있다 보니 자기한테 해가 될 짓은 안 한다는 거지요. 형의 행동이 미친 결과 때문에 당신이 그를 용납하기 어려운 마당에 굳이 그 원인까지 찾을 거 있나요.”

“그렇다면 형님이 이저벨라를 진짜 좋아하지는 않았다는 말씀이군요?”

“한 번도 그런 적이 없을걸요.”

“그저 장난 삼아 그런 척했다는 거군요.”

헨리는 그렇다는 의미로 고개를 숙였다.

“그렇다면 저로서는 그분을 전혀 좋아하지 않는다고 말씀드려야겠네요. 결국 우리한테 좋은 쪽으로 결말이 나긴 했지만, 조금도 좋아할 수가 없어요. 이저벨라한테는 잃어버릴 순정이 없으니, 이번 경우에는 큰 해를 끼치지 않았겠지만요. 그러나 그분이 이저벨라가 자기와 사랑에 빠지게 만들었다고 가정하면요?"

"그러나 그러려면 먼저 이저벨라에게 잃어버릴 순정이 있었다고 가정해야 하는데……. 결과적으로 아주 다른 사람이었어야 한다는 거죠. 또 그런 경우라면 아주 다른 대접을 받았을 겁니다."

"당신이야 형님 편에 서는 게 당연하겠지요."

"그리고 당신도 당신 오빠 편에 선다면, 소프 양의 낙심을 별로 괴로워할 필요가 없을 테고요. 그러나 당신은 누가 뭐라고 해도 꿈쩍하지 않을 정도로 심지가 곧아서, 가족 편에 서서 냉정하게 따진다거나 복수의 욕망을 드러내는 것을 용납하지 못하는 거지요."

이런 찬사를 받고 나니 캐서린은 더 이상 괴롭지 않았다. 헨리가 너무나 곰살맞게 구니까 그 형을 용서받지 못할 죄인으로 취급할 수가 없었다. 그녀는 이저벨라의 편지에 답장을 하지 않기로 결심하고 더 이상 생각하지 않으려고 애썼다.

13

이 일이 있은 후 사정이 생겨 장군은 일주일간 런던에 가야 했다. 그는 노생거를 떠나면서 꼭 해야 할 일이 있긴 해도 몰런드 양과 같이 지내는 시간을 한 시간이라도 빼앗기는 것이 매우 유감이라면서, 자식들에게 자기가 없는 동안 그녀가 편안하고 즐겁게 지내도록 애써 달라고 신신당부했다. 장군이 출타하니 캐서린은 손실이 때로는 이득이 될 수도 있다는 가설을 처음으로 믿어 볼 마음이 생겼다. 자기들끼리 지내니 시간은 마냥 행복하게 흘러갔고, 자유롭게 하고 싶은 일을 하며 마음껏 웃었고, 식사 때면 편하고 기분이 좋았으며, 좋아하는 곳으로 좋은 시간에 산책을 나갔고, 시간도 마음대로, 즐거워하는 것도 마음대로, 피곤해하는 것도 마음대로 할 수 있었다. 그러다 보니 장군의 존재가 얼마나 그들을 옥죄었는지 속속들이 알게 되었고, 그 압박에서 벗어난 현재가 너무너무 감사하게 생각되었다. 이렇게 편하고 즐겁게 지내다 보니 그녀는 그곳과 그곳 사람들을 좋아하는 마음이 날마다 커져 갔다. 곧 그곳을 떠날 날이 다가오고 있다는 두려움만 없었다면, 그리고 그곳 사람들이 자기를 지금만큼 사랑하지 않을지도 모른다는 우려만 없었다면, 매일의 순간이 그저 행복하기만 했을 것이다. 그러나 그녀의 방문도 이제 사 주 차에 접어들고 있었다. 장군이 귀가하기 전에 넷째 주가 끝날 테고, 그러면 더 오래 머무르는 것이 결례가 될지도 모르는 일이었다. 이런 생각이 들 때마다 그녀는 괴로웠다. 그래서 마음의 부담을 떨쳐 버리려고 엘리너에게 이제 떠나야 할 때가 된 것 같다는 말을 꺼내 보기로 했다. 그 말이 어떻게 받아들여지는지 반응을 보고 처신할 요량이었다.

너무 시간을 끌면 그런 식의 껄끄러운 이야기를 꺼내기가 더 어려울 것 같아서 그녀는 엘리너와 둘이서만 있게 되자 바로 기회를 잡았다. 엘리너가 다른 이야기를 한창 하는 중에 불쑥 곧 이곳을 떠나야 할 것 같다고 말한 것이다. 엘리너는 근심스러운 표정을 지었고 말도 그렇게 했다. 훨씬 더 오래 같이 있기를 희망해 왔다면서 (아마도 이런 소망 때문이겠지만) 방문이 훨씬 더 길어진 것으로 내락이 된 줄 알았다, 몰런드 씨 부부가 자기가 그녀와 같이 있는 것을 얼마나 즐거워하는지 아신다면 그녀를 그렇게 서둘러 돌아오게 하지는 않으실 거라 생각한다고 말했다. 캐서린이 설명했다. "오! 그 문제라면, 엄마 아빠가 서두르신 건 전혀 아니에요. 저만 행복하다면 언제나 만족하실 거예요."

"그럼 왜 그렇게 서둘러서 떠나려 하세요?"

"그야! 제가 너무 길게 머물렀기 때문이지요."

"아니, 그런 단어까지 사용하신다면 어쩔 수가 없네요. 이게 길다고 생각하신다면……."

"어머! 아니에요. 그렇지 않아요. 저야 오래 있으면 좋지요." 그리하여 그녀가 너무 길다고 여길 때까지는 떠날 생각은 하지 않기로 얘기가 마무리되었다. 마음에 걸렸던 문제가 이렇게 가뿐히 정리되면서, 또 다른 우려도 덩달아 힘을 잃었다. 엘리너가 자기더러 더 있어 달라고 간청할 때의 태도에서 엿보이는 열의와 친절함, 그리고 그녀가 있기로 했다는 말을 들은 헨리의 흡족한 표정은 그들에게 자기가 소중한 존재라는 사실을 확인시켜 주는 너무나 달콤한 증거였다. 이제 그녀에게 남은 근심거리라곤, 그조차 없으면 오히려 마음이 불편할 그런 근심거리뿐이었다. 그녀는 (거의 늘) 헨리가 자기를 사랑한다고 믿었고 그의 아버지와 누이동생도 그녀를 사랑하고 그들의 가족이 되기를 바란다고 (아주 늘) 생각했다. 그리고 이렇게 믿게 되자, 의심과 불안이 생기더라도 조금 짜증 나게 집적대다 사라지는 정도였다.

헨리는 자기가 런던에 있을 동안 노생거에 항시 붙어 있으면서 두 아가씨를 챙기라는 아버지의 지시를 그대로 따를 수는 없었다. 우드스톤에서 목사직을 수행해야 하기 때문에 일요일이면 이박 예정으로 그들을 떠날 수밖에 없었다. 그러나 이 경우도 장군이 집에 있을 때와는 달랐다. 즐거운 일은 줄어들었지만 그렇다고 평온이 깨지는 것은 아니었다. 두 아가씨는 이런저런 일을 함께 하면서 더 가까워지고, 충분히 잘 지냈기 때문에, 헨리가 떠나던 날 노생거에서는 좀 늦은 시각인 11시에야 저녁을 먹는 방에서 나왔다. 그들이 막 계단 머리에 도달했을 때, 벽이 두꺼워서 잘 들리지는 않았지만 마차 한 대가 문쪽으로 올라오는 소리가 들렸고 다음 순간 그 사실을 확인해주듯이 집안 벨이 크게 울렸다. "세상에! 이 시간에 무슨 일이지?" 먼저 이렇게 놀란 반응을 보이고 나서, 엘리너는 곧바로 큰오빠라고 단정 지었다. 큰오빠는 때를 가리지 않는 것은 아니지만 종종 느닷없이 도착하곤 했다면서 그를 맞으러 서둘러 내려갔다.

캐서린은 자기 침실로 그대로 걸어갔다. 앞으로 있을 틸니 대위와의 만남에 대해 최대한 마음의 각오를 하면서. 그의 행위가 준 불쾌한 인상이 남아 있는 데다 그가 지금까지는 너무 잘난 신사여서 자기를 인정하지 않은 터이므로, 만나 봐야 서로 괴로울 뿐인 이런 상황에서 만날 일은 별로 없지 않을까 스스로를 위로하면서. 그녀는 그가 소프 양 이야기는 절대 하지 않으리라 믿었다. 그리고 사실 지금쯤은 틀림없이 자기가 한 역할을 부끄러워할 것이므로, 그럴 위험은 없을 것이었다. 바스에서 소란을 피운 일을 언급하지 않는 한, 그녀도 그에게 예의 있게 대할 수 있을 것이라고 생각했다. 이런 궁리를 하느라고 시간이 흘렀다. 엘리너가 그를 반갑게 맞이하고 할 말이 많은지 30분을 넘기는 것을 보니, 그도 꽤 괜찮은 사람인가 싶었다.

바로 그 순간 캐서린은 회랑에서 그녀의 발소리를 들었다고 생각했고 계속 들리기를 기대하며 귀를 기울였다. 그러나 사위는 조용했다. 그렇지만 잘못 들었구나 하고 생각한 순간, 그녀의 문 가까이로 무언가가 움직이는 소리가 나서 깜짝 놀랐다. 마치 누군가가 문간에 손을 대고 있는 것 같았다. 그리고 다음 순간, 방문 손잡이가 살짝 움직이는 걸로 보아 어떤 손이 그것을 잡은 것이 분명했다. 그녀는 누군가가 아주 조심스럽게 접근하고 있다는 생각에 약간 몸을 떨었다. 그러나 경계심이 좀 생기더라도 다시는 사소한 현상에 과도하게 반응한다거나, 빗나간 상상력을 발휘하지는 말자고 단단히 마음먹고는 조용히 앞으로 걸어 나가 문을 열었다. 거기에는 엘리너가 혼자서 서 있었다. 그러나 곤두섰던 캐서린의 신경이 가라앉은 것은 아주 잠시뿐이었다. 엘리너의 뺨이 창백했고 태도는 아주 불안했기 때문이다. 들어오려는 의도는 명백했지만, 쉽게 들어오지 못했고, 막상 들어와서도 제대로 말을 꺼내지 못했다. 캐서린은 틸니 대위 때문에 뭔가 불편한 일이 있는가 보다 생각하고서, 말없이 보살펴 줌으로써 걱정하는 마음을 표할 뿐이었다. 자리에 앉게 하고 라벤더 수를 관자놀이에 문질러 주고 걱정을 가득 담은 다정한 손길로 그녀를 챙겼다. "캐서린, 이럴 필요가…… 정말 이래서는 안 돼요." 겨우 나온 첫마디는 이랬다. "난 아주 괜찮아요. 이렇게 친절하니, 더 정신이 없어요……. 참을 수가 없어……. 이런 전갈을 하러 오다니!"

"전갈이라고요! 나한테?"

"어떻게 말해야 하나! 오! 어떻게 말해야 하나요!"

새로운 생각이 캐서린의 마음속으로 치고 들어왔고, 자기 친구만큼이나 창백해진 얼굴로 그녀가 소리를 질렀다. "우드스톤에서 사람이 왔군요!"

"잘못 아셨어요." 엘리너가 연민을 가득 담은 표정으로 그녀를 바라보면서 대꾸했다. "우드스톤에서 온 게 아니고요. 바로 제 아버지입니다." 아버지를 언급하는 그녀의 목소리는 떨렸고, 눈길은 바닥을 향했다. 예상치 못했던 장군의 귀가는 그 자체만으로도 캐서린의 가슴을 덜컥 내려앉게 하여, 잠시 동안 그녀는 그보다 나쁜 소식이 있을 것이라고는 거의 생각하지 못했다. 그녀는 아무 말도 하지 않았다. 그러자 엘리너가 정신을 차리고 꿋꿋하게 이야기하려 애쓰면서, 그렇지만 눈은 여전히 내리깔고서 이렇게 말했다. "당신은 정말 착한 사람이니 내가 억지로 맡은 역할 때문에 나를 나쁘게 생각하지는 않으리라고 믿어요. 정말 내키지 않는 전갈을 하게 되었네요. 바로 얼마 전에 우리끼리 정하고 나서 이게 무슨…… 정말 얼마나 기쁘고 얼마나 고마웠는데요! ……당신이 몇 주일이고 여기서 계속 머물러 주기를 바랐는데, 이런 이야기를 어떻게 전해야 할까요. 당신의 친절이 받아들여질 수 없게 되었어요. 지금까지 당신이 우리와 같이 지내면서 준 행복에 이런 식으로 응대를 해야 하다니…… 차마 내 입으로 말하지 못하겠네요. 사랑하는 캐서린, 우린 헤어져야 해요. 아버지가 월요일에 우리 가족 전부가 가기로 된 약속을 기억해 내셨다는군요. 우린 히어퍼드 근처에 있는 롱타운 경 집에 보름 동안 가 있게 되었어요. 설명이든 변명이든 아무것도 불가능하네요. 그러니 하려고 하지 않겠어요."

"사랑하는 엘리너." 최대한 감정을 억누르면서 캐서린이 소리쳤다. "그렇게 괴로워하지 말아요. 두 번째 약속은 첫 번째 약속에게 양보해야지요. 저야 우리가 헤어지게 된 게 너무 서운하지만……. 그것도 이렇게 빨리, 이렇게 갑작스럽게 말이에요. 그렇지만 기분이 상하진 않아요. 정말 그래요. 알다시피 저야 언제라도 이 방문을 끝낼 수 있어요. 당신이 저를 찾아주실 것이라는 희망도 품고요. 그 어르신 댁에서 돌아올 때 풀러턴에 들를 수 있나요?"

"그건 제 능력 밖일 거예요."

"그렇다면 가능할 때 오세요."

엘리너는 대답하지 않았다. 캐서린은 좀 더 직접적인 현안이 다시 떠올라서 자기 생각을 소리 내어 말했다. "월요일이라…… 월요일이면 너무 빨라……. 그리고 이 댁 식구들이 다 간다고 하니, 음, 이러면 되겠다……. 저야 언제라도 떠날 수 있으니까 식구들이 떠나기 직전까지 내가 꼭 갈 필요는 없잖아요. 너무 슬퍼하지 말아요, 엘리너. 나도 월요일에 가면 돼요. 부모님이 미리 통지를 못 받으시는 거야 크게 문제 되지 않고요. 아무래도 장군께서 여정의 절반까지는 하인을 딸려 보내 주실 테니, 그러면 곧 솔즈베리에 닿을 거고, 거기서 집까지는 9마일밖에 안 돼요."

"아, 캐서린! 그렇게라도 된다면 그나마 조금 참기가 수월할 텐데요. 그런 통상적인 배려도 당신이 받아 마땅한 대접의 반에도 못 미치겠지만요. 그러나…… 어떻게 제가 이런 말을 하죠? ……당신은 내일 아침에 떠나는 것으로 정해졌고, 떠나는 시간도 선택할 수 없어요. 이미 마차를 불러서 7시면 여기에 도착할 거예요. 하인도 제공되지 않을 거고요."

캐서린은 숨이 막히고 말문도 막혀서 주저앉았다.

"저도 그 말을 들었을 때 제 귀를 의심했어요. 이 순간 당신이 아무리 불쾌하고 화가 나도, 엄청나게 그러시는 것도 당연하겠지만, 제가 느낀 것보다 더하진 않을 거예요. 그렇지만 제가 무얼 느꼈는지는 말로 다 하지 못해요. 오! 그렇게까지 하지 마시라고 무슨 대안이라도 내놓을 수 있었다면! 당신의 아버지 어머니께서 무어라고 하실지! 진정한 친구분들의 보호를 받으며 지내던 당신을 꼬드겨서 이곳으로, 집에서 거의 두 배나 먼 거리에 있는 이곳으로 데려와서는, 최소한의 예우조차 할 생각 없이 집에서 이렇게 내쫓다니! 사랑하는 캐서린, 이런 전갈을 가지고 온 탓에, 나도 그 모든 모욕에 동참한 기분이에요. 그래도 나를 용서해 주리라 믿어요. 이 집에 오래 있었으니 제가 명목상의 안주인일 뿐 실권은 하나도 없다는 것을 알겠죠."

"제가 장군님을 화나게 했나요?" 떨리는 목소리로 캐서린이 물었다.

"가슴이 아파요! 딸의 심정으로 그래요. 당신은 제 아버지를 화나게 할 만한 일을 전혀 하지 않았어요. 내가 알고, 또 답할 수 있는 것은 그게 전부예요. 아버지는 분명 크게, 그야말로 엄청나게 평정심을 잃고 있었어요. 그런 모습은 본 적이 없을 정도예요. 기질이 워낙 불같으신데 거기에 기름을 끼얹는 일이 지금 일어난 거죠. 어떤 실망감, 어떤 당혹감 같은 것일 텐데, 지금 바로 이 순간에는 중요해 보이지만, 당신이 거기에 관련됐을 거라고는 생각하기 어렵네요. 어떻게 그런 일이 가능하겠어요?"

캐서린에게는 말을 하는 것 자체가 고통이었지만 그래도 말을 하려고 애쓰는 것은 오직 엘리너를 위해서였다. "제 말은." 하고 그녀가 말했다. "제가 장군님을 화나게 했다면 매우 죄송하다는 거예요. 제가 뭐가 좋아서 그런 일을 했겠어요. 그렇지만 불행해하지는 말아요, 엘리너. 아시다시피 약속은 지켜져야 하니까요. 다만 좀 더 빨리 기억해서 내가 집에 편지를 보낼 수 있었더라면 좋았을 텐데 싶어 안타까울 뿐이에요. 그러나 그건 크게 중요하지 않아요."

"제가 바라는 것은, 바라 마지않는 것은, 당신의 진정한 안전이에요. 당신의 안전에 편지를 못 쓰게 된 것이 크게 중요한 요소가 아니었으면 해요. 그러나 그것 빼고 다른 모든 것에는 가장 중요한 것이지요. 평안, 모양새, 예의범절에는, 당신의 가족에게는, 세상 사람들에게는 그렇다는 겁니다. 당신의 친구인 앨런 씨 부부가 아직 바스에 계시다면, 그분들께 가는 것이 더 편하실 거예요. 두세 시간이면 도착할 테니까요. 그러나 당신 나이에, 혼자서, 동반자도 없이, 그것도 전세 마차로 역참에 들러 가면서 70마일을 여행해야 한다니!"

"오, 여행은 문제 되지 않아요. 그런 생각은 하지 마세요. 그리고 헤어지는 마당인데, 두세 시간 더 빠르고 늦고가 무슨 대수겠어요. 7시까지 준비를 끝낼게요. 제시간에 불러 주세요." 엘리너는 그녀가 혼자 있고 싶어 한다는 것을 알았다. 더 이상의 대화는 피하는 것이 서로에게 좋겠다고 생각하고 그녀는 "아침에 뵐게요." 하며 그 자리를 물러났다.

　미어질 것 같은 캐서린의 가슴은 터져 나올 출구가 필요했다. 엘리너가 앞에 있을 때는 우정도 있고 자존심도 있어서 눈물을 참았지만, 그녀가 나가자마자 눈물이 폭포수처럼 쏟아졌다. 이 집에서 쫓겨나다니, 그것도 이런 식으로! 이런 조처를 정당화해 줄 이유조차 못 듣고, 느닷없고 무례하고, 아니 뻔뻔하다고 해야 할 조처를 하면서도 사과 한마디 없이 말이다. 헨리는 멀리 있으니 작별 인사조차 할 수 없었다. 그로부터 얻을 수 있는 희망이나 기대가 있다 하더라도 지금으로선 그 모든 것이 유보되었고, 그 유보가 얼마나 오래갈지 아무도 알 수 없었다! 그들이 언제 다시 만날 수 있을지 아무도 알 수 없었다! 그리고 이 모든 일을 만든 장본인이 바로 틸니 장군이라니! 그렇게 정중하고 그렇게 교양 있고 지금까지는 그렇게 각별히 그녀를 좋아하던 사람이! 굴욕적이고 통탄스러웠지만 그 못지않게 도무지 납득이 되지 않았다. 도대체 어떻게 시작되어서 어디서 끝날 일인지 생각해 보니 막막하기도 하고 두렵기도 했다. 예의하고는 담을 쌓은 짓이었다. 언제가 편한지 물어보지도 않고, 여행의 시간과 방식을 선택하라는 모양조차 취하지 않고 쫓아내듯이 서둘러 내보내다니. 남은 이틀 중에서도 가장 빠른 날로, 그것도 가장 이른 시간으로 정해 버렸으니, 자기가 일어나기 전에 내보내서 얼굴조차 보지 않을 작정이 아니고 무엇이겠는가? 의도적인 모욕이라고밖에는 생각할 수 없는 일이었다. 뭔지는 알 수 없지만 하여간 그녀가 그를 화나게 한 것이 틀림없었다. 엘리너는 그녀에게 그런 괴로운 생각은 하지 말라고 했지만, 캐서린이 생각하기에는 아무리 큰 해를 입고 나쁜 짓을 당했어도 아무런 관계도 없는 사람에게, 아니 적어도 관계가 없다고 여겨지는 사람에게 이런 악의를 퍼붓는 것은 불가능했다.

힘들게 보낸 밤이었다. 잠이나 아니면 잠이라는 이름에 걸맞은 휴식은 생각조차 할 수 없었다. 처음 도착한 날 뒤숭숭한 상상력으로 자신을 괴롭혔던 그 방에서 그녀는 다시 한번 마음의 갈피를 잡지 못하고 잠을 설쳤다. 그러나 불안의 근원은 그 당시와 얼마나 다른가…… 현실이자 실체가 있기로는 통곡할 정도로 우세했던 것이다! 그녀의 불안은 사실에 토대를 두고 있었고, 그녀의 두려움에는 상당한 개연성이 있었다. 실제로 존재하는 악의를 생각하는 데 몰두하다 보니, 자신의 고독한 상황이나 침실의 어두움이나 건물의 고풍스러움 따위가 느껴져도 어떤 감정도 일어나지 않았다. 바람이 높이 불면서 종종 집 곳곳에서 이상하고 갑작스러운 소음이 났지만, 그녀는 뜬눈으로 누워 몇 시간이고 그 모두를 들으면서도 아무런 호기심이나 공포를 느끼지 않았다.

6시가 지나자 바로 엘리너가 그녀의 방에 들어와 챙기거나 도와줄 일이 있는지 열심히 살폈다. 그러나 할 일은 거의 남아 있지 않았다. 캐서린은 늑장을 부리지 않았다. 옷은 거의 다 차려입었고 짐도 다 싸 둔 상태였다. 딸이 나타났을 때 혹시 장군이 무언가 화해의 메시지를 보내지는 않았을까 하는 생각이 스치기는 했다. 그런 분노가 사라지면 후회가 따르는 것은 당연한 일 아니겠는가? 다만 그녀가 알고 싶었던 것은 이런 난리를 친 끝에 어느 정도까지 사과를 받아들여야 하느냐 하는 것이었다. 그러나 알고 말고 할 것도 없었다. 그럴 필요가 없었던 것이다. 온유하게 받아들이든 품위 있게 받아들이든 그럴 기회조차 없었다. 엘리너는 아무런 전갈도 가져오지 않았다. 두 사람 사이에는 거의 말이 오가지 않았다. 각자 입을 꾹 다물고 있는 것이 가장 안전했고, 2층에 있을 때 주고받은 말이라고는 사소한 두세 마디가 다였다. 캐서린은 부산을 떨며 마지막 옷단장을 했고 엘리너는 경험이 많아서라기보다는 도와주고 싶은 선의로 트렁크를 채우는 데 집중했다. 모든 준비가 끝나자 그들은 방을 떠났다. 캐서린은 삼십 초 정도 뒤에 남아 그동안 익숙해져서 아껴 왔던 물건 하나하나에 이별의 시선을 던졌다. 그러고는 아침 식사가 차려진 조찬실로 내려갔다. 그녀는 친구의 마음을 편하게 해 주는 동시에 좀 먹으라는 권유에 시달리기 싫어서 먹어 보려고 애썼다. 그러나 식욕이 없다 보니 몇 숟갈 삼키지 못했다. 이 방에서 먹었던 지난번 식사와 이번 식사를 비교하니 새삼 슬픔이 밀려들었고, 눈앞에 놓인 모든 음식이 더 맛없게 느껴졌다. 그들이 이 방에 모여 똑같은 식사를 한 지 채 스물네 시간도 지나지 않았는데, 상황은 얼마나 달라졌는지! 그때는 얼마나 즐겁고 편안하게, 이 세상이 모두 내 것인 듯(비록 그릇된 안도감이었지만) 주위를 돌아보았던가! 현재의 모든 것을 즐겼고 헨리가 하루 동안 우드스톤에 가는 것 외에는 미래의 걱정도 거의 없었다! 헨리가 거기 있었기 때문에, 헨리가 옆에 앉아 그녀를 거들어 주었기 때문에, 아, 행복하고 행복했던 아침 식사여! 친구가 말을 걸지 않았기 때문에 그녀는 아무런 방해도 받지 않고 이런 상념에 오랫동안 빠져 있었다. 상대도 그녀대로 깊은 생각에 잠겨 앉아 있었던 것이다. 마차가 나타나고서야 이들은 화들짝 놀라며 현실로 돌아왔다. 마차를 보자 캐서린은 얼굴이 달아올랐다. 그 순간에는 자기가 이렇게 형편없는 대접을 받는다는 사실에 억울함이 치밀어 올라서 잠깐 동안은 화밖에 나지 않았다. 엘리너는 이제 마음을 다잡고 말을 하기로 한 모양이었다.

"나한테 꼭 편지 써야 해요, 캐서린." 하고 그녀가 소리쳤다. "가능한 한 빨리 소식을 들려줘요. 당신이 집에 안전하게 도착했다는 것을 알 때까지는 한순간도 편하지 않을 거예요. 편지 한 번이면 돼요. 아무리 어려운 사정이 있더라도 그것만은 꼭 부탁할게요. 당신이 풀러턴에 안착했고 가족분들도 다 잘 지낸다는 것만 알려 줘요. 그러면 제가 도리를 다해서 당신과 편지 주고받기를 청할 수 있을 때까지, 더 이상은 기대하지 않겠어요. 롱타운 댁으로 주소를 쓰고, 부탁건대 앨리스에게 보내는 걸로 해 줘요."

"아니에요, 엘리너. 내 편지마저 마음대로 받지 못할 사정이라면, 아예 편지를 안 쓰는 게 맞죠. 집에 무사히 도착하는 데는 아무 문제 없을 거예요."

엘리너는 고작 이렇게밖에 대답할 수 없었다. "당신의 심정은 충분히 짐작해요. 더 조르지 않을게요. 멀리 떨어져 있는 처지니 당신의 다정한 마음을 믿을 수밖에요." 그러나 여기에 실린 슬픈 표정은 캐서린의 자존심을 한순간에 녹여 버렸다.

그녀는 곧 이렇게 말했다. "오, 엘리너, 꼭 편지 쓸게요."

그런데 틸니 양에게는 말을 꺼내기는 좀 난처하지만 꼭 해결하고 싶은 문제가 또 있었다. 캐서린이 집을 떠나온 지도 꽤 오래 지나서 여행 비용이 충분치 않을 수 있겠다는 생각이 든 것이다. 돈이 좀 필요하지 않겠느냐는 애정 어린 제안을 해 본 결과, 그것이 사실로 드러났다. 캐서린은 그 순간까지 그 문제는 생각도 하지 않은 상태였다. 그러나 지갑을 확인해 보자마자, 친구의 친절한 도움이 없었으면 하마터면 집에 갈 여비조차 없이 쫓겨날 뻔했음을 깨달았다. 그녀가 빠질 뻔한 비참한 상황이 두 사람의 마음을 가득 채워서 함께 있는 남은 시간 동안 두 사람은 말 한마디 제대로 하지 못했다. 그렇지만 그 시간은 짧았다. 곧 마차가 떠날 준비를 마쳤다는 통지가 온 것이다. 캐서린은 바로 자리에서 일어나, 길고 다정한 포옹으로 작별의 말을 대신했다. 함께 홀로 들어섰을 때, 아직 어느 쪽에서도 입에 올리지 않았던 이름을 언급하지 않고는 그 저택을 떠날 수가 없어서, 그녀는 잠시 멈추어 서서 떨리는 입술로 들릴락말락하게 "여기 안 계신 친구에게도 안부 전해 주세요."라고 말했다. 그러나 이렇게 간접적으로라도 거명을 하고 나니, 애써 억눌렀던 감정이 북받쳐 올랐다. 손수건으로 얼굴을 최대한 가리고, 그녀는 홀을 쏜살같이 달려 나가 마차에 뛰어올랐다. 마차는 순식간에 문을 빠져나갔다.

14

캐서린은 너무 비참해서 두려워할 겨를도 없었다. 여행 그
자체는 전혀 무섭지 않았다. 그녀는 긴 여행이 될 것이라는 걱
정도, 혼자라는 외로움도 느끼지 못한 채 여행을 시작했다. 마
차 한구석에 등을 기대고 눈물을 펑펑 쏟으면서 노생거 사원
의 성벽을 넘어서 수마일을 실려 가고 나서야 그녀는 머리를
들었다. 그리고 장원 안에서 가장 높은 곳이 시야에서 거의 사
라질 무렵에야 그쪽으로 눈을 돌릴 수 있었다. 불운하게도 그
녀가 지금 여행하는 그 길은 불과 열흘 전 우드스톤을 오갈 때
너무나도 행복한 기분으로 지나던 바로 그 도로였다. 14마일
을 가는 동안 처음 보았을 때 그토록 다른 인상을 주었던 풍경
을 다시 보자, 그녀는 마음이 더욱 쓰렸다. 우드스톤에 가까워
질수록 고통은 더해 갔다. 5마일을 앞두고 그곳으로 가는 갈
림길을 통과하면서는 이렇게 가까이 있으면서도 아무것도 모

를 헨리를 생각하니, 그녀는 걷잡을 수 없는 슬픔과 동요에 사로잡혔다.

그곳에서 보낸 하루는 그녀의 인생에서 가장 행복했던 날 중 하나였다. 바로 그날 그곳에서, 장군은 헨리와 그녀가 맺어지기를 정말로 원하고 있다는 확신을 주었다. 말로도 그랬고 표정을 보아도 분명했다. 그랬다. 열흘 전만 해도 그는 대놓고 애정을 표하며 그녀를 치켜세웠다. 심지어는 너무나 의미심장한 말로 그녀를 당혹스럽게 하지 않았던가! 그런데 지금은…… 자기가 무슨 짓을 했기에, 아니면 무얼 하지 않았기에, 이런 봉변을 당한단 말인가?

그의 심기를 거슬릴 단 한 가지 잘못이 있긴 하지만 그의 귀에 들어갔을 가능성은 별로 없었다. 그녀가 부질없이 품었던 황당한 의심을 아는 사람은 헨리뿐이었다. 둘만의 비밀이라고 그녀는 굳게 믿었다. 적어도 헨리가 고의로 그녀를 배신할 리는 없었다. 이상하게 일이 꼬여서 그의 아버지가 자기가 엉뚱한 생각을 품고 찾아다니던 일, 그녀의 근거 없는 공상과 괘씸한 조사를 알게 되었다면, 그가 아무리 불같이 화를 낸다 해도 놀랄 일이 아닐 터였다. 그녀가 자기를 살인마로 본 것을 알게 된다면, 그녀를 저택에서 내쫓아도 할 말이 없을 것이다. 자기도 자신이 한 짓을 정당화하기 힘든데, 그가 그럴 수 있다고는 생각되지 않았다.

이 문제에 대한 이런저런 추측으로 노심초사하고 있었지만, 그녀가 가장 마음 썼던 것은 그것이 아니었다. 훨씬 더 직접적으로 그녀를 강하게 사로잡은 걱정거리는 따로 있었다. 헨리가 내일 노생거로 돌아와서 그녀가 떠난 것을 알았을 때 어떻게 생각하고 느끼고 어떤 표정을 지을지가 가장 신경이 쓰였다. 그것은 끊임없이 뇌리를 맴돌면서 그녀의 마음을 초조하게 했다가 달래 주기를 반복했다. 때로는 그가 조용히 수용해 버릴까 두렵다가도 어떻게 이럴 수가 있느냐며 분개할 것이라는 달콤한 믿음이 솔솔 피어올랐다. 물론 장군에게 감히 대놓고 말을 하지는 못할 것이다. 그러나 엘리너에게는…… 엘리너에게는 그녀 얘기를 하지 않을까?

이렇게 의심과 질문을 끊임없이 던졌는데 어느 한 대목에도 그녀의 마음에 순간적인 휴식 이상을 안겨 줄 수 있는 것은 없었다. 그러다 보니 시간이 쏜살같이 흘러 그녀의 여행은 예상했던 이상으로 빨리 진행되었다. 걱정에 걱정이 꼬리를 물고 닥치는 바람에, 우드스톤 주변을 벗어난 이후로는 어떤 것도 눈에 들어오지 않았고 그러다 보니 얼마나 왔는지도 전혀 깨닫지 못했던 것이다. 도로 위의 풍경에 잠시도 관심을 둔 적은 없었지만, 여행 내내 지루한 느낌이 없었다. 지루하지 않은 또 다른 이유도 있었다. 여행이 어서 끝났으면 하는 마음이 전혀 없었던 것이다. 이런 식으로 풀러턴으로 돌아간다는 것은 그녀가 가장 사랑하는 사람들과 만나는 즐거움을 거의 모두 망쳐 버릴 터이기 때문이다. 그것도 무려 열한 주 동안이나 자리를 비웠던 끝에 만나는 자리인데……. 어떻게 이야기해야 자신도 창피하지 않고 가족도 괴롭지 않을까? 어떻게 사태를 털어놓아야 자신의 슬픔이나 부질없는 원망을 키우지 않고, 혹 무차별적인 악감으로 무고한 사람들까지 매도하게 하지 않을까? 헨리와 엘리너의 미덕은 그녀로서는 올바로 평가할 능력조차 없었다. 너무나 훌륭하다고 느껴서 말로 표현하기 힘들 정도였다. 그런데 만약 아버지가 그들을 싫어하고 부정적으로 생각하면 너무나 가슴이 쓰릴 것 같았다.

이런 심정이었으니 집으로부터 20마일도 안 남았음을 말해 주는 익숙한 첨탑을 보려고 애쓰기는커녕 오히려 그것이 눈에 띌까 두려운 지경이었다. 떠나올 때는 그저 솔즈베리만 가면 되는 줄 알았다. 그러나 여행의 첫 구간을 지난 뒤로는 마차가 지나는 지역의 이름을 역참지기들에게 의존하고 있었다. 마차의 노선에 대해 알지 못했던 것이다. 그렇지만 그녀를 괴롭히거나 겁먹게 하는 일은 일어나지 않았다. 그녀는 나이도 어린 데다 예의도 바르고 넉넉한 비용을 지불한 덕에, 여행자가 받을 수 있는 모든 배려를 받을 수 있었다. 말을 바꾸기 위해서 정지한 것 외에는, 열한 시간 동안 아무런 사고나 놀랄 일 없이 여행을 계속했고, 저녁 6시와 7시 사이에 풀러턴에 무사히 들어설 수 있었다.

삶의 모험을 모두 마치고 고향 마을로 귀환하는 여주인공이라면, 명성이 자자해진 가운데 백작 부인처럼 의기양양하게 위용을 갖추고 돌아오는 게 일반적이다. 뒤로는 귀족 친척들이 탄 쌍두 사륜마차가 서너 대 길게 늘어서고, 여행용 사두마차에는 세 명의 시녀들이 시중을 들 수도 있다. 이 정도 사건이라면 이야기를 지어낸 사람의 붓끝도 즐거워 춤을 출 일이다. 결말은 결말대로 명예스럽고 작가 또한 자기가 한껏 부여한 영광을 함께 나눌 수 있으니 말이다. 그러나 나의 작품은 이와는 판이하다. 주인공을 외롭고 수치스러운 모습으로 집에 데려온 마당에 무슨 신나는 일이라고 시시콜콜 상세히 쓰겠는가. 전세 역마차를 탄 여주인공이란 설정만으로도 산통이 깨진 격이어서 장엄미니 비애미니 하는 것은 엄두도 못 낼 일이다. 그러니 마부가 일요일을 맞아 교회로 가는 사람들이 지켜보는 가운데 빠르게 마을 한가운데를 통과하여 그녀를 얼른 내려 주는 것으로 하자.

그러나 그렇게 목사관으로 다가가는 캐서린의 속이 얼마나 쓰라리든, 그것을 묘사하는 전기 작가의 심정이 얼마나 굴욕스럽든, 그녀로서는 이제 만날 가족을 생각하니 반가운 마음이 앞서는 것도 사실이었다. 먼저 마차가 나타났고 다음으로 그녀 자신이 나타났다. 여행자용 사륜마차가 들어오는 것은 풀러턴에서는 드문 일인지라, 가족 모두가 즉각 창가에 모였다. 마차가 대문 앞에 멈추자 사람들의 눈이 일제히 즐거움으로 반짝였고 온갖 추측이 만발했다. 다들 꿈에도 예상치 못한 즐거움이었지만, 여섯 살짜리 남자아이와 네 살짜리 여자아이만은 마차가 올 때마다 형이나 언니가 올 것을 기대하던 터였다. 캐서린의 모습이 처음 나타나는 것을 본 그들의 기쁨이 어떠했겠는가! 그녀를 발견하고 큰 소리로 외친 목소리는 얼마나 행복에 겨웠던가! 그러나 그 행복한 목소리의 법적 소유권이 조지에게 있는지 해리엇에게 있는지는 끝내 밝혀내지 못할 것이다.

아버지, 어머니, 세라, 조지 그리고 해리엇 모두가 문간에 모여서 그녀를 다정하고도 열렬하게 맞아 주었는데, 이 광경은 꽁꽁 얼어붙었던 캐서린의 가슴을 훈훈하게 녹여 주었다. 그리고 마차에서 내려 한 사람 한 사람 끌어안으면서 그녀는 스스로도 믿기 힘들 정도로 위안을 받고 있음을 알았다. 그렇게 둘러싸여 포옹을 나누자니 행복하기까지 했다! 가족의 사랑으로 즐거움이 넘치는 가운데 모든 시름은 잠시 뒤로 물러났다. 이런저런 궁금증을 풀기에 앞서 그들은 우선 모두 차탁에 둘러앉았다. 몰런드 부인이 이 가엾은 여행자의 창백하고 지친 표정을 보고서, 답변을 하지 않을 수 없는 직설적인 질문이 쏟아지기 전에 얼른 안정을 취하도록 서둘렀던 것이다.

캐서린은 마지못해서 머뭇거리며 이야기를 시작했다. 그러나 거진 반 시간이나 듣고 나서도 많이 봐주어야 설명이라고 이름 붙일 정도여서 식구들은 그녀가 갑작스럽게 돌아온 이유도 거의 찾지 못했고 세세한 사연도 알 수 없었다. 그들은 성급한 사람들이 전혀 아니었다. 모욕을 당해도 빠르게 간파할 줄도 격하게 화를 낼 줄도 몰랐다. 그러나 이야기를 다 듣고 나니 도저히 묵과할 수 없는 모욕이 있었고 한 반 시간 동안은 도저히 용서가 안 되었다. 몰런드 씨 부부는 괜한 상상으로 놀라거나 하지 않고 그저 딸이 그렇게 길고 외로운 여행을 한 것이 자못 안쓰러울 뿐이었다. 딸이 정말 몹쓸 일을 겪었고 이럴 줄 알았으면 절대 솔선해서 내보내지는 않았을 것이라고 느꼈다. 또 틸니 장군이 딸에게 그런 조치를 취하다니 명예롭지도 인정스럽지도 않다고, 신사답지도 어른스럽지도 않다고 여겼다. 그가 왜 그런 짓을 했는지, 무슨 연유로 그간의 환대를 돌연 취소하고 그녀에게 갑자기 심통을 부리게 되었는지는 캐서린만큼이나 가늠할 수 없었다. 그러나 그들은 이 문제로 길게 낙담하지 않았다. 쓸모없는 추측을 좀 해 본 연후에 "참 이상한 일"이고, "정말 이상한 사람이 틀림없다."라는 말로 모든 분노와 놀라움을 정리해 버렸다. 다만 세라만이 도저히 이해되지 않는 이 미스터리의 맛에 빠져서 소녀답게 열심히 여러 가지 추측을 내놓는 것이었다. "애야, 쓸데없는 일에 너무 빠지지 마라." 마침내 어머니가 말했다. "염려 푹 놓아라. 이해할 가치도 없는 일이야."

"약속이 떠올라서 캐서린이 갔으면 한다는 거야 그렇다 치더라도⋯⋯." 세라가 말했다. "그렇지만 왜 예절을 지키지 않은 거죠?"

"난 그 젊은 사람들이 안됐구나." 몰런드 부인이 대꾸했다. "얼마나 슬펐겠니. 그렇지만 그것만 아니면 이제 문제 될 건 없어. 캐서린이 무사히 집에 돌아왔고, 틸니 장군 없어도 우린 잘만 살잖아." 캐서린은 한숨을 쉬었다. "어쨌거나." 하고 냉철하고 지혜로운 어머니가 계속 말을 이었다. "네가 그런 여행을 할 줄 몰랐던 것이 차라리 잘됐어. 다 끝난 일이고 큰 탈이 생긴 것도 아니고. 젊을 때 고생은 사서도 한다잖니. 캐서린, 너도 알겠지만, 너처럼 대책 없이 산만한 아이가 이렇게 몇 번씩이나 마차를 갈아타느라 머리깨나 썼겠어. 앞으로는 호주머니에 이것저것 넣어 두고 잊어버리는 일이 없기를 바란다."

캐서린도 그러기를 바랐고 또 자신의 몸가짐을 더 바르게 하는 데 관심을 기울이기로 다짐했다. 그러나 기운은 빠질 대로 빠져 있었다. 입을 다물고 혼자 있고 싶은 소망뿐이어서 어서 잠자리에 들라는 어머니의 다음 충고에 반갑게 응했다. 그녀의 부모는 딸의 얼굴이 안 좋고 불안해 보이는 것이 자존심에 상처를 입은 데다 그런 여행으로 전에 없이 고생하고 지친 탓으로만 여겨서, 한잠 자고 나면 곧 회복될 것을 의심하지 않으며 그녀와 헤어졌다. 다음 날 아침 한자리에 모였을 때도 그녀는 그들이 기대한 만큼 기운을 회복하지 못했지만, 더 심각한 상처가 남아 있으리라곤 전혀 의심조차 하지 않았다. 그들은 그녀의 속마음에 대해서는 한 번도 생각해 보지 않았는데, 난생처음 집을 떠나 이곳저곳을 다니다가 돌아온 열일곱 살 젊은 여성의 부모로서는 기이한 일이 아닐 수 없었다!

아침 식사가 끝나자마자 그녀는 틸니 양과의 약속을 지키기 위해서 자리에 앉았다. 시간이 흐르고 거리가 멀어져도 친구의 마음이 변하지 않을 것이라던 틸니 양의 믿음은 들어맞았다. 캐서린은 벌써 자책을 하고 있었던 것이다. 그녀는 냉정하게 엘리너와 헤어졌던 것을 자책했고, 그녀의 미덕이나 친절을 제대로 평가하지 않은 것을 자책했고, 어제 뒤에 남아서 힘들어했을 그녀를 충분히 위로하지 못했던 것을 자책했다. 그러나 이렇게 격해진 감정은 글을 쓰는 데는 전혀 도움이 되지 않았다. 엘리너 틸니에게 쓰는 이번 편지처럼 글쓰기가 힘들었던 적이 없었다. 자신의 기분과 처지를 제대로 표현하는 동시에 비굴한 후회가 담기지 않은 감사를 전하고 말을 가려 쓰되 냉정하지 않게, 그리고 화는 내지 않으면서 정직한 편지, 엘리너가 꼼꼼히 읽어 보아도 괴롭지 않을 편지, 무엇보다도 혹시 헨리가 보더라도 얼굴을 붉히지 않을 그런 편지를 써야 한다고 생각하니, 그녀의 알량한 작문 실력조차 다 달아나는 것 같았다. 한참을 생각하며 망설인 끝에, 그래도 안전한 쪽으로 나아가려면 용건만 간단하게 쓰는 게 낫겠다고 결론 내렸다. 따라서 엘리너가 빌려주었던 돈과 함께 몇 마디 감사의 말을 적고, 따뜻한 마음으로 축복을 비는 인사를 했다.

"참 기이한 우정이로구나." 편지를 쓰고 나자 몰런드 부인이 말했다. "금방 생겨나서 금방 끝난다니. 결과가 이렇게 되다니 정말 안타깝다. 앨런 부인도 그 남매를 아주 예쁜 젊은이들이라고 생각하시더라. 이저벨라하고도 참 운이 없구나. 아휴! 가엾은 제임스! 어쨌거나 살면서 배우는 거지. 다음번에 만나는 새 친구들은 더 오래 사귈 만한 사람들이었으면 좋겠구나."

캐서린이 얼굴을 붉히며 이렇게 대답했다. "엘리너만큼 오래 사귈 만한 친구는 없을 거예요."

"만약 그렇다면 애야, 너희는 언젠가 다시 만날 거다. 마음을 편히 가져라. 십중팔구 수년 사이에 같이 어울리게 될 거다. 그러면 얼마나 기쁘겠니!"

몰런드 부인은 위로하고자 했지만 제대로 먹힌 것은 아니었다. 수년 사이에 다시 만날 수 있다는 희망은 캐서린에게 그사이에 만나기가 오히려 두려워질 일이 일어날지도 모른다는 우려를 불러일으켰다. 그녀는 헨리 틸니를 잊을 수 없을 것 같았다. 시간이 지나도 사랑하는 마음이 줄어들 것 같지 않았다. 그런데 그는 자기를 잊어버릴 수도 있을 터. 그런 상태에서 만나게 된다면! ……그렇게 다시 만나게 되는 상황을 그려 보니 눈물이 가득 고였다. 그녀의 어머니는 자신의 위로가 효과가 없다는 것을 알고는 기분도 전환할 겸 앨런 부인을 방문하자고 제안했다.

두 집은 불과 4분의 1마일 떨어져 있었다. 걸어가는 도중에 몰런드 부인은 제임스의 실연에 대한 심정을 빠른 말로 털어 놓았다. "그 애한테는 정말 안된 일이지." 하고 그녀가 말했다. "그렇지만 그것 말고는 결혼이 깨졌다고 해서 손해 본 것은 없다. 우리 입장에서야 네 오빠가 일면식도 없는 데다가 재산도 한 푼 없는 여자하고 약혼하는 것이 바람직할 리 없지. 처신도 그 모양이었다니 좋게 생각할 구석이 하나도 없구나. 지금 당장은 가엾은 제임스가 힘들겠지만, 언제까지나 그러고 살지는 않겠지. 첫 선택이 어리석었으니 앞으로 사는 동안은 더 신중한 사람이 되지 않을까 싶다."

캐서린은 이 정도로 사태를 정리하는 말까지는 들어줄 수 있었다. 그러나 한마디만 더 했어도 고분고분 듣고만 있지 않고 발끈하며 대꾸했을지도 모른다. 곧 그녀의 머릿속은 이 익숙한 길을 마지막으로 걸은 이후 자신에게 일어난 감정과 정신의 변화에 대한 생각으로 꽉 찼다. 불과 석 달 전만 해도 그녀는 즐거운 기대로 마음이 부푼 채 가볍고 쾌활하고 어디에도 매이지 않은 마음으로 하루에도 열번씩 이 길을 뛰어갔다가 뛰어오곤 했다. 아직 맛보지 못한 순수한 기쁨을 기대했고, 나쁜 일이 일어날까 두려워하지 않았으니 그런 것이 존재한다는 사실도 몰랐던 것이다. 삼 개월 전 그녀의 모습은 그랬다. 그러나 지금은 얼마나 변해서 돌아왔는지!

앨런 부부는 그녀를 매우 다정하게 맞아 주었다. 예상치 못한 등장이지만 늘 애정을 가지고 있다 보니 자연스럽게 나온 반응이었다. 그녀가 어떤 대접을 받았는지 듣고는 크게 놀라기도 하고, 매우 불쾌해하기도 했다. 몰런드 부인의 설명이 그들의 화를 돋구려고 일부러 부풀린다거나 의도적으로 감정적인 호소를 한 것도 아님에도 불구하고 말이다. "캐서린이 어제 저녁에 우리를 깜짝 놀라게 했지 뭐예요." 하고 그녀가 말했다. "혼자서 그 역참을 다 통과해서 여행을 했는데, 토요일 밤까지도 까맣게 몰랐다는 거예요. 틸니 장군이 무슨 이상한 생각에 사로잡혔는지 몰라도 느닷없이 애가 거기 있는 것을 참지 못하고 집에서 내쫓다시피 했답니다. 이 무슨 몰인정한 짓인가요. 정말 이상한 분이 틀림없어요. 그렇지만 캐서린이 다시 돌아와서 참 좋아요! 그리고 애가 속수무책으로 있지 않고 혼자 힘으로 대처했다니 대견하기도 하고요."

앨런 씨는 분별력 있는 사람이 이런 경우에 의당 보여 줄 만큼의 적절한 분노를 표했고, 앨런 부인은 그의 표현이 마음에 드는지 즉각 그대로 반복했다. 남편의 놀라움과 추정과 설명은 잇달아 부인의 것이 되었다. 다만 어쩌다 말이 멈출 경우 그 틈을 메꾸려고 한마디를 덧붙일 뿐이었다. "장군을 정말이지 참아 줄 수가 없구나." 이 말은 앨런 씨가 방을 나간 후에도, 화를 누그러뜨리거나 화제를 돌리지도 않은 채로 두 번 되풀이되었다. 세 번째 되풀이는 꽤 딴청을 부리다가 했고, 네 번째 말하고 나서는 이렇게 덧붙였다. "얘야, 제일 좋은 내 메클랭 옷[36]이 끔

---

36) 프랑스 식 레이스가 달린 옷. 매클랭은 벨기에의 도시 이름.

찍스럽게 찢어졌었잖니. 그런데 바스를 떠나기 전에 그걸 아주 기가 막히게 수선한 걸 한번 생각해 보려무나. 감쪽같아서 찢어졌던 곳이 어딘지도 모를 정도란다. 언제 한번 너한테 보여 주어야겠다. 누가 뭐래도 바스는 멋진 곳이야, 캐서린. 나는 떠나오는 것이 그리 내키지가 않았단다. 소프 부인이 거기 있어 참 위안이 되었지, 그렇잖니? 너도 알다시피 처음에는 너와 내가 아주 외로웠잖니."

"네, 그렇지만 외로움이 오래가진 않았어요." 캐서린이 눈을 빛내며 말했다. 그곳에서의 생활을 처음으로 생기 있게 해주었던 일이 떠올랐던 것이다.

"바로 그래. 우린 곧 소프 부인과 만났고 그러고는 더 원할 것이 없었지. 얘야, 이 실크 장갑 잘 어울리지 않니? 너도 알다시피 우리가 처음 하부 무도회장에 갔을 때 내가 이걸 꼈지. 그 이후로도 애용하고 있어. 그날 저녁 기억나지?"

"그럼요! 아! 환하게 기억나요."

"정말 기분 좋은 저녁이었어, 그렇잖아? 틸니 씨가 우리하고 차를 같이 마셨지. 새로 온 사람들 가운데 단연 눈에 띈다고 생각했어. 아주 괜찮은 사람이었지. 너하고 춤을 추지 않았나 싶은데, 확실치는 않구나. 내가 제일 아끼는 드레스를 입고 있었던 건 기억이 난다만."

캐서린은 대답을 할 수 없었다. 다른 화젯거리를 잠깐 꺼내는가 싶더니, 앨런 부인이 다시 원래 주제로 돌아왔다. "장군을 정말이지 참아 줄 수가 없구나! 겉보기에는 그렇게 사람 좋고 점잖아 보이더니 말이다! 몰런드 부인, 그분만큼 교양 있는 사람을 본 적이 없을 거예요. 그분이 묵었던 곳은 그분이 떠난 날로 바로 다른 사람이 들어왔단다, 캐서린. 그렇지만 놀랄 일은 아니지. 너도 알다시피 명색이 밀섬가 아니냐.”

다시 집으로 걸어 돌아올 때 몰런드 부인은 딸에게 앨런 씨부부 같은 꾸준한 동무가 있다는 것이 얼마나 든든한지 주지시키려고 애썼다. 가장 오랜 친구들의 호의와 애정을 유지하는 것이 중요하지 틸니 씨 가족처럼 잘 알지도 못하는 사람들의 무시나 몰인정에 신경 쓸 필요가 없다는 것이다. 모두 양식에 맞는 옳은 말씀이었다. 그러나 인간 정신의 어떤 구석에는 양식이 거의 힘을 발휘하지 못하는 곳이 있는 법이다. 그리고 캐서린의 마음은 어머니의 말씀과는 거의 모든 대목에서 상충했다. 그녀의 현재 행복은 모두 이처럼 잘 알지도 못하는 사람들의 행동에 전적으로 의지하고 있었다. 몰런드 부인이 하나도 틀린 것이 없다고 자신의 의견을 굳혀 나가는 사이, 캐서린은 말없이 생각에 잠겨 있었다. 지금쯤이면 틀림없이 헨리가 노생거에 도착했을 것이라고, 이제 그가 그녀가 떠났다는 것을 들었을 것이라고, 그리고 이제 아마도 그들은 모두 히어퍼드로 떠났을 것이라고.

15

　캐서린은 천성적으로 눅진히 있지를 못했고 부지런한 습관
이 몸에 밴 것도 아니었다. 그러나 지금까지 그런 결함이 어느
정도였든 간에 그녀의 어머니는 이제 그것이 더욱 심해진 것을
알 수 있었다. 그녀는 가만히 앉아 있지를 못했고 단 십 분도 일
에 집중하지 못했다. 솔선해서 할 수 있는 일은 그것밖에 없다는
듯 정원과 과수원 주변을 돌고 또 돌았다. 응접실에 잠깐이라도
붙어 있느니 집 주위를 걸어다니겠다는 투였다. 더 큰 변화는 넋
을 놓고 지내는 시간이 많아졌다는 것이었다. 쏘다니거나 빈둥
거리는 것이야 워낙 그러던 것이 더 두드러진 정도였지만, 말없
이 슬픔에 잠겨 있는 모습은 전에 보지 못하던 모습이었다.

　이틀 동안 몰런드 부인은 그런 딸을 눈치 한번 주지 않고
내버려 두었다. 그러나 세 번째 밤의 휴식이 있고 나서도 쾌
활한 기분을 되살려 유용한 활동을 하지도 않고, 뜨개질할

마음도 내지 않는 것을 보자, 넌지시 꾸짖지 않을 수 없었다.

"애, 캐서린, 너도 이젠 어엿한 숙녀가 되고 있어. 불쌍한 리처드의 스카프가 언제 완성될지 모르겠네. 걔한텐 너밖에 없는데 말이다. 바스에만 정신이 팔려 있으니 어디. 그렇지만 모든 것에는 때가 있는 법이야. 무도회와 연극을 위한 때도 있고, 일을 해야 할 때도 있는 거지. 한동안 즐겼으니 이제 쓸모 있는 사람이 되도록 해야지."

캐서린은 바로 일거리를 잡고서, 풀 죽은 목소리로 이렇게 말했다. "바스에만 정신이 팔려 있지는 않았어요."

"그럼 장군을 두고 속을 썩이는 거니? 정말 단순하기도 하구나. 다시 볼 일도 없을 사람인데 말이다. 사소한 일에 속 썩을 것 없다." 잠시 침묵한 후에 어머니는 말을 이었다. "캐서린, 우리 집이 노생거처럼 웅장하지 않아서 언짢은 것은 아니었으면 좋겠구나. 그렇다면 네 방문은 너한테 나쁜 영향만 끼친 셈이야. 어디 있든 늘 만족할 줄 알아야 하고, 특히 집에서는 그래. 여기서 대부분의 시간을 보내야 하니 말이다. 아침식사 하면서 노생거에서 먹은 프랑스 빵 이야기를 주구장창하는 것도 듣기 싫고."

"빵에는 신경 안 써요. 무얼 먹든 똑같으니까."

"2층에 있는 책 가운데 이 주제에 딱 맞는 아주 훌륭한 에세이가 있더라. 대단한 사람들을 접하고 나서 버르장머리가 나빠진 계집아이들 얘기지. 제목이 《거울》[37] 아닌가 싶은데, 언

---

37) 당시의 정기 간행물 이름.

제 틈을 내서 찾아 주마. 너한테 틀림없이 도움이 될 게야."

캐서린은 더 이상 말하지 않고 잘못을 바로잡겠다는 생각으로 일거리를 손에 잡았다. 그러나 몇 분 후 자기도 모르는 사이에 다시 맥이 빠지고 안절부절못하게 되었다. 지루하고 짜증이 나서 바늘을 움직일 때보다 의자에서 몸을 움직일 때가 많았다. 몰런드 부인은 이 모습을 지켜보다가 멍하니 불만스러운 표정을 짓고 있는 것이야말로 딸의 쾌활함을 앗아 간 저 불평불만의 완벽한 증거라고 생각하고는, 그렇게 무시무시한 병을 공격하려면 한시가 급하다는 듯이 서둘러 문제의 책을 가지러 방을 나섰다. 찾던 책을 발견하기까지는 꽤 시간이 걸렸고 다른 집안일이 생겨나 지체되는 바람에 잔뜩 기대를 안고 그 책을 들고 계단을 내려왔을 때는 십오 분이 훌쩍 지나 있었다. 그녀는 위에서 책을 찾는 데 열중하느라 자기가 내는 소리 외에는 다른 소음으로부터 완전히 차단되어 있어서, 마지막 몇 분 사이에 손님이 온 것을 알아차리지 못했다. 방에 돌아온 그녀의 눈에 전에 본 적 없는 청년이 들어왔다. 그가 공손한 표정으로 바로 일어났고, 딸은 좀 어색해하며 "헨리 틸니 씨예요."라고 소개했다. 그러자 그는 주뼛거리면서도 진심을 담은 어조로 불쑥 찾아뵙게 된 것을 사과드린다고 말했다. 이어서 지난 일로 보면 자기가 풀러턴에서 환영받을 권리가 없다는 것을 인정하지만 몰런드 양이 무사히 집에 도착하셨는지 확인하고 싶은 마음이 너무 간절해서 이렇게 불쑥 찾아오게 되었노라고 덧붙였다. 그의 말을 듣는 상대는 솔직하지 못한 판관도 아니고 심정이 비뚤어진 사람도 아니었다.

몰런드 부인은 그나 그의 여동생을 그들의 아버지가 저지른 나쁜 짓의 공모자로 볼 생각이 추호도 없었고, 둘에 대해서는 늘 좋게 생각해 왔던 터라, 그가 나타난 것을 기쁘게 생각하며 곧 꾸밈없는 호의를 담은 담백한 말로 그를 받아들였다. 딸에 대한 배려에 감사하고, 자식의 친구들은 언제든 환영이라면서, 지나간 일은 더 거론하지 말자고 했다.

그는 이 요청에 순순히 응하고 싶었는데, 이렇게 기대하지도 않았던 부드러운 대접에 크게 안도하긴 했지만, 그 순간에는 솔직히 무슨 변명을 하기도 궁색한 처지였던 것이다. 따라서 말없이 자리로 돌아와서는 날씨와 도로 사정에 대해서 묻는 몰런드 부인의 통상적인 질문에 예의 바르게 대답하면서 몇 분을 보냈다. 그사이에 캐서린은 초조하고 흥분되고 행복하고 열에 들뜬 채 한마디도 하지 않았다. 그러나 그녀의 달아오른 뺨과 반짝거리는 눈을 보고 어머니는 이 선의의 방문이 잠시나마 딸의 마음을 진정시켰다고 믿게 되었다. 그래서《거울》의 첫 권은 나중에 주려고 치워 놓았다.

자기 아버지 때문에 민망해하는 손님이 너무 딱해 보여서 몰런드 부인은 격려도 할 겸 대화거리도 찾을 겸 몰런드 씨의 도움이 절실했다. 그래서 그녀는 진작 그를 부르려고 아이들 중 하나를 보냈다. 그러나 몰런드 씨는 출타 중이었다. 결국 거들어 주는 사람도 없이 한 시간 정도가 지나자 더 이상할 말을 찾지 못했다. 침묵이 이 분 정도 지속된 후에, 헨리는 캐서린에게 몸을 돌렸다. 그녀의 어머니가 들어오고 나서는 처음이었는데, 기회를 엿본 사람처럼 얼른 앨런 씨와 부인께서 지금 풀러턴에 계신지 물었다. 짧게 한마디만 하면 될 것을 그녀가 허둥대며 혼란스럽게 말했지만 그는 대략 짐작한다는 듯 그분들에게 인사를 드리고 싶다면서 얼굴을 붉히며 일어서서 길을 좀 안내해 줄 수 있는지 물었다. "창문에서 보시면 보일 텐데요." 세라가 끼어들어 정보를 주었다. 그러자 신사는 알겠다는 표시로 고개를 약간 숙여 보였고, 그녀의 어머니는 조용히 있으라는 뜻으로 고개를 까딱했다. 그가 왜 자기들의 소중한 이웃을 방문하겠다는 뜻을 피력했는지 다시 생각해 본 몰런드 부인은, 그가 자기 아버지의 행동에 대해서 무언가 설명할 것이 있을 터이고, 그것을 캐서린한테만 이야기하는 것이 낫겠다는 확신이 들어서, 무슨 일이 있어도 딸이 그와 동행하는 것을 막지 않기로 했다. 그들은 함께 걷기 시작했고, 그의 숨은 목적에 대한 몰런드 부인의 생각은 아주 틀린 것이 아니었다. 아버지 이야기를 하긴 했으니까. 그러나 그의 첫 번째 목적은 자기 자신을 설명하는 것이었다. 그는 그들이 앨런 씨의 집 마당에 도달하기 전에 그 일을 아주 훌륭하게 해내서 캐서린으로서는 아무리 들어도 물리지 않을 정도였고 그의 사랑을 확신하게 되었다. 사랑을 받아 달라는 간청도 있었지만 두 사람은 이미 그녀의 마음이 그에게 완전히 가 있다는 것을 서로 잘 알고 있던 터였다. 비록 헨리가 지금은 그녀를 진지하게 사랑하고 있고, 또 그녀의 성품이 탁월하다는 것을 느끼고 기뻐하며 그녀와 사귀는 것을 참으로 좋아하지만, 나로서는 그의 애정이 처음에는 감사하는 마음에서 시작되었다는 점, 혹은 달리 말해서 그녀가 자기를 좋아한다고 생각하게 된 것이 상대를 진지하게 생각하게 된 유일한 이유였다는 점을 고백해야겠다. 이는 소설에서는 새로운 상황으로, 여주인공의 품위를 끔찍할 정도로 깎아내리는 셈이라는 것을 인정하는 바다. 그러나 이런 일이 통상의 삶에서도 새로운 것이라면, 적어도 과감한 상상을 펼친 공은 고스란히 내 차지가 될 터이다.

앨런 부인을 짧게 방문하는 동안 헨리는 나오는 대로 두서없이 이야기했고, 캐서린은 말로 다 표현할 수 없는 행복에 잠겨 입 한번 제대로 떼지 못했다. 그러고는 바로 물러 나와 다시 둘만의 황홀경으로 빠져들었다. 둘만의 시간이 끝나기 전에, 그녀는 이번 청혼에서 장군이 어느 정도까지 반대했는지 판단할 수 있었다. 이틀 전 우드스톤에서 돌아오자마자, 그는 사원 근처에서 잔뜩 성질이 난 장군을 만났는데, 그의 아버지는 몰런드 양이 떠난 사실을 노한 어조로 서둘러 전하고 더 이상 생각도 말라고 명했다.

이런 소리를 허가 삼아 그는 그녀에게 청혼의 손을 내밀었던 것이다. 이 설명을 들으니 일이 어떻게 될지 공포가 밀려오면서 캐서린은 잔뜩 겁이 났다. 그러나 헨리가 용의주도하게도 이 이야기를 하기 전에 일단 그녀의 승낙을 받아 냄으로써 그녀가 양심에 찔려서 거절할 필요가 없게 배려해 주었다고 생각하니 기쁘지 않을 수 없었다. 그리고 그가 자초지종을 상세히 이야기하고 아버지가 왜 그런 행동을 했는지 동기를 설명하자, 그녀는 그야말로 승리의 환호성이라도 지르고 싶은 기분이었다. 장군이 그녀를 비난할 거리는 없었다. 혐의를 둘 것이라고는, 의도적인 것이 아니라 알지도 못하는 사이에 그녀가 어떤 기만의 장본인이 되었다는 것뿐이다. 그는 자존심상 그 기만을 도저히 용서할 수 없었던 것인데, 사실 제대로 된 자존심을 가진 사람이라면 오히려 부끄러워서라도 그냥 넘어갔을 일이었다. 그녀의 죄라면 장군이 생각했던 것보다 재산이 많지 않다는 것뿐이었다. 그녀의 재산과 권리에 대해 잘못된 정보를 들은 그는 바스에서 그녀와 안면을 트면서 호감을 얻고, 노생거로 데리고 가서, 결국 며느리로 삼을 계획이었다. 그러나 자신의 착오였음을 깨닫자 집에서 쫓아내는 것이 상책이라 여겼던 것이다. 그녀에게 화를 내고 가족을 경멸하는 볼썽사나운 꼴이 되리란 걸 알면서도 말이다.

애초에 그에게 오해를 불러일으킨 장본인은 존 소프였다. 장군은 어느 날 밤 극장에서 자기 아들이 몰런드 양에게 상당한 관심을 보이는 것을 보고는 우연히 옆에 있던 소프에게 혹시 이름 이상으로 그녀에 대해 아는 것이 있는지 물었다. 소프는 틸니 장군 같은 중요한 인사와 말을 주고받게 된 것이 너무 기뻐, 우쭐한 기분으로 있는 말 없는 말을 다 했다. 그 당시에는 제임스 몰런드가 하시라도 이저벨라와 약혼할 것이 예상되었을 뿐만 아니라 그 자신도 비슷하게 캐서린과 결혼할 마음을 먹고 있던 차라, 그 가족이 아주 부유하다고 선전하고 싶은 허영기가 발동한 것이었다. 워낙 허영심과 탐욕이 많았기 때문에 어느 정도는 실제 이상으로 부유하다고 믿고 있었지만, 그보다도 훨씬 과장해 버린 것이다. 그가 관계를 맺게 된, 혹은 맺을 전망이 있는 사람은 누구든 자신의 위상이나 비중에 맞게 녹록지 않아야 했고, 친해지면 친해질수록 그들의 재산도 그에 부응하여 늘어났다. 따라서 그의 친구인 몰런드가 물려받을 유산은 처음부터 과장되었거니와 이저벨라를 소개받은 이후로는 증가일로에 있었다. 그리하여 그는 그 순간을 좀 빛내 보고자 무조건 자기 생각보다 두 배를 추가하여 말함으로써 장군에게 그 가족 전부가 굉장한 사람들인 듯 비치게 만들었다. 몰런드 씨의 성직 수입은 그가 생각했던 것보다 두 배로 부풀렸고 그의 개인 재산은 세 배로 뻥튀기했다. 또 부자인 숙모를 턱하니 만들어 놓고 자식 수는 반으로 줄였던 것이다. 그러나 장군의 각별한 호기심의 대상이자 그 자신도 염두에 두고 있는 대상인 캐서린에 대해서는 챙겨 줄 것이 더 남아 있었다. 그녀의 아버지가 그녀에게 줄 수 있는 1만 내지 1만 5000파운드가 앨런 씨의 부동산에 추가될 터였다. 그녀가 앨런 씨 부부와 아주 가까이 지내는 것을 보고 앞으로 많은 재산을 상속받을 것이라고 단정했던 것이다. 따라서 그녀가 풀러턴의 미래 상속녀로 공인되다시피 했다는 소리가 뒤따랐다. 이런 정보에 입각해서 장군은 일을 진척시켰던 것이다. 그가 얼마나 믿을 만한 소식통인지에 대해서는 한 번도 의심해 보지 못했던 까닭이다. 그의 여동생이 그 가족 중 하나와 곧 연분을 맺게 되는 데다 그도 그 가족 중 하나를 염두에 두고 있다니(마찬가지로 내놓고 자랑을 하는 바람에 알게 된 일이지만) 소프가 그 가족에 관심이 있는 것은 당연하고, 그것만으로도 그의 진실성이 충분히 담보된다고 생각했던 것이다. 여기에다 확고부동한 사실 몇 가지가 뒷받침되었다. 즉 앨런 씨 부부가 부자이면서 자식이 없다는 점, 몰런드 양이 그들의 보살핌을 받고 있다는 점, 그리고 (친분을 맺자마자 바로 알 수 있었다시피) 그들이 그녀를 부모처럼 자애롭게 대한다는 점이었다. 그는 바로 결단을 내렸다. 자기 아들의 얼굴을 보아하니 몰런드 양을 좋아하는 기색이 역력했고, 소프 씨와의 대화 덕분에 그가 자랑 삼아 떠벌린 관심을 약화시키고 가장 소중하게 품은 소망을 망치는 데 수고를 아끼지 않기로 즉각 결심했던 것이다. 캐서린은 그 당시에는 그의 자식들만큼이나 이 모든 것에 대해서 전혀 알지 못했다. 헨리와 엘리너는 그녀의 상황이 자기 아버지의 특별한 관심을 끌 만한 것이 아님을 알았기 때문에 그의 관심이 갑작스럽게 시작되어 지속될뿐더러 점점 커져 가는 것을 지켜보면서 놀라움을 금할 수 없었다. 아버지가 얼마 전에 아들에게 거의 노골적으로 젖 먹던 힘까지 다 내서 그녀를 붙잡아 보라고 하는 통에 헨리는 그가 이 결합을 유리하다고 믿고 있다는 암시를 받았지만, 그렇게 서두르게 된 이유가 계산 착오에 있었다는 사실은 최근 노생거에서 설명을 듣기 전까지는 털끝만큼도 모르고 있었다. 그것이 착오였다는 것을 장군은 그러한 정보를 전해 준 당사자인 소프한테서 들었다고 한다. 런던에서 우연히 다시 만난 소프는 캐서린의 거절도 거절이지만 최근에 제임스와 이저벨라를 화해시키려다가 실패한 일 때문에 더더욱 화가 나서 예전과는 완전히 상반된 감정에 사로잡혀 있었다. 그는 그들이 영원히 갈라섰다고 믿고 알량한 우정 따위는 내던져 버린 채 전에 몰런드 집안에 유리하게 말했던 것을 모두 뒤집어 버렸다. 자기가 그들의 여건과 인성을 완전히 잘못 알고 있었다고 털어놓은 것이다. 친구의 허풍에 넘어가 그의 아버지를 알부자이자 신용이 높은 분으로 믿었는데 최근 이삼 주 동안 돌아가는 모양을 보니 그 어느 것도 사실이 아닌 걸로 드러났다는 것이다. 결혼 이야기가 처음 나오자 쌍수를 들고 다 해 줄 것처럼 굴더니, 자기가 뭔가 눈치를 채고 다그치자 그 아버지가 젊은 부부에게 그럭저럭 살 정도의 재산도 지원해 줄 능력이 없다는 것을 자인했다는 것이다. 알고 보니 그들은 빈궁한 가족이었고, 보기 드물 정도로 식구도 많다고 했다. 게다가 최근에 어쩌다 알게 된 사실인데 이웃에서 전혀 존경도 받지 못하고 있다는 말도 덧붙였다. 그들의 재산으로는 넘볼 수 없는 생활 스타일을 노리며 부자 친척을 만들어서 덕을 보려고, 함부로 나대고 허풍을 치고 흉계를 꾸며 대는 족속이라는 것이다.

장군은 대경실색하여 힐문하는 투로 앨런이라는 이름을 입에 올려 보았다. 소프는 이 부분에서도 자기가 잘못 알았다고 말했다. 앨런 집안이 그들 가까이에서 아주 오래 살았던 것은 사실이지만, 알고 보니 풀러턴의 부동산을 양도받을 젊은이는 따로 있었다는 것이었다. 장군은 더 이상 듣고 싶은 생각이 없었다. 자기 외의 세상 거의 모든 사람에게 화가 나서, 그는 그다음 날로 노생거로 출발했고, 거기서 무슨 짓을 했는지는 앞에서 본 바와 같다.

이 가운데 얼마나 많은 부분을 당시에 헨리가 캐서린에게 전할 수 있었는지, 얼마나 많은 부분을 자기 아버지에게서 직접 들었는지, 어떤 부분에 그의 추측이 가미되었는지, 그리고 어떤 부분이 제임스의 편지가 와야 밝혀질 수 있는지는 독자 여러분의 현명한 판단에 맡기겠다. 내가 일단 독자의 편의를 위해서 뭉뚱그려 적어 두었으니 나중에 독자들이 가려 볼 수 도 있을 것이다. 여하간 캐서린으로서는 그의 이야기를 듣고 서 자기가 장군이 살인을 저질렀거나 아니면 부인을 유폐시 킨 것으로 의심하기는 했으나, 그의 성격을 잘못 보았거나 그 의 잔인성을 과장하는 죄를 지은 것은 아니라고 생각하게 되 었다.

자기 아버지에 대해 이런 이야기를 하는 헨리의 심정은 그 자신이 이를 처음 접했을 때만큼이나 참혹했다. 그는 아버지 라며 조언이랍시고 한 그의 옹졸한 소리를 어쩔 수 없이 밝히 면서 얼굴을 붉혔다. 노생거에서 부자가 나눈 대화는 그만큼 버성겼다. 캐서린이 어떤 취급을 당했는지 듣자마자, 아버지 의 입장이 무엇인지 알자마자, 거기에 순종하라는 명을 받자 마자, 그는 대놓고 화를 내며 대들었다. 통상의 경우에는 자신 의 말이 가족 사이의 법으로 통하는 터여서 장군은 아들이 기 분이야 좀 언짢을지언정 거부감이나 반대 의사를 입 밖으로 내어 표명할 줄은 미처 예상치 못했고, 그래서 그가 이성의 재 가를 얻고 양심의 명령에 따라 꿋꿋하게 저항하는 것을 도저 히 용납할 수 없었다. 그러나 이번에는 이유가 이유이다 보니, 그의 분노는 헨리에게 충격을 주었을망정 위축시키지는 못했 다. 자신의 목적이 정당하다고 믿고 그것을 꿋꿋이 견지했던 것이다. 그는 몰런드 양과 애정으로 묶여 있는 것만큼이나 신 의로 묶여 있다고 느껴 왔다. 그리고 부친이 반드시 차지하라던 그 마음이 이미 자기에게 왔다고 믿고 있었으니, 아무리 암묵적인 동의를 야비하게 철회해도, 아무리 입장을 뒤집어 정당화될 수 없는 분노를 터뜨려도 그의 신의를 흔들거나 결심에 영향을 줄 수는 없었다.

그는 아버지를 따라 히어퍼드셔로 가기를 완강히 거부했다. 캐서린을 쫓아내기 위해서 거의 급조한 약속이라 생각했던 까닭이다. 그리고 그녀에게 청혼하겠다는 뜻을 밝히고 굽히지 않았다. 장군은 불같이 화를 냈고 부자는 엄청난 다툼 끝에 헤어졌다. 헨리는 흥분한 마음을 진정시키려면 몇 시간 혼자 있는 것이 필요한 터여서 거의 바로 우드스톤으로 돌아갔고, 그다음 날 오후에 풀러턴으로 길을 떠났던 것이다.

16

틸니 씨로부터 따님과의 결혼을 승낙해 달라는 말을 들은 몰런드 씨 부부는 한동안 놀라움을 감추지 못했다. 둘 중 어느 편에서건 사랑이 움트고 있으리라는 생각은 추호도 하지 못했던 것이다. 그러나 따지고 보면 캐서린에게 사랑하는 사람이 있다는 것만큼 자연스러운 일은 없을 터. 그들은 곧 이를 뿌듯하고 행복한 마음으로 받아들이기로 했다. 또 그들의 입장에서만 보면 반대할 이유가 없었다. 매너 좋고 양식이 있는 것만으로도 신랑감으로는 좋은 조건이었다. 그를 나쁘게 말하는 소리를 들은 적이 없는데 나쁜 점이 있으리라고 지레짐작할 필요도 없었다. 경험이 부족한 부분은 선의가 채워 주고 있으니, 인품은 더 따져 볼 필요도 없었다. "캐서린이 어린 데다 덤벙대서 살림을 잘할지 모르겠네만." 어머니가 걱정스레한마디 했지만, 연습만 한 것이 어디 있겠느냐는 위로의 말이 바로 뒤를 이었다.

긴말 할 것 없이 단 한 가지 문제만 남아 있었다. 그러나 그 문제가 해소되기 전까지 약혼을 허락하기는 불가능했다. 온화한 성품이지만 원칙은 확실한 몰런드 씨 부부는 그의 아버지가 혼사를 대놓고 반대하는 한 앞장서서 추진할 수가 없었다. 그들은 장군이 나서서 그 혼약을 간청하도록 혹은 진심으로 그것을 인정하도록 무슨 과시성 약정을 할 정도로 세상물정에 밝은 사람들도 아니었다. 따라서 장군이 승인하는 모양새를 갖추는 것이 필요했고, 일단 그쪽에서 허락하면 (그리고 내심 그리 오래 끌지는 않을 것이라고 믿었지만) 바로 허락할 생각이었다. 그의 동의가 그들이 원하는 전부였다. 그들은 장군에게 돈을 요구할 생각도 없었고 그럴 자격도 없었다. 그의 아들은 결혼으로 정착하게 되면 결국 꽤 많은 재산을 확보하게 될 터였다. 현재의 수입만으로도 독립하여 편하게 살 수 있었으므로, 금전적인 면에서 따지자면 딸의 요구 조건을 넘어서는 결혼이었다.

젊은 연인들은 이런 결정에 그리 놀라지 않았다. 가슴 아프고 슬프긴 했지만, 원망할 일은 아니었다. 그들은 거의 기대하기 어렵겠지만 장군에게 그런 변화가 빨리 일어나서 사랑의 특권을 마음껏 누리며 다시 만날 수 있기를 희망하며 헤어졌다. 헨리는 이제 그의 유일한 집이 된 곳으로 돌아갔다. 거기서 어린 작물들을 돌보며 그녀를 위해 집 안 곳곳을 손질하면서 함께 그 모두를 나눌 날을 고대했다. 캐서린은 풀러턴에 남아 하루하루를 눈물로 보냈다. 사랑하는 사람이 없는 고통을 은밀한 편지 교환으로 달랬는지는 묻지 말도록 하자. 몰런드 씨 부부는 절대 묻지 않았다. 그들은 서신 교환을 하지 말라는 약속을 받아 낼 만큼 모진 사람들이 아니었다. 그 당시에는 꽤 자주 편지가 왔는데, 캐서린이 편지를 받을 때마다 딴청을 부리며 시선을 돌리곤 했다.[38]

그들의 애정이 이런 상태에 있으니 당사자인 헨리와 캐서린을 비롯하여 그들을 사랑하는 모든 사람들이 최종 결과가 어떻게 나올지 불안해할 것은 당연하다. 그러나 그 불안을 독자의 가슴으로까지 확장시킬 수는 없을 것 같다. 독자들은 남은 페이지의 압축된 분량으로 미루어 우리 모두가 완벽한 행복을 향해 서둘러 나아가고 있다는 것을 짐작하고도 남을 것이기 때문이다. 그들을 빨리 결혼시킬 수 있는 수단이 무엇인지가 유일한 의문일 터다. 대체 어떤 그럴싸한 상황이 벌어져야 장군처럼 성질이 불같은 사람에게 영향을 미칠 수 있을까? 주로 써먹는 수법은 그의 딸을 지위와 재산을 겸비한 사람과 결혼시키는 것이다. 이 결혼은 여름 동안에 이루어졌는데, 이렇게 가문의 격이 높아지다 보니 장군은 하늘을 나는 듯 기분이 좋아졌고 이때를 틈타서 엘리너는 그로부터 헨리를 용서하겠다는 약속과 "그렇게 바보짓이 하고 싶으면 하라고 해!"라는 허락을 받아 냈다.

이 결혼으로 엘리너 틸니는 헨리의 추방 때문에 아주 황량해진 노생거를 벗어나게 되는데, 집도 자기가 선택한 곳이

---

38) 당시 미혼 남녀 사이의 서신 교환은 결혼이 확정된 경우로 받아들여졌다.

요 결혼 상대도 자기가 선택한 사람이었다. 일이 이렇게 되어야 그녀를 아는 모든 사람들을 두루 만족시키지 않을까 싶다. 이 결혼에 대해서는 나 자신의 기쁨도 각별하다. 겉치레 없는 미덕을 지니고 있으니 그녀만큼 행복을 얻고 누릴 자격이 있는 사람도, 습관적으로 힘든 일을 견뎌 왔으니 그녀만큼 그만한 준비를 잘 갖춘 사람도 나는 알지 못한다. 이 신사에 대한 그녀의 애정은 최근에 시작된 것이 아니었다. 다만 지위가 열등하다 보니 그녀에게 청혼을 하지 못했을 뿐이었다. 그런 그가 뜻하지 않게 작위와 재산을 얻게 되자 이 모든 어려움은 제거되었다. 그녀의 모든 시간을 바쳐 동무가 되어 주고 봉사해 주고 참을성 있게 견뎌 주었음에도 장군이 그녀를 처음 "영부인!"이라고 부른 때만큼 그녀를 사랑한 적은 없었다. 그녀의 남편은 진정으로 그녀의 짝이 될 만한 인물이었다. 귀족이라는 점, 재산이 많다는 점, 그녀를 사랑한다는 점을 제쳐 두고라도, 세상에서 가장 매력적인 젊은이의 전형이었던 것이다. 그의 장점을 더 이상 정의하는 것은 불필요한 일이라 생각한다. 세상에서 가장 매력적인 젊은이라고 하면 즉각 우리 상상 속에 떠올릴 수 있기 때문이다. 따라서 이 인물에 대해서 덧붙일 것은 다음 한가지뿐이다.(작문의 규칙에 따르면 내 이야기와 무관한 인물을 끌어오는 것은 금지되어 있다는 것을 알기에.) 우리의 주인공이 세탁 영수증 뭉치를 발견하고 조마조마한 모험을 벌인 적이 있는데, 그 영수증을 남긴 장본인이 바로 이 신사분이었다는 사실이다. 노생거 방문 기간이 길다 보니 생긴 영수증을 그의 하인의 부주의로 챙기지 못하고 남겨 두었던 것이다.

　자작과 자작 부인이 그들의 오빠이자 처남을 위해서 힘을
써 줄 수 있었던 것은 그들이 몰런드 양의 상황을 올바로 이해
한 덕이기도 했다. 장군이 제대로 알아야겠다고 생각하자마자
그들이야말로 그런 정보를 줄 수 있었던 것이다. 그 결과 그는
자기가 그 가족의 재산에 대한 소프의 첫 번째 자랑에 속아 넘
어간 것 못지않게, 악의적으로 그것을 팽개쳐 버린 연이은 거
짓말에 넘어갔다는 것을 알게 되었다. 어떤 의미에서든 그들
은 궁핍하거나 가난하지 않았다. 캐서린은 3000파운드를 물
려받을 터였다. 이것은 그의 최근 기대치를 훌쩍 웃도는 액수
라, 구겨진 자존심을 되살리는 데 크게 기여했다. 여기에는 그
가 애써 개인적으로 알아낸 정보도 한몫했는데, 그에 따르면
풀러턴의 부동산은 현재의 소유자에게 전적인 처분권이 있어
서 앞으로 얼마든지 노려 볼 만한 여지가 있다는 것이었다.

　여기에 힘입어 장군은 엘리너가 결혼한 직후 그의 아들에
게 노생거로 돌아와도 좋다고 허락을 내리고 양가의 혼약에
동의한다는 친필 편지를 몰런드 씨에게 전달하게 했다. 대단
히 정중한 어조로 쓰인 한 페이지짜리 편지에는 하나 마나 한
흰소리들이 가득 담겨 있었다. 편지를 통해 확정된 결혼식이
곧 이어졌다. 헨리와 캐서린은 결혼했고 축하의 종소리가 울
려 퍼졌으며 모두들 웃는 얼굴이었다. 결혼식은 그들이 처음
만난 지 열두 달도 안 돼 치러졌는데, 장군의 잔인함으로 인해
끔찍스럽게도 오래 기다려야 했지만 그들이 그 때문에 무슨
큰 상처를 받은 것 같지는 않다. 스물여섯과 열여덟의 나이에

완벽하게 행복한 시작을 한다는 것은 꽤 괜찮은 일이다. 더구나 장군의 부당한 간섭이 그들의 행복에 해를 끼치기는커녕 서로를 더 잘 이해하게 만듦으로써 오히려 그 행복에 도움이 되었다는 생각도 든다. 그렇지만 이 작품의 흐름으로 보아 부모의 독재를 권장하거나 자식의 불복종에 보상을 내려야 하는 것인지는 관심 있는 분들의 판단에 맡기려 한다.

성장 서사와 소설의 새로운 인식

『노생거 사원』은 제인 오스틴의 장편 소설 여섯 편 가운데 작가가 세상을 떠난 뒤 출간된 작품이다. 오스틴은 1817년 '샌디턴'이란 제목의 새로운 장편을 쓰기 시작했으나 병이 깊어지면서 치료를 위해 초튼의 집을 떠나 인근 도시 윈체스터의 한 숙소에 머물렀다. 그러나 몇 달간 투병한 보람도 없이 7월 18일 41세의 나이로 숨을 거두었다. 유족들은 작가가 완성해 놓고 출간하지 못한 두 작품을 그해 말 넷째 오빠 헨리 오스틴의 서문을 붙여서 출간했다. 이 서문에서 헨리는 "마지막 순간까지 뚜렷하고 따스한 기억, 상상력, 기질, 애정을 유지"했던 작가를 추모하면서 그녀가 명성이나 돈과는 무관하게 살면서 작가로서의 사명에 얼마나 충실했는지 전하고 있다.

그해 유고작으로 출간된 작품은 『노생거 사원』 외에도 『설득』이 있다. 같이 출간되었지만 두 작품이 완성된 시기는 전혀 다르다.『설득』이 네 번째 소설인『에마』를 출간하고 난 후인 1815년 작가가 발병하기 전에 완성하여 출간을 기다리고 있던 실질적인 마지막 작품이라면,『노생거 사원』은 이와 반대로 이십 대 후반의 젊은 시절에 쓴 사실상의 첫 장편 소설이다.

먼저 출간된 오스틴의 몇몇 작품들이 그렇듯『노생거 사원』도 습작기에 썼던 원작이 토대가 되었다. 이 작품의 원작 「수전」은 대략 1798년에서 1799년 사이에 쓰였다고 한다. 나중에『이성과 감성』으로 개작된「앨리너와 매리앤」을 1795년에,『오만과 편견』으로 개작된「첫인상」을 1796년에 쓰기 시작했기 때문에 습작기 작품 중에서도 가장 먼저 쓴 것은 아니다. 또「첫인상」을 이듬해 출판업자에게 보냈다가 거절당한 것을 감안하면 출판을 생각한 첫 작품도 아니다. 그렇지만『이성과 감성』과『오만과 편견』이 작가가 삼십 대 초 초튼에 정착하면서 본격적인 작품 활동을 하던 시기에 완전히 개작되어 새 작품으로 탄생한 데 비해,『노생거 사원』은 고향 마을에서 바스로 이사해서 살던 1803년 작가가 28세 되던 해에 완성해서 출판사에 원고를 팔았다. 완성작으로만 보면 작가의 첫 장편 소설인 셈이다. 이후 출판이 이루어지지 않는 사이에 1810년『이성과 감성』이 먼저 출간되어 작가의 데뷔작이 되었다.

오스틴은 이 첫 장편 소설에 대한 애정이 커서 출판사에 여러 번 출간을 독촉했고, 결국 작가로서 성공을 거둔 이후인 1816년 출판사로부터 10여 년 전 고료로 받았던 10파운드를 지불하고 원고를 돌려받았다. 이 원고를 정리하면서 주인공

및 소설 제목을 '수전'에서 '캐서린'으로 바꾸었으나, 그사이에 어떤 익명 작가의 같은 제목의 소설이 이미 나와서일 뿐 다른 작품들처럼 대폭 개정을 거치지는 않았다. 그런 사이에 건강 악화로 생전에 소설이 세상에 나오지 못하자 어떤 연유인지 불확실하나 현재의 제목으로 사후 출판된 것이다.

이 작품을 둘러싼 이 같은 사정으로 미루어 이 작품에 작가의 이십 대 젊은 시절의 감성이 담겨 있음을 짐작할 수 있다. 이 책은 삼십 대 중반의 소산인 『오만과 편견』, 『에마』, 『맨스필드 파크』와 같은 세련된 형식미를 갖추지는 못한 반면 거친 듯하면서도 젊음의 매력이 넘치는 풋풋함이 살아 있다. 주인공의 연령대부터가 십 대다. 사후에 같이 출간된 『설득』에 삼십 대 후반에 이른 작가의 사회 물정에 대한 깊은 인식이 녹아 있다면 『노생거 사원』에는 삶의 위태함과 모험성을 엿보이게 만드는 참신함이 있다. 전자가 서른에 가까운 노처녀를 주인공으로 하여 갖은 마음고생 끝에 세상의 이목 때문에 헤어진 과거의 연인과 어렵사리 재결합하는 이야기라면, 후자는 불과 열일곱 살의 천방지축에 가까운 어린 주인공이 겪는 첫 사회 경험이 주된 내용을 이룬다.

이 작품의 주인공 캐서린은 유복한 시골 목사의 딸로 선머슴 아이처럼 자라다가 처녀티가 나기 시작한 열일곱 나이에 이웃의 재력가인 앨런 부부의 초청으로 유명한 휴양 도시이자 사교 모임이 활발하게 이루어지는 바스로 간다. 여기서 캐서린은 소프 집안의 두 남매를 알게 되고 이어서 틸니 집안의 남매와도 친교를 맺게 된다. 순진하고 무지한 캐서린은 나중에 제임스 오빠와 약혼하게 되는 이저벨라 소프의 사교적인 언행에 반하여 단짝 친구가 되고 한편으로 세속적인 존 소프의 애정 공세에 시달린다. 그러나 캐서린은 진실성 없는 이들의 행태를 곧 간파한다. 반면 독특한 화법으로 캐서린을 당혹스럽게 한 헨리 틸니에게는 첫 만남에서부터 호감을 느껴 사랑하게 되고 그 여동생인 엘리너의 숙녀다운 태도에 진정한 우정을 느낀다. 이 젊은이들과 어울리면서 캐서린은 올바른 처신이 무엇인지 고민하면서도 자신의 감정의 진실성을 있는 그대로 따르고 그것이 주위의 불편을 야기하더라도 양보하지 않는다. 여성의 경우 얌전 빼기와 사교적인 언행이 일반화된 사회에서 헨리에 대한 애정을 거의 가감 없이 드러내는 캐서린의 행위는 당시의 남녀 관계에서 여성의 수동성을 전복시키는 면이 있다. 순수하면서도 진실한 심성에서 나오는 이런 당돌함에 헨리는 오히려 매력을 느낀다.

바스에서의 사교 생활이 전반부의 이야기라면 후반부는 틸니 집안의 초청으로 그들의 저택인 노생거 사원에서 겪게 되는 모험이어서 소설은 바스에서와는 딴판의 환경과 분위기에 휩싸인다. 당시 유행하던 고딕 소설을 애독하고 오래된 사원에 대한 낭만적인 동경을 품고 있던 주인공은 위압적인 틸니 장군에 대한 두려움 때문에 터무니없는 생각에 빠진다. 틸니 장군이 부인을 죽였을 수도 있다는 망상에 빠져 있다가 헨리에게 들켜서 톡톡히 망신을 당한다. 그럼에도 캐서린의 선함이 빛을 발하여 틸니 남매와의 우애는 더 깊어지지만 어느 날 캐서린은 노생거에서 거의 쫓겨나다시피 한다. 캐서린이 부유한 상속자라는 잘못된 정보 때문에 사심을 가지고 노생거로 초청한 장군이 거의 빈털터리라는 정반대의 잘못된 정보를 듣고 그런 짓을 한 것이다. 물론 오스틴의 소설들이 그렇듯 결론은 해피엔딩이다. 캐서린은 헨리와 결혼하고, 장군의 오해도 풀리고 분노도 누그러진다.

　전반부의 바스 이야기와 후반부의 노생거 이야기는 무척 다르다. 전자가 사교 세계의 일상적인 삶의 양상이나 관습 등을 면밀하게 묘사한다면 후자는 오래된 저택에서 벌어지는 낯설고 특이한 경험으로 고딕적인 공포 소설의 요소조차 동원된다. 전반부와 후반부가 이처럼 다른 분위기와 내용이다 보니 이 작품을 여타의 잘 조직된 작품들에 비해서 숙련도와 완결성이 부족한 작품으로 보는 평가도 있다. 그러나 이 두 가지 이야기 모두가 캐서린이라는 미숙한 처녀가 세상과 만나면서 벌이는 성장의 모험이라는 점, 즉 경험을 통해 분별력을 키우고 사회 속에서 진정한 매너를 습득해 가는 과정이라는 점에서는 일관된 지향을 가진다. 바깥세상에 눈뜨는 바스에서의 경험은 물론이고 노생거에서 겪은 일도 그 초점은 캐서린의 교육과 성장이다. 고딕 소설에 경도되었던 젊은 주인공이 이 몽상에서 깨어나는 장면이나 부당하게 쫓겨나면서도 이를 받아들이고 다른 사람들을 배려하는 대목은 이 작품이 오스틴 소설의 성격이라고 할 성장 소설(Bildungsroman)과 맥을 같이한다는 것을 말해 준다.

　특히 『노생거 사원』에는 다른 어떤 작품에서도 직접적으로는 잘 표출되지 않는 작가의 생각이 거의 날것 그대로 드러나서 흥미롭다. 하나는 책, 특히 소설에 대한 작가의 생각이고 다른 하나는 당대의 정치적 상황과 가부장적 억압에 대한 문제의식이다. 소설 장르에 대한 작가의 자의식과 해석은 "어릴 적의 캐서린 몰런드를 한 번이라도 본 사람이라면 그녀가 타고난 여주인공감이라고는 도저히 생각하지 못했을 것"이라는 다소 도전적인 서두에서부터 드러난다. 당시에 유행하던 로맨스 계열의 주인공과는 외모와 출신, 품성 등 모든 면에서 상반되는 일종의 반-주인공(anti-hero)으로 설정되어 소설에 대한 당대 독자들의 기대를 깨뜨리고 있는 것이다. 바스에서도 캐서린이 주인공으로서 남다른 면모로 주목을 받는 일도 없고 무슨 반전이 일어나지도 않는다. 작가는 기존 소설의 문법을 위반하면서 오히려 일상적인 일을 그리는 소설이 인간의 문제를 어느 글이나 책보다도 더 깊이 있게 다룰 수 있다는 생각을 직접적으로 피력한다. "한마디로 그냥 소설 작품이라는 것인데, 실은 여기서야말로 정신의 가장 위대한 능력이 발휘되고, 인간 본성에 대한 가장 철저한 지식, 그 다양한 면모에 대한 가장 기막힌 묘사, 생생하게 넘쳐흐르는 위트와 유머가 선택된 최상의 언어로 세상에 전달되는 것"이 소설이라는 것이다.

주인공 캐서린은 독서량이 많지는 않지만 앤 래드클리프(Ann Radcliffe)의 고딕 소설에 심취하고 새뮤얼 리처드슨(Samuel Richardson)을 비롯한 당대의 소설가에 관심이 많은 처녀다. 젊은 시절의 작가 자신도 당시의 고딕 소설이나 가정 소설을 즐겨 읽고 높이 평가도 하지만, 동시에 이 유형의 한계를 벗어나서 소설 장르가 가지고 있는 예술성과 아울러 그 리얼리즘적인 속성과 가능성에 주목했던 것이다. 작가는 소설 읽기를 즐겨하는 이 어린 주인공을 내세워서 당대의 소설 장르에 의미를 부여하는 동시에 고딕 소설의 한계를 드러내고 있다. 노생거 사원에서 주인공이 고딕적인 환상에 빠져서 틸니 장군이 부인을 살해했다고 상상하다가 깨어나는 대목이 그 예다. 여기에는 소설은 비현실적이고 환상적인 이야기가 아니라 어디까지나 현실의 삶을 그려 내고 근대적 주체의 형성을 다룬다는 작가의 생각이 담겨 있다. 성장 서사는 이후 영국 근대 소설의 중요한 흐름으로 자리 잡게 되는데『오만과 편견』을 비롯한 제인 오스틴의 소설들은 그 가장 고전적인 예라고 할 수 있다.『노생거 사원』은 작가가 자신의 소설 쓰기 작업의 의미를 진작부터 인식하고 있었음을 일깨워 준다.

소설 장르에 대한 자의식에서도 그렇지만 젊은 시절의 작가가 당시의 가부장적 억압 구조에 대한 강한 비판 의식을 가지고 있었음도 이 소설에서 좀 더 직접적으로 드러난다. 여성이 수동적이 될 수밖에 없는 차별적인 여건들과 남성 중심적인 사회의 면모가 여지없이 폭로되기로는 다른 작품들과도 맥을 같이하는데, 이 작품에서는 특히 틸니 장군이라는 가부장적 권위의 화신과도 같은 인물을 통해서 거의 악마화되어 나타난다. 고딕 소설에 심취한 결과이기도 하지만 캐서린의 고딕적인 환상은 가부장적 억압에 대한 반감과 공포심에 기인하고 있는 것이다. 비록 환상은 깨졌다 해도 틸니 장군의 억압은 어린 주인공을 무지막지하게 내치는 야만적인 행동을 통해 현실에서의 공포를 야기한다. 이와 아울러 헨리의 입을 통해서지만 그 당시 런던에서의 소요 사태 같은 당대 정치 현실에 대한 언급도 다른 작품에서는 보기 힘든 부분이다. 이 작품이 오스틴의 작품 가운데 가장 정치적인 작품이라고 해석되기도 하는 것은 이 때문이다.

이미 작가의 대표작인 『오만과 편견』이나 『에마』 등을 읽은 독자에게는 『노생거 사원』이 다소간 거칠게 느껴질 수도 있을 것이다. 그러나 숙련도에서는 떨어질지 몰라도 이 작품에는 작가의 젊은 시절의 생기가 뿜어내는 매력이 있다. 열일곱 살 캐서린의 미숙함과 순수함, 고지식할 정도의 정직성, 자신의 감정에 대한 충실성 같은 면모는 작가 자신의 젊은 시절의 한 초상이기도 하다. 그렇기에 캐서린에게는 이후 『오만과 편견』의 주인공 엘리자베스를 비롯한 오스틴의 주인공들의 원형이 엿보이기도 하는 것이다. 『오만과 편견』, 『이성과 감성』, 『에마』에 이어 오스틴의 작품을 네 권째 번역하면서 역자는 다른 작품들과는 결이 조금은 다르다고 할 수 있는 이 작품의 매력에 빠져서 여러 차례의 수정 과정을 거치면서도 즐겁게 작업할 수 있었다. 번역 대본으로는 1818년 존 머리(John Murray)가 출간한 판본에 토대를 두고 편집된 *Northanger Abbey*(Norton Critical Edition, 2004)를 사용했다.

2017년은 오스틴이 사망한 지 200주년이 되는 해였다. 영국에서는 오스틴이 살았던 바스와 초튼, 그리고 마지막 날을 맞았던 윈체스터 등지에서 기념 전시회나 강연회 등 여러 가지 행사가 열렸다. 또 영국 10파운드 지폐 신권의 모델로 오스틴이 선정되어 발행되기도 했다. 유고작인 『노생거 사원』도 출판 200주년을 넘긴 셈인데, 이 뜻 깊은 때에 이 작품의 번역서를 출간하게 되어 역자로서 감회가 없지 않다. 이미 몇 종의 번역이 나와 있는 소설이지만, 단순히 번역 하나를 보태는 이상의 '작품적인' 의미로 받아들여지면 좋겠다. 역자 나름으로는 최대한 원문의 문체를 살리고자 노력했고, 당시의 어법을 고려하되 오늘날의 어법과 어떻게 조율할 것인지 고심하면서 번역했다. 원문에는 옮기기가 까다로운 대목도 적지 않은데 해석이 애매한 부분에서는 『에마』를 공역한 김영희 교수와의 대화가 많은 도움이 되었다. 이 역서의 출간이 독자들에게 읽는 즐거움을 주고 오스틴을 더 깊이 이해하는 계기가 되기를 기대하면서 글을 맺는다.

2019년 5월
윤지관

작가 연보

1775년	12월 16일 영국 햄프셔 주 스티븐턴에서 교구 목사인 아버지 조지 오스틴과 어머니 커샌드라 리 오스틴 사이에서 8남매 중 일곱째이자 둘째 딸로 출생.
1783~1786년	언니 커샌드라와 함께 간헐적인 기숙 학교 생활.
1787~1793년	습작 생활(사후 세 권의 책으로 출판됨).
1793~1795년	『레이디 수전』 집필.
1795년	『엘리너와 메리앤』 집필.
1795~1796년	톰 르프로이와 청혼 직전까지 간 관계가 남자쪽 집안의 반대로 무산.
1796~1797년	『첫인상』 집필. 런던의 한 출판사에 보냈으나 거절당함.

1797~1798년	『엘리너와 메리앤』을 『이성과 감성』으로 개작.
1798~1799년	『수전』 집필.
1799~1800년	1791~1792년경 시작한 것으로 추정되는 희곡 『찰스 그랜디슨 경』 완성.
1801년	아버지가 은퇴하고 장남인 제임스가 교구를 물려받은 뒤 어머니, 언니와 함께 서머싯 주의 도시인 바스로 이사.
1802년	해리스 비그위더의 청혼을 수락했다 번복.
1803년	『수전』의 판권을 런던의 크로스비 출판사에 10파운드에 판매.
1803~1804년	『왓슨 가 사람들』 집필.
1805년	아버지 사망.
1806~1809년	바스를 떠나 약 삼 년 동안 형제, 친척, 친구 집을 전전.
1809년	나이트 집안의 상속자인 에드워드 오빠가 마련해 준 햄프셔 주 초턴의 작은 집으로 이사. 『수전』의 판권만 구입한 뒤 출판이 지연되자 크로스비 출판사에 항의 편지 보냄. 『이성과 감성』 개작.
1811년	『이성과 감성』 출판되어 호평(140파운드 수익). 『맨스필드 파크』 집필 시작.
1811~1812년	『첫인상』을 『오만과 편견』으로 개작.
1813년	『오만과 편견』이 출판되자마자 인기작이 됨

(110파운드 수익).『맨스필드 파크』완성.『이성과 감성』과『오만과 편견』재판 인쇄.

1814년	『맨스필드 파크』출판되어 매진(310~350파운드 수익).
1814~1815년	『에마』집필.
1815년	『에마』(섭정동궁 알현한 뒤 이 책을 그에게 헌정)를 출판해서 다음 해 매진(221파운드 수익).『설득』집필 시작.
1816년	『수전』의 판권을 되삼.『맨스필드 파크』재판 인쇄(인세로 계약했기 때문에 183파운드 손해 봄).『설득』완성.
1817년	『샌디턴』(당시 가제『형제들』) 집필을 시작한 뒤 병으로 인해 중단. 7월 18일 새벽 4시 30분경 사망. 12월『노생거 사원』(『수전』을 개제한 것)과『설득』출판.『오만과 편견』의 재판도 매진.
1871년	『레이디 수전』,『왓슨 가 사람들』,『설득』의 교정 전 원고 등 출판.
1884년	『제인 오스틴의 편지』가 두 권으로 출판.
1922년	『사랑과 우정』(제인 오스틴의 습작 중 제2권) 출판.
1923년	채프먼 편집,『제인 오스틴 소설 전집』다섯 권으로 옥스퍼드에서 출판.
1925년	채프먼 편집,『샌디턴』과『레이디 수전』출판.

1926년	채프먼 편집, 『설득의 마지막 두 장과 다양한 기록에서 추정되는 소설 계획서』 출판.
1927년	채프먼 편집, 『왓슨 가 사람들』 출판.
1932년	채프먼 편집, 『제인 오스틴이 언니 커샌드라와 다른 사람들에게 보낸 편지』가 두 권으로 출판.
1933년	채프먼 편집, 『습작』 제1권 출판.
1940년	『세 편의 저녁 기도』 출판.
1951년	채프먼 편집, 『습작』 제3권 출판.
1954년	전집에서 제외된 작품들 옥스퍼드 전집의 제6권으로 출판.
1975년	『샌디턴』의 원고 출판.
1980년	『제인 오스틴의 찰스 그랜디슨 경』 출판.
1995년	『제인 오스틴의 편지』 3판.
1996년	『제인 오스틴: 시 전집과 오스틴 가족의 시』 출판.

세계문학전집 363

노생거 사원

1판 1쇄 펴냄 2019년 6월 14일
1판 7쇄 펴냄 2024년 2월 22일

지은이 제인 오스틴
옮긴이 윤지관
발행인 박근섭, 박상준
펴낸곳 (주)민음사

출판등록 1966. 5. 19. (제 16-490호)
서울특별시·강남구 도산대로1길 62(신사동) 강남출판문화센터 5층 (우편번호 06027)
대표전화 02-515-2000 팩시밀리 02-515-2007
www.minumsa.com

ISBN 978-89-374-6363-1 04800
ISBN 978-89-374-6000-5 (세트)

* 잘못 만들어진 책은 구입처에서 교환해 드립니다.

세계문학전집 목록

세계문학전집은 계속 간행됩니다.